本书得到陕西省"六个一批"人才基金项目经费资助。

陈忠实创作论

冯希哲 张琼 著

中国社会科学出版社

图书在版编目（CIP）数据

陈忠实创作论 / 冯希哲，张琼著. -- 北京：中国社会科学出版社，2024.10. -- ISBN 978-7-5227-4106-2

Ⅰ. I206.7

中国国家版本馆 CIP 数据核字第 202427V558 号

出 版 人	赵剑英
责任编辑	王莎莎
责任校对	张爱华
责任印制	张雪娇

出　　版	中国社会科学出版社
社　　址	北京鼓楼西大街甲 158 号
邮　　编	100720
网　　址	http://www.csspw.cn
发 行 部	010-84083685
门 市 部	010-84029450
经　　销	新华书店及其他书店

印　　刷	北京君升印刷有限公司
装　　订	廊坊市广阳区广增装订厂
版　　次	2024 年 10 月第 1 版
印　　次	2024 年 10 月第 1 次印刷

开　　本	710×1000　1/16
印　　张	16.5
插　　页	2
字　　数	234 千字
定　　价	98.00 元

凡购买中国社会科学出版社图书，如有质量问题请与本社营销中心联系调换
电话：010-84083683
版权所有　侵权必究

前　言

　　一位优秀作家文学地位的获得，通常取决于其作品的品相与质地；而一位杰出的、伟大的作家文学史地位的奠定，则不仅取决于作品艺术质地的卓尔不凡，还有来自作家精神人格的社会标范性力量。现实生活中，文化人格与艺术品格的相互叠加共同塑造了杰出作家的独特品质——他既是普通的肉身存在，又无愧于伟大的精神榜样。向来视写作为自己的生命的陈忠实，就是这样一位实实在在的杰出作家。他以一位普通文艺工作者的生命体验，真正诠释了卡夫卡"笔不是作家的工具，而是作家的器官"的箴言，也由此完成了自己的主体人格平凡而伟大的蝶变历程。

　　陈忠实曾自述，《白鹿原》凝结了很多他个人的生活经验，可以说是他生命的提炼。洞观他不乏坎坷又颇具戏剧化意味的艺术道路，显然可见的是，陈忠实的艺术人生俨然是为垫棺之作《白鹿原》的苦心孤诣的一生。他以刻骨铭心的"自我剥离"来主动"寻找属于自己的句子"，又以螺旋式的进阶姿态一心呕血铸就当代文学经典《白鹿原》。一部根源于文化自信、精神自觉的《白鹿原》标示着陈忠实的非同寻常，在奠基他作为"文坛的扛鼎角色"的同时，也雕刻着"关中的正大人物"的品格。正是这部气势磅礴的民族秘史，使得这位陕西文坛曾经中规中矩又略显青涩的"小柳青"，不经意间已化蝶为中国文坛独树一帜、颇为庄严的"老陈"。

　　陈忠实 1942 年 8 月 3 日出生于西安近郊白鹿原下的灞桥西蒋村。这方土地历来为通往长安城的近畿之地，自古即有白鹿游于原的传说，烽火戏诸侯的遗址则隔河相望，长安历史的厚重多彩和风云际会同样在这里轮番上演，并亘古相传。也许正是这块始终传导着民族传统文化体温的关中腹地，滋养了陈忠实敏感的艺术神经。自初中始，陈忠实即从柳青的《稻田风波》（《创业史》原名）感受到文学艺术非凡的亲和力和奇妙性，由此与祖辈务农的家传渐行渐远，在迷恋写作中不知不觉地将自己的人生行走化作生命的艺术形态，从而开启了一个"农裔作家"的寻梦之旅。

以《白鹿原》的创作为坐标，陈忠实的文学之旅走过了三个阶段：1958年至1986年的前《白鹿原》时期；1986年至1992年的《白鹿原》创作时期；1992年至2016年4月29日病逝间的后《白鹿原》时期。第一阶段是陈忠实由兴趣爱好到专注于模仿操练，进而自主积累写作经验的尝试期。其写作的生活素材均来自熟悉的关中农村生活，体裁多为短篇小说和散文随笔。虽然生动真实的现实主义创作为陈忠实赢得了"小柳青"的美誉，但他当时对生活的自觉洞察独立性不足，与时代的现实间距过于紧密，导致了审美理性疏离感的欠缺。而在第二阶段，自《信任》所表露出的问题意识伴随社会思潮的变迁，陈忠实的创作明显开始了自觉地"剥离"，从《梆子老太》《四妹子》《蓝袍先生》可以清晰地感知到。关于一个民族的深度思考促发了他独特的艺术体验——《白鹿原》的创作过程。这一阶段陈忠实的思想和艺术臻于成熟，堪为巅峰期。第三阶段的后《白鹿原》时期，他主要通过文论、诗词、散文等总结创作乃至生命的感悟，并通过《李十三推磨》等经典短篇小说，来延展他炉火纯青式的艺术体验。从1958年11月在《西安日报》发表《钢、粮颂》起，陈忠实的创作历程计58个春秋，身后留下了500余万言丰赡的精神遗产。与同时代的路遥、贾平凹相形而言，陈忠实可谓大器晚成。其创作始于20世纪60年代前后，"十七年"时期的文学观念是他的创作底色，70年代的文学观念对他产生过无法回避的影响，80年代"改革开放"所带来的文学新思潮是他的创作成色。从"小柳青"蝶变到"寻找属于自己的句子"，陈忠实最终找寻到的是属于自己的文学个性、文学观念，也形成了自身的创作风格。

陈忠实没有接受过系统的科班训练,由于目的性和功利色彩的影响,对世界文学经典的阅读有限。所以,厚积薄发的创作定律并不适合这一个案的阐释。那么,起步并不高的他又何以能一举创造了一部当代文学史绕不过去的《白鹿原》?其原因固然很多,但三个因素断然不可漠视:其一,20世纪80年代改革开放初期社会思潮和文艺思潮的空前冲击与涤荡,深度促发了陈忠实"自我剥离"的接连发生。就此而言,《白鹿原》堪称时代语境所蕴育的结晶体。其二,博厚的生活积累,尤其是深谙乡土文化伦理的生活体悟,加之个人对民族文化传统的历史责任感。其三则与个人性格有关。关中汉子特有的豪狠劲在陈忠实身上恰切地转化为拒绝平庸的矢志不渝从文精神。《白鹿原》并非一位艺术天才可信手拈来的浑然之作,它终究是一位艺术工作者苦心孤诣、精益求精的产物。不了解陈忠实的创作历程,就难以理解一位普通的"农裔"作家走向伟大所必需的生活实践和道德修养,就无法理解一部经典作品形成所必需的艺术体验与思想提炼,就不能理解一种作家人格、民族命运与时代精神的复杂关系。

本书即以陈忠实的创作历程为核心,以《白鹿原》为文学坐标,结合陈忠实的生活经历和创作理念,意欲勘定陈忠实文艺思想的历史意义和学术价值,透视一位杰出作家脱胎换骨的精神轨迹。

本书第一章主要概述陈忠实的创作历程,从改革开放时代语境、新时期文艺思潮和陕西文学传统的三重视角审视陈忠实的文学成长之路。本章开篇明义地指出,陈忠实创作观念逐渐转型的过程,正是《白鹿原》逐渐生成的过程。这样的历程不仅体现了改革开放时代精神对当代中国作家的影响,而且体现了现代文艺思潮和陕西文学传统对当代中国作家的影响。可以说,没有作家对改革开放前后的叩问,没有作家对现代文艺思潮的扬弃,没有作家对陕西文学传统的传承,就没有《白鹿原》的横空出世。通过追溯陈忠实对柳青、卡朋铁尔和马尔加斯等作家的友谊,本章还论述了陈忠实如何突破"革命文学"和"现代主义"的窠臼,并选择了属于自己的创作技巧、创作主题和创作立场。进而指出，由于对时代精神、民族文化和文艺思潮秉持一种批判精神，陈忠实超越了机械的道德教化和肤浅的形式转变，为当代文学创作树立了一道碑石。

第二章笔者重点谈及陈忠实创作过程中至关重要的"剥离"过程，以及陈忠实如何在剥离过程中找到了自己的风格和思想。不同于其他学者的总结，本章将陈忠实的创作经历分为蓄势待发的"探索期"（前《白鹿原》时期）、水到渠成的"巅峰期"（《白鹿原》时期）以及功成身退的"沉静期"（后《白鹿原》时期）三个阶段。在探索期，本章谈及了《西安晚报》《陕西文艺》和《延河》等期刊杂志对他的影响，并揭示了陈忠实如何完成从迎合主流意识形态到强化反思意识的转变。本章指出，陈忠实真正发生"蝶变"是源于20世纪80年代的两次"剥离"。从"我的剥离"到"原的剥离"，他逐渐走出了"革命文学"的窠臼，并真正站在民族和历史的广阔视野下形成了自己的"三个体验"。在自我反思和阅读反思的相互触动中，在艺术学习与艺术体验的递进转化中，在生活体验和生命体验的交替依存中，他逐渐在精神气质和思想深度层面完成了蜕变。由于将人性置于广阔的文化视角之下，陈忠实得以探询民族精神人格复苏的宏观命题。

第三章笔者详细论述陈忠实文学观念的自我构建过程。借用"文学是魔鬼"这句发人深省的格言，阐释了他面对文学创作和文学阅读的复杂心态。在市场经济发轫的20世纪90年代初期，针对作家群体和作家观念的分化，陈忠实从"重铸民族灵魂"的角度出发，呼吁"文学依然神圣"。在陈忠实看来，一个作家必须要有文学理想，必须要为民族精神的更新和发展提供动力。在经济转型过程中，陈忠实逐渐深化了自己的文学观和时代观。在文学的目的、艺术的价值和文人的品格等方面，陈忠实有着鲜明的文化批判现实主义立场。对他而言，文艺的生命力在于其真实性，而作家的品格在很大程度上决定了作品的成色和价值。从艺术方法论上审视，陈忠实的观念经历了从"性格说"到"文化心理结构说"的转变过程，这种转变对其构建文学人物产生了深远影响。此外，由于将"读者"置于文学场域的核心地位，陈忠实非常看重文学作品的"可读性"。由于不愿像先锋作家一样远离读者，他在创作过程中始终秉持一种读者意识。通过放弃高高在上的启蒙姿态并坚持一种谦逊的对话姿态，陈忠实的作品抵挡住了市场浪潮的冲击，并在大众时代赢得了读者的尊重。

第四章主要探讨了陈忠实崇尚真实的创作信条和文化人格。对擅长书写周遭生活和普通人物的陈忠实而言，真实性是其各种文学体裁作品中从未偏离、从不动摇的艺术追求。本章借助《白鹿原》中的白嘉轩、朱先生和田小娥等文学人物，分析了陈忠实如何依据真实性原则，将现实生活中的人物提炼成文学作品中的经典形象。此外，本章还借助陈忠实的三种"双重体验"，即生活体验到生命体验、艺术学习到艺术体验、生命体验到艺术体验，阐释陈忠实对现实主义真实原则的认识过程。它既涉及主观体验的温度、深度和境界，又涉及真实的生存形态、生活场域和审美参与。本章指出，陈忠实的"体验说"并非强调一种自然的存在客观性或一种机械的生活反映论，而是在肯定作家主体思想和情感的同时，强调对真实性原则的遵循。作为陈忠实的艺术生命观，真实性原则渗透在其生命体验、生活体验和艺术体验的过程之中，并成就了他以"真实"和"真诚"为特质的艺术人格和生活品格。

第五章论述了陈忠实的乡土书写和创作立场。作为一个生于乡土并崇尚现实主义风格的作家，陈忠实关注农村社会的发展，其创作体现了"从当下到历史再到当下的观照轨迹"。关注中国乡土社会在转型时期的发展，既是陈忠实面对现实生活的主要问题，又是陈忠实文学世界的核心主题。本章指出，从《接班以后》到《信任》，从《梆子老太》到《四妹子》，陈忠实不仅写出了乡土生活的人生百态和民风民俗，而且写出了隐藏在乡土背后的文化冲突和伦理转型。陈忠实笔下的乡土并非一个封闭自守的逼仄空间，它在很大程度上是中国社会的缩影。本章强调，在陈忠实的乡土叙事中，教化权力存在于陈忠实的生活体验中，也存在于其作品的文化批判中。对教化权力的反思，不仅影响了陈忠实的创作理念和创作立场，而且决定了《白鹿原》的深度和厚度。由于参透了传统文化的两面性，陈忠实对沉浸于传统文化之中浑然不知的普通百姓秉持一种深切的同情和关怀。"以人为本"体现了陈忠实的艺术实践理想，使其在文学叙事中体现出真挚而淳朴的情感。

第六章主要论述陈忠实作品中文学人物和故事情节的生成过程。作为多年乡土生活的直接参与者，陈忠实积累了大量的乡土生活经验并形成了诸多的乡土创作灵感。在查阅地方志和史料的过程中，《白鹿原》的人物意象和故事线索逐渐形成。本章讲述了一些文学人物的历史原型，例如以关中大儒牛兆濂为原型的朱先生、以巾帼英雄张景文为原型的白灵，以及体现陈忠实曾祖父影子的白嘉轩和体现封建时代被压迫女性的田小娥等。在对文学人物进行塑造的过程中，陈忠实选择用文化心理结构的视角透视人物，使得他所雕琢的文学人物既有特定地域文化影响下的共性，又有不同成长经历下形成的个性。本章指出，陈忠实将现实主义创作视为一项不断完善、不断进步的事业。他将叙事创新视为展现作家历史意识和生命体验的突破口。通过神秘意象和审美意象的运用、幻象与梦境的使用，以及打破人鬼、生死的界限，《白鹿原》借助"魔幻"的表现形式完成了对历史的记录和对人性的反思。

第七章笔者基于民俗视域探讨《白鹿原》的文学价值。鉴于乡土文学是工业文明参照下的"风俗画"，《白鹿原》对发掘传统关中乡土的民俗心理、民俗语言和民俗行为具有重要的参考价值。本章指出，受正统儒家文化影响的关中风俗既是陈忠实创作的精神资源，又是陈忠实创作的精神包袱。通过自我的"剥离"，陈忠实得以跳出故乡的"束缚"，并以一种褒贬兼蓄的态度描绘乡土世界。在《白鹿原》中，作为宗族民俗文化的权威表征，白鹿家族的祠堂体现的是儒家文化的礼仪规范。而作为宗族民族文化的精神表征，《乡约》体现的是儒家文化的道德理想。受到宗族文化的耳濡目染，陈忠实无疑对儒家精神构建的风俗文化带有一种亲近感。但正是秉持一种文化批判立场，陈忠实亦感受到了宗族文化残忍冷酷的一面。通过对《白鹿原》中的社会民俗（如婚礼、丧葬）、物质民俗（如祠堂、阁楼）和精神民俗（如占卜、巫术）的阐释，本章体现了陈忠实对传统文化的辩证性思考。本章强调，《白鹿原》中的民俗叙事具有深邃的审美意蕴，它不但塑造了栩栩如生的文学人物和引人入胜的文学情节，而且从侧面反映了中国的历史变迁和社会转型。

第八章主要谈论《白鹿原》的文学地位及其影响。本章指出，文学史书写的过程实际上也是文学作品经典化的过程。《白鹿原》之所以成为文学经典，与其受到读者的赞誉、官方的认可和媒体的传播等方面息息相关。在涉及革命书写和情欲书写的一些部分，《白鹿原》进行了改版修订。由于具有"民族史诗"的品格，《白鹿原》在当代中国文学史中占有显赫的声誉。借助戏剧、电视和电影等媒体进行广泛传播，使《白鹿原》具有深厚的受众基础。又由于作品本身凸显了家族史、社会史和文化史三重意蕴，白鹿原具有巨大的阐释空间和阐释价值。本章谨慎地指出，虽然借助文学奖项和媒介传播获得了广泛的声誉，但《白鹿原》的经典化过程并未结束。唯有继续开拓其外部阐释空间，《白鹿原》才能真正成为无可撼动的经典。

第九章主要讨论陈忠实的文化人格和文艺理想。在肯定世俗精神的市场经济时代，陈忠实并不就"文学边缘论"持一种悲观论调，他的文艺观念与恩格斯的论断不谋而合，体现了鲜明的唯物主义立场。但在感性层面，陈忠实又认为文学具有不可或缺的价值和独具一格的魅力，将文学视为满足人们精神需求的重要物资。本章指出，由于将写作视为生命的意义，将作品视为作家的传记，陈忠实在文学创作中洋溢着一种满足感。但在思想深处，陈忠实却怀揣一种强烈的忧患意识，背后体现的是其强烈的底层关切和家国情怀。虔诚的创作态度和忠实的创作原则构建了陈忠实的文化人格，使其能够承受创作的艰辛并牢记作家的使命。由于将自己的人格成长与民族的伟大复兴紧密联系在一起，并将作家的境界、人格和情怀视为相辅相成的关系，陈忠实最终实现了艺术人格的文化表达。本章指出，陈忠实的文化人格不是与生俱来的，而是在追求艺术理想的过程中不断超越、不断完善的结果。

　　回顾陈忠实的创作历程，我们可以发现一位作家的复杂与暧昧之处：它是一个创新与守旧的过程，也是一个迎合与拒绝的过程。它是一个疏离与契合的过程，也是一个满足与失落的过程。事实上，陈忠实是一位普通的文艺工作者，一位时而自我怀疑和自我否定的文艺工作者。同时，陈忠实也是一位伟大的文艺工作者，一位手捧《白鹿原》在文学殿堂心满意足的文学大师。陈忠实的伟大并不在于其文学天赋和文学地位，而在于他用一种普通劳动者的坚韧和朴素，创造出了一部波澜壮阔的文学经典。在此意义上，陈忠实不是一位让人敬而远之、望尘莫及的天才，而是一位让人心生亲切、受益匪浅的凡人。陈忠实不是青年作家的偶像，而是青年作家的榜样。陈忠实也不是普通读者的导师，而是普通读者的朋友。

　　本书无意为陈忠实歌功颂德，更无意拔高《白鹿原》的文学价值。陈忠实也罢，《白鹿原》也罢，两者的文学地位皆由时间长河中的无数读者所决定。笔者深知，任何过度的恭维和任何夸张的谬赞，只能起到画蛇添足之效。正因为如此，笔者只得依据史料如实分析陈忠实的创作历程。相较于陈忠实的"伟大"，笔者更希望广大读者能够感受到他的"普通"。唯有如此，陈忠实的文化人格才能唤起精神层面的共鸣，他的文艺理想才能得到实践层面的传承。

目 录

第一章 蝶变：陈忠实的创作历程 ……………………………（1）
  第一节 文学创作的起步 …………………………………（2）
  第二节 走向生命体验的语境 ……………………………（6）
  第三节 "独开水道也风流" ………………………………（15）

第二章 剥离：寻找属于自己的句子 ……………………………（22）
  第一节 早期作品的意义重审 ……………………………（23）
  第二节 由"革命"而文学 …………………………………（31）
  第三节 从"三个学校"到"三种体验" ……………………（36）
  第四节 剥离与蜕变及其后 ………………………………（54）

第三章 神圣：文学观念的自我建构 ……………………………（64）
  第一节 陈忠实的文学观 …………………………………（64）
  第二节 陈忠实的批评观 …………………………………（70）
  第三节 陈忠实的文艺美学思想 …………………………（78）

第四章 真实：文学生命力的创作信条 …………………………（91）
  第一节 主观体验的真实法度 ……………………………（92）
  第二节 从生活真实到艺术真实 …………………………（104）
  第三节 审美的真实性尺度 ………………………………（110）

第五章　秘史：乡村历史书写及其立场 (120)
第一节　乡村社会发展的追寻式书写 (120)
第二节　教化权力：乡村历史书写的一种视角 (126)
第三节　民族文化审思及底层人文关怀 (135)

第六章　方志：《白鹿原》与白鹿原 (139)
第一节　"阅志读史"与白鹿村的建构 (139)
第二节　朱先生与关中大儒牛兆濂 (142)
第三节　白灵与巾帼英雄张景文 (145)
第四节　虚实之间的白鹿原世界 (150)

第七章　民俗：文化视域下的文学世界 (154)
第一节　《白鹿原》中的民俗意义 (155)
第二节　《白鹿原》中的民俗事象 (160)
第三节　《白鹿原》民俗事象的审美意蕴 (176)

第八章　垫棺：《白鹿原》的文学地位及其影响 (181)
第一节　《白鹿原》的经典化 (182)
第二节　《白鹿原》的传播及其影响 (188)
第三节　《白鹿原》的可阐释性 (194)

第九章　传记：陈忠实的文学行姿 (200)
第一节　文学意义与创作价值 (200)
第二节　作家使命与写作立场 (210)
第三节　底层关切与家国情怀 (225)
第四节　精品意识与创造精神 (229)

参考文献 (236)

难以稀释的情思（代后记） (240)

第一章 蝶变:陈忠实的创作历程

回溯人类社会的演进历史,从中不难发现这样一个规律——每当新旧体制和社会心理结构易辙之际,要么思想的启蒙先行催生了新生力量的崛起,要么体制的规约松动打开了思维的牢禁而释放出新的思想,如此变革无论自下而上还是自上而下,都会引发一场社会思潮的更替,直至新体制和新思想的完全确立。这个过程是以自我否定为特征的一场革命,并非顺理成章而发生的。思潮革命的真正力量来自大众的觉醒,而担当大众启蒙"火花"和"号角"角色的恰恰是文艺,是新文艺的萌芽和新思潮的自我觉醒。

文艺的自我觉醒会诱发作家敏感的神经,驱使作家在思想与情感深处进行自我清理,以剪掉那根习焉不察、根深蒂固的"辫子",展开一场涅槃重生。它注定是一场与思维定势决裂的自我革命。对陈忠实而言,这一过程并非是对以往"坚信不疑"的"本本""回嚼"后的一种"分离",显然这不足以准确描述他那种"剥刮腐肉"的深刻与痛苦,也无法表明精神重生过程的价值与意义,最终他选用"剥离"来描述这一源自情感、思想深处和思维的自我革命。

陈忠实剥离掉的是情感、精神、思想和思维定势中的"辫子",换来的却是难得的生命体验、艺术体验的感悟,以及寻找到"属于自己的句子"。倔强而刚毅的陈忠实自觉进行着的这场"我的剥离"和"原的剥离"进程,油然而生了负重前行、久经苦难民族被压抑太久的"有话要说",而又"不能不说"的表达欲望,其结果便是长篇巨著《白鹿原》的问世。

《白鹿原》无疑是20世纪中国最优秀的长篇小说之一。它代表了那个时代文学思想和艺术的主要收获，在当代长篇小说史乃至整个文学史上耸立起一道坚实而凝重的丰碑。丰碑的正面是民族"秘史"《白鹿原》，背面则是"化蝶"后"独自掩卷默无声"的陈忠实。纵观陈忠实的艺术人生，他的一生可谓"拒绝平庸"的自我革命的一生，是历经两次"剥离"而脱胎换骨的充满信念的一生，是为文学信念如秦川牛一般劳耕不辍的不凡一生。他艺术人生的坐标系和精魂正是在于他的"蝶变"。

第一节　文学创作的起步

陈忠实出生于1942年8月3日，农历壬午年的六月二十二，时值抗战进入相持阶段，毛泽东在延安发表《在延安文艺座谈会上的讲话》不久，正值关中平原一年当中最溽热难耐的时节。他后来走上文学道路时所接受的意识形态话语与自身的性格形成，冥冥之中构成了某种契合。

陈忠实出生于西安近郊的灞桥西蒋村，村名虽叫西蒋却没有一户蒋姓人家；村子大概不到40户人家，无论在当时还是现在都属于关中道一个可以忽略不计的小村落。村子傍河而坐，宽泛的灞河徐徐流经村前，眺河而望便是巍巍起伏的骊山，关中八景之一的骊山晚照尽收眼底；村子背靠原坡，拾级而上便是一面广阔的黄土台塬——白鹿原。白鹿原南依秦岭，北依灞河，东接蓝田，西通长安，是西安城的东南屏障和交通要冲；原上和原下各有一条公路通往西安，西蒋村就坐落在原下的公路旁。这便构成了陈忠实自童年到青年成长生活的人文地理环境。

陈忠实祖辈务农。父亲陈广禄是一位宽厚、勤劳、实诚、本分的农民，他对陈忠实的品格养成和风土人情掌故的积累，还有生活写作素材的掌握影响颇深。为《白鹿原》写作做前期准备时，受卡朋铁尔的启发，陈忠实深切感受到父亲对他文学创作带来了非同寻常的意义。

我顿然意识到连自己生活的村庄近百年演变的历史都搞不清脉络，这个纯陈姓聚居只有两户郑姓却没有一户蒋姓的村庄为什么叫作蒋村。我的村子紧紧依偎着的白鹿原，至少在近代以来发生过怎样的演变，且不管两千多年前的刘邦屯兵灞上（即白鹿原）和唐代诸多诗人或行吟或隐居的太过久远的轶事。我生活的渭河流域的关中，经过周秦汉唐这些大的王朝统治中心的古长安，到封建制度崩溃民主革命兴起的上个世纪之初，他们遗落在这块土地上的，难道只有鉴古价值的那些陶人陶马陶瓶陶罐，而传承给这儿男人女人精神和心理上的是什么……我不仅打破了盲目的自信，甚至当即产生了认知太晚的懊悔心情，这个村庄比较有议事能力的几位老者都去世了，尤其是我的父亲，他能阅读古典小说也写得一手不错的毛笔字，对陈姓村庄的渊源是了解得最多的人之一；至于我们家族这一门更是如数家珍，我年轻时常不在意他说那些陈年旧事和老祖宗的七长八短的人生故事。父亲已经谢世了。[①]

由此可见，在陈忠实看来父亲是他自己生活体验的一部分，是了解家乡历史的"辞海"。就是在这块土地上，他把文学的兴趣启蒙、生活体验、生命体验、"寻找句子"的每一个脚步都印在他所热恋的土壤里，不曾懈怠，也不曾游离，直至2016年4月29日谢世，2019年4月29日陈忠实最后回归白鹿原的原坡。

从1958年11月在《西安日报》发表《钢、粮颂》起算，陈忠实创作生命历程共58个春秋。他创造了厚重的《白鹿原》，留下了《陈忠实文集》Ⅰ卷，包括小说、散文、随笔、文论、诗词等近500万言的精神遗产，他的代表作《白鹿原》荣获第四届茅盾文学奖，并被译为日、韩、越、法等多国语言出版。

陈忠实的文学创作始于20世纪60年代，他70年代末加入中国作协，80年代成为专业作家。赵树理的小说是他的文学启蒙，"十七年"

---

① 陈忠实：《寻找属于自己的句子》，上海文艺出版社2009年版，第11页。

时期文学观念是他创作的底色，70年代的文学观念对他产生了无法回避的影响，80年代"改革开放"所带来的文学新思维是他创作的成色。从"小柳青"蝶变到"寻找属于自己的句子"，陈忠实最终找到了属于自己的文学个性、文学观念，也形成了自身的创作风格。

与陕西同一时期的贾平凹、路遥相比而言，陈忠实创作起步并不高；可以说，他凭借一股不服输的韧劲和对创作的痴迷，从模仿起步，靠自学钻研，不断自我"剥离"，一步步写进文坛成为"农裔"作家；他没有接受过大学的科班训练，没有系统的文学理论作支撑，文学写作于他而言，是靠个人感悟和摸索。长期的基层生活为他提供了丰富的创作资源，他自始至终都关注自己熟悉的乡村与农民，作品以民国时期、"文化大革命""改革开放""新世纪"等时间段为点，勾连起了20世纪中国乡村社会的发展的基本图景。进入新时期以来，他从关注"文化大革命"结束后人们的精神伤痕起步，到书写"改革开放"背景下农民的转变，再到对"阶级斗争"的审视，进而自觉反思乡村社会发展的问题并探询解决方案，继而走向民族文化心理的宏观思考，其最终的体现便是写入的历史和民族的《白鹿原》。

在中国当代文学史上，《白鹿原》无疑是一部堪称经典的作品。何西来曾说："陈忠实的《白鹿原》是90年代中国长篇小说创作的重要收获之一，能够反映那一时期小说艺术所达到的最高水平。"[1] 作为垫棺之作，陈忠实为此也投入了太多的心血与期待。创作《蓝袍先生》时，他就转入了对民族文化心理结构的思考。洞察他的写作道路，可以清晰地感知到一个特点，那就是以《白鹿原》为界，之前的创作只不过是这个高峰体验的热身运动，正如白烨先生所说："他一生都是在写这一本书而努力，写别的书是为这部书做铺垫，这是他的集大成之作。"[2] 没有太多的征兆和预感，沉寂四年之后的陈忠实奉献

---

[1] 何西来：《关于〈白鹿原〉及其评论》，人民文学出版社编辑部：《〈白鹿原〉评论集》，人民文学出版社2003年版，第14页。

[2] 参考白烨先生在2019年4月26日由西安工业大学举办的"陈忠实三周年追思会暨陈忠实文艺精神传承"学术研讨会开幕式上的致辞。

给了文坛一部《白鹿原》，以至于许多评论家都为此充满好奇，究竟何种机缘促成了陈忠实创作上脱胎换骨式的自我超越与突破！

《白鹿原》是一部现实主义力作。现实主义是陕西作家创作的历史传统，近如柳青，扎根乡村几十年讲述农民的故事。或许步入文坛时，正值主流意识形态强调现实主义这一创作风格，书写现实便成为此后陈忠实一生的创作追求。他笔下的许多人物都有生活原型，《白鹿原》更是如此。但现实主义并非陈忠实创作成功的决定性因素。文学作品是时代的产物，好的作品都是汲取时代众多养分的精神复合品，《白鹿原》恰恰印证了这一点。

需要谈及的是20世纪70—80年代的陕西文学评论界，它对陈忠实创作风格的逐步形成具有直接影响。在陕西，通过各种方式促进创作人才的培养也是一个传统，从"十七年"时期开始，至今仍有赓续。关于这一点，白描有过回忆："陕西在文学人才培养方面，曾经积累有丰富的经验，老一辈作家和文学工作者，曾经进行过多方面探索，正是他们精心耕耘和忘我付出，新时期陕西文坛才呈现一派繁花似锦的喜人景象"，"在很长的时期里，陕西作协每年都要举办诸如青年作者座谈会、研讨会、读书班、改稿会等活动，老一辈作家、诗人、评论家、编辑家，都出现在第一线，亲力亲为，或授课，或参与研讨，或动手改稿。此后又整合刊物、大专院校、研究机构的文学评论人才力量，成立了全国第一个文学批评家团体'笔耕'文学评论小组，重点研究陕西作家创作和陕西文学发展。后来驰名全国的一批中青年作家，一批颇有影响的文学作品，就是在这样的文学环境中打磨出来的。"① 由于"十七年"文学评论的影响（部分文学评论界的前辈仍然健在并影响着新时期陕西文学创作），现实主义创作特色被一再强调。陕西文学界也在呼唤现实主义的复归，但同时，老作家表现出对陈忠实创作风格转变的肯定。20世纪80年代中期，陈忠实的《轱辘子客》在《延河》发表，小说叙述方式的变化获得了王愚的充分肯

---

① 白描：《要有肚量听真话——我看"文学陕军再出发"》，《文学报》2014年1月2日。

定。王愚在"十七年"时期就已进入陕西文学评论界,为《延河》的理论编辑,是20世纪80年代陕西文学评论界的重量级人物。《轱辘子客》这篇小说对于陈忠实的意义在于,这是他第一次为了进行叙述语言试验而做的练习篇。通篇故事和情节都以叙述来实现,只在结尾处有几句人物对话。基于此,王愚给予了充分肯定。无疑,王愚的肯定给予了陈忠实极大的信心。他后来回忆说:"这种叙述语言的艺术效果如何,在我已不是这篇短篇小说的成败,而是牵涉到未来长篇小说的写作,能否有自信实现叙述语言的新探索。王愚给我了鼓励。"[①] 作为陕西笔耕组重点关注的作家之一,陈忠实的创作也得到了其他评论家的指导。对柳青有过深入研究的蒙万夫一直关注陈忠实的作品,他告诉陈忠实,写长篇"要注意结构","弄不好就成了'提起来是一串子,放下来是一摊子',那就是没有骨头的一堆肉"[②]。这句话对陈忠实《白鹿原》的写作产生了非同一般的催化作用。

第二节 走向生命体验的语境

每一位经典作家都是个案,每一部经典作品更是个案。对经典作品的选择性精读是自学奋斗进入文坛的陈忠实最可靠也最便捷的方式,这构成了他从"我的剥离"到"原的剥离",以至"寻找属于自己的句子"艺术体验的精神资源。"长久以来,我很清醒,因为没有机会接受高等文科教育,所得的文学知识均是自学的,也就难以避免零碎和残缺,再加之改革开放前17年的极'左'文艺政策所造成的封闭和局限,我既缺系统坚实的文学理论基础,也受限制而未能见识阅览更广泛的文学作品。新时期以来,偏重于这方面的阅读和补缺就是很自觉也很自然的事了。"[③] 他此时的选择和此前比已有了目的性和层次

[①] 陈忠实:《白墙无字》,西安出版社2013年版,第12页。
[②] 远村、陈忠实:《〈白鹿原〉获茅盾文学奖后答问录》,李清霞编:《陈忠实研究资料》,山东文艺出版社2006年版,第43页。
[③] 陈忠实:《寻找属于自己的句子》,上海文艺出版社2009年版,第8页。

上质的变化。

"大约在这一时段,我在《世界文学》上读到魔幻现实主义的开山之作《王国》,这部不太长的长篇小说我读得迷迷糊糊,却对介绍作者卡朋铁尔创作道路的文章如获至宝。《百年孤独》和马尔科斯正风行中国文坛。我在此前已读过《百年孤独》,却不大清楚魔幻现实主义兴起和形成影响的渊源来路。卡朋铁尔艺术探索和追求的传奇性经历,使我震惊更使我得到启示和教益。"① 由此可见,对陈忠实产生裂变效应的是阅读拉美作家卡朋铁尔的《王国》,准确地说,是来自卡朋铁尔富有传奇色彩创作道路的强烈刺激,促使他展开了对自我的自觉性反思。拉美文学的崛起是20世纪世界文学的一个重要界碑,它创造了魔幻现实主义,奉献了《王国》《百年孤独》等优秀作品。在现代派风行的年代,拉美作家逆风而行,立宗开派,寻找到适合自己的表达方式,这无疑对当时正处于剥离期的陈忠实来说,无异于春风化雨、雪中送炭。他对这种阅读触动记述得十分详细:"拉美地区当时尚无真正意义上的文学,许多年轻作家所能学习和仿效的也是欧洲文学,尤其是刚刚兴起的现代派文艺,卡朋铁尔专程到法国定居下来,学习现代派文学开始自己的创作,几年之后,虽然创作了一些现代派小说,却几乎无声无响,引不起任何人的注意。他失望至极时决定回国,离开法国时留下一句失望而又诀绝的话:在现代派的旗帜下容不得我。我读到这里时忍不住'噢哟'了一声。我当时还在认真阅读多种流派的作品。我尽管不想成为完全的现代派,却总想着可以借鉴某些乃至一两点艺术手法。卡朋铁尔的宣言让我明白一点,现代派文学不可能适合所有作家。"② 我们不妨再回到陈忠实所处的年代,或许能感受到其时不寻常感触产生的原由。

陈忠实文学起步时所接受的是革命现实主义文学的熏陶。"革命现实主义的一个最基本的要求,就是必须用社会主义的思想和精神教育人民,这种规约首先强调的是政治方向的正确,它常能在创作的关

---

① 陈忠实:《寻找属于自己的句子》,上海文艺出版社2009年版,第9—10页。
② 陈忠实:《寻找属于自己的句子》,上海文艺出版社2009年版,第10页。

键处迫使作家放弃自己的某种与生活真实相一致的深切感受,去适应那些抽象的本本说教,甚至不得已而改变创作的初衷。……陈忠实这位文学新秀是在一个特殊的时代里走进作家队伍并受到称赞的,他的命运没有真正掌握在自己的手里。"① 1949年后很长一段时间,革命现实主义一元化禁锢了作家本来敏感的神经和思想,轨道滑行式的创作与时代进行着的刻板而缺乏活力的生活反映,无形中禁锢了文学创作的创造性,使文学难以触及人的灵魂和精神欲求;而西方现代主义文学艺术又被视为反动的异端,被拒斥于国门之外,使现代主义文学观念一直处于封禁状态,成为不可触及的创作雷区;如此而来,革命现实主义自然就成为唯一的科律,被意识形态倍加推崇而走向模式化。起步于此时期的陈忠实,思维及生活阅历严重局限了他的视野,也约束了他本该活跃的思想,精神的封闭使他停留于"革命文学"的框架里难以找到创作突破的法门。在思想的麻醉和心灵的自然活泛夹击之中,他对现实和艺术既保持了常人皆有的戒备心理,又不免萌生更新换旧的精神渴求与奢望。

这种欲望的实现发生在新时期开始不久。伴随改革开放,西方现代派文艺被允许译介,一时如同打开了潘多拉的盒子,在久经封闭的中国文艺界产生了"魔法"效应。"直到回嚼出《蓝袍先生》并引发《白鹿原》的创作欲望,再经过两年构思四年写成,我最直接的自我感动,是对白鹿原北坡根下祖居老屋这个写作环境的选择,无疑最适宜我的回嚼。这十年的回嚼和写作,得益于上世纪八十年代新思维新流派的启发和丰富,也得助于许多非文艺书籍的启迪和开通。"② 当时,思想精神里的沉淀尚未能反刍涤荡干净的陈忠实,对扑面而来的新奇异类应接不暇,进而陷入迷茫。同样追求艺术的真实,现代派的艺术真实和革命现实主义的艺术真实截然不同,创作手法也迥然相异,最重要的是价值认知不同,迫使他不得不进行自我与思潮语境之间的权衡选择。进入新时期后,刘心武的《班主任》无疑给予了陈忠实以

---

① 畅广元:《陈忠实文学评传》,陕西师范大学出版社2020年版,第16页。
② 陈忠实:《寻找属于自己的句子》,上海文艺出版社2009年版,第101页。

强烈的震撼,其意义不亚于一针强心剂,使他感觉到属于文学的春天终于来到。于是,陈忠实一边通过阅读经典来清除"极左"的思想影响,一边用新的理念来尝试创作,直到写作《蓝袍先生》之时,引发了他一生最重要的作品《白鹿原》的创作冲动和欲求。

为了"沉静"写作《白鹿原》,陈忠实曾给自己订立了三条"约律":不再接受采访;不再关注对以往作品的评论;一般不参加那些应酬性的集会和活动,努力使自己保持心态沉静。"我在长篇将开始一种新的艺术体验的试验性实践,比以往任何创作阶段上都更清醒地需要一种沉静的心态;甚至觉得如不能完全进入沉静,这个作品的试验便难以成功甚至彻底砸锅。"[①] 陈忠实当时已届"五十而知天命"的生命大关,年岁的增长对他的文学理想产生了未曾有过的强大压力,他深知要在自己思想成熟、精力旺盛的壮年,来完成一次宝贵的生命体验和独特艺术体验,需要准备的东西还很多,而心态尤为重要。也正是这三条"约律"保证了他整个写作过程处于"非此勿视的沉静心态"。"聚住一锅气,不至于零散泄漏零散释放,才能把这一锅馒头蒸熟。"后来他回想这段过程,不禁感念当时的明智,"当我完成这部书稿以后,便感谢当初的三条约律拯救了我的长篇,也拯救了我的灵魂。"[②]

究竟采用什么样的创作方法,这也是《白鹿原》写作理念的准备之一。陈忠实经过大量阅读后清醒认识到,现代派创作手法未必适合自己,也未必适宜自己对历史和生活、生命体验的完美展现。这种理性保证了他作为作家艺术人格的独立性,没有屈从于文艺思潮的虹吸效应,这是陈忠实完成精神剥离后获得的本质性力量。在他看来,新时期以来的文学创作,有现实主义、后现实主义、新写实派、意识流、寻根主义、荒诞派,无论何种流派持有怎样的理念,无论艺术形式上有多大差异,归根结底都是为了写出这个民族的灵魂,区别只在于表现形式的不同而已。作品的艺术效果并不纯粹取决于艺术形式,起主导作用的仍然是作家生命体验的独特性。"作家对历史和生活的独特

---

① 陈忠实:《寻找属于自己的句子》,上海文艺出版社2009年版,第189页。
② 陈忠实:《寻找属于自己的句子》,上海文艺出版社2009年版,第189页。

体验决定着他的作品的深度，鲁迅的《阿Q正传》和巴金的《家》，都是两位巨匠独特的生命体验的结果。""我和当代所有作家一样，也是想通过自己的笔画出这个民族的灵魂。我以前的某些中短篇小说也是这种目的，但我的体验限制了这些中短篇小说的深度。此次《白鹿原》书的写作意图也是这样。……在我来说就是想充分展示我的独特的生命体验，即截止到一九八七年前后我已经体验到了的。"①

  在作为小说主要人物蓝袍先生出台亮相的千把字序幕之后，我的笔刚刚触及到他生存的古老的南原，尤其是当笔尖撞开徐家镂刻着"读耕传家"的青砖门楼下的两扇黑漆木门的时候，我的心里瞬间发生了一阵惊悚的颤粟，那是一方幽深难透的宅第。也就在这一瞬，我的生活记忆的门板也同时打开。连自己都惊讶有这样丰厚的尚未触摸过的库存。徐家砖门楼里的宅院，和我记忆里陈旧而又生动的记忆若叠若离。我那时就顿生遗憾，构思里已成雏形的蓝袍先生，基本用不上这个宅第和我记忆仓库里的大多数存货，需得一部较大规模的小说充分展示这个青砖门楼里几代人的生活故事……长篇小说创作的欲念，竟然是在这种不经意的状态下发生了。②

这种由《蓝袍先生》无法包纳的"库存"而引发的长篇小说创作冲动与平时的写作不同，陈忠实很清楚表达、结构、语言都需要有新的尝试，对自己的"库存"如何建构要在精神和思想上做好至关重要的准备。这些准备除了对"存货"进行补充查证的深度梳理而外，最重要的是用何种"句子"来表达才更适合自己，才更能体现出生命体验的独特性。这种选择是在现代派日盛，对现实主义质疑甚至否定的争论语境中进行的。至于他后来所说"现实主义并不过时"的渊源正始于此时，是他深受卡朋铁尔的启发所有的感慨。

---

① 陈忠实：《寻找属于自己的句子》，上海文艺出版社2009年版，第192页。
② 陈忠实：《寻找属于自己的句子》，上海文艺出版社2009年版，第1页。

更富于启示意义的是卡朋铁尔之后的非凡举动,他回到故国古巴之后,当即去了海地。选择海地的唯一理由,那是在拉美地区唯一保存着纯粹黑人移民的国家。他要"寻根",寻拉美移民历史的根。这个仍然保持着纯粹非洲移民子孙的海地,他一蹲一深入就是几年,随之写出了一部《王国》。这是第一部令欧美文坛惊讶的拉丁美洲的长篇小说,惊讶到瞠目结舌,竟然找不到一个合适的词汇来给这种小说命名,即欧美现有的文学流派的称谓都把《王国》框不进去,后来终于有理论家给它想出"神奇现实主义"的称谓。《王国》在拉美地区文坛引发的震撼自不待言,被公认为是该地现代文学的开山之作奠基之作,一批和卡朋铁尔一样徜徉在欧洲现代派光环下的拉美作家,纷纷把眼睛转向自己生存的土地。许多年后,拉美成长起一批影响欧美也波及世界的作家群体,世界文坛也找到一个更恰当的概括他们艺术共性的名词——魔幻现实主义,取代了神奇现实主义……我在卡朋铁尔富于开创意义的行程面前震惊了,首先是对拥有生活的那种自信的局限被彻底打碎,我必须立即了解我生活着的土地的昨天。"[1]

卡朋铁尔的经历和成功在给予陈忠实不追赶时髦,坚持现实主义创作方法自信的同时,又彻底打碎了他对"生活库存"的自信。他清醒地意识到《白鹿原》绝不能用冲动去完成。

我顿然意识到连自己生活的村庄近百年演变的历史都搞不清脉络,这个纯陈姓聚居只有两户郑姓却没有一户将姓的村压为什么叫做蒋村。我的村子紧紧依偎着的白鹿原,至少在近代以来发生过怎样的演变,且不管两千多年前的刘邦屯兵灞上(即白鹿原)和唐代诸多诗人或行吟或隐居的太过久远的轶事。……我不仅打破了盲目的自信,甚至当即产生了认知太晚的懊悔心情……我

---

[1] 陈忠实:《寻找属于自己的句子》,上海文艺出版社2009年版,第10—11页。

> 久久地注视着绵薄发黄到几乎经不起翻揭的纸页，一种愧疚使我无言，我在对"合二而一"和"一分为二"几乎无知的情况下也作过"表态"发言，现在近距离面对这位尊贵的哲学家乡党的时候，领受到真正的学问家对浅薄的讽刺，也领会到人类从哲学角落认识世界的漫长和艰难。这些县志还记载着本地曾经发生过的种种灾难，战乱地震瘟疫大旱奇寒洪水冰雹黑霜蝗虫等等，造成的灾难和死亡的人数，那些数以百万计的受害受难者的幽灵浮泛在纸页字行之间……①

由此而开启了陈忠实对《白鹿原》创作的艺术准备工作。他开始查阅县志并重新认识自以为是的土地及其历史。这是他创作开始的第一步，也是走进"秘史"的第一步。陈忠实曾说自己在创作《白鹿原》之前进行了充分的创作准备，阅读了大量经典作品，领悟到作品的结构需要自己去创立；对于当时文坛出现的一些问题，也自觉地阅读了一些作品，感悟到创作需要考虑读者的阅读情绪，因此需要用高明的艺术手法去吸引，而不是低俗地迎合。"作家不能不考虑读者在整个文学活动中的参与效果"。② 通过有目的的阅读和观念的更新，陈忠实不仅把握了时代文学发展的动向，了解到时代对文学的基本要求，而且在面对新时期文坛的诸种文学思潮时，他准备了兼顾彼此以凸显自身个性的心理预案。

20世纪80年代前夕，中国的社会思潮开始"解冻"，文艺思潮挣脱了僵硬的"枷锁"，开始迈向新纪元的"新生"。1978年5月开始的真理标准问题的大讨论，使尚且懵懂的国人思想开始"解封"。"中国，就好像一个疲惫瘫软的旅人，突然服用了兴奋剂，一下子又恢复了青春活力，马上生机勃勃起来。"③ 在这一刮骨疗毒式的思想转换

---

① 陈忠实：《寻找属于自己的句子》，上海文艺出版社2009年版，第11—12页。
② 远村、陈忠实：《〈白鹿原〉获茅盾文学奖后答问录》，李清霞编：《陈忠实研究资料》，山东文艺出版社2006年版，第43页。
③ 马立诚、凌志军：《交锋》，今日中国出版社1998年版，第57页。

过程中，新的思想尚未完全确立自身的地位，刻板而僵硬的旧文艺理论也并未完全消失。伴随"十一届三中全会"的召开，中国文艺界开始了"拨乱反正"，但是在清除"四人帮"文艺体系的同时，人们局限地把文学理想确定为恢复"十七年"的文学传统，并未想到去开创一个完全属于文艺自身的体系。随着真理标准问题的逐步深入，文艺与政治关系的讨论使"文学观念获得了解放，被压抑已久的文学的主体性终于获得了一展英姿的机会"①。此时，文学的论争此起彼伏，加之80年代中期西方文艺思潮的涌入，彼此关联而又相互区别的文学观念相互纠缠与碰撞，引致了文学思想的多元化。陈忠实创作思想的萌发与形成，尤其是文学观念的蜕变正得益于这一时期的文学论争。

  虽然各种论争最终未能达成共识，但论争本身却让人们感受到了不同文学观念的存在，而且有了更多自由选择的空间。90年代计划经济开始向市场经济转型，刚摆脱政治禁锢不久的文学再次受到经济的左右，旧问题尚未解决，新的问题接踵而至，文学观念日趋复杂化，文人相继出现了分化与重组。70年代末登上文坛的作家，多少受到"文革文学"影响，随后不断登场的各种文学思潮以及纷纭复杂的文学环境，促使他们不得不逐步转变、逐步确认，最终形成自身的文学观念。作家的创作多起步于模仿。究竟选择哪个作家作为自己模仿的对象，可能会带有一定的偶然性，但却是他们创作风格形成的起点，今后无论继承还是超越，此前的经历都会留下印迹。陈忠实曾自述"是上世纪八十年代不断发生的精神和心理的剥离，使我的创作发展到《白鹿原》的萌发和完成。这个时期的整个生活背景是'思想解放'，在我是精神和心理剥离。"②

  西方现代主义文艺思潮引起了社会的广泛关注，一批作家借鉴西方现代派技巧大胆进行创作实践，文学创作关注的重点从"写什么"走向"怎么写"。与此同时，也有学者倡导文化寻根思潮，尽管对于文

---

① 李扬：《中国当代文学思潮史》，上海社会科学院出版社2005年版，第107页。
② 陈忠实：《寻找属于自己的句子》，上海文艺出版社2009年版，第103页。

化或文学之"根"的理解与姿态不同,寻根本身无疑拓宽了文学书写的路径,"其文化意义仅属表层,真正的或者说最终将落实到创作实践上的争论,乃是关于小说话语形态的争论"①。在借鉴西方现代写作技巧以彰显自身特色,以及深入本民族文化寻找创作资源这两种写作风格各领风骚时,一种新的文学思潮应运而生,那就是新写实主义思潮。

和平年代,人们更多关注世俗日常生活,这就要求文学必然要与世俗生活相呼应。新写实主义摒弃了当代文学关注宏大叙事、典型化人物形象塑造的写法,在对芸芸众生的书写中,呈现出真实的人生状态。就对传统文学技巧的反拨来看,新写实主义无疑又有着后现实主义的特征:"后现实主义要求作家消解对生活的种种主观臆想和理念构造,纯粹客观地对生活本态进行还原。在还原的过程中,作家要逃避自己的意识判断、理性侵犯。作家写作的过程,不是论述分析,而只是被动的接受生活给予的种种现象,生活现象才是现实的本体,叙述只是努力地回到这个本体。"②

20世纪90年代,市场经济逐渐深入人们的生活,民间价值观念渐趋世俗化。新写实小说的出现意味着人的思想观念与价值立场等发生了深刻而急剧的变化,从而吸引了更多作家重新思考文学与生活的关系。此时,后现代主义的影响逐渐被放大。实际上,后现代主义理论在20世纪80年代就已进入中国,但由于当时的中国更多在考虑现代性因素与传统性的相区别,现代主义理论备受重视,而无暇顾及后现代主义理论。但在80年代后期,一系列重大事件的发生挫败了中国思想家的启蒙热情,"人们开始重新定位,很快在'后现代主义'的思潮中找到了方向"③。因此,在20世纪80年代末至90年代,现代主义与后现代主义两股思潮在中国传播,后现代主义势头渐猛,在这一语境下出现的女性主义与新历史主义的思潮对文学产生了直接的影响。

---

① 李洁非:《寻根文学:更新的开始(1984—1985)》,《当代文学评论》1995年第4期。
② 王干:《近期小说的后现实主义倾向》,孟远编:《新写实小说研究资料》,百花洲文艺出版社2018年版,第16页。
③ 孙桂荣:《中国当代文学思潮研究十六讲》,山东文艺出版社2009年版,第27页。

20世纪70年代产生的女性主义思潮形成了后现代的女性主义思潮，其否定所有的宏大理论体系，强调"差异性"和"多元性"，倡导建构女性的话语体系，"提倡用一种特殊的女性视角对待日常生活中的一切现象，并进而重新审视现存知识领域内各种定论的可靠性"，"力图树立女性视角的地位，最终改变男性中心文化支配一切的局面，形成一种新的、与之抗衡的女性文化"[①]。女性主义思潮的出场改变了社会对于性别关系的看法，女性文学则改变了女性话语缺失的状态，带有了强烈的反叛性以及巨大的颠覆性。与女性主义思潮相得益彰的新历史主义思潮开启了全新的历史观，在新历史主义理论者看来，历史并不是过去发生的客观时间，而是对于历史的叙述，而叙述本身又带有权力运作的痕迹。在此思潮影响下所产生的新历史小说开始"突破传统历史语境，对历史的细节重新梳理、建构，以期真正接近历史本身，让读者获得一种对历史最真实的解读与判断"[②]。

从现实主义文学思潮、现代主义文学思潮、寻根文学思潮、新写实文学思潮、女性主义文学思潮以及新历史主义文学思潮的发展并进，可以看出20世纪70年代末到90年代文学发展的大致状况。这些思潮或强调文学与现实、历史、文化等的关系问题，或强调写作技巧的重要性，或思考文学中的性别话语，从而为文学发展带来了多种路径与可能。陈忠实就是在这样的语境中，获取了宝贵的启迪和丰富的理论滋养，加之刮骨疗毒式的自我"剥离"，从对"文化心理结构"到对民族文化心理结构的反思，终而完成了自己文学人生中最为宝贵的一次生命高峰体验。

第三节 "独开水道也风流"

《白鹿原》作为一部现实主义力作，小说中的诸多事件源于历史，多数人物也存在一定的原型。而在回顾历史的叙述中，小说大量呈现

[①] 康正果：《女权主义与文学》，中国社会科学出版社1994年版，第2页。
[②] 吴家荣：《文学思潮二十五年 1976—2005》，安徽文艺出版社2013年版，第238页。

神秘的民间神话传说，使小说充满了一种神秘感，因此研究者普遍认为《白鹿原》受到拉美魔幻现实主义小说马尔克斯的《百年孤独》的影响。小说中的象征隐喻、幻觉梦境以及死亡等都是超现实主义的写法，表现为现实主义的主调加上部分现代派的写作技巧："把现实和非现实、理性和非理性、意识和潜意识、真是和梦幻、常态和变态，一股脑儿地搅和、交错、浑融到一块，并构筑成一个色彩斑斓、万象纷呈的有机的艺术整体，不得不说是《白鹿原》的一大特色。"[1]

巴尔扎克认为小说是一个民族的秘史，《白鹿原》对于历史的书写是与传统文化纠缠在一起的。陈忠实是在文化寻根大背景之下构思《白鹿原》的，对于传统文化的思考在《蓝袍先生》中就有所涉足，以肯定"慎独"精神来表达对传统文化的慎思。在寻找民族文化之根的过程中，他找到了儒家文化中的仁义精神，这种精神便是中华民族得以生生不息的根本。不少民族文化在发展过程中先后存在断裂，中华民族文化却能延续至今，很显然，其顽强生命力的背后是这一文化所具有的独特性和优越性。但是中华民族也有过屈辱史，清末民初，中国社会也曾横向移植"西方经验"，从技术变革到制度变革再到思想变革，仍然不免因落后而挨打。这一文化似乎又有其落后性。因之，当下现实发展可以从民族文化中寻求精神支柱，却无法一味呼唤传统，两面性思考是《白鹿原》面对传统文化的姿态。

在文化反思的大背景下，这种审视传统文化的姿态是客观而理性的。因为有所反思，也就意味着传统文化无法提供解决今天社会问题的良药。《白鹿原》之后，陈忠实关注的视角重新回到当下乡村，表现为"现在—历史—现在"的思考轨迹。《白鹿原》所呈现的历史并非按照先念存在的观念而写的"正史"，而是"民族的精神史、心灵史、苦难史、'折腾'史、命运史。它是作家基于对我们民族命运及未来拯救的焦虑与关怀，潜入国民生活的深处，以自己的心灵之光，所烛照出来的民族历史及国民精神的混沌之域和隐秘的角落"[2]。值得

---

[1] 治芳：《略谈〈白鹿原〉的魔幻色彩》，合肥工业大学出版社2012年版，第194页。
[2] 李建军：《陈忠实的蝶变》，二十一世纪出版社集团2017年版，第165—166页。

提及的是,《白鹿原》更多表现为现实主义特色,何以与新历史主义思潮存在关联?传统历史主义者认为可以完成对于历史真相的还原,新历史主义者注重历史反思,发掘人性,以凸显历史的本来面目。《白鹿原》则选取的是民间叙事立场,摒弃了对民国历史的革命历史小说的叙事方式,在参考史料的基础之上,进行了大量的虚构,对于历史做了不同于已有的价值判断,表达作者对于历史本身的独特看法。《白鹿原》是写人的历史,而非写历史中的人。

《白鹿原》塑造了一系列典型人物形象,作家也选择了客观的叙事立场,其中也有新写实小说中常见的特点,例如拒绝和背弃了带有强烈政治权力色彩的创作方式,还原生活本相,崇高中有卑微,温情中有欲望,而对于小人物艰难困苦、无所适从的尴尬生存状态毫不隐讳,甚至将世俗欲望看作不少人物的生命力量。小说中有一批身为社会底层的小人物,他们在欲望中生,在欲望中死,例如田小娥、鹿冷氏。而大义凛然如白嘉轩,也会因娶妻七房而深感豪壮。小说值得肯定的还有对于女性生命的思考。小说中塑造了多种女性形象,有符合传统规范具有传统美德的仙草、朱白氏,也有敢于突破传统规范的田小娥、白灵。有研究者认为:"由于作家对传统儒家文化有意无意的认同态度,造成了叙述者性别观念上的落后与保守,流露出比较明显的性别偏见。从叙述者对不同类型人物形象的情感态度与价值判断以及对两性关系的描写都呈现出明显的男权意识的痕迹。"[1] 纵观《白鹿原》对于女性生存状态的书写,应该说白鹿原是一个具有强烈男权意识的乡村社会,白嘉轩因为娶了七个女人而深感豪壮受到批判,一位仁义正气的族长尚且如此看待女性,男尊女卑思想的禁锢程度在乡土社会便可想而知。从另一个角度来看,这又是作者对于两性关系不平等的感慨,是一种基于文化批判立场的现实主义。

在自觉意识中,陈忠实无疑将感情的天平倾斜于女性。正是有感于贞节观念给女性带来的折磨,他塑造了田小娥、鹿冷氏;正是有感

---

[1] 曹书义:《〈白鹿原〉:男权文化的经典文本》,《河南师范大学学报》(哲学社会科学版) 2004年第3期。

于女性在乡村社会被视为生育工具的事实，塑造了孝义媳妇以及白嘉轩的七房媳妇。陈忠实对于女性生存体验的关注与女性主义思潮有着某种程度的契合。

陈忠实将传统文化的两面性思考融入《白鹿原》，与其早期作品比较，他在扬弃、汲纳到确立的精神、心理嬗变进程中，并非一味抛弃，亦非一味接受，而是以确定思维立场为核心来进行自我更新，进而外审历史，把聚焦点放在了渭河平原20世纪前半世纪的历史风云中，用自己的心灵去感知和判断历史，以达到自我剥离与重建。联系到陈忠实2009年和笔者的一次交流，那时他主动提出"一分为二"和"合二为一"的话题，表明陈忠实在创作《白鹿原》期间，不纯粹是一位作家"垫棺"式创作，而是自我思想的重建历程。"剥离这些大的命题上我原有的'本本'，注入新的更富活力的新理念，在我更艰难更痛苦。剥离的实质性意义，在于更新思想，思想决定着对生活的独特理解，思想力度制约着开掘生活素材的深度，也决定着感受生活的敏感度和体验的层次。我之所以注重思想，是中外优秀作品阅读的影响。"[①] 陈忠实的蝶变之旅，得益于中外优秀作品的细读，从他的体会而言，作家的思想力度、思想立场具有决定性意义，而思想的萌发首先得从自己书写的历史生活中反思。

作为一个从20世纪60年代开始创作，经历了一系列文艺思潮变化的新时期作家，陈忠实在创作上显然吸收了诸多文艺思潮的特点，最终博采众长，使各种资源整合消化并聚汇于《白鹿原》中，"成一家之言"。陈忠实的创作出现在文化大量引进、文学思潮多元共生的新时期，他一方面在吸收，一方面在辨析，选择资源与信息或为己所用，或引以为戒。因此，白烨感慨："他在这个过程中不断地学习辨析，某种意义上讲，他在吸收这个时代的从社会生活到文化生活的方方面面的营养"，他抓住了这个时代的一切可能，"他是这个时代的一

---

① 陈忠实：《寻找属于自己的句子》，上海文艺出版社2009年版，第103页。

个代表，《白鹿原》是吸收了那个时代诸多营养的一部作品，也是能够体现那个时代的一部非常重要的代表性作品"。①

从《蓝袍先生》《初夏》《四妹子》到《白鹿原》，可以看出后者是陈忠实把自己的思想在创作中选择性的尝试，并开始了历史生活的文学书写之旅。中国传统历史演义的套路他没有选择，《李自成》的模式他也没有选择，而最终选择的是站在"民人"的立场维系关中乡村的历史文化书写。对朱先生、白嘉轩既有肯定的情感，也有无情的批判；对鹿子霖既有嘲讽和批判，也有同情和怜惜，他肯定的不是行为，而是他们的精神立场。这是作者心中真实的白鹿原的民间集体心态——文化不能一味继承，而是需要扬弃；也不能一味割断，不选择赓续，姑且我们把这种创作视为《古船》之后成熟的文化批判现实主义书写。

对于多种文艺思潮的兼顾使《白鹿原》上升到一个新高度的看法，尽管也有研究者对其进行了批评，但部分观点亦不如道理。如李建军认为《白鹿原》中因写到朱先生烧掉"倭寇"的毛发而表现出"狭隘的民族主义"色彩，这一点与近代中国长期遭受外敌入侵不无关系。但从人物塑造上看，一个深受儒家文化影响的朱先生似乎并未能达到超越民族的精神高度，而历来的文学作品中又总是在一次次肯定着汉儒的民族气节，朱先生思想境界的高度其实也能给读者一个反思传统文化的缺口；或许可以说，是写作忠实于人物，反思则留给了读者。

兼顾也使《白鹿原》存在彼此矛盾的地方，例如小说开篇几乎神化的白嘉轩与朱先生的精神高度，却在随后不经意间有所失色；黑娃早年的离经叛道与后来的学为好人；鹿兆鹏的革命风光与悄然谢幕等，矛盾的二者之间缺乏一个转变的过程，从写作技巧层面上看，是细节的疏忽；从思想层面上看，是取舍的困难。正如李建军所说的，这取决于他"并没有形成自己的明晰的价值理念和牢固的价值立场"，一

---

① 参考白烨先生在 2019 年 4 月 26 日由西安工业大学举办的"陈忠实三周年追思会暨陈忠实文艺精神传承"学术研讨会开幕式上的致辞整理而成。

方面，他能够"接受时代风气的影响，与时俱进"；另一方面，因为没有自己的价值立场，他也易于成为"一个游移不定的'折衷主义者'"①。但问题总是两面的，当他坚持某种价值判断，形成了一定评价体系的时候，也可能存在不合时宜。小说说到底是说一个故事，说一些想法，而"说法"便是看风景的"窗口"，它开启了一个通道，便关闭了其他通道。文学既可以是经世之伟业，也可以是个人的兴趣，能够引领一时之风尚，也不失为大作品。兼顾时代之风尚，倾诉个人之志意，这正是《白鹿原》的创作之道。

完成凝结自己生命体验的《白鹿原》后，回首一路走来的栉风沐雨，难免感慨万千，不擅长吟诗作赋的陈忠实一时心绪难捺，便填作《小重山·创作感怀》和《青玉案·滋水》以铭记抒怀。

小重山·创作感怀

春来寒去复重重。掼下秃笔时，桃正红。独自掩卷默无声。却想哭，鼻涩泪不涌。

单是图名利？怎堪这四载，煎熬情。注目南原觅白鹿。绿无涯，似闻呦呦鸣。

青玉案·滋水

涌出石门归无路，反向西，倒着流。杨柳列岸风香透。鹿原峙左，骊山踞右，夹得一线瘦。

倒着走便倒着走，独开水道也风流。自古青山遮不住。过了灞桥，昂首掉头，东去一拂袖。

这两首词写作于1992年的夏天，此时《白鹿原》已完成，正在人民文学出版社走审稿程序，当年年底《当代》第六期刊发《白鹿原》的上半部分。很显然，《小重山》是抒发写作《白鹿原》四年的感怀，《青玉案》则是写《白鹿原》完成后的心态，透露出自信而旷

---

① 李建军：《陈忠实的蝶变》，二十一世纪出版社集团2017年版，第411页。

达的心理。从陈忠实的"创业史"看,这两首词是不可分开的互文,"独开水道也风流"的必然会是"杨柳列岸风香透",因为"自古青山遮不住"。但是,不管最终结果会如何?"昂首掉头,东去一拂袖。"剩下的就不是个人所能主宰的,只能交给评论家和读者了,但是自己有信心。

"回首往事我唯一值得告慰的就是:在我人生精力最好、思维最敏捷、最活跃的阶段,完成了一部思考我们民族近代以来历史和命运的作品。"[①] 可以说,陈忠实的文学创作历程,其精髓正是"独开水道也风流"的探寻之旅!

[①] 陈忠实:《陈忠实文集》第七卷,人民文学出版社2015年版,第317页。

第二章　剥离:寻找属于自己的句子

陈忠实的文学创作分期主要有三种观点:"五分法""四分法"和"三分法"。

李建军将陈忠实的文学创作分为起步阶段、前期阶段、过渡阶段、《白鹿原》写作阶段以及晚期阶段[1]。1965年发表在《西安晚报》上的散文《夜过流沙沟》是陈忠实文学创作的开端[2],由此进入了文学创作的第一阶段,即起步阶段。陈忠实文学创作阶段的划分是有明确界限的,第一、二阶段是以1979年发表在《陕西日报》的短篇小说《信任》为分界线;第二、三阶段以1985年创作的《蓝袍先生》为分界线;第三、四阶段以1988年《白鹿原》的创作为分界线;第五阶段指《白鹿原》出版后的二十多年的写作时期。邢小利则将陈忠实的文学创作分为四个时期,第一个时期是1965—1978年,是李建军所说的"起步阶段"与"前期阶段";第二个时期1979—1986年;第三个时期是1987年至1992年,即《白鹿原》的前期准备和构思创作时期;第四个时期为1993年至2016年陈忠实去世。邢小利对陈忠实文学创作的后三个时期的划分与李建军的后三个阶段相似。

上述两种划分,主要从陈忠实的作品变化来区分,实际上还应结

---

[1] 李建军:《陈忠实的蝶变》,二十一世纪出版社集团2017年版,第16页。
[2] 陈忠实将自己写作的处女作认定为1965年3月8日发表于《西安晚报》的《夜过流沙沟》。实际在此前陈忠实还发表有三个作品:其一,1958年11月4日发表于《西安日报》的诗《钢、粮颂》。其二,1965年1月28日发表于《西安晚报》的快板书《一笔冤枉债》。其三,1965年3月6日发表于《西安晚报》的14行诗《巧手把春造》。因这三篇为前创作时期的习作,所以一般认定《夜过流沙沟》为处女作,文集亦未收录。

合作家的思想和思维变化来综合判断。《白鹿原》之前，陈忠实很少出现悲剧意识，而《白鹿原》则呈现出彻头彻尾、强烈的悲剧意识，并且悲剧形态多样而交叉，这是此前未曾有过的现象。悲剧意识是一个作家是否成熟的精神标志。就此而言，他的创作历程可分作三个阶段更为确切：第一阶段为探索期（1958—1986 年），又可称之为前《白鹿原》时期，主要特点是积累写作经验，尝试写作突破，为"寻找属于自己的句子"而蕴积。1958 年至 1965 年期间的前创作期，是兴趣引发的模仿探索，也是陈忠实创作道路幼年期，不能忽略这个文学兴趣的激发和维系价值。第二阶段为巅峰期（1987—1992 年），又可称之为《白鹿原》时期，主要特点是创作思想臻以成熟，从事独特的艺术体验——《白鹿原》的创作。第三阶段为沉静期（1993—2016 年），又可称之为后《白鹿原》时期，主要特点是通过文论、散文等总结创作感受，创作短篇小说《李十三推磨》等来拓展艺术体验。无论是何种划分，都把《白鹿原》的创作看作陈忠实文学创作的巅峰期，也可以说，陈忠实的一生是以《白鹿原》为轴心的艺术人生。

在《白鹿原》创作的准备阶段，或者说是沉潜阶段，他的文学创作经历了两次转型：一是以反映"内伤"的短篇小说《信任》为标志，从深受革命文学影响转向开始强调生活体验；二是从生活体验走向生命体验，《蓝袍先生》就是这一生命体验的初步尝试，正是因为有了对生命体验的探索，才有了后来长篇巨作《白鹿原》的成功。陈忠实将自己的创作历程概括为"寻找属于自己的句子"过程，具体来说是在充分吸收时代文学养分的基础之上，以彰显自己生命体验和艺术体验的蝶化过程。

第一节　早期作品的意义重审

从 1958 年 11 月开始发表作品至 1990 年 12 月，陈忠实首发于陕西地方报刊的文学创作篇目中，共有小说 17 篇、散文 14 篇、报告文学 4 篇、特写 2 篇、诗歌 1 篇、快板书 1 篇、随笔 1 篇、革命故事 1 篇。

从陈忠实早期发表文学作品的出版物来看，主要有《西安日报》《西安晚报》《陕西日报》《陕西文艺》《延河》等。陈忠实从这些报刊中积极地探索写作经验，寻找属于自己的句子，在有限的视野里完成了无限意义的创作。作为杰出的中国当代作家，陈忠实早期的文学创作活动不仅是他文学事业的开端，更是他文学创作价值取向、艺术审美和风格形成前的必要准备。了解陈忠实早期的文学创作必然绕不过去早期文学的传播情况，因此应当对他这一时期创作的文学作品的创作情况、传播途径、传播过程、传播效果等进行一个较为全面的梳理。

陈忠实平生阅读的第一本小说是赵树理的《三里湾》，"赵树理对我来说是陌生的，而三里湾的农民和农村生活对我来说却是熟识不过的。这本书把我有关农村的生活记忆复活了，也是我第一次验证了自己关于乡村关于农民的印象和体验，如同看到自己和熟识的乡邻旧时生活的照片。"[①] 在对赵树理小说的崇拜性阅读中，初中二年级的陈忠实创作出了自己的第一篇小说习作《桃园风波》，这篇小说得到了语文老师的好评及推荐，陈忠实也由此开启了爱好文学之旅。身处于"诗歌大跃进"及"红旗歌谣"时代氛围下的陈忠实在读初三那年，写了不少或五言或七言的歌谣，其中一篇名为《钢、粮颂》发表于1958年11月4日的《西安日报》，这是他在时代氛围影响下最直接的表达，也是他见诸铅字的第一篇作品。文学创作活动是作家复杂的精神创造性活动，《钢、粮颂》蕴含着陈忠实的早期审美意识及相关社会信息，文学梦的种子业已悄然在他心里种下，文学创作在他此后的生命中也成为了重要组成部分。

文学创作动因是驱使作家投入文学创作的内在动力，这种创作动力主要来源于两种因素：一是外界刺激力；二是内部驱动力。陈忠实的文学创作动因就是在一定的外在因素刺激下，表现出个人强烈地对于文学理想的执着追求。1959年4月，柳青的长篇小说《创业史》第一部《稻地风波》在《延河》四月号开始连载，从八月号起，改题为

---

① 陈忠实：《我的文学生涯——陈忠实自述》，《小说评论》2003年第5期。

《创业史》,至十一月号全部载完。陈忠实节省下父亲给的二角买咸菜的钱用来购买《延河》杂志以阅读《创业史》,这是陈忠实掏钱购买的第一本文学杂志。通过阅读《创业史》,陈忠实明白了自己所熟悉的农村生活竟然可以这样写入文章里面,这直接鼓舞了陈忠实文学创作的信心,"我在《延河》上认识了诸多当时中国最活跃的作家和诗人,直到许多年后,才在一些文学集会上得以和他们握手言欢,其实早已心仪着崇敬着乃至羡慕着了"①。

随着阅读范围的扩大,陈忠实已不满足于从熟悉的作家笔下验证自己的生活印象,他将视野转向了"家乡灞河川道那条狭窄的天地"以外的地方,从《静静的顿河》《悲惨世界》《钢铁是怎样炼成的》等文学经典中汲取智慧。在高中二年级时,产生了"想搞文学创作"的想法。然而,高考落榜的现实遭遇给了想要进入大学中文系系统学习文学的陈忠实当头一棒,在困难面前他暗暗较劲,给自己定下了"自学4年,发表作品"的短期目标。只用了短短两年,陈忠实就在1965年1月28日的《西安晚报》②副刊上成功发表了快板书《一笔冤枉债——灞桥区毛西公社陈家坡贫农陈广运家史片断》。对于现代文明社会发展进程中具有一定传播优势的报纸而言,其传播规模与传播速度均不容小觑,副刊作为我国自近现代报业以来报纸的独有现象,一直都是报纸的重要组成部分和构成要件,使得文艺信息得以大规模且迅速地进入广大读者的视野中。"文化大革命"前期的《西安晚报》发行量已较为可观且拥有较大的社会影响力和公信力,其副刊也具有较广泛的群众基础。在接下来一年多的时间里,陈忠实连续在《西安

---

① 陈忠实:《陷入与沉浸——〈延河〉创刊50年感怀》,《延河》2006年第4期。
② 《西安日报》是中共西安市委机关报,创刊于1953年7月1日。1962年2月1日,根据中共中央宣传部关于大城市提倡办晚报的精神,《西安日报》易名为《西安晚报》。1966年12月31日,《西安晚报》陷入"文化大革命"混乱停刊。1969年6月16日,为适应"文化大革命"时期的形势需要,恢复出刊《西安日报》。1981年1月1日,从新时期的宣传需要出发,报纸急需转型,《西安日报》再次改为《西安晚报》。1994年,中共西安市委决定恢复《西安日报》,同时继续办好《西安晚报》。另据《陕西省志·报刊志》记载,《西安晚报》是抗日战争时期由国民党陕西省党部管制下出版的一张报纸,于1937年8月16日在西安创刊,1945年抗战胜利后停刊。本文未采用《报刊志》记载的《西安晚报》创刊时间,特此说明。

晚报》副刊上发表6篇文章，其中散文4篇，诗歌1篇，小说1篇。"陈忠实的小说和散文创作，一直信奉和坚持现实主义的真实性原则，不信鬼神，不言佛道，以真实世界和生活经验为基础，进行艺术描绘和必要的虚构。"此时的陈忠实文学创作文笔虽略显青涩，且作品被政治裹挟的痕迹较为明显，但已经拥有了大批的读者，并呈现出愈加稳固的创作态势。短时间内取得如此优异的成绩，这对文学事业刚起步的陈忠实而言，无疑是最大的肯定与激励；对日后文学事业的发展而言，《西安晚报》副刊扮演了举足轻重的助推作用。

但随着1966年12月31日《西安晚报》的停刊，对于想要通过文学创作改变命运的陈忠实而言，其冲击力是超乎想象的。在"文化大革命"开始后的几年里，全国的文艺期刊相继停办，陈忠实的文学梦也在喧闹的批判声中逐渐被摧残。陈忠实这一停笔就是六年，终于，在《西安日报》文艺部编辑张月赓的盛情邀请下，一篇恢复其写作生命的散文《闪亮的红星》于1971年11月3日在《西安日报》副刊上发表了。鲁迅先生说"不在沉默中爆发，就在沉默中灭亡"，陈忠实终于爆发出来了。重新拾起文学梦的陈忠实后又陆续在《西安日报》上发表了革命故事《配合问题》，散文《雨中》和《青春红似火》，特写《铁锁——农村生活速写》《社娃——农村生活速写》，短篇小说《小河边》，报告文学《忠诚》等。

陈忠实的早期创作逐步往好的方向发展，作品除了在报纸上发表和传播外，文学期刊也成为了其"文化大革命"中后期及20世纪80年代文学传播的主要阵地。相较于地方报纸的副刊来说，文学期刊的办刊宗旨、作者群体构成、来稿采用标准、受众群体等各个方面相较于报纸都呈现出文学性更强、更加专业的风貌。1973年7月，作为当时陕西省最高级别的文学刊物《陕西文艺》[①]在《延河》停刊后的第7个年头后创刊了。《陕西文艺》和《延河》的关系是密不可分的，

---

① 《陕西文艺》（双月刊）1973年7月创刊，1977年11月停刊，坚持办刊4年，出版发行刊物27期，编辑出版者是陕西文艺社，地址西安市东木头市172号。《陕西文艺》编辑部的人员基本上是当年《延河》杂志的人员。

《陕西文艺》当时编辑部的大多数人员是《延河》杂志的原班人马。即使是身处"极左"政治思潮弥漫文坛的政治环境中,《陕西文艺》的编辑人员以及文艺工作者凭借着对文学事业的热爱,从文学内在诉求出发,在一定程度上抵制"假大空"的来稿,为陕西未来文艺事业及时发现并培育新人。在受到业余作者徐剑铭的推荐后,陈忠实的散文《水库情深》在《陕西文艺》创刊号上发表了,"我进了早就仰慕着的《延河》的大门了"。陈忠实在后来的回忆中曾经说过"在上世纪70年代我写作上述那几篇作品的时候,实际是我对文学创作最失望的时候,自然是'文化大革命'对前辈作家的残害造成的。我当时已谋得最基层的一个干部岗位,几乎不再想以写作为生的事,更不再做作家梦了。……那个时候不仅没有稿酬,还有一根'极左'的棒子悬在天灵盖上,朋友、家人问我我也自问,为啥还要写作?我就自身的心理感觉回答:过瘾。……当年把写作当作'过瘾'的时候,只是体验和享受一种生命能量释放过程里的快乐和自信。"[1] 在《陕西文艺》上发表作品对当时的陈忠实来说,其意义更多体现在他的文学价值得到陕西文坛乃至全社会的认同。不久之后,他发表在《陕西文艺》上的短篇小说《接班以后》无意间得到了仰慕已久的作家柳青的点评与修改,陈忠实的文学创作向着更高层次迈进了。在接下来的时间里,陈忠实在《陕西文艺》1974年第5期发表了短篇小说《高家兄弟》,1975年第4期发表了短篇小说《公社书记》,并在1976年9月应《陕西文艺》编辑约稿,于第6期发表了言论《努力学习,努力作战》。随着1977年《陕西文艺》杂志的停刊,是年7月恢复了《延河》杂志刊名,这在全国同类文学杂志中属于较早复刊的文学刊物,它为陕西乃至于全国的文学创作提供优化发展的平台。陈忠实在1977年《延河》杂志第10、11期的合刊中发表散文《雹灾以后》,后又发表小说《南北寨》《七爷》《猪的喜剧》《枣林曲》《尤代表轶事》《短篇二题》《绿地》《地窨》《轱辘子客》,散文《送你一束山楂花》《马罗大

---

[1] 陈忠实:《陷入与沉浸——〈延河〉创刊50年感怀》,《延河》2006年第4期。

叔》，报告文学《崛起》，以及《答读者问》等，共计14篇，足见《延河》（或《陕西文艺》）杂志在他早期文学传播中所占比重之大，地位之稳固。

《陕西日报》是全国创刊最早的省级党报之一，也是西北地区发行量最大的省级党报。1979年6月3日，陈忠实在《陕西日报》上发表短篇小说《信任》，后又由王汶石推荐，被《人民文学》1979年第七期转载，在全国范围内引起了强烈的反响，并获得了中国作协1979年度全国优秀短篇小说奖。这是陈忠实早期文学创作中影响力较大的一篇小说，也是其早期短篇小说创作中艺术水平较高的一篇作品。《信任》的发表及获奖，给陈忠实的文学创作搭建了更加广阔的舞台。他又接连在《陕西日报》发表短篇小说《第一刀》《冯二老汉》，与《陕西日报》编辑田长山合写报告文学《渭北高原：关于一个人的回忆》等文学作品。陈忠实在《陕西日报》上取得的成就在其早期文学创作传播进程中扮演着重要角色，为他步入全国文坛并站稳脚跟起到了推波助澜的作用。

陕西地方报刊成为陈忠实早期文学传播的重阵，与报刊编辑的赏识、推荐甚至是督促不无关系。如果说陈忠实第一篇见诸铅字的小诗《钢、粮颂》和快板书《一笔冤枉债》、散文《巧手把春造》等属于"野生"发表，其后的散文《夜过流沙沟》《杏树下》《樱桃红了》等则在自身文学创作水平提高的基础上，受到了《西安晚报》副刊编辑的青睐。当"工人诗人"徐剑铭向《陕西文艺》编辑董得理、路萌推荐陈忠实刊登在《郊区文艺》上的散文《水库情深》时，两位编辑并没有因为陈忠实当时的名不见经传而谢绝，反而以认真负责的态度仔细审稿并"用红笔密密麻麻"写明修改意见后，寄给了陈忠实。后陈忠实将写好的小说《接班以后》投给《陕西文艺》，没过多久就收到了编辑董得理的亲笔回信。在之后与董得理的面谈中，董得理毫不掩饰的兴奋、细致及坦诚无不让陈忠实感动。在散文集《原下的日子》里，陈忠实还记载了与《陕西日报》吕震岳、人民文学出版社何启治的交往感受，一位促成了小说《信任》的完成和发表，一位促成了长篇巨著《白鹿原》的问世。尤其是何启治老师，从1973年读完《接班以后》就鼓励陈忠实进行长篇小说的创作，到1992年《白鹿原》的出版，近二十年间，三次约稿，并在陈忠实为长篇做资料准备阶段信守诺言，没有向任何人透露。那种坚持不断的鼓励和点到为止的提醒，表达了何启治对陈忠实的尊重和信赖。

毫无疑问，陈忠实以陕西地方性报刊为传播媒介的早期文学作品本身也是具有较高的创作水准，他早期的文学创作显示出作家身份、政治时局、期刊要求等多方面相结合的时代特征。虽然从赵树理、柳青、王汶石等作家笔下接触到的文本印证的正是陈忠实最熟悉的农村经验，并从这种经验中获得了初期的写作资源，但他觉得"让我挖一辈子土粪而只求得一碗饱饭，我的一生的年华就算虚度了"[①]。陈忠实在高考落榜后顶着巨大的压力创作，为的是希望通过写作改变自己命运，追求文学理想，实现人生价值。散文《夜过流沙沟》的发表，使他从自卑的阴影中走了出来，自信第一次打败了自卑。1965年多篇散文的相继问世，使得他创作的信心更加坚定。随着1962年起担任公社民办教师，1966年加入中国共产党，1971年被借调至立新（原毛西）公社协助党建工作，1973年任毛西公社革委会副主任等一系列工作经历的改变，陈忠实也由学生转变成农民、党员、农村基层干部相结合的身份。在1982年调入陕西省作协成为专职作家之前，陈忠实一直在农村生活、工作。"在那二十年的乡村基层工作中，我才逐渐加深了对与社会与人生的了解和体验；完全可以这样来概括，如果没有那二十年的乡村工作实践，我的全部文学创作都是不可想象的，或者说完全是另一种面貌。"[②] 此外，由于政治时局的影响，陈忠实早期文学创作带有明显的跟风性质，但其作品在把握时代脉搏、塑造典型人物形象、试图从更广阔的思想视域观照现实生活等层面进行的文学尝试，依然在同期同类作品中具有较高的水准。同时，陈忠实早期文学创作能够较好地把握报刊的办刊宗旨及发表要求，如《陕西文艺》创刊号

---

① 陈忠实：《我的文学生涯——陈忠实自述》，《小说评论》2003年第5期。
② 陈忠实：《陈忠实文集》第五卷，人民文学出版社2015年版，第398页。

"编者的话"中所写："我们提倡运用革命现实主义和革命浪漫主义相结合的创作方法……努力塑造无产阶级的英雄形象。"《接班以后》《高家兄弟》和《公社书记》无一不是满足此宗旨的要求。

在对陈忠实早期文学创作和期刊传播的梳理过程中，笔者发现受众的直接参与也对作家本人及期刊传播产生了重要影响。在1965年《夜过流沙沟》发表两周之后，《西安晚报》副刊"读者中来"栏目就刊发了读者的评论文章《喜读〈夜过流沙沟〉》[①]，文章从修辞、写情写景等方面表达了自己对这篇散文的喜爱之情。《杏树下》《樱桃红了》等散文发表在《西安晚报》后，也受到了读者们的欢迎和肯定，给陈忠实带来了极大的鼓舞。如果说报纸副刊的受众多以普通市民和文艺爱好者为主，其反馈的也多是从散文审美情趣、意境创造、修辞手法等层面构成的感悟式鉴赏，那文学期刊的读者群则呈现出理论性深、专业性强以及扎实的学院派特征来。《陕西文艺》1975年第2期刊发延众文撰写的《深刻的主题思想 感人的英雄形象——评〈高家兄弟〉》一文中写道"这篇作品深刻的主题思想，感人的英雄形象，鲜明的时代精神，较有特色的艺术构思，使人感到新意盎然"。1976年第3期刊发白晓朗、刘书林撰写的《读〈高家兄弟〉和〈公社书记〉》，从小说的思想性、艺术性角度切入，围绕着小说矛盾冲突的设立、人物形象的塑造，以及主题深化等展开论述。由此可见文学期刊的读者除了文学爱好者，更有文学评论家、研究学者、高校教师等一批高知的受众群。但无论读者的身份如何，他们对陈忠实早期文学作品的喜爱与肯定，为陈忠实坚定创作信念产生了深远影响。

在新媒介还没有蜂拥而至的20世纪，报纸期刊始终是文艺活动产生的重要阵地。中国现代作家的作品大多首发于报刊，待数量及名气得到一定积攒，再结集出版，以图书的形式流传。现代报刊承载了大量作家文学创作的原始信息，成就了中国现代文学繁荣的发展样态，对作家文学创作本身也起到了积极推进作用。对于陈忠实早期的文学

---

① 李旺：《陈忠实早期创作考述（1965—1966）》，《文学评论丛刊》2013年第1期。

创作而言，作品在报刊上的连续发表，无疑是对自己创作才能的有效肯定，不仅创作情绪受到了极大鼓舞，创作信心也得到了最大程度的激发。借助媒介传播的手段，陈忠实逐渐从一个普通的文学爱好者，一步步成长为具有深远影响力的中国当代文学大家。纵观陈忠实的文学创作，在经历了几十年的风雨兼程和几十年的磨砺之后，在经过长期的艺术实践和登山式的创作坚持后，在经受过文学传播一次次的考验和洗礼后，终于到达了《白鹿原》的艺术巅峰。陈忠实走向《白鹿原》的路程，是艺术经验不断丰富的过程，也是其文学传播不断成熟的过程，更是他不断探索、不断超越、最终突破的结果。《白鹿原》不是一蹴而就的，是对之前创作的承袭与超越，是对之前创作的升华和集大成。这是由艺术的"量"到"质"的改变，是创作气度的改变。陕西地方文学报刊肩负起了陈忠实早期文学创作的传播和鞭策的重担，在作品的累积和媒介的传播效应下，陈忠实的文学创作日趋丰满并最终走向经典。

第二节　由"革命"而文学

陈忠实由于没有接受过专门的文学训练，最初的文学之路走得较为艰辛。1966年到1972年的七年间，他的作品基本上发表于地方性报刊《西安晚报》上。直到1973年，他才在文学杂志《陕西文艺》上发表散文《水库情深》，此后，又连续在《陕西文艺》上发表了《接班以后》《高家兄弟》《公社书记》等小说。至1976年，陈忠实的创作仍是在"文革文学"的语境下进行的，但他本人并没有为迎合主流意识形态而妥协甚至失去自己的信仰。1976年春，陈忠实发表于1973年的小说《接班以后》应西安电影制片厂之邀改编成电影，因为小说和剧本中并没有涉及同大"走资派"做斗争的内容，根据当时的形势和上级要求，该厂一再坚持要他再加上这些内容，否则审查无法通过。对此时的陈忠实而言，他坚决不同意改编的意见，改编触犯到了自己的写作原则，他认为改编也需要经过作者的意见，否则"不要写剧作者我的名字，你们愿署谁的名，就署谁的名字"[①]。同样也是在1976年，陈忠实在《人民文学》第三期上发表了小说《无畏》[②]，后因内容涉及同"走资派"作斗争的政治敏感性话题，在批判"四人帮"运动时，他所在的区将《无畏》这篇小说列为了专案，好在人民文学杂志社专门派人去说明了情况，陈忠实才没有受到太大的牵连。处在特殊语境下，并不是人人都能保持清醒，尤其是深受红色思想教育的人，而身处其中的陈忠实对待同一话题的不同写作态度说明了他并没有失去真正的自我。

1942年出生的陈忠实早年接受的是红色革命教育，新中国的社会主义文学是他的文学启蒙老师（无论这种文学本身存在多少问题，它无疑是20世纪四五十年代出生的作家的文学启蒙老师），至强调"解放思想、实事求是"的1978年，他已36岁了，文学界开始走向批判"文化大革命文学"，继而走向对"十七年"文学的反思。摆脱自己既定的思维并不容易，保持头脑清醒也不是不可能，同样出生于1942年的刘心武发表于1977年的短篇小说《班主任》强调文学创作的真实性，直接批判了"文化大革命"给下一代带来的精神伤痕。诚然，这篇小说并未完全摆脱社会主义文学的影响，例如文学的教育功能大于审美功能，但彼时足以振聋发聩。而此时的陈忠实也无疑感受到了来自《班主任》的冲击力，读完之后，他竟有心惊肉跳的感觉，小说也敢这样写了！陈忠实因为《无畏》而广遭批评，刘心武因为《班主任》而大获肯定，两人都是业余写作者，尚不比较二者的写作技巧与文字表达能力，这两篇小说何尝不是顺应时代之作？两者最大的区别还是在于作者对于"文化大革命"的写作姿态。两者发表时间略有不同，陈忠实的《无畏》发表在"文化大革命"中，刘心武的《班主任》发表在"文化大革命"后，试想，倘若陈忠实的《无畏》发表在更早的1970年，那他之后的六年创作道路将会是怎样呢？但历史是无法假设的。如果不能准确地判断形势的走向，最好的办法或许就是偏

---

① 邢小利、邢之美：《陈忠实年谱》，陕西人民出版社2017年版，第21页。
② 《无畏》所涉及的被审查问题引致陈忠实的心结，文集未收入。

离政治，价值判断的标准不应该是以政治为导向，而应是体现真善美的人性。

陈忠实熟悉乡村生活，"文化大革命"结束之后，他创作关注的对象并没有改变，仍然是广大的农村社会，置身其中的他深有体会且能看穿问题的关键，文学创作的侧重点从迎合主流意识形态转向了反思社会问题，文学成为了他表达自己思考的一种重要方式。1978年，陈忠实发表了短篇小说《南北寨》，此小说意在探讨农村生活中劳动生产与唱戏编诗究竟哪个更重要的问题，体现了他对社会问题的发现和思考。小说中，南寨的忙着生产，受到公社领导的批评，但赢得了丰收；北寨成了宣传积极村，却荒了田地，只有借粮充饥。对此，小说通过不少人物的语言来再现村民不满的情绪，如"农民是种地哩！心劲儿要花在多打粮食上头哩"；"俺老婆快七十岁咧，成天叫唱沙奶奶！这叫做啥？糟践人哩咯"；"人家这样胡折腾，社员瞎好不敢放个屁嘛！不对了就谈思想，上会！俺北寨人造了啥孽？受这号洋罪？"陈忠实将现实思考转换成文学的探讨，这种问题意识与他在乡村工作多年，对乡村社会发展状况有着熟悉而清晰的认知密不可分。自《南北寨》之后，陈忠实的创作带上了个人的独特思考，反思农村社会工作中一度存在的不合理现象也成为他日后书写农村的主要姿态。

当然，可以通过简单对比陈忠实1973年发表的《接班以后》和1979年发表的反映"内伤"的《信任》来把握他文学创作的第一次转变。小说《接班以后》明显是受到柳青《创业史》的影响，写的是两条路线的斗争。四队队长刘天印与新任支书刘东海都是中共党员、农村基层领导。其中，刘天印是落后的老党员，走的是"资本主义道路"，与《创业史》中的郭振山相似，精明、能干且不服输；刘东海是进步的年轻党员，走的是"社会主义道路"，与《创业史》中的梁生宝相似，稳重、聪明且思想觉悟高。当刘东海试图通过与刘天印谈心来改变对方思想而遭到排斥后，他的心理活动体现出一个基层干部的党性觉悟，"一定要用毛主席的革命路线照亮他的心，使他真正认识到自己的错误"，"从根本上说来，天印问题的根子还扎在那个私有观念上咯！在社会主义社会这个历史阶段，还存在着阶级斗争和两条道路的斗争嘛！"这是小说人物刘东海的认识，自然也是革命观念占据上风的陈忠实的认识。写于1979年的小说《信任》是个值得注意的作品，因为《信任》一改过去外部写矛盾的视角，转而揭示"内伤"问题，表明陈忠实的观念已开始"自觉"。《信任》通过一起打架事件来反思"四清"运动给人们带来的精神创伤。这起打架事件源于报复行为，虎儿为父亲罗坤自"四清"运动以来蒙受的冤屈和受到的折磨打抱不平，终于在平反之后将他这一愤怒发泄到大顺头上，因为后者的父亲梦田老汉在"四清"运动中担任贫协主任，"把人害扎了"。虎儿的行为得到了那些曾受过屈辱的人们的认可，同时也触犯了法律，最后罗坤将自己的儿子送进了监狱。罗坤无疑是一个顾全大局的正直形象，但作品对于梦田老汉也没有简单批判。梦田老汉是"四清"运动中一些冤假错案的制造者，但将所有的错误都归因于他是否合适呢？小说通过大顺之口表明了作者的态度：他的父亲梦田老汉"在'四清'运动中被那个整人的工作组利用了"，"四清"运动后，挨村民骂他也很难受，当其他人要骂他时，他却并不接受，"我也没给谁捏造咯！'四清'也不是我搞的！盖了我的章子吗？我的头也不由我摇！谁冤了找寻工作组去。"一个本该成为好人的人不幸成为众人眼中的坏人，当务之急是谴责这个好人为什么堕落，还是思考其转变为坏人的原因呢？很明显，处在复杂历史环境下的陈忠实选择了后者。由此可见，陈忠实的创作与早期的创作已逐渐拉开了距离。

　　对被各种因素卷入"四清"运动中的农民个体"内伤"的思考在小说《信任》发表之后一度表现得较为强烈。《梆子老太》中的梆子老太可以说是对梦田老汉形象的深入塑造，梆子老太与梦田老汉属于一类人——某个时期乡村社会冤案的制造者，且梆子老太可以看作是权力支配下"放大版"的梦田老汉。梆子老太是个典型的农村妇女，大字不识一个的她怎么就坐上了领导的位置呢？她并非靠才能，而是靠忠诚无意间获得这一施展个人权力的机会。在受到时代环境的鼓励后，梆子老太由一个普通人变成贫协主任，在位期间制造了不少冤假错案。她在"四清"运动中的种种思想和行为都是建立在个人狭隘主义的基础上的,在"急骤变化着的生活"中她也逐渐成为被众人抛弃的对象,走上了孤立无援的道路。在《地窖》中,作者深入探讨这一问题。小说通过"文化大革命"中的造反派唐生法的口气写出了个人对于乡村社会各种政治运动本身的思考,也是把个人在具体历史语境中的言行和自发意识来评判,也就是小说中说的"说得清楚""说不清楚"。与《梆子老太》不同的是,这篇小说中曾在"四清运动"中错批了一批基层领导的关志雄在"文化大革命"时期成为了被"造反派"攻击的对象——"走资派",同样一个人,在不同时期却扮演了截然不同的角色。为了说明许多事情无法说清楚,小说设置了关志雄与唐生法的妻子之间的"一夜情",这显然是为了阐明人无完人的道理。此外,小说通过唐生法的信件进一步指出运动给乡村社会带来的问题,例如提到关志雄当年批斗唐生法的父亲,"文化大革命"之后又"急急忙忙赶到河西公社一个又一个村去为那些被你打倒又被你扶起的农民平反的时候,你是否也会自问:这是怎么回事?"这种疑问陈忠实本人也曾有过,也正是有这样的疑问,偶然促使陈忠实开始自觉反思自己,开始摘掉"小柳青"的帽子。

"改革开放"初期,他还在乡村基层工作时,负责过农村分田到户的工作,某个夜晚,他突然想起了柳青,记起了不知道读了多少遍的《创业史》,"惊诧得差点从自行车上跌翻下来","一个太大的惊叹号横在我的心里,我现在在渭河边的乡村里早出晚归所做的事,正好和30年前柳青在终南山下的长安乡村所做的事构成一个反动"[1]。作为一个基层干部,同时又是个业余作者,陈忠实的思考更为复杂,他说自己在面对农村的时候,感觉到了思想的软弱和轻。或许正是这种"软弱与轻"的感觉迫使陈忠实作出"坚硬而重"的思考。

从迎合主流意识形态到强化反思意识,陈忠实的作品逐渐远离政治。陈忠实本人对于政治的态度在唐生法的信件中有所透露:"我感

---

[1] 陈忠实:《寻找属于自己的句子》,上海文艺出版社2009年版,第91页。

到现在普遍滋生起一种厌恶政治的社会心理和社会情绪。出现这样情况的原因不难理解。政治在多年来变幻莫测的动乱中最终失去了它最基本最正常的含义，变得不是于人民有利而是有害了，令人听之闻之就顿生厌恶之情了。说句难听话，当人民最关心最崇拜的政治最后使人民终于发觉不过是一块抹布的时候，哪儿脏就朝哪儿抹而结果是越抹越脏的时候，自然就明白这块抹布本身原来就是肮脏污秽的一块布，那么他就只能使人失望以至厌恶了。"从这段文字中可以看出陈忠实对于历史的反思力度。而这种反思之所以在陈忠实的作品中表现得如此明显，并且被一再书写，与他早年的创作经历不无关系，也可以看作他对于过去的自己的彻底告别。

第三节　从"三个学校"到"三种体验"

　　文学创作观念是作家文学创作过程中，通过实践探索和间接习得而建构起的对文学现象及其创作本身的基本理解、态度、见解和主张。文学创作观念一旦形成，会主导和支配个体对生活素材的取舍加工、文学现象的观察、创作实践和审美趣味，普遍表现为对生活省察的深刻度、话语方式的独特性、表达风格的个性化等层面，更主要的体现为对文学本身和文化与自然、宇宙与人生、自我与他者、历史与现实、传统与现代等多重关系的理解与价值判断。但是文学创作观念的形成并非瓜熟蒂落、一成不变的，社会环境、时代氛围、文化思潮对作家观念的形成虽然是外在的客观因素，但是这些触媒提供了思想观念发酵的温床，在内在精神与环境的交互引力下，作家的内在精神结构得以嬗变乃至裂变，从而萌生出新的独特意念和主张，实现蝶变。

　　陈忠实文学创作在20世纪80年代发生的两次转变，根源是时代环境发生变化引致的自我精神思想上的两次剥离，他概括为"我的剥离"和"原的剥离"。

一　剥离与重建

　　思想如何转变？可以用若干种方式来阐述，仁者见仁，智者见智，而对个人来说它是一个具体而深刻的过程,非彻痛而不能。"我后来才找到一个基本恰当的词儿——剥离,用以表述进入上世纪八十年代我所发生的精神和心灵体验。"① 之所以选择这个词来表达当时精神和心灵的突变过程,原因在于陈忠实感觉"剥离"更为恰切。"后来总是回忆到原下老屋十年的写作生活,生出一个剥离的词,取代回嚼,似乎更切合我那十年的精神和心理过程。"② 他起初对这一过程选取的词汇叫"回嚼","回",回味;"嚼",咀嚼,但总觉得词不完心,难以准确表达精神和心灵体验的深刻性、复杂性和艰难性。"我对生活的回嚼类似'分离'却又不尽然,在于精神和思维的'分离',不像植物种子劣汰优存那样一目了然,反复回嚼反复判断也未必都能获得一个明朗的选择;……而要把那个'劣'从心理和精神的习惯上荡涤出去,无异于在心理上进行一种剥刮腐肉的手术。我选用'剥离'这个词儿,更切合我的那一段写作生活。"③ 不难看出,陈忠实选用"剥离"这个词意在告诉人们他要与原来的自己彻底告别,无论是思想、精神上的还是思维上的。

　　此后,这种精神和心理的剥离就几乎没有间歇过。他回忆说,当他看领导人已经脱下毛泽东时代的中山装,意识到这不仅仅是换了装束那么简单;灞桥镇子上赶集的男女农民中间,三四个穿喇叭裤披长发的男孩女孩竟然引发整条街道赶集人的驻足观赏;无主题无人物无标点小说和朦胧诗又不断在文坛引发一场场的激烈争议……他发胀的脑子里浮出的是"忠字舞"的场面;看到县长竟然给全县第一个"万元户"披红戴花时,他又想到的是吃着自带干粮为农业社换稻种的梁生宝和农民王家斌,还有他顶礼膜拜的柳青……"这些接踵而来撞人耳眼的事,在我都发生着'剥离'的过程,首先冲击的是我意念里原有的那些'本本',审视,判断,肯定与否定,淘汰与选择,剥离就不是轻易一句话了,常常牵动感情。"④ 对一个人的主观改变影响最大

---

① 陈忠实:《寻找属于自己的句子》,上海文艺出版社2009年版,第90页。
② 陈忠实:《寻找属于自己的句子》,上海文艺出版社2009年版,第101页。
③ 陈忠实:《寻找属于自己的句子》,上海文艺出版社2009年版,第101—102页。
④ 陈忠实:《寻找属于自己的句子》,上海文艺出版社2009年版,第102页。

最深的，莫过于主观所不能左右的事象成为一种现实，以及来自自我内在的精神心理层面的强烈冲撞所导致的主观不得不妥协。对于陈忠实的刺激不仅是20世纪80年代亲历的生活事象的外部刺激，还有自我对既往不满意渴求改变的主观要求。在主客观的相互作用下，陈忠实对原有自以为是的认知判断产生了空前的怀疑，乃至于自我否定。

如他所言，正因为既有的思想、文化、传统、心灵深处的"本本"影响太深，"剥离就显得太艰难，甚至痛苦。"然而，要寻找"属于自己的句子"，就必须剔除掉原有的"本本"，以注入更富活力的新理念、新思想，即便这个心理过程再艰难再痛苦也是要经历的。他清醒地意识到，"我已经确定把文学创作当作事业来干，我的生命质量在于文学创作；如果不能完成对原有的'本本'的剥离，我的文学创作肯定找不到出路。我以积极的挑战自我的心态，实现一次又一次精神和心理的剥离，这是纯粹指向自己的一种选择，说来也是很自然的一个过程。"① 他说："剥离这些大的命题上我原有的'本本'，注入新的更富活力的新理念，在我更艰难更痛苦。剥离的实质性意义，在于更新思想，思想决定着对生活的独特理解，思想力度制约着开掘生活素材的深度，也决定着感受生活的敏感度和体验的层次。"并且，他还强调了思想和精神剥离与重建的重要性。"我之所以注重思想，是中外优秀作品阅读的影响。是上世纪八十年代不断发生的精神和心理的剥离，使我的创作发展到《白鹿原》的萌发和完成。这个时期的整个生活背景是'思想解放'，在我是精神和心理剥离。"② 那么，要剥离哪些既有的"本本"？他说："既涉及现实和历史，也涉及政治和道德，更涉及文学和艺术。这种连续不断的剥离的每一次引发，几乎都是被动的，一种新的政治理念和新潮口诀，一种新的文学流派或一种文学主张，一种大胆的生活理念和道德判断，都会无一例外地与我原有的那些'本本'发生冲撞，然后便开始审视和辨识，做出自以为可

---

① 陈忠实：《寻找属于自己的句子》，上海文艺出版社2009年版，第104页。
② 陈忠实：《寻找属于自己的句子》，上海文艺出版社2009年版，第103页。

信赖的选择。"① 由此可见，陈忠实的"剥离"是同步进行的两个内容（任务）：抛弃与选择。抛弃他所认为的与文学本体和时代精神相悖反的思想的、精神的、情感的、文化心理的、艺术的等多层面既有的"本本"，即时代、历史和现实中已经过时或不符合历史潮流的思想观念；选择他认为合乎文学本真，关乎民族命运，切合历史潮流的进行自我重建。

剥离的目的指向重建，重建的前提和基础是剥离，两者相互依存，缺一不可。剥离和重建是一个过程中的两个同步精神活动，同步而行，同点而发。剥离面对的是作家不合时宜的"既有"，指向的是作家主体人格的自觉独立；重建是作家面向未来的应有的、正确的、顺应历史潮流的自我重塑，指向的是主体人格的新结构形态。陈忠实对"既有的本本"剥离后，重建的是全新的视野和精神世界，这集中体现于他的"三个体验"感悟当中。

其一，体验源自自我反思和阅读触动的双重结果，进而产生"不得不重新"审视"库存"的新体验。

陈忠实是一个善于反思、长于反思又自觉反思的作家，忧患意识驱使他进入20世纪八十年代反思语境中进行不断的自我"回嚼"，从而发现了习以为常了的惯性思维疤痕，然后自我实现突破。"直到八十年代中期，首先是我对此前的创作甚为不满意，这种自我否定的前提使我已经开始重新思索这块土地的昨天和今天，这种思索越深入，我便对以往的创作否定得愈彻底，而这种思索的结果便是一种强烈的实现新的创造理想和创造目的的形成。当然，这个由思索引起的自我否定和新的创造理想的产生过程，其根本动因是那种独特的生命体验的深化。"② "我发觉那种思索刚一发生，首先照亮的便是心灵库存中已经尘封的记忆，随之就产生了一种迫不及待地详细了解那些儿时听到的大事件的要求。当我第一次系统审视近一个世纪以来这块土地上发生的一系列重大事件时，又促进了起初的那种思索进一步深化而且

---

① 陈忠实：《寻找属于自己的句子》，上海文艺出版社2009年版，第104页。
② 陈忠实：《寻找属于自己的句子》，上海文艺出版社2009年版，第184页。

渐入理性境界，甚至连'反右''文革'都不觉得是某一个人的偶然的判断的失误或是失误的举措了。所有悲剧的发生都不是偶然的，都是这个民族从衰败走向复兴、复壮过程中的必然。……我不过是竭尽截止到一九八七年时的全部艺术体验和艺术能力来展示我上述的关于这个民族生存、历史和人的这种生命体验的。"①

同时，出于实用主义动机的大量阅读，促成了自我思想观念的同步更新。他的阅读既有艺术准备方面的，也有历史文化方面的，还有心理学的，阅读范围很大，但目的性很强。"阅读的目的完全是为了正在构思的这部长篇小说的写作，所以说纯粹是实用主义的，所有这些关于历史关于心理关于艺术的理论著作，都对我的那种双重体验有过很大的启迪。"② 为了解决好可读性问题，他专门选读了美国作家谢尔顿的作品，虽然谢尔顿的作品十分畅销，但陈忠实并不认为它是俗文学。"谢尔顿的作品启发我必须认真解决和如何解决作品可读性。而马尔科斯的两部作品则使我的整个艺术世界发生震撼。"③ 阅读经典必然会改变一个人的思维方式和审美意识，"阅读的结果是扩展了艺术视野。'文无定法'，长篇小说也无定法，各个作家在自己的长篇里创造出各种结构架势，同一个作家在不同的几部长篇里也呈现出各异的结构框架。最恰当的结构便是能负载全部思考和所有人物的那个形式，需得自己去设计，这便是创造。"④

这一时期陈忠实的阅读特点是缺乏系统性，内容庞杂，但目的性很明确，有《中国近代史》《崛起与衰落》⑤《日本人》《心理学》《犯罪心理学》《梦的解析》《美的历程》《艺术创造工程》等。这类书的阅读帮助他重新认识关中的历史文化变迁，确立起从民族命运和民族文化心理结构来反观历史的全新视角。近现代关中发生的诸如"围

---

① 陈忠实：《寻找属于自己的句子》，上海文艺出版社2009年版，第184页。
② 陈忠实：《寻找属于自己的句子》，上海文艺出版社2009年版，第183页。
③ 陈忠实：《寻找属于自己的句子》，上海文艺出版社2009年版，第183页。
④ 陈忠实：《寻找属于自己的句子》，上海文艺出版社2009年版，第182页。
⑤ 陈忠实所言李国平推荐他的《兴起与衰落》书名误记。原书名为《崛起与衰落：古代关中历史的变迁》，作者为陕西师范大学的王大华，陕西人民出版社1987年版。

城""年馑""虎烈拉瘟疫""反正"等昨天的历史和今天的"库存"逐一进行了颠覆和重构。"这种思索越深入,我便对以往的创作否定得愈彻底,而这种思索的结果便是一种强烈的实现新的创造理想和创造目的的形成。当然,这个由思索引起的自我否定和新的创造理想的产生过程,其根本动因是那种独特的生命体验的深化。"① 当对"库存"进行清理时,他捕捉到一个历史规律,"所有悲剧的发生都不是偶然的,都是这个民族从衰败走向复兴、复壮过程中的必然。这是一个生活演变的过程,也是历史演进的过程"。"从清末一直到一九四九年中华人民共和国建立,所有发生过的重大事件都是这个民族不可逃避的必须要经历的一个历史过程,所以我便从以往的那种为着某个灾难而惋惜的心境或企望不再发生的侥幸心理中跳了出来。"② 这就促成了他从写历史中的人转向了人的历史的书写。

其二,创作是双重体验,既是创作中的艺术学习到艺术体验的过程,也是体验中的生活体验到生命体验的递进过程。体验因人而异。

陈忠实说:"作家进行文学创作唯一依赖的是一种双重性的体验,由生活体验进而发展到生命体验,由艺术学习发展到艺术体验,这种双重体验所形成的某个作家的独特体验,决定着作家全部的艺术个性。作家的每一部(篇)重要的认真的而不是应酬之作,都无可掩饰地标志着他在那一段时期的那个独特体验的形态,这种形态的展示也就赤裸裸地标志着作家关于生命和艺术所体验的一切。"③ "我越来越相信创作是生命体验和艺术体验的过程。每个作家对正在经历着的生活(现实)和已经过去了的生活(即历史)的生命体验和对艺术不断扩展着的体验,便构成了他的创作历程。这种体验完全是个人的独特的体验,所以文坛才呈现千姿百态。所以从本质上来说,恐怕就不存在一个普遍性的问题。"④ 同时他强调了体验的独特性,"体验包括生命

---

① 陈忠实:《寻找属于自己的句子》,上海文艺出版社2009年版,第184页。
② 陈忠实:《寻找属于自己的句子》,上海文艺出版社2009年版,第185页。
③ 陈忠实:《陈忠实文集》第六卷,人民文学出版社2015年版,第214页。
④ 陈忠实:《寻找属于自己的句子》,上海文艺出版社2009年版,第182页。

体验和艺术体验而形成的一种独特体验。千姿百态的文学作品是由作家那种独特体验的巨大差异决定的。出于对创作这项劳动的如此理解，我觉得作家之间和作品之间只有互相宽容百花齐放，因为谁也改变不了谁的那种独特体验，谁也代替不了谁的那种独特体验。"① 在他看来，创作过程就是作家的生命体验和艺术体验的一种展示。不同的作家存在不同的独特体验，而且双重体验不是静止的，也不是永恒的，作家只能按照自己的独特体验来进行创作。"双重体验不断变化不断更新也不断深化，所以作家的创作风貌也就不断变化着。不仅在我，恐怕谁也难以跨越这个创作法规的制约。当你的双重体验不能达到某种高度的时候，你的创作也就不能达到某种期望的高度，如果视文友们的辉煌成果而压力在顶，可能倒使自己处于某种焦灼和某种心理的不平衡状态，反倒可能对自己的创作造成危害，甚至会把人压死。"② 之所以作家的体验千差万别，有深有浅，这不取决于外因，而是由作家自身决定的。"既然创作活动属于作家的双重体验，那么什么东西能制约呢？不能。什么东西能造成封闭呢？没有。翻转来说，这种双重的体验更不可能靠物质的钞票的东西来促进或推动。不能产生这种双重体验的作家即使坐高级轿车住高级宾馆也无济于事，不能产生这种体验的作家即使关闭在任何闭塞的穷乡僻壤头悬梁锥刺股也同样无济于事；能够产生那种独特体验的作家无论坐轿车或骑自行车都会产生的。"③

其三，生活体验是生命体验的前提和基础，生命体验是生活体验的进阶和归宿，二者相互依存，不可或缺。

生活体验和和生命体验在陈忠实看来不是平行的并列关系，而是一种递进关系。他认为生活体验每个人都会有，但是未必都能上升到生命体验的层次，也就说生活体验是生命体验的基础，生命体验是生活体验的高级阶段，二者是相互依存的，于作家而言不可或缺。在他

---

① 陈忠实：《陈忠实文集》第六卷，人民文学出版社 2015 年版，第 219 页。
② 陈忠实：《寻找属于自己的句子》，上海文艺出版社 2009 年版，第 180—181 页。
③ 陈忠实：《陈忠实文集》第六卷，人民文学出版社 2015 年版，第 216 页。

看来，作家进入社会不同的场合和角落，体验和感受也是决然相异的。肖洛霍夫年轻时在顿河亲身参与了战争，写出了史诗《静静的顿河》，后来参与苏联乡村集体农庄化的过程，又写出了《被开垦的处女地》，老年又写出了生命体验之作《一个人的遭遇》。"我是属于那种关注社会生活进程、也敏感其进程中异变的作家，并赖以进行写作。"[①] "生命体验首先也是以生活为基础的，生命体验不单是以普通的理性理论去解剖生活，而是以作家个人独立的关于历史关于现实关于人的生存的一种难以用理性言论做表述而只适宜诉诸形象的感受或者说体验。这种体验因作家的包括哲学思维个人气性等等方面的因素而产生，所以永远不会重复也不会雷同。"[②]

生命体验是每个作家都能遇到的，只有少数作家能进入到生命体验。生命体验由生活体验发展而来。生活体验脱不出体验生活的基本内涵。生活体验或体验生活对于任何艺术流派艺术兴趣的作家固然不可或缺。但是，"普遍的通常的规律，作家总是由生活体验进入到生命体验的，然而并不是所有作家都能由生活体验进入生命体验，甚至可以进入生命体验的只是一个少数……"[③] "生命体验由生活体验发展而来，生活体验脱不出体验生活的基本内涵。生活体验或体验生活对于任何艺术流派艺术兴趣的作家都是不可或缺的，这是无须作任何辩证的。普遍的通常的情况是，一般的规律作家总是经由生活体验进入到生命体验阶段的；并不是所有作家都能经由生活体验而进入生命体验，甚至可以说进入生命体验的作家只是一个少数；即使进入了生命体验的作家也不是每一部作品都属于生命体验的作品。"[④] 在陈忠实看来，写出过生命体验之作《百年孤独》的马尔克斯，随后写出的《霍乱时期的爱情》，就不是一部生命体验之作，而是属于生活体验的作品。而昆德拉在《不能承受的生命之轻》之前的长篇小说，尽管艺

[①] 陈忠实：《陈忠实文集》第九卷，人民文学出版社2015年版，第458—459页。
[②] 陈忠实：《陈忠实文集》第六卷，人民文学出版社2015年版，第216页。
[③] 陈忠实：《陈忠实文集》第六卷，人民文学出版社2015年版，第220页。
[④] 陈忠实：《陈忠实文集》第六卷，人民文学出版社2015年版，第215页。

术风姿各异，但仍然属于生活体验之作，只有《不能承受的生命之轻》才是进入一种生命体验的艺术精品。

其四，生命体验是值得依赖的，而生活体验也不是产生不了优秀作品。

陈忠实认为："生命体验是可以信赖的。它不是听命于旁人的指示也不是按某本教科书去阐释生活，而是以自己的心灵和生命所体验到的人类生命的伟大和生命的龌龊，生命的痛苦和生命的欢乐，生命的顽强和生命的脆弱，生命的崇高和生命的卑鄙等难以用准确的理性语言来概括而只适宜于用小说来表述来展示的那种自以为是独特的感觉。"① 但是这并不意味着，那些没有上升到生命体验的作家就创作不出优秀的作品，生活体验同样可以产生不朽之作，只是生活体验更容易产生雷同的作品而已。"凭生活体验产生过许多不朽之作，然而生活体验也容易产生许多相似的雷同的作品。"② 陈忠实自认为创作《白鹿原》的过程是生命体验和艺术体验的双重高峰体验，《白鹿原》一定会引起反响的，这一点他是极为自信的。"作品写完以后，我有两种估计，一个是这个作品可能被彻底否定，根本不能面世。另一种估计就是得到肯定，而一旦得到面世的机会，我估计它会引起一些反响，甚至争论，不会是悄无声息的，因为作家自己最清楚他弄下一部什么样的作品。"③ 所谓不能面世他指的是意识形态的筛选拒绝，因此当他在电视里看到邓小平南方谈话的新闻后，激动地说《白鹿原》终于可以发表了。

陈忠实极为重视的生命体验并非源自逻辑思维的结果，而是长期个人创作不断反思的切身感悟，属于一种经验性结论，并不属于理论思维，这一点王金胜理解得很到位："首先，生命体验究其实质是一种作家个人的独立的体验和感受，无论作家书写的是历史现实抑或人的生存，个体性和独立的主体性，是其区别于公共性通行性理论思维

---

① 陈忠实：《陈忠实文集》第六卷，人民文学出版社 2015 年版，第 220 页。
② 陈忠实：《陈忠实文集》第六卷，人民文学出版社 2015 年版，第 215 页。
③ 陈忠实：《寻找属于自己的句子》，上海文艺出版社 2009 年版，第 179 页。

的根本所在。其次，它不是理性理论思维，且理性理论思维难以传达和表述生命体验；它包含着作家个人的哲学思维和个性气质，不能被公共话语所覆盖和取代，这也决定了生命体验的不可复制性。"①

二 "我的剥离"

陈忠实走上文学道路的第一个重要收获是短篇小说《信任》。小说以"后文革"的农村为背景，以"四清运动"补划为地主成分，刚平反新上任的党支部书记罗坤的三儿子罗虎和贫协主任罗梦田的儿子大顺之间的一场打架事件为开端，将人物置于矛盾的紧张关系中去展示精神变化。带着"伤痕"的罗坤并没有将下一辈的矛盾新账和梦田老汉整治过自己的老账一起清算，而是秉公办理，把自己的儿子交给派出所，去医院照料被打的大顺，最终获得大家的信任。这篇小说是"文化大革命"后的农村伤痕叙事，但又与伤痕文学在处理方式上有不同，相比较展现"文化大革命"后遗症而言，陈忠实更注重对"伤痕"问题解决办法的探讨。罗坤积极平息了矛盾双方暗藏着的更大纷争，以道德感化的方式化干戈为玉帛，用富足罗村的未来愿景团结了民心，他自己也收获了信任。由《信任》来看，陈忠实有着更为长远的眼光，为当时普遍存在的"伤痕"问题的提供了一个合乎时代潮流的方向，也与当时"向前看"的主流思想相一致。《信任》以群众票选的方式获1979年的全国优秀短篇小说奖，这是也是他步入文坛被认可的第一个成功喜悦。对任何一个从事文学写作的人来说，无疑都是刻骨铭心的，这也是陈忠实走出《无畏》的阴影重拾信心的契机。虽然《信任》使他重获新生，但并不意味着他的思想完全完成了转换，他没有对社会主义革命时期的历史进行反思，没有对自身的所熟知的"本本"重新认识和评价，只是抛掉了阶级斗争的主题。当"十七年"的文学资源与改革意识形态并轨之时，随着"自虐式阅读"和问题意识双重驱使，陈忠实才开始了剥离。

---

① 王金胜：《陈忠实论》，作家出版社2021年版，第286页。

他在《信任》获奖题为《我信服柳青三个学校的主张》的感言中，毫不讳言学习柳青、模仿柳青的体会："就自己写作的实践来说，我还是信服柳青著名的三个学校（生活的学校、艺术的学校、政治的学校）的主张，而且越来越觉得柳青把生活作为作家的第一所学校是有深刻道理的。"紧接着就说"我刚刚读过《创业史》第二部第十九章，梁大老汉的发家史如此叫人料想不到而又合情入理！""……（《创业史》）使我每读一次，便加深了对'三个学校'的主张的深刻理解。"① 这是一篇研究陈忠实值得注意的一篇重要文献，因为在这篇感言里有他对文学创作和生活体验的初始理解，可以洞察到他当时既有的文学信念，具有考察的坐标价值。在这篇充满真情实意的获奖感言里，能切身感受到柳青在陈忠实文学起步时期的分量，说是"教父"一点也不为过。他后来回忆说："我从对《创业史》的喜欢到对柳青的真诚的崇拜，除了《创业史》的无与伦比的艺术魅力，还有柳青独具个性的人格魅力之外，我后来意识到这本书和这个作家对我的生活判断都发生过最生动的影响，甚至毫不夸张地说是至关重要的影响。"② "作家柳青和王汶石就在离我不远的西安，是我顶礼膜拜的人。"③ 以至于后来陈忠实在柳青故里纪念馆留墨"师敬柳青"，并在2005年10月在《人民文学》发表了以柳青为生活原型的短篇小说《一个人的生命体验——三秦人物摹写之二》。可以说，柳青在陈忠实文学人生中的位置无人可及，无论是早期的"范本"意义，还是精神的信仰存在。正因为如此，1982年的春天，陈忠实意识到必须在观念形态和写作实践上要与柳青诀别，可想而知其难度！

第一次"剥离"是要走出柳青及其那个时代既有的影子，摆脱《创业史》及其那个时代既有的"本本"，使作家的艺术人格得以独立。陈忠实早期与成熟期的创作生活范畴以及一贯的表达风格并未有实质性变化，而早期的与生活平行式，甚至臣服于时代的乡村书写，

---

① 陈忠实：《陈忠实文集》第一卷，人民文学出版社2015年版，第529页。
② 陈忠实：《寻找属于自己的句子》，上海文艺出版社2009年版，第92页。
③ 陈忠实：《寻找属于自己的句子》，上海文艺出版社2009年版，第37页。

虽然是那个时代作家普遍难以高歌独调的通病，但是，艺术的平庸只能在不断抒写过程中使沉疴越积越深，难以探询到应该属于个人的文学真经。无数的事实证明了趋向于真正文学的主观"剥离"是多么艰难，但是为了自己的文学理想和信念，不经历这样的过程，显然是与愿望是背道而驰的。所以，当"三种体验"的创作理念历经精神思想深层的痛苦"剥离"之后，陈忠实的文学世界便获得了新生。

20世纪80年代初的第一次精神剥离，是他看到《人民文学》1977年1月莫伸的《窗口》和11月刘心武的《班主任》之后，意识到"创作可以当作一件事情来干的时代来了"，于是沉浸在图书馆大量阅读世界经典来给自己充电，这是自觉的起点，也是自我反思的开端与必要的素养储能过程。1980年4月在"太白会议"上，评论家毫不留情地对陈忠实以往的创作"挑毛病"，应该说这从外力上逼迫他不得不深入思考过去被自己所忽视的创作大问题，这也是他走向自我否定的触媒，而真正引起他开始沉痛反思的是1982年他在督促落实中央一号文件"分田到户"的政策间隙，联想到柳青笔下的"合作社"，时代竟然发生了如此大的巨变，最终促使陈忠实不得不反思自己以往坚守"本本"的合理性，从而完成了第一次大转弯。

他后来回忆说"我此时甚至稍前对自己做过切实的也是基本的审视和定位，像我这样年龄档的人，精神和意识里业已形成了原有的'本本'发生冲撞就无法逃避。我有甚为充分的心理准备，还有一种更为严峻的心理预感，这就是决定我后半生生命质量的一个关键过程。我已经确定把义学创作当作事业来干，我的生命质量在丁文学创作；如果不能完成对原有的'本本'的剥离，我的文学创作肯定找不到出路。"① "剥离这些大的命题上我原有的'本本'，注入新的更富活力的新理念，在我更艰难更痛苦。"② 我们可以从他的创作感受谈和创作变化中清晰地看到，同样是乡村题材，陈忠实已经逐步走出了政治图解"极左"的文艺思潮影响，逐步摆脱掉了政治意识形态的镣铐，站在

---

① 陈忠实：《寻找属于自己的句子》，上海文艺出版社2009年版，第104页。
② 陈忠实：《寻找属于自己的句子》，上海文艺出版社2009年版，第103页。

了新的起点。

"我的剥离"使陈忠实颠覆了来自恩师柳青的"三个学校"的陈旧观念，和那个时代既有的"本本"，取而代之以生活体验、生命体验、艺术体验"三个体验"的独特见解。

"体验"取代"学校"意味着作家要挣脱既有"本本"的束缚，从此走向主体艺术人格的独立。如此而来，"对一个作家来说，真正具有了这样（自由自觉）的生存态度，就会有自己的头脑、自己的眼光、自己的审美意识，才能成为名副其实的文学创作主体。"①生活体验的提出并非"深入生活"，亦非"体验生活"，在陈忠实看来，体验生活对于任何创作都是适用的，也很重要，"创作来源于生活"和"生活无处不在"并不过时，是正确的。"生活的学校"要求作家深入生活，向生活学习，把作家的主体体验忽略了，无形中在作家和生活之间人为设置了屏障，这不符合作家的生命过程本身就是生活体验过程的客观事实。作家不仅有自己的个人生活经历，其本身就是生活体验和体验生活，同时作家还在时时刻刻体验着社会生活。因此上，在陈忠实看来，生活体验主要包括了两部分内容：作家自己的生活体验和对社会生活的生活体验。而且，"生活"所指也发生了截然不同的变化："生活的学校"针对的是政治意识形态中的"工农兵"生活，而"生活体验"的生活却包含着更为广泛的范畴和内涵。"应是整个社会生活，包括已经逝去的历史和正在行进着的现实生活，重点在于要作家走出自己的家庭和书斋，到社会的各个层面去体验去感受。这是无可置疑的事，不仅中国作家，世界上诸多名著的创作者也都得益于他们亲身经历的生活的丰富性。"②生活体验的收获和效果对每个作家都是不同的，"无论面对历史或现实生活，无论进入纷繁的社会生活或游走于小小的家园世界，至关重要的是作家体验到了什么，深与浅的质量，才是影响与读者交流的关键。"③

---

① 畅广元：《陈忠实文学评传》，陕西师范大学出版社2020年版，第34页。
② 陈忠实：《陈忠实文集》第九卷，人民文学出版社2015年版，第458页。
③ 陈忠实：《陈忠实文集》第九卷，人民文学出版社2015年版，第459页。

第一次剥离引发了他对这个民族更广泛问题的思索,他由此进入了新的生活体验和生命体验中,开始了新的突破。"恰在此时由《蓝》文写作而引发的关于这个民族命运的大命题的思考日趋激烈,同时,也产生了一种强烈的创作理想,必须充分地利用和珍惜五十岁前这五六年的黄金般的生命区段,把这个大命题的思考完成,而且必须在艺术上大跨度地超越自己。我的自信又一次压倒了自卑,感觉告诉我,这种状况往往是我创作进步的一种心理征兆。"[1] "这是我的第一次长篇小说创作尝试。此前我没有过任何长篇的构思。而关于要写长篇小说的愿望几乎在很早的时候就产生了,但具体实施却是无法预定的事。我对长篇的写作一直持十分谨慎的态度,甚至不无畏怯和神秘感。我的这种态度和感觉主要是阅读那些大家们的长篇所造成的,长篇对于作家是一个综合能力的考验,单是语言也是不容轻视的。我知道我尚不具备写作长篇的能力,所以一直通过写中短篇来练习这种能力作为基础准备,记得当初有朋友问及长篇写作的考虑时,我说要写出十个中篇以后再具体考虑长篇试验。"[2] 在此前,陈忠实创作了《初夏》《四妹子》《梆子老太》《蓝袍先生》等九部中篇小说,他原想写够十个中篇小说再写长篇,但是在酝酿和写作中篇小说《蓝袍先生》过程中,他的中篇小说写作计划被关于民族命运的思考终止了。《蓝袍先生》的创作"点燃了"他的生活库存,而且是无法扑灭也无法终止的"一种连续性爆炸",从而引发了第二次剥离的发生。

三 "原的剥离"

20世纪80年代陈忠实的文学创作观念发生了巨变,第一次在80年代初改革开放后,第二次发生在80年代中期写作《蓝袍先生》过程中,他开始思考民族命运和民族的心理结构问题。如果说第一次精神剥离是从怀疑和否定老师柳青的"三个学校"主张为标志的话,那么在1985年创作《蓝袍先生》时,他开始转向人的心理结构、人的

---

[1] 陈忠实:《寻找属于自己的句子》,上海文艺出版社2009年版,第181页。
[2] 陈忠实:《寻找属于自己的句子》,上海文艺出版社2009年版,第180页。

命运，尤其是民族心理结构和民族大命运的历史性自觉思考与表达，则属于他精神心理的第二次剥离。

第二次剥离完全否定的是自己以往对生活、对人、对文学的表象理解，从而进入更为宏观更富有穿透力的历史文学场域。法国新小说派作家罗布·葛利叶曾说："每个社会，每个时代都盛行一种文学，这种文学实际上说明了一种秩序，即一种思考和在世界上生活的特殊方式。"① 当我们把文学创作观念作为一种整体来看待，就能说明一种秩序、一种这个时代人们特殊的生活方式和思考，把握世界、历史的方式。陈忠实的文学创作观念，正是从政治图解背景下的深入生活，到真切感受生活琢磨生活的新生活体验，使文学归位于本真和常态，进入到新的艺术体验，这也恰恰说明了他认识世界，观察历史，打开自己，突破自我的可贵精神历程。

陈忠实文学创作观念的转变本身，是一个自我怀疑、自我否定、自我超越的精神分离寻找过程，它与中国当代文学史的发展同步，也是自身对文学创作本真的独到领悟过程。而不断深化和发展的文学创作观念，使他自觉强化了载道意识、美学意识、责任意识，也拥有了代言情怀、史诗情怀和理想情怀。他也从遵从"塑造性格"说发展到"心理结构说"。"我以为解析透一个人物的文化心理结构而且抓住不放，便会较为准确真实地抓住一个人物的生命轨迹；这与性格说不仅不对立也不矛盾，反而比性格说更深刻了一层，这就是我所理解的心理真实。我同样不敢轻视任何一个重要人物的结局。他们任何一个的结局都是一个伟大生命的终结，他们背负着那么沉重的压力经历了那么多的欢乐或灾难而未能实现自己的人生理想，死亡的悲哀远远超过了诞生的无意识哭叫。这几个人物的死亡既有生活的启示，也是刻意的设计，设计的宗旨便是人物本身——那个人的心理结构形态。"②

《白鹿原》的创作实质上是陈忠实继"我的剥离"之后"原的剥离"及其重建的过程。主体人格独立后带来的是"自由自觉"的思考

---

① ［法］罗布·葛利叶：《新小说派研究》，中国社会科学出版社1986年版，第552页。
② 陈忠实：《寻找属于自己的句子》，上海文艺出版社2009年版，第190—191页。

和创造，是对自我内在精神世界和外在语境的更新与筛选，强化了独特的个体存在价值。其时，缤纷的文学理念充斥耳目，后现实主义、新写实派、意识流、寻根主义、荒诞派等，国内作家不仅接受着这些理念，而且效法性试验创作风行一时，在陈忠实看来，这些理念未必适合中国这片土壤，这些创作手法也未必就适合自己，不管艺术形式上有多大差异，"但其主旨无一不是为了写出这个民族的灵魂"，分别仅仅在于艺术形式的不同。所有作家都想通过自己的笔画出民族的灵魂，目标是相同的，至于民族灵魂揭示得深还是浅，并不是艺术形式本身的问题，而取决于作家自身体验的独特性和深刻性，是否达到了生命体验的高度。他认为创作中起主导作用的是生命体验，是作家对历史和生活的独特体验。在陈忠实看来，鲁迅的《阿Q正传》和巴金的《家》就是独特的生命体验的结果。"我和当代所有作家一样，也是想通过自己的笔画出这个民族的灵魂。我以前的某些中短篇小说也是这种目的，但我的体验限制了这些中短篇小说的深度。此次《白》书的写作意图也是这样。……但在我来说就是想充分展示我的独特的生命体验……"[①] 因此，《白鹿原》的创作既是陈忠实从个体到民族，从存在到命运，从现实到历史，从乡村到文化的自觉反思过程，又是他的从生活体验进入生命体验的过程，更是他生命体验的艺术体验过程。"原的剥离"促使陈忠实放下作家的"小我"，从而进入对民族命运和灵魂的思考与展现，其结果就是《白鹿原》的问世。"我一开始就把这部小说概括了，甚至在未开始之前的酝酿阶段就有一个总体概括，就是卷首语里引用的巴尔扎克那句话：'小说被认为是一个民族的秘史。'"[②]

四 "属于自己的句子"

那么，陈忠实经过两次脱胎换骨，寻找到了哪些属于自己的句子？

第一，独特的生命体验。"生命体验首先也是以生活为基础的，

---

① 陈忠实：《寻找属于自己的句子》，上海文艺出版社2009年版，第192页。
② 陈忠实：《寻找属于自己的句子》，上海文艺出版社2009年版，第192页。

生命体验不单是以普通的理性论去解剖生活，而是以作家个人独立的关于历史、关于现实、关于人的生存的一种难以用理性言论做表述而只适宜诉诸形象的感受或者说体验。这种体验因作家的包括哲学思维个人气性等等方面因素而产生，所以永远不会重复也不会雷同。"[1] 这是陈忠实在《文学无封闭》中关于对生命体验的表述。进入对人的生存状态的关注，探寻生命意识中深层的精神心理结构后，陈忠实的作品既具有批判力度，又有悲剧意识的自觉展示，更富有作家的深沉感受和道德立场，思想透视性明显强化。《白鹿原》作为生命体验的优秀作品，奠基了文化批判现实主义经典文本的同时，我们更能真切地感受到其中的思想不再单单是解构"极左"思潮下的阶段斗争和政治、经济的单一视角表达，而是更为注重精神的重建，从国民心理、民族精神、灵魂方面等进行全方位的思想重构，以写出了人格力量，写出人的历史，包括此后的《日子》《一个人的生命体验》《李十三推磨》等都是如此发人深思的作品。

　　生命体验是陈忠实创作进入了高峰体验，精神步入了自由状态的灵魂书写，其本真在于主客体不再是隔离的理性判断，而是主客体互容的双向多维综合体验，包括感知，它将历史和肉体看作任一生命活动的过程去参与、去拷问，以彰显鲜活生命本体的本来价值。

　　第二，深刻的生活体验。陈忠实认为思想的深度和力度，对作家生活体验的质量和层次具有决定性影响，尤其是从生活体验进入生命体验，"非超常独到的思想而绝无可能"。而艺术生命力也与生命体验戚戚相关，"真实的艺术效果来自真实的生活体验和升华到理性的生命体验。"陈忠实所言生活体验在他看来是生命体验的一个必然过程，但这个过程已不同于精神剥离前的柳青"三个学校"的"生活的学校"。"生活的学校"要求作家去深入生活，而在现实性上，作家与他人一样本身就是生活的一个直接参与者，自己也有自己的生活，因此深入生活本身不仅在指向上存在异议，更重要的是可能将作家的眼睛

---

[1] 陈忠实：《陈忠实文集》第六卷，人民文学出版社2015年版，第216页。

仅仅放置在生命的外部去观察，而不是去直接感受和参与，这样难免将人简单化地予以反映和表现，复杂性则在身边悄然溜走。陈忠实认为"创作的唯一依据是生活，是从发展着运动着的生动活泼的现实生活中直接掘取原料。尊重生活，是严肃地研究生活的第一步。尊重生活，就可能打破自己主观认识上和个人感情上的局限和偏见。那么，生活体验，就既有客观的社会生活，也有作家个人的生活经历，它们都是生活体验的东西，都是从体验生活中得来的"[①]。如果只看到生活现象，不深入体验，就可能把文学作品变成图解一项具体政策的简单模式，人物成了具体政策支配下的传声筒，人物的灵魂就没有了。生活体验和生命体验"是作家对历史和现实事象的独特体验，既是独自发现的体验，又是可以沟通普遍心灵的共性体验"。由此可见，陈忠实强调生活体验的真谛是，不仅要尊重生活，研究生活，更要使作家的思想情感深陷生活，去真切感受却不停留于生活，努力去开掘生活的本真层面及其意义。

第三，不凡的艺术体验。艺术体验包括创作中文学技巧的娴熟、文学的审美追求、文学的情感表达等，陈忠实最成功在于"创新"而忌讳模仿。他从叙述方式、语言都摆脱了柳青的影子，形成了自己独具特色的艺术表达方式。《白鹿原》的叙述语言作为新的艺术的尝试，表意张力明显增强，语言本身的审美情趣、节奏和意味，尤其是方言与地域文化色彩表达得淋漓尽致，都给人以美的体验和享受。作品的结构安排、叙述节奏、人物内心挣扎性的展示，以及隐藏于其中的悲悯情怀，宏阔厚实的历史现场感，深邃的思想透视力量都在追求史诗品格的艺术表达中，展现出文化批判现实主义的真实性、深刻性与历史感、使命感。

第四，开放的历史文化观。开放的历史文化观是相对于狭隘、封闭，又单一的历史陈述而言的，它追求的是历史可能，包括历史细节，在当代的文化意义，及其长久被遮蔽的真实存在的多元历史现场还原，

[①] 陈忠实：《陈忠实文集》第一卷，人民文学出版社2015年版，第544页。

让现代人在体验历史过程中去介入历史，而非简单描述历史。陈忠实曾言道："所有悲剧的发生都不是偶然的，都是这个民族从衰败走向复兴复壮过程的必然，这是一个生活演变的过程，也是历史演进的过程，……我不过是竭尽截止到1987年时的全部艺术体验和艺术能力来展示我上述的关于这个民族生存、历史和人的这种生命体验的。"① 这样的文化"寻根"意识，是在卡朋铁尔的"寻根"刺激下惊醒的，县志中所遮蔽的活历史激荡起他书写民族秘史的情怀和冲动，最终呈现给我们的是在《白鹿原》及其以后的作品中，文化寻根意识、历史批判眼光都完美地结合起来，穿透了陈旧的历史书写套路，从道德、文化、人性、人的心理层面展示了民族的精神史、心灵史、苦难史、命运史，以批判的眼光，冷静地、理性地去叙事那一段历史中人的历史。"至于历史，我们只能间接地去体验、感受了。把握历史，对于当代作家来说，关键在于要有一定的系统和历史知识，尽可能准确地把握住那个时代特定的社会环境和社会心理的真实。""所谓历史，就是人的心理秩序不断被打破，又不断寻找新的平衡的历史。感受历史，就应该是把握住那个时代社会心理的真实。虽然对心理真实的感受因人而异，但从根本上说人性是相通的，因为人性是沟通任何一个时代的人的最基本的支点，也是沟通不同民族、不同国家的人的情感的最基本的支点。"② 陈忠实在现代意识的统驭下，以开放的历史观检视曾经的历史可能，把历史的生命、人性放置在文化视角下，以现代意识为显微镜透析了包括仁义思想、性文化、道德伦理文化等，探询以人伦道德为主体的民族精神人格复苏的宏观命题。

第四节　剥离与蜕变及其后

在经历了由"革命"到文学的第一次转变后，《蓝袍先生》的创作为陈忠实寻求第二次蜕变提供了契机。正如陈忠实本人所说的，

---

① 陈忠实：《寻找属于自己的句子》，上海文艺出版社2009年版，第184页。
② 陈忠实：《陈忠实文集》第六卷，人民文学出版社2015年版，第299页。

《蓝袍先生》写的是一个人从封闭到开放再到封闭的心路历程。徐慎行出生于一个信奉"读耕传家"思想的家庭，他的人生道路在他出生之后就被计划好了，像他的父亲一样，成为一个私塾先生，娶一位丑媳妇白头偕老。在父亲看来，美女是妖精、鬼魅，是他厌恶的对象，他所信奉的仍然是"存天理，灭人欲"的观点。父亲将这套伦理观强加给徐慎行，限制了他身心的自由发展，父亲的训斥让他惊醒于自己的越轨，但他对美女并未有自觉的排斥，因此，当有机会接触到外面的世界时，他自然难以控制自己。与陈忠实早期小说有所不同的是，这部作品切入了人物丰富的内心世界。

应该说，早期陈忠实的小说并不擅长写人物的内心世界。《梆子老太》中的主人公梆子老太身份几经转变，从一个被众人鄙夷的农村底层妇女变成在梆子井村呼风唤雨的乡村基层领导，最后又回归为普通农村妇女身份，她的内心经历了太多的起伏。农村妇女与农村干部是两种身份，一位深受传统影响的农村妇女如何才能摆脱身上的封建残余迅速地适应领导者的身份呢？一位高高在上的领导者又是如何平复变成基层中最普通的一员的巨大心理落差呢？人性是复杂的，任何一段记忆都不可能被随意删除，如果说梆子老太当上基层领导后只知道"报复"，作者显然是将人性的"恶"张扬到极致，正如当人性之"善"占据主导地位后，"善"在蠢蠢欲动一样；当"恶"占据主导地位，"善"也会蠢蠢欲动。因此说，作者在塑造这个人物时，并没有真正体验这个人物的所思所想，梆子老太这一人物的性格塑造是带有缺陷的。

陈忠实的早期的创作都以关注当下为主，《梆子老人》的创作使他将反思上溯到新中国成立初，这一时期对于陈忠实来说并不陌生。《梆子老太》的优势不在人物塑造，而是一场运动如何将底层农村妇女卷入且进行异化。《蓝袍先生》的创作是陈忠实将关注的视角上溯到民国时期，在这篇小说中，他既强调批判反思的力度，同时注重人物形象的塑造，后者其实是陈忠实创作的弱势所在。民国时期乃至更早的乡村历史游离于他的经验之外，所有的想象来自于阅读或"听说"，如何塑造自己并不熟悉的时代的人呢？陈忠实选择了写"人性"，人性是打开不同时空人与人之间情感沟通的唯一钥匙。这里的人有七情六欲，有坚强与软弱，有善与恶。为了更好突出个人内心世界，陈忠实在叙事过程中采取了第一人称叙事视角，让人物自己说话，这无疑是一种稳妥的视角。但当一部长篇作品中涉及多个重要人物，需要将多个人物塑造得栩栩如生，就无法一一进入并描绘人物的内心世界，唯有关注人性，才能使文学触动心灵。

运用第一人称叙事视角的关键是要将人物的"独白"与其性格吻合，《蓝袍先生》的初次尝试无疑是成功的。但在这一点上，陈忠实认识到文学与人学的关系，他说自己终于意识到文学只是一种个人兴趣。这句话的强调是，文学与组织、派别无关，作家是独特的个体，作家创作本身并非源于强烈的使命感与责任感，而是个人的爱好，因此，文学所反映的也是个人的独特体验，文学创作就是一种与他人无关的私人行为。

文学创作是私人行为，但作品必然要进入公共领域，未经传播的作品不能称为真正意义上的文学作品，这就要求基于作家个人兴趣的创作能够获得更多读者的认可。作者、读者、人物之间的唯一共性是人性，是摆脱了一切外在符号的有着七情六欲的人的共同特性，这也是彼此得以真诚交流的唯一通道，因而被陈忠实称为"生命体验"。他说，生命体验是"以自己的心灵和生命所体验到的人类生命的伟大和生命的龌龊、生命的痛苦和生命的欢乐、生命的顽强和生命的脆弱、生命的崇高和生命的卑微等难以用准确的理性语言来概括而只适宜于用小说来表述来展示的那种自以为是独特的感觉"。[①]

首先要强调的是，这里的"独特的感受"是指与已有的既定体验不同的另一种体验，既定的体验可能来自旁人的指示、教科书或者其他作品。这也意味着陈忠实的创作对革命叙事的反拨。涉及"生命"二字，便不可避免涉及人类的七情六欲，这是生命中不可忽视的部分。

---

① 陈忠实：《兴趣与体验——陈忠实小说选集序》，《小说评论》1995年第3期。

对于情欲的合理书写并不会降低作品的格调，毕竟情欲是生命得以延续的因素之一。早在《康家小院》中，陈忠实就直面情欲，在情欲由沉睡到复苏的过程中，对吴玉贤的塑造更加真实。应该说，在20世纪50年代的农村，对于一个没有现代文化知识的已婚妇女，压抑情感通常是一种习惯，也并不排斥有飞蛾扑火的勇气，不过因为贞节观念的长期制约，扑向火苗的过程中有否回顾与迟疑？对于陈忠实的整个创作来看，这一点并不重要，重要的是他笔下的人物开始勇敢地彰显自身的欲望。随后在《蓝袍先生》中，从"读耕传家"门楼下走出来的蓝袍先生的感情波动就很正常了。他与杨家二媳妇之间虽然没有突破任何戒律，但彼此之间的情愫却在暗流涌动，只是由于父亲及时阻止，一切又回归表面的平静。而到了《地窖》中，唐生法的妻子与关志雄本来是一对仇家，却发生了关系，这里的情欲看似没有来由，但联系《康家小院》及此后的《蓝袍先生》来看，这种情欲似乎也能理解，吴玉贤、蓝袍先生哪一个的情欲不是源于非理性的冲动？在"十七年"时期的小说中，人性人情被极度压抑，彰显情欲不过是揭示人性中存在的一部分。随后在《白鹿原》中，情欲就表现得极为寻常。且不说田小娥、鹿冷氏、鹿子霖、白孝文这些因情欲而改变人生轨迹的人，即便是传统思想的执行者白嘉轩、中共早期的基层领导人鹿兆鹏也逃不脱情欲的大门。

生命体验不仅表现为对于人性人情的彰显，还表现为个体对于人类，甚至世间一切具有生命的物质生存状态的关照，有时又类似于"万物有灵"论。《白鹿原》中的白鹿究竟是鹿还是一种植物并不重要，无论是植物还是动物，它都是具有灵魂的生物，它抱有一方黎民，它的存在预示着人类与自然构成了和谐的生命共同体。此外，对于个体而言，生命是短暂的，但对于集体，生命是一个持续的过程。因此，生命体验又指向人类社会生命的发展。文化作为纽带，人类社会才得以生生不息。由此看，陈忠实的生命体验带有历时性与共时性的特点。

1992年，陈忠实的《白鹿原》初刊于《当代》，其时，陈忠实50岁。对于一个已经获得巨大肯定的作家来说，这意味着此后还会有更多更好的作品，但陈忠实在《白鹿原》后也只创作了少量中短篇小说。从2001年的《日子》到《李十三推磨》，陈忠实关注的视阈涉及底层、官场与三秦历史人物。

《日子》是陈忠实写完《白鹿原》之后的第一篇小说，写滋水岸边一对普通淘沙农民的苦难与心酸。"男人"高中毕业，如果去城市圆滑一点找到营生应该能混得不错，但在城里接连碰壁后，他放弃了委曲求全的过活儿。他是一个硬性子，不喜欢被人使唤，对一切不道德的人与事尤其愤怒。他是一位有个性的农民，宁愿吃苦也不委屈自己，被妻子称为"硬熊"，对此颇为得意，说："中国现时啥都不缺，就缺硬熊。""硬熊"彰显的是独立人格，却又不免缺乏生存智慧，妻子感慨："硬到只能挖石头咧！你再硬就没活路了。"然而，这个硬汉子却因为女儿的分班考试成绩不好而泄气了。这里体现出"一个农民家庭里一对农民夫妇对儿女的企盼，一个从柴门土炕走进大学门楼的孩子对于父母的意义"。儿女成功是农民所有的希望与寄托，现实无法迎合理想又如何？一个底层农民所能做的便是接受现实，"大不了给女子在这沙滩上再撑一架罗网"，这句话中包含着底层太多的心酸与无奈。

21世纪，底层民众成为文学关注的对象。文学中底层民众或者成为同情的对象；或者成为被批判的对象，无论同情还是批判，创作的目的是引起社会对于底层苦难生活的关注。底层的匮乏，不仅体现在物质层面，也体现在精神层面。因贫困而来的对金钱的渴望加上传统道德观念的退场使得他们容易做出违背道德或法律的行为。《作家和他的弟弟》中的弟弟被作家称为"这个货"，"什么本事没有还爱吹牛说大话包括谎话，做不来大事还不做小事；挣不来大钱还看不上小钱，总梦想着发一笔飞来的洋财。连父母也瞧不起的一个谎灵儿人物。"他找作家帮忙贷款失败，借走刘县长的自行车后将所有新零件拆得一个不剩。同样，《腊月的故事》中的下岗工人小卫失去了生活来源，只能靠偷盗过日子，竟然偷了哥们秤砣家的牛。弟弟和小卫身虽贫穷却又渴望不劳而获，其根源就在于乡村社会转型时期的底层道德退场及法律意识尚未确立过程中的一种规范失衡。

第二章 剥离：寻找属于自己的句子

对于官场的书写则以权力批判为主，这种叙事相对隐晦。《日子》中对于权力的批判是通过"我"与在河边淘沙的男人之间的对话揭示出来的，对话中涉及的官员被"双规"或者开会时打麻将，而不再是"领咱'奔小康'"，这个"浪荡书记不过时中国反腐风暴中荡除的一片败叶，小巫一个"。《猫与鼠，也缠绵》则通过在公安局行窃的小偷与局长的一番对话，写出了局长的贪污受贿行为，小偷本来是人人痛恨的，却有人害怕。行窃的小偷是"老鼠"，当他面对贪污的官员时却又成了"猫"。小偷与贪官之间，究竟谁是猫，谁是鼠？这种隐晦叙事背后增添了几分反讽的悲凉色彩。《关于沙娜》中对于官场问题的揭示更为隐晦。漂亮的农村基层干部沙娜向"我"这个挂职书记要乡长职位，"我"在帮忙过程中发现县级领导谈到她时，或者断然否定，或者闪烁其词，在"我"以为没有希望时，沙娜却当上了乡长。沙娜的升迁显然不是因为能力，让人浮想联翩的是当"我"去说情时，县级领导们冷漠的反应，但沙娜当上乡长是一个不争的事实，因此"所见"就非"所实"了。小说中并没有提到权色交易，"空白"却又给了读者太多想象的空间。一方面是底层因贫困而来的苦痛与冒险；一方面是官员的腐化与虚伪，对于底层社会的焦虑与疼痛由此跃然纸上。

书写三秦人物精神品格的是《娃的心娃的胆》《一个人的生命体验》《李十三推磨》，这三篇小说的主人公都确有其人，分别为军人孙蔚如、作家柳青、剧作家李芳桂。对这三位人物介绍的作品并不少，尤其是柳青，那么陈忠实创作的意义究竟是什么？这三篇小说是陈忠实小说创作的尾声，无论在想象力还是在写作技巧上并不出色，甚至不及他的《梆子老人》与《蓝袍先生》给读者带来的冲击力度。如果要寻求与陈忠实早期创作关系的话，则是传统文化，具体来说是三秦文化精神。小说通过人物形象的塑造肯定三秦文化的精神，具体说，则是《娃的心娃的胆》中的孙蔚如面对侵略者的凛然正气；《一个人的生命体验》中的柳青面对批斗时的宁折不屈；《李十三推磨》中的李十三宁愿食不充饥也要写出民众喜爱的戏曲剧本。如果写这些作品的目的是突出这些精神，散文同样也能达到这一效果，并且陈忠实在晚年也擅长于写散文，但他并没有选择用散文来书写三秦人物的精神品格，而是采用了历史小说。历史小说与散文相比，只要主要事件真实可靠，细节则可以虚构，人物的内心活动给作者提供了虚构的无限空间。在创作中，作者在揣摩人物，其实也在表达自己的情感。

从2001年到2007年，陈忠实的小说作品不多，这些小说的质量总的来说不及前期创作。《日子》等三篇小说写的是底层的生存状态，《猫与鼠，也缠绵》《关于沙娜》写的是官场状态，"三秦人物摹写"系列三部曲则歌颂三秦文化精神，这几类作品之间有着怎样的逻辑？回顾21世纪初创作的几篇小说，陈忠实这样说："我最近的几个短篇《日子》《作家和他的兄弟》《腊月的故事》，说责任感也罢，说忧患也罢，关注的是当代生活中的弱势群体，不是一般意义上的同情和呼吁，是着重写生存状态下的心理状态，透视出一种社会心理信息和意象，为社会前行过程中留下感性印记。关于创作我从不做承诺、我的创作忠实于我每个阶段的体验和感悟。我觉得当代生活最能激发我的心理感受，最能产生创作冲动和表现欲。"[①] 他的创作忠实于每个阶段的体验和感悟，如果说书写底层与官场主要为指出道德精神的残缺，书写三秦人物则在寻求寄托。但在三秦人物中，除了孙蔚如，其他两人都遭受到不合理的对待，保持独立是一种至高的精神，不是人物生存的常态。即便在《娃的心娃的胆》中，八百名未成年士兵抗战而死也足以让人痛心疾首。三类作品揭示了同一个问题，便是理想与现实之间的冲突。现实生活充满太多无奈，人们唯有坚守理想，才可能保持人格独立，但要经受现实的折磨，甚至可能为此失去生命。

这种理想与现实之间挣扎的无奈在陈忠实的《一个虚脱症患者的发言片断》中表现得极为明显。一个作家发现在菜场卖羊肉的漂亮小姑娘卖肉时在读自己的作品，这个小姑娘非常聪明机智，她看过许多名著，很有欣赏眼光，认为作家的小说有资格获得诺贝尔文学奖。晚报记者前去采访时，发现是一位普通中年妇女，毫无审美趣味，对作

---

① 李国平、陈忠实：《关于四十五年的答问》，《陕西日报》2002年7月31日。

家及其小说满是嘲弄。这篇小说在构思上很有意思,作家和记者在肉摊碰到的应是同一个人,却表现出很大的差别。同样一个卖肉的,在作家眼中是漂亮的小姑娘,或许因为她是作者的读者;在晚报记者眼中却是庸俗的中年妇女。漂亮本来就是一种无固定标准的审美判断,正如一千个人眼中有一千个哈姆雷特。但仅仅从两人的观感看,作家眼中的卖肉女人代表理想,记者眼中的代表现实,理想与现实之间存在明显的差距。理想很难对现实妥协,现实也并不总能贴近理想。这是陈忠实对于生活的感悟,也是对自己生存状态的直接表达。

"渴望而不得"的郁闷被写进他的小说中,在《作家和他的弟弟》中,小说有这样的句子:"作家因一部小说以及由小说改编的电影爆炸,就出现了这种寻访如潮的情形。作家自然沉浸在热心者好奇者研究者的不断重复着的问讯的愉悦之中,多了久了也就有点烦。烦就烦在心里,外表上不敢马虎也不敢流露出来,怕人说成名了就拿架子摆臭谱儿脱离群众了。然而作家还想写作,还想读书,即使不写不读,仅仅只想一个人坐下来抽支烟品一杯咖啡。"从1992年《白鹿原》的发表到2001年《日子》的问世,近十年,陈忠实几乎没有进行小说创作。《白鹿原》的成功给他带来了声誉,也让他远离了文学,陷入庸俗繁杂的琐事中,他难以摆脱又不敢率性而为。对于他,庸俗的生活与诗意的文学水火不容,迎合了世俗,便牺牲了文学。

2001年,尚是陕西作协主席的他回到了白鹿原上,颇感落寞,李建军在他的《陈忠实的蜕变》中详细梳理出陈忠实在作品中表达的对于"龌龊"的人与事的厌恶,其实是以此舒散自己内心的郁结和痛苦。由于早年性格、所受文化等因素的影响,陈忠实无法不被庸常世俗社会的生存法则所干扰,正如李建军所说:"他在意上级组织怎么看他,在意自己在公众眼中的道德形象,在意自己辛辛苦苦所获得的一切。他是'新时代'教育出来的'新功利主义者',对社会荣誉和社会地位,有一种萦然在怀的十分计较的态度。"[①] "在意"使他无法超越世俗,"在

[①] 李建军:《陈忠实的蜕变》,二十一世纪出版社集团2017年版,第369页。

意"却又使他的《白鹿原》获得了成功。他兼顾各种创作经验,刻意调整自己创作风格,《四妹子》出版后遭遇的尴尬让他认识到"可读性"的重要意义,寻根文学思潮使他将目光投向历史,所谓"寻找属于自己的句子",对于陈忠实来说是摆脱早年的创作风格,实则是在对时代文学语境的考察基础上,兼顾彼此,最后形成了自我的表达。因此,这里的"自己"是契合时代要求后的"自己"。

谈到陈忠实在《白鹿原》之后为何没有写出更有分量的作品时,李建军认为重要原因之一是陈忠实的"静态人格",也即"认同型人格",而"过度的认同意识会极大地瓦解一个作家的怀疑精神和认知能力",他"不是一个具有彻底的批判精神和反思勇气的作家"。[①] 当他只是一个普通作家时,路遥的成功刺激了他,"在意"使他能够"无所顾忌"地创作,《白鹿原》无疑是一部经典作品,却险些与"茅盾文学奖"失之交臂。如果用尽所有的经验创作出的作品被否定,即便是因为意识形态的问题,任何作家估计都难以接受。尽管陈忠实后来说,作品无法发表就去养鸡,恰如柳青说,在皇甫落户再写不出好作品就放弃写作是一个道理,但这句话说出来显然不会那么轻松。在《白鹿原》获得巨大荣誉之后,陈忠实有否感到后怕或庆幸不得而知。问题是,这种经验能否复制?陈忠实是一个写实型的作家,深感想象力对于创作的重要性,而这种想象力则来自个人对生活的直接体验和感受,一部《白鹿原》几乎将他民国时期的乡村经验用尽,继续写长篇显然只可能进入新中国时期,如果不考虑诸种因素,仅仅谈创作能力,《白鹿原》的成功显然足以证明,但作家不仅是一个写作者,他同时也是现实社会中的一个个体。《白鹿原》即便获奖,其诸种"遭遇"依然在目,一系列争议、批判以及个人的妥协所带来的伤害只有作者本人能够深切感受到,这是一个长鸣的警钟,尤其是在越发世俗化的20世纪90年代,甚至21世纪,谁也不能保证下一部作品有这样的"待遇"。功成名就之后,同时又是一个"在意"世俗目光的作家,

---

① 李建军:《陈忠实的蝶变》,二十一世纪出版社集团2017年版,第369页。

写一部可能会受到不公平对待的作品的勇气究竟来自哪里？

李建军评价陈忠实的一段话较为客观："他没有某些作家的身上那种予圣自雄的狂妄和自大；他在乎别人对自己的看法和评价，但对那些几近诬枉和辱骂的批评，却能一笑置之；他不是那种天生才华横溢、所向无空阔的人，但是勤奋、踏实、有激情；他也有过自尊、倔直和冷峻的一面，容易被伤害，有时会误解别人，但他会反省，会自责。"[1]《白鹿原》之后，陈忠实的小心谨慎在他书写官场的几个短篇中一目了然，这些作品的批判力量显然可以更强烈些，但陈忠实的用力不在于思想深度，而是小说形式，也就是如何设置故事，在现代主义的浪潮早已消退之后，形式的探讨已经无法触动读者的神经，于是，这几篇小说就让人感觉很平。这就让人想起丁玲，在平反之后她创作出了《杜晚香》，从《莎菲女士的日记》到《杜晚香》，丁玲的内心经历了太多的波折，创作这篇小说是出于迎合还是另外一种反抗？陈忠实并未有如此遭遇，但每个人的承受底线与敏感源不同，很难说他没有经历内心的低谷，逃离都市的行为本身就折射出绝望与抗争，即便有些消极，因为逃离本身并没有解决问题。继续创作是出于作家身份的考虑。因为《白鹿原》那座高峰依然在，不写长篇便难逾越那座高峰，写长篇又可能会遭遇不测。写也难不写也难，长篇小说始终是他内心难以割舍的情结，写小说本身也变得举轻若重，或因此，散文反而成为他抒发情感的主要工具。

这是对小说的一种"冷"的姿态，但他仍然写小说，并且要在其中探讨社会问题，这又是一种"热"的姿态，在冷与热之间包含着太多的无奈与不舍，《日子》中那个在河边淘沙的男人又何尝不是他自身的写照？举轻若重是因为他依然有着"文学依然神圣"的感悟，也使得他远离了小说，于是，一部"垫棺枕"也便真的只有一部。

---

[1] 李建军：《宁静的丰收——陈忠实论》，华夏出版社2000年版，第300页。

第三章 神圣:文学观念的自我建构

第一节 陈忠实的文学观

"文学是什么"是文学从业者无法回避的一个原初性问题。如何回答它,代表了回答者基本的文学观念。关于这个话题的讨论,从人类第一次回答它开始,已持续数千年尚未走向终结。陈忠实作为陕西文学乃至整个当代文学不容忽视的一位作家,探究其文学观念,对深入理解其文学作品与文学人生,具有重要的参考价值。

一 文学依然神圣

陈忠实曾有言"文学是魔鬼"。这句话表达了陈忠实对于文学的复杂心态。他说:"四十年来,造成我人生历程全部有幸与不幸的是文学……文学是魔鬼。她能使人历经九死不悔不改初衷而痴情矢志终生,她确实又是一个美丽而又神圣的魔鬼。"[①] 魔鬼一直作为恐怖的象征,与充满真善美的文学如何纠缠在一起?陈忠实进一步解释说:"作家都对文学有着一根敏感的神经,这是与生俱来的这根神经,如果不枯萎,她对文学永远都是敏感的,一旦这根神经在你生理上不枯萎的话,你就被魔鬼缠绕,一辈子都摆脱不了文学这个爱好,所以魔鬼是就此而言的。"[②] 可见,"魔鬼"是一个具有丰富内涵的词语,它代表了作家对于文学的一种爱恨交织而又无可奈何的心理。

[①] 冯希哲、赵润民编:《走近陈忠实》,陕西人民出版社2006年版,第81页。
[②] 陈忠实:《文学是让人着魔的魔鬼》,《作文周刊(高二版)》2011年第37期。

文学是陈忠实实现自我的一种方式。他高考落榜后在乡村教书，所钟情的文学使他摆脱了乡村劳动生活，成了一名专业作家，由此而获得了自我存在的意义，同时也带给了他无限的压力。路遥的《平凡的世界》获得茅盾文学奖之后，评论家李星询问陈忠实长篇的完成情况，陈忠实显得不着急，李星开玩笑说，再拿不出来，就从这七楼上跳下去。这虽然是朋友之间的玩笑话，但也能看出陕西文坛对于陈忠实的期待以及他本人所承受的心理压力。这种压力反倒成为陈忠实创作的动力，使他能够放手一搏，《白鹿原》似乎是他证实自己的一个赌注，如果尝试了，拼尽全力了，仍然不被人接受，那只能说自己不适合文学创作，就去养鸡。当然这里的"养鸡"不过是不再从事文学创作的任何一种生存方式。当陈忠实把《白鹿原》的手稿送给《当代》杂志的编辑时，他才会说出那句——"我连生命都交给你们了"。他生命中所承受的主要困窘和荣誉几乎都来自文学。可以说，他度过的是一个被文学缠绕的人生。文学不是一尊被他高高悬置起来的神像，而是与百感交集的生活融合在一起的命运共同体；文学不仅给他带来荣誉，也给他无限的挑战。写下不朽巨著，赢得读者，也便赢得文学。但如何赢得读者，并非作家们都能做到心中有数。当作品完成之后，便进入了公共空间，作品与作家便再也无关，对其价值判定的权力也不在作家。在创作之外，作品的完成还包括价值判定及其产生的社会影响。"文学是魔鬼"中包含的无奈，在这一层面尤为明显。

陈忠实从"重铸民族灵魂"的角度出发，在20世纪90年代提出了"文学依然神圣"的呼声。这呼吁背后，是文学日渐被边缘化的历史现实。随着商品经济逐渐活跃起来，原有的生活秩序与人际关系受到了强烈冲击。正如陈忠实所说"颠覆本身具有二重性，尤其是在这个过程中对原来比较神圣的，而且没有过时的一些东西和情感，也都被模糊了轻蔑了。"① 人们更专注于物质层面的丰富，过去被认为是神圣的文学，以及受敬重的作家头衔逐渐走下神坛，作家群体内部也逐

---

① 冯希哲、赵润民编：《走近陈忠实》，陕西人民出版社2006年版，第47页。

渐出现分化，包括对自我价值的怀疑，由此使得创作的信念和自信出现危机，从而引发外界和自身充斥质疑的恶性循环。这句呼声的意义就在于，它表现出了作家身处一个迷失的时代却自觉担当起精神寻找和自我重建的责任。

陈忠实在访谈中提到了"文学理想"的话题。他这样说："一个作家的文学理想不能不涉及为民族精神的更新和发展提供点什么。"① 他又说："作家应该留下来你所描写的民族精神风貌给后人。不管是历史还是现实的人生，一经作家用自己的生命所感受和体验后，表现出来的就应是这个民族在特定历史时段里整个精神层面的一种比较准确的和具有普遍性的东西。"② 在这里，陈忠实提到了文学创作与民族精神、与时代的关系。

20世纪80年代初，中国刚从一个极度禁锢和束缚的历史语境中挣脱出来，彼时的社会思想状况是一种复杂的状况：传统文化在遭到冲击和破坏之后日渐式微，革命文化建立起来的话语又失去了人们对它的信仰，传统文化与革命文化都无法支撑一个对未来中国的叙述。90年代中期，随着市场经济的活跃，社会上人心浮泛，普遍追求金钱而忽视精神进步成为一种潜在的社会风气。这种风气蔓延到文化界，许多从事创作的人为了追求经济效益，而忽视了作品的艺术性。陈忠实为此提出了"文学依然神圣"的呼声，意在强调文学的价值意义，竭力呼吁作家要写出富有生活厚度的作品，以守护作家对文学的敬畏和信仰之心。

无论说"文学依然神圣"，还是"文学是魔鬼"，都反映出陈忠实对文学始终有着不弃的崇仰和热爱，并且怀有教徒般虔诚的态度。体现在创作实践中，就是他在创作的前期准备阶段广泛而扎实地搜集资料，并在艰难条件下持守着心无旁骛的忘我境地。多年以后，他回忆自己完成《白鹿原》初稿一瞬间的心理感受时说道："那是一个难忘到有点刻骨铭心意味的冬天的下午。在我画完最后一个标点符号——

---

① 冯希哲、赵润民编：《走近陈忠实》，陕西人民出版社2006年版，第47页。
② 冯希哲、赵润民编：《走近陈忠实》，陕西人民出版社2006年版，第49页。

省略号的六个圆点的时候,两只眼睛突然发生一片黑暗,脑子里一片空白,陷入一种无知觉的状态","待到眼睛恢复光明也恢复知觉,我站起身跨过两步挪移到沙发上的时候,才发觉两条腿像抽掉了筋骨一样软而且轻。我背靠沙发闭着眼睛,似乎有泪水沁出。"[①] 这一段切实可感的描述,是陈忠实对文学爱恨交织心理的生动展现。他因为文学,从而深切感受到一种生命深处的激动与痛苦,自己痛并快乐着,而且甘愿为之付出一生的心血乃至生命,皆源于心中神圣的文学之火不灭。

二 "可读性"的强调

从文学接受层面看,"文学是魔鬼"这句话,也包含了陈忠实对于读者也就是"可读性"这一因素的思考。可读性是指能够激发读者阅读心理动机的特性。一部作品强调可读性,实际上也是在强调读者对于文学创作的重要性。通常说,精英文学对于可读性是并不在意的,启蒙姿态决定了作家与读者之间的精神状态处于不对等关系,这种关系以一种认识为前提,那就是普通民众的愚昧,这里的愚昧是指现代文化知识的缺乏。批判姿态多不会考虑"可读性"的重要性,以及激发读者的阅读欲望,"可读性"一直是通俗文学追求的目标之一。

20世纪80年代,启蒙姿态同样被强调,但可读性似乎也是一个不可不提的问题,最为明显的例子便是先锋小说在远离读者之后的尴尬。先锋小说的作家们在尝试语言与形式的变革,读者可能无法接受,从而在"抛弃"读者之后,读者也"抛弃"了他们。90年代,文学生产由国家垄断转向市场化,直接与经济利益挂钩,加之软文学、亚文学充斥市场,坚持启蒙姿态如果不考虑读者的接受就可能意味着受众的流失。读者能否接受自己的作品,成为影响作家创作的一个不可忽视的变量。在这个过程中,作家注入作品的就不单纯是其个人的文学思想,也包括对于90年代文学状况的理解,创作成为一个复杂的事件。

陈忠实将对于读者的重视提到一个高度,与他在1989年出版《四

[①] 陈忠实:《寻找属于自己的句子》,上海文艺出版社2009年版,第142页。

妹子》后遭遇的尴尬不无关系。80年代末书市较为低靡，《四妹子》在中原出版社出版时，征订数只有6000册，中原出版社仍按照原计划印刷了9000册，多余的书就兑换成了陈忠实的稿费。早年文人卖文为生也只是将文章寄到报刊社，实则"卖文字为生"，何曾想要卖自己出版的图书。虽然不以此为生，但面对一堆书的陈忠实切切实实感受到了当时作为一个作家的失败，究竟需要在意读者的阅读趣味还是一味地追求自我？没有读者的创作到底有何意义？他说："出版社刚刚实行的市场经济理论和运作模式，无论多么深奥多么陌生多么冷硬，具体化对象化到我头上的的时候，就变得如此简单。唯一的出路，必须赢得文学圈子以外广阔无计的读者的阅读兴趣，是这个庞大的读者群决定着一本书的印数和发行量。"① 阅读兴趣于是便成为陈忠实关注的一个现实命题，在创作《白鹿原》时，他也曾认真思考过可读性问题："必须解决可读性问题，只有使读者在对作品产生阅读兴趣并迫使他读完，其次才可能谈及接受的问题。我当时感到的一个重大压力是，我可以有毅力有耐心写完这部四五十万字的长篇，读者如果没有兴趣也没有耐心读完，这将是我的悲剧。"② 这段话中有着双重意蕴：首先是作家对读者地位的重视。陈忠实在创作时顾及读者的欣赏水平、审美趣味等因素。这也是他之所以被广泛认可的原因之一。其次，作者在创作过程中存在的些许无奈，"闭门造车"式的写作诚然不提倡，但是在市场化经济浪潮的裹挟之下，由于顾及读者因素及市场效应，作家不得不对自己的创作理念进行相应的调整。增加可读性也是增加吸引读者的元素，以更好更深入地把握读者的审美趣味，并借以提高读者的阅读兴趣。

"当市场经济运作的无情而冷硬的杠子横到眼前的时候，我很快就作出决断，只写一部，不超过40万字。之所以能发生这种断然逆转，主要是对这本书未来市场的考虑"，"我便重新审视一个个业已酝酿着的人物，重新审视每个重要人物的每一个重大情节和细节，合理

---

① 陈忠实：《寻找属于自己的句子》，上海文艺出版社2009年版，第57页。
② 陈忠实：《陈忠实文集》第五卷，人民文学出版社2015年版，第368页。

性和必要性为审视的尺码，舍弃某些可以舍弃的情节和细节"①。《白鹿原》中，陈忠实在部分描写上强化了可读性。小说开头一句"白嘉轩后来引以为豪壮的是一生娶过七房女人"，便不失一个极具传奇色彩的开头，很容易吸引读者的注意力，同时以此统摄下文，便于展开叙述。接下来白嘉轩赶车路过田地时遇到白鹿显灵的景象，从而使白嘉轩萌生了换地的念头，然后引出后面一系列的情节发展，包括鹿子霖通过认干儿子来认领当年四处留情的血脉，还有鹿家不光彩的发家史等。这一系列极具吸引力的情节，使得作品在呈现风云变幻历史动荡的同时，又以细小的笔触填充了故事大框架里的丝丝缝缝，使整部小说在叙事的起承转合上显得更为连贯自然。同时，对民俗文化和神话传说的引入也增强了小说的趣味性，例如对白鹿村创世的记载、白鹿两家的发家史描述、乡约的设立和祠堂的重修等。民俗文化方面，包括祭祖礼仪，棒槌山庙会祈子，祈雨伐神，以及婚丧嫁娶等习俗。文化的引入使作品具有深厚的文化意蕴，也增强了作品的艺术性和可读性。

　　小说《白鹿原》中一个引人注目，同时也因此备受争议的地方，就是大胆热烈的性描写。它们如同一块块燃烧的木炭，把整部小说的前半部分烘染为热烈的气氛。作家曾在访谈中提及这一部分，说到性描写的三个原则是"不避开，撕开来写，不把它当作诱饵"。关于性描写，有评论者认为这是作者对低俗审美趣味的一种妥协，是整个小说中的一个败笔，并认为"性描写应虚一些"。对于性描写，陈忠实自己也有所担忧："读者对我的一般印象是比较严肃的作家，弄不好在将来某一日读到《白》时可能发出诘问，陈某怎么也写这种东西。"② 陈忠实之所以顾及读者的接受反应，是他重视、尊重读者文学观念的具体体现，同时也是他把文学视为神圣事业的一种姿态。

　　通过阅读文本不难发现，这些性描写的绝大部分都涉及一个中心人物——田小娥：她为了满足正常的情欲需求和黑娃结合；黑娃"闹红"失败逃离白鹿原后，她需要依靠而被迫依附于鹿子霖；为了报复

---

① 陈忠实：《寻找属于自己的句子》，上海文艺出版社2009年版，第58页。
② 陈忠实：《寻找属于自己的句子》，上海文艺出版社2009年版，第77页。

白嘉轩而在鹿子霖指使下引诱白孝文。在这些放纵的情景背后，体现出来的正是处于依附地位的田小娥极力争取自我生存和反抗的一种斗争方式或被迫就范。她除了身体之外一无所有，于是身体就成为她抗争的工具。田小娥开始在渭北郭举人家里被折磨、在白鹿村的祠堂里遭受当众刺刷，在戏楼上被非人折腾，以及最后被梭镖从背后捅死的悲惨结局，无不印证了"生得痛苦，活得痛苦，死得痛苦"这句话的恰切性和深刻性。性描写的意义是通过它来揭示人物性格的丰富蕴涵：鹿子霖的荒淫与阴险、白孝文的人性渴望以及田小娥的复杂矛盾心理。

此外，这样的描写对传统道德观念形成了一种挑战。比如白孝文的崩溃说明了宗族文化教育的衰竭。闹饥荒时，堕落在情欲和烟土之中的白孝文和田小娥，"使这孔孤窑成为饥馑压迫着的白鹿原上的一方乐土"。田小娥死后附身在鹿三身上说的那段话，是对儒家文化家长制的专制一面无情的揭露。对待涉及"性描写"的敏感话题，陈忠实的态度是严肃而又谨慎的。他先是在"搜寻了涉及这个命题的专论，关于爱尤其是性在文学作品中的必要性得到理论的确认"[①]，显示出作家在创作上是以严肃的态度来理性对待这一命题，性描写具有特殊的严肃性，而绝非所谓的吸引读者的"噱头"。它是陈忠实借以透视传统文化及其伦理道德虚伪性，洞见人物心理结构的一个重要构件。

在陈忠实心目中，文学是神圣的。所以他在创作时正视性话题在《白鹿原》中的表意功能，尽力使作品达到一个不留缺憾的境界。性描写并没有拉低《白鹿原》的艺术水准，反而使作品的内涵更加丰富和完整。陈忠实和《白鹿原》留给我们的经验是：写什么并不重要，重要的是如何写才能决定文学作品水准和品位的高下。

第二节　陈忠实的批评观

相较于专职批评家而言，作家的文学批评因其独特的写作体悟、

[①] 陈忠实：《寻找属于自己的句子》，上海文艺出版社2009年版，第122页。

自我文学观念感知，尤其是对于整体和细处体验式把握，赋予了作家批评独到的价值，或许这样的感知将创作和理论融合后的阅读，发现的不单单是文本的本来意义，可贵的是他们常常用创造性作为坐标审视出文本本身的可能性与篇幅。富有价值的文学创作对于作家而言，有着融生活体验、艺术体验实践探索感知升华后所形成，又属于自己的那个独到而真切的艺术评判与价值追求，这便是作家的艺术理念世界，是支撑和主导创作的潜在亘深的文学观念，在观照他作或反观自身的省察辨识之间，便形成了作为作家的文学批评观念。

作家的文学批评观念以活态的方式运行于个体文学观念中，既受文学观念的掣肘，又作用于文学观念的更新与扩展，为个体观念及其创作打开一扇扇窗户，树立一个个坐标。因此，更多的中外作家呈现给人类的不单单是炫彩夺目的经典文本，还有以感知体验型的非职业批评来阐述对文学及其创作本身的理解和经验，并由此理解出发，去审视林林总总他者的文本，进而演化为集创作和批评为一身的"双栖"作家。诸如席勒的《论美书简》、雨果的《论拜伦》、博尔赫斯的《博尔赫斯和我》，还有茅盾、老舍、曹禺、沈从文、王蒙、王安忆等的创作感受谈或文论。他们遵循着艺术美的内在规律，以更富生动性、实践性和借鉴价值的文学观念，触发并完整着文学理论的自我固有圆融机制，丰润着创作实践之大道与大理。陈忠实之所以能从信奉柳青的"三个学校"中走出来进而"寻找到属于自己的句子"，根本上就是遵循这样一个机理作用的结果。而他系列的创作感受谈，对他者文本的批评理解，共同构律出与作品同样丰富、真诚、博深、独到的艺术观念世界。陈忠实的文学批评观包括了文学何为？艺术的生命价值；以文知人；批评形式等方面的主体内容，其本质体现为文化批判现实主义立场，其价值追求是精神与文本契合、艺术与生命的共生，且其观念形成是伴随20世纪80年代初和中期的两次"精神剥离"逐步成熟起来的。

一 文学价值的不懈探询

"文学究竟何为？"的命题本身是文学价值与创作目的的理解问题，

更是个文学信念问题。文学信念不仅支配作家的艺术追求,也主导了作家的审美情趣,同样成为作家批评的判断基础。但是,并非每一个作家的文学观念都是从走上"文学是个魔鬼"之路时就奠定不变的,对"魔鬼"的理解常常是在与之实践性交流过程中嬗变着,是在边实践、边学习、边摸索中逐步成熟起来的。而像陈忠实这样在近十年时间使自己陈旧的文学观念脱胎换骨,跃升到文学常道的作家并非个案,但有能通过自身的"剥离"后踔厉"寻找"的心理过程,并创作出当代小说高峰体验的文化批判现实主义经典文本《白鹿原》的作家实属是凤毛麟角。

陈忠实在20世纪70年代末第一次精神剥离掉的是沉潜于政治时代环境和文学对政治图解的宿根,将自己从"本本"中解放出来,使平行于生活的心理活动直接提升到反观洞察历史生活的新高度。而在20世纪80年代中期,准确说是在1985年创作《蓝袍先生》时,他开始转向人的心理、人的命运,尤其是民族心理结构和民族大命运的历史性自觉思考与表达。"我此时甚至稍前对自己做过切实的也是基本的审视和定位,像我这样年龄档的人,精神和意识里业已形成了原有的'本本'发生冲撞就无法逃避。我有甚为充分的心理准备,还有一种更为严峻的心理预感,这就是决定我后半生生命质量的一个关键过程。我已经确定把文学创作当作事业来干,我的生命质量在于文学创作;如果不能完成对原有的'本本'的剥离,我的文学创作肯定找不到出路。"[①]"剥离这些大的命题上我原有的'本本',注入新的更富活力的新理念,在我更艰难更痛苦。"[②] 两次"化蝶"式极其艰难而痛苦的精神剥离,陈忠实从信奉柳青的"三个学校"的自我超越并建构起属于自己的"三个体验",也把自己的肉身生命质量与文学事业紧密地联系起来,为人生的文学信念自此奠基,书写姿态也由平行于生活高扬为俯瞰生活与历史的新视界和新境界。

为人生的文学有着丰富的内涵:文学创作不再单纯是作为职业存在,而是与肉体生命通息共依的生命过程,是作家"最后良知"的殉

---

① 陈忠实:《寻找属于自己的句子》,上海文艺出版社2009年版,第104页。
② 陈忠实:《寻找属于自己的句子》,上海文艺出版社2009年版,第103页。

道精神与民族命运的相生契合，是智慧人生与民族心理结构交流表达的互文。作家已不再是个体存在。文学创作固然需要表达生活，而为人生的文学却促使作家的笔触要深入的不仅仅是生活本身，更是要让民族命运和人的历史作为思想透视以进入文学场域，创作过程本身也就演变为文学的力量表达。"作家希望创造出属于自己独有的艺术世界、艺术形态，但作品发表出来的结果是属于人民的、民族的。一个作家的文学理想不能不涉及为民族精神的更新和发展提供点什么。"① 文学创作的永恒命题已经不单单是写什么、怎么写、写得怎么样的三个问题，而将"为何写"作为了第一问题予以置顶。

二 重视艺术表达的真实

陈忠实衡量文学价值的首要尺度在于真实性。他始终将艺术文本与生活的真实距离感作为衡量艺术价值的基本尺度，真实性不仅作为艺术创作成熟与否的检视法则，更是作为艺术品能否获得生命力的基本要素。因此，他对包括文学各样式和艺术的感受性批评首先从真实原则出发，谈作家的真实、文本的真实、效果的真实，把对真实性的遵循看作作家的根本道义与责任。陈忠实在评价孙见喜的《山匪》时就说这部作品"不仅把那一过程重现给今天和未来的读者，而且达到一个生活和艺术的真实，这是一个作家的成功，也是一个作家的责任和道义"②。

陈忠实批评所持的真实性原则，首先要求作家对文学的态度、对创作本身、对读者的态度要真，写作要忠实于自己的体验，更要具有时代和历史的双重真实性，体验不应简单成为个人的真实感受与理解，而应是民族的和人的精神命运的真切轨迹。陈忠实对自己所倡导的作家要忠实于良知的理念解释为："这个良知主要指我写作品的时候忠实于我真实感受到的、理解到的历史真实和生活真实。"③ 他还推崇

---

① 陈忠实：《原下的日子》，太白文艺出版社1996年版，第249页。
② 陈忠实：《一个历史过程中的中国乡村形态——读孙见喜〈山匪〉》，《商洛学院学报》2006年第3期。
③ 陈忠实：《我的老家就叫白鹿原》，《辽宁日报》2002年1月18日。

"这种完全摆脱了功利目的纯粹的抒写,可以信赖为心声,没有娇气和矫情,没有虚浮和装腔,是一个人生活的和生命的体验的展示"①的作品。针对文坛存在的说空话、假话、套话的时弊,他以可靠性作为衡量作品的价值判断标准予以反驳,"之所以引我发生情感和心理的陷入,首先是作品的可靠性。可靠性的最基本品格之一是真实"②。

陈忠实重视艺术表达的真实,但他更强调生活真实。他说:"我之所以强调后者珍视后者,是有感于某些作品在艺术的名义下对生活所采取的随心所欲的姿态,把对生活的虚拟和虚假,振振有词地淹没或张扬在所谓艺术的天花乱坠里。"③他提倡作家尊重客观现实生活,文学应该具备现实眼光、人间情怀以及追寻真理的冷静与执著。他毫不留情地批评朋友雷电的《容颜在昨夜老去》细节的虚假:"这是人物自然发生的心理和行为细节呢,还是作者给人物强加的叙述呢?这也涉及到创作最基本的问题。准确是关键,准确才有力量,否则就造成没有是非标志的'没正经'。"④他热情地肯定峻里小说中人物形象的真实:"我的阅读感觉,绝然不同于那些只会做令人发笑的蠢事和只能说令人发笑的二话的弱智的乡村干部形象,而是一个个活的人。首先把农村人物作为社会的人去探究,当是文学关照社会人生最基本的态度和品格。"⑤在他的眼中,人物的真实性是文学内在价值标准,是文学生命力的可靠来源。

陈忠实始终坚持现实主义创作道路也来源于自己秉持的人们需要真实的文学之历史责任意识。他坚信文学现实主义道路广阔,大有作为,那些对现实主义怀疑的论调是值得慎思的,现实主义只是创作原则和追求,至于方法是可以探索和借鉴的。他对流行的先锋文学等表现出内在的置疑。他深有感慨又不乏幽默讽喻地说"记得是在大会安排的发言中,我听到路遥以沉稳的声调阐述他的现实主义创作主

---

① 陈忠实:《诗性的质地——李思强其人其诗》,《西安教育学院学报》2002年第1期。
② 陈忠实:《征服人生》,《中国新闻出版报》2002年12月11日。
③ 陈忠实:《难得一种真实》,《小说评论》2007年第2期。
④ 陈忠实等:《〈容颜在昨夜老去〉研讨会纪要》,《小说评论》2005年第3期。
⑤ 陈忠实:《多重交叉的舞蹈》,《西安教育学院学报》2004年第1期。

张……敢于在现代派先锋派的热门话语氛围里亮出自己的旗帜，不信全世界只适宜养一种羊。我对他的发言中的这句比喻记忆不忘，更在于暗合着我的写作实际，我也是现实主义写作方法坚定的遵循者。"①他认为现实主义的"真实性"更多指向一种文学精神——文学敢于面对真实的现实和探摸人生的内在脉搏。"在欧文·斯通看来，杰克·伦敦一直把笔锋对准着社会和人生内在的本质的矛盾上，这就划开了巨人和矮子的根本区别。对那些矮子即无聊文人，斯通的讽刺更为辛辣，他们不具备人类的感情，不敢直面人生，他们也许无意也许无能关注生活变迁的巨大欢乐和巨大痛苦，而只是一味编撰那些诱惑和虚假的公式化传奇。只有巨人才敢同真正的文学交锋。文学的真正价值和作家的神圣使命就在这里——人生内在脉搏的探摸。"② 无论文学思潮如何变迁，新的思潮浸淫到何种程度，他对现实主义精神的原则性立场未曾动摇过的根本原因，在于他始终把文学的真实性作为艺术的生命来看待。

三 以文知人

职业批评家善于以学术概念的逻辑形态来介入并以之审视文学现象，批评的逻辑性、知识性、系统性、批判性特点较为突出，而作家则多以自己的创作感悟为基点，注重"真知"性的个体感悟提炼，个体感知的自有观念便通常作为自己创作的立场、原则和审美情趣，"以文知人"成为一种司空见惯的批评方式，这不仅仅表现在当代，更是中国古代文论的"以意逆志""文如其人"传统的一种延展与变革。陈忠实的批评常态便是如此。

"我作为一个读者阅读任何作品业已形成的习惯，是通过阅读作品来看作家的创作意图的，而不是根据作家的创作意图来看作品的。"③ 陈

---

① 陈忠实：《从感性体验出发的生命飞升旅程》，《商洛学院学报》2011年第1期。
② 陈忠实：《文论两题》，《小说评论》1991年第3期。
③ 陈忠实：《一个历史过程中的中国乡村形态——读孙见喜〈山匪〉》，《商洛学院学报》2006年第3期。

忠实的"以文知人"与传统批评不同的地方就在于他善于以文之品格来洞察和感知创作主体的人格，并非以作家的主观表述企图接近或者走进文本，这样就避免了读者被束缚或因先入为主的提前规约所导致的阅读干扰，避免了批评的随意性，也道出了阅文不仅是获取知识和娱悦、审美的传统需求方式，也成为"以文会友"的文人同阅交互模式，更能客观而全面地把握文本及其隐藏于后的作家人格情态隐曲，从而实现文格与人格的立体镜像观照。"我曾经说过也写过我的个人经验，即，想要了解一个作家，最直接最可靠的途径，就是阅读他的作品。"① 陈忠实不仅如此说，也常常见诸于批评实践。"我在小利的书稿阅读中，看见了一种境界，一种情怀，更透见一种令人肃然的人格精神。"② 再如论王蓬："我在这次通读王蓬作品的过程中豁然明朗，王蓬有一个人道人性的思想视镜，有一个博大深沉而又温柔敏感的人道人性的情怀。"③ 以文知人式批评有一个不言自明的前提，即"文如其人"的传统文论，其特点是把作家与文本的一致性当作同一性存在。"人"是具体存在，既可指作家的品格，又可指作家的个性气质，也可指作家的艺术风格等。陈忠实说："遵文学朋友之命为其著作写序，我比读文学名著还用心，感知他的思想和艺术魅力……写序不仅让我看到作家朋友的情怀和追求，也让我更了解了这位作家立身的品行。"④ 显然，陈忠实的批评更注重于从作品中感知偏重于道德品质的那一维。

陈忠实在创作感受谈和批评过程中惯常用到一个关键词是"精神人格"，这无形告诉我们，在他的创作思想中认为作品的品格是作家的精神人格所决定的。他说："在我的理解，艺术家创作的发展越到后来，越想进入大的创作，在完成这个艺术突破过程中，这个精神人格越成为一个关键乃至致命的东西。精神人格在你的整个创作当中，

---

① 陈忠实：《陷入的阅读及其他——〈骞国政文集〉阅读笔记》，《延河文学月刊》2008年第7期。
② 陈忠实：《陈忠实文集》第七卷，人民文学出版社2015年版，第356页。
③ 陈忠实：《陈忠实文集》第七卷，人民文学出版社2015年版，第439页。
④ 陈忠实、和歌：《伟大的风格隐藏在看不见的地方》，《黄河文学》2011年第9期。

影响的不在技术技巧层面，而是对艺术家感受社会、理解社会、感受人生、理解人生的独特性发挥关键性影响，艺术品内质里的卓尔不群就因此而产生。"① 显然，他评价作品注重的是作家道德精神层面。在他看来，文学职业存在功利性无可非议，但是对于作为事业追求的文学创作是高尚且不可亵渎的，是精神心灵的自我塑造。陈忠实坚持这样的批评常态，极力在文本中触摸作品中作家的真人格，与其说是对文学认识反映论的信奉，不如说是对作家真诚表达、做人先于作文思想情感的真切厚望，是将文学视为作家自身人格的外化与确证理念的求证，恰切地实践了维特根斯坦的一句名言："一个人所写的东西的伟大依赖于他所写的其他的东西和他所做的其他事情。"② 面对文学环境不断遭受的名利浸染，陈忠实"以文知人"的批评旨趣无疑对文学内在精神的唤回，是对正在流失的文学意义的挽救性补偿，是一种身体力行的执著追寻。

四　批评的体验方式

当陈忠实的生活体验和生命体验进入"真实性"和"思想性"双合艺术表达时，批评阅读期待更看重的是能否引发他情感和心理的陷入。对于有共知性的作品，他便陷入其中深谙其味，"越读越觉得是一种完全无意识更不自觉的陷入，直至深陷到以为是自己昨天的生活故事。我想到我和老莦乡村生活经历和感受的相似，更感知到他今天描述出来的巨大强烈到不容任何置疑的真实的情景，让我发生阅读里的陷入。"③ 此时的批评由于加入了自我的体验和感受就有着更深的感受性。这样移情式的阅读注重的是体验和感受，以自己阅读的体验为依据，而不是从先验的空洞概念出发。体验式批评又被称为"鉴赏式批评""感悟式批评"或"印象式批评"。这种批评方式为中国古代文论一大传统，只是在陈忠实这里批评元素和内涵完全不同，更能走近

---

① 陈忠实：《出神入化的艺境》，《陕西日报》2007 年 12 月 7 日。
② ［奥］维特根斯坦：《文化与价值》，清华大学出版社 1987 年版，第 94 页。
③ 陈忠实：《陷入的阅读及其它》，《延河》2008 年第 7 期。

审美文本的山山水水，更能全方位把握主客体的内内外外，从而使相互间更易于发生真切的体验式交流；文本只变成了触媒，文学的真切价值得以突显出来，文本得以被尊重，创作得以被尊重，作家也得以被认知。他对此享受自陈道："遵文学朋友之命为其著作写序，我比读文学名著还用心，感知他的思想和艺术魅力，溢美是溢他作品所独有的美，不是滥说好话"。① 陈忠实之所以运用中国传统体验式的批评方法实质上是对文学批评特殊性的认识和尊重，也是对文学批评僵化面孔的一种人性化守成。

综观陈忠实的批评实践，如果把体验式批评看作批评的形姿而道行其间，以文知人则握其脉源，真实性则成其本真，为人生的文学则立本撮要，自成一体。

第三节　陈忠实的文艺美学思想

陈忠实的文艺美学思想是在汲取前人创作思想的基础上形成的，每一个思想都是他对文学创作实践的思考和总结，都是他不甘"模仿"而求"创新"，寻找"属于自己的句子"的不断探索、不断创新的精神的完美体现，几经涤荡几经积淀，最终形成了独特的文艺美学思想体系。

一　文艺生命论：真实性原则是核心

真实，是现实主义文学的生命和灵魂，真实性是现实主义文学的本质特征。所谓文艺的真实性，按照马克思、恩格斯的理解，是指文学艺术对客观社会生活的"真实描写""真实地再现""真实地叙述"等。文艺真实性反映的是创作关系中的客观方面，体现了文学作为意识形态与生活一致性的关系及程度。而关于现实主义，高尔基曾经说过："对于人和人的生活环境作真实的、不加粉饰的描写的，谓之现

---

① 陈忠实、和歌：《伟大的风格隐藏在看不见的地方》，《黄河文学》2011年第9期。

实主义"。① 马克思主义经典文艺理论十分重视和强调现实主义的真实性。马克思、恩格斯主张艺术按生活的本来面貌再现生活，主张真实地描写人类的现实关系，主张正确地处理创作中现实和理想的关系，都以使艺术作品具有现实主义的真实性为基本原则和出发点。

陈忠实的创作非常重视作品的真实性，在具体创作中，对真实的理解和表现生活都有其自己的理解和体会。"真实是我自写作以来从未偏离更未动摇过的艺术追求。在我的意识里愈来愈明晰的一点是，无论崇尚何种'主义'，采取何种写作方法，艺术效果至关重要的一项就是真实。道理无需阐释，只有真实的效果才能建立读者的基本信任。我作为一个读者的阅读经验是，能够吸引我读下去的首要一条就是真实；读来产生不了真实感觉的文字，我只好推开书本。在我的写作实践里，如果就真实性而言，细节的个性化和细节的真实性，是我一直专注不移的追求。"② 陈忠实创作对于"真实性"的追求，是一个循序渐进、不断突破以往思想、不断超越自我的发展历程。他早期中短篇小说创作中的"真实性"在很大程度上受到了"十七年"时期文学观念以及文学创作的深刻影响。"社会主义的现实主义"要求文学的真实性必须与社会主义精神从思想上改造和教育劳动人民的人物结合起来。文学真实并非等同于生活真实，而是比实际生活更高、更强烈、更集中、更典型、更理想、更普遍，简言之就是现实主义基础创造社会主义方向。这虽然确认了文艺创作的基础是对于"实际生活"的描写，实际上它只是一种手段，"社会主义方向"是创作的目的和关键。这样一来，就与文学是作家思想的反映这一必然相左。陈忠实在写小说《初夏》时过程苦闷，促使他不能不对"真实性"做进一步分析、反省以至更深刻地理解。那就是，"写真实"不光要忠实于外在的客观生活的真实，而且更要忠实于创作主体对客观现实生活的主

---

① 高尔基：《谈谈我怎样学习写作》，载阎嘉编《文学理论基础》，上海文艺出版社1981年版，第247页。
② 马平川：《精神维度：短篇小说的空间拓展——陇上对话陈忠实》，《文艺理论与批评》2008年第5期。

观体验的真实。

陈忠实作为新时期现实主义作家的代表，他对于文学真实性的理解和表现，不再受困于时代和政治的束缚，而转化为以其对社会现实的独特生命体验极力表现生活的多面性和复杂性；以其独特的观察视角，尽力表现人类生存和历史发展的深刻内涵。可以说他的作品已经达到了历史真实的高度。长篇小说《白鹿原》是最能展示陈忠实现实主义真实性的优秀之作，真正实现了陈忠实对柳青的突破和自我的超越。作品从文学观念到艺术构思，从形象塑造到表现手法，全方位地摆脱了柳青的影响，正如作者所言："什么时候彻底摆脱了柳青，属于我自己的真正意义上的创作才可能产生，决心彻底摆脱的实验就是《白鹿原》。"① 他还说："《白鹿原》是现实主义的创作。在我来说，不可能一夜之间从现实主义一步跳到现代主义的宇航器上。但我对自己原先所遵循的现实主义原则起码可以说已经不再完全忠诚。我觉得现实主义原有的模式或模板不应该框死后来的作家，现实主义必须发展，以一种新的叙事形式来展示作家所意识到的历史内容和现实内容，或者说独特的生命体验。"②

在《白鹿原》中，陈忠实继承和发扬了陕西作家那种厚重、深沉的史诗意识，突破和超越时代和政治的局限以及前辈作家的影响，从人类生存和发展的高度和广度来观察和描写生活，书写"民族的秘史"，揭示了20世纪上半叶中国农民的生存状态。小说所涉及的历史阶段，正是中国社会新旧交替、各种社会政治力量殊死搏斗的时期，阶级斗争空前激烈。作者没有回避社会矛盾和阶级斗争，而是形象、具体地揭示了社会历史发展的全过程。在对这个过程的描写和揭示上没有像以往作家的创作那样，用简单、机械的思路和方法来规范复杂、多样的生活，把国共两党的斗争写得阵线清晰、泾渭分明。陈忠实以

---

① 李星、陈忠实：《关于〈白鹿原〉与李星的对话》，载李清霞编《陈忠实研究资料》，山东文艺出版社2006年版，第31页。

② 李星、陈忠实：《关于〈白鹿原〉与李星的对话》，载李清霞编《陈忠实研究资料》，山东文艺出版社2006年版，第31页。

自己独特的生命体验，写出了生活的多面性、复杂性和历史的厚重感，表现出巨大的历史真实性。当然，这种真实性很大程度上也是通过人物形象的塑造来实现的。

二 创作主体论

作家是创作的主体，作家的人格问题一直是业界探讨的话题之一。一部作品的优秀与劣质，文品的高尚与低劣与作家自己的人格都有着一定的联系。陈忠实这样定义作家人格与作品的关系：人格是给作品提供灵魂的东西。可见作家人格在作品创作中的重要性。

可以说，人格和文格是辩证统一的关系。人格的高低决定着作品品格的高低，直接影响着作品所表达出来的风格与志趣的高低。所以从这方面来说，作家提高自己的人格修养对于其创作而言，有着不可忽视的作用，作家要保持自己人格的纯洁与高尚就等于保持了文品的纯洁与高尚。在商品时代背景下，许多作家一味追求作品数量，对于作品品格是否高尚却不以为然。对此，陈忠实有他自己的体会和看法。他说："人与文，道德评判与美学评价的关系也许比较复杂，但从根本上说，作品的境界，还是决定于作者的人格。人格是一个作家搞文学的立足点，是给作品提供灵魂的东西。写东西写到最后，拼的就是人格。人格糟糕的人，可能在技巧上、才情上显得与众不同，引起别人的注意，但是光靠这些，弄不出大作品。"[①] 这也正好契合了歌德的观点，作家人格的伟大与否就是那个时代文学兴衰的主要原因所在。作家要想成大器，就得在人格修炼上下大功夫。

陈忠实在他的作品中塑造了许多人物形象，这些人物身上所体现出来的无不是陈忠实对于人的本性、人的品格的深刻思考。他们有的奋进不止，有的自廉自律，有的有着崇高的信念，有的有着舍生取义的气概，他们平凡却伟大。他的笔触追求人物灵魂的刻画，以达到对现实、对人性优劣的评判和对人性道德的宣化和匡正，以及对人格高

[①] 李建军：《一个朴实的作家及其真实的思想——陈忠实印象记》，《北京文学》2001年第12期。

贵的宣扬和赞美。

陈忠实早年有"小柳青"之称,在他经历了创作艰辛之后发出了"没有改变就没有前途"的慨叹。这是陈忠实对自我创作历程的反思,是他对于文学创作出路的肺腑之言。《白鹿原》出版后好评如潮且不断再版,读者群不断扩大,这为他在中国当代文坛奠定了牢固的基础。然而就是这样一位当代文坛大家,在文学创作的路上却有其特殊的经历。他的创作从模仿开始,模仿赵树理、肖洛霍夫、柳青等,尤其在他的因为与柳青的小说风格相似而被称为"小柳青"之后,他已经不满足前人的创作技法。通过大量阅读中外名家的名著,以及新的理论著作,陈忠实终于找到了摆脱固有文学套路的办法,那就是从性格刻画转向分析人物及群体的文化心理结构。

模仿是作家创作必然经历的起步阶段。评判一个作家是否成熟的标志,则主要看他是否摆脱了模仿,是否走出了别人的影子,是否形成了一套自己的创作理论和技法。陈忠实感慨"没有改变就没有前途",不仅是对于他自己的警示,也是对于广大创作者的肺腑劝告:即作家必须要勇于而且要善于超越自己。

三 审美体验论:从生活体验到生命体验

20世纪80年代初期,陈忠实提出了"生活体验"说。这里的生活由两部分组成:"一个是作家所看到的社会生活,另一个是作家所经历的社会生活。作家自己所经历的社会生活既有客观的社会生活,也有作家个人的生活经历。总而言之,它们都是生活体验的东西,都是从体验生活中得来的。"[①] 作家所看到的社会生活是他者世界,作家所经历的生活是自我世界,作家对他者世界的把握多依赖于想象,作家对自我世界的把握多依赖于体验,但想象也是建立在对自我体验的基础之上,说到底仍是作家个人对于生活的体验。生活体验多停留在对于生活表面的把握,建立在生活体验上的创作能够描摹现实生活,

---

① 陈忠实、李遇春:《在自我反思中寻求艺术突破——与武汉大学文学博士李遇春的对话》,《原下的日子》,太白文艺出版社2004年版,第329—370页。

却极有可能难以真正触动读者的内心,这就有了生命体验。陈忠实后来比较看重生命体验,他说:"我觉得从生活体验进入到生命体验,它好像已经经过了一个对现实生活的升华的过程。这就好比从虫子进化到蛾子,或者蜕变成美丽的蝴蝶一样。"① 生命体验是对人生更为深层次的体验,是触及灵魂的思考,是对人类内心世界的把握,"进入生命层面的这种体验,在我看来,它就更带有某种深刻性,也可能更富于哲理层面上的一些东西"②。陈忠实这种进入生命体验的写作主张,更符合现代人的价值观念,更加契合了近现代以来的各种生命哲学或文化思潮的核心精神。

四 创作方法论:对现实主义的掘进

现实主义作为文艺的基本创作方法之一,侧重如实地反映现实生活,客观性较强。它提倡客观地、冷静地观察现实生活,按照生活的本来样式精确细腻地加以描写,力求真实地再现典型环境中的典型人物。现实主义文学的基本特征:一是注重对生活的观察、体验,力求使艺术描写在外观上、细节上符合实际生活的形态、面貌和逻辑;二是注重典型化方法的运用,力求在艺术描写中,通过细节的真实表现生活的本质规律;三是作家一般不在作品中直抒感情,作品的思想倾向较为隐蔽。

陈忠实的现实主义文艺美学思想大致经历了两次转换,这也是陈忠实文学创作生涯中的两次大的艺术突破。第一次转换,在20世纪六七十年代到七八十年代之交的从"革命现实主义"向传统意义上的现实主义文学的转变。他说:"对我来说,一开始主要创作的还是纯粹的符合八十年代初期现实主义文学规范的作品,像一九八四年、八五年以前的那些中短篇小说就是如此。这些作品有一个很明显的特点,

---

① 陈忠实、李遇春:《在自我反思中寻求艺术突破——与武汉大学文学博士李遇春的对话》,《原下的日子》,太白文艺出版社2004年版,第329—370页。
② 陈忠实、李遇春:《在自我反思中寻求艺术突破——与武汉大学文学博士李遇春的对话》,《原下的日子》,太白文艺出版社2004年版,第329—370页。

他们几乎和现实生活同步发展,生活的变化在我思想上所引起的一些波澜,我就把它们凝结成作品了。所以这些作品中直接的生活矛盾冲突比较多,当然这里头也有人物,但大多反映的是当时生活变革的一些现实矛盾。"①

革命现实主义是无产阶级文艺的基本创作方法之一。其特点是要求站在无产阶级立场上,用辩证唯物主义和历史唯物主义的观点观察生活和表现生活,从现实的革命斗争发展中真实地、历史地和具体地去描写现实,通过典型人物、典型环境的描写,深刻地反映现实生活的本质。在当年的"革命现实主义"文学规范中,所谓的文学典型,就是当时现实社会中先进人物的代表,因为那些先进人物就是当时"时代精神"的化身,他们体现了"无产阶级"的阶级本质。陈忠实这一时期的创作就属于此,也因此他笔下的人物塑造就"典型人物"而言都是当时的"英雄人物"。他有意识赋予英雄以鲜明的个性和丰厚的思想感情,塑造人物之初,观念中的英雄形象业已牢固确立,这是作家传统旧观念的惯性使然。这正如陈忠实写《初夏》的创作经历及这一过程中他对"革命现实主义"的反思。他曾说,《初夏》写得非常苦闷,简直到了写不下去的地步!由于在写作过程中一直想控制人物,但最后还是控制不住,终于发生了人物的叛逃。"主要是马驹这个人物把握不住!其实这个人物我倒是受过生活中间的一个人物的影响,尽管有一个生活原型的参考,但是我觉得把握不住他的精神世界。怎么写怎么觉得别扭!……当时我思想很明确,就是要把马驹写成一个先进青年的形象,因为他直接受到生活中的一个农村先进人物、一个英雄人物的影响。所以我在创作过程中脑子里始终有那个先进人物的影子。这说明我当时还没有摆脱掉过去的'革命现实主义'文学的影响。"②

---

① 陈忠实、李遇春:《在自我反思中寻求艺术突破——与武汉大学文学博士李遇春的对话》,《原下的日子》,太白文艺出版社2004年版,第329—370页。
② 陈忠实、李遇春:《在自我反思中寻求艺术突破——与武汉大学文学博士李遇春的对话》,《原下的日子》,太白文艺出版社2004年版,第329—370页。

通过对《初夏》的反复修改使陈忠实一步一步地从原来的"革命现实主义"文学的窠臼里反叛出来，并开始寻找现实主义的本真的东西。一直到《蓝袍先生》《四妹子》，陈忠实笔下的人物开始超越固有的面具，还人物以本真的面目，割断了依然拖着"类型化"性格的英雄塑造的脐带。突破了单纯以政治的、社会的、意识形态的视角去塑造人物的樊篱，人物不是单色的，性格也不是一维的，它突破了以"完全人性"自身逻辑发展轨迹塑造人物的陈套。转型后的人物，是在历史的、文化的宏大背景之中的民族性、宗法观念等多层面交互熔铸一体的复杂、真实而丰腴的人，不再是意念化的形象存在。

第二次转换发生在20世纪80—90年代，陈忠实从传统的现实主义转向了"开放的现实主义"。20世纪80年代中期，陈忠实吸纳了强烈的现代生命意识和诸多现代小说的创作技法，在创作思想上已经从固有的僵化思想中跳脱出来，冲破了僵化的传统现实主义创作模式的限制。虽然依然是农村题材，但已不是仅以此来反映和表现农村现实，而是通过解析人物的文化心理结构来透视现实生活的矛盾。他吸取了西方现代派的艺术表现手法和技法，将现实主义和现代派的表现手法合理结合，从美学角度考量，此时其作品已经显现出了丰富饱满的美学意蕴。陈忠实的现实主义文艺美学思想是不断变化、不断完善、不断创新的一个勇于自我否定进而自我超越的历史性过程。他顺应了新时期的变则通、通则变的历史潮流，广博而专一。

五 艺术表现方法论：从"性格说"到"文化心理结构说"

人物性格是小说等叙事性文学作品艺术形象的主体。文艺作品中的人物身上所体现出来的独有的思想、品质、行为、习惯等特征，不同时代、不同阶级的人或同一阶级但处于不同社会环境中以及具有不同生活经历的人，其性格特征则各不相同。

文化心理学在西方是随着对人及人的心理的研究发展起来的。19世纪后期德国心理学家W.冯特最早试图从原始民族的语言、道德、风俗、宗教、艺术、法律等解释人的心理的形成和发展，以说明人的社会文化性质。到19世纪末与20世纪初期，出现了法国的G.塔尔德，美国的L.F.沃德、F.H.吉丁斯等一批社会心理学家，他们试图从心理的角度研究社会文化的起源，说明人的心理和行为的社会文化性质。特别是20世纪初期美国的社会心理学家C.H.库利和G.H.米德的著作，更深刻地研究了人性、人的心理和行为与社会文化的关系，以说明人的社会文化本质。文化心理的结构，是指特定时代文化中的非理性的感性色彩较为强烈的某种意向、时尚或趣味的层面，其主要构成要素表现为道德风尚、风俗习惯、行为模式等。它的核心是现实社会心理，即生活于某社会现实中的每个成员因为受相同文化的熏陶而形成的共同的心理。

　　艺术中的文化心理结构，可以看作是艺术中的"主体性的内在结构"，一种人类历史进程中的"内在"层面。李泽厚把文化心理结构作为主体性的内在结构，并指出文化心理结构由三个子系统或结构组成：一个是智力结构，是"理性的内化"的过程；一个是意志结构，是"理性的凝聚"的过程；一个是审美结构，是"理性的积淀"的过程。从这个角度来看，文化心理结构可以看作是一种历史化的心理建构过程，一种由抽象、概念走向具体、形象的过程。在这个过程中，心理随着文化的发展，使自身由一种概念、一种抽象成为一种具体、一种形象，使更多"积淀"的深层心理部分外化为形式层面，从而展现一种不断运动的"建构过程"。

　　陈忠实在20世纪60—70年代的艺术表现方法，是他所尊崇也是一直运用于实际创作的人物刻画的"性格说"，即是从性格的刻画来进行人物塑造的。这一时期的作品有《小河边》《幸福》《信任》《徐家园三老汉》《七爷》《心事重重》等。这些作品都是陈忠实通过对人物性格的描写来刻画出内心世界，由此表现了那一时代人物的典型意义。而在之后的八十年代中期，文艺空前繁荣，各种思潮、各种理论、思想及创作方法的不断涌现，这不仅冲击了当时的文坛，也使陈忠实的文学创作受到了很大的影响。在这期间"文化心理结构"理论对他的影响最大，陈忠实试图尝试从文化心理结构的角度去解析他所了解的人物和生活。《蓝袍先生》和《四妹子》就是当时的实践之作。"文化心理结构"的创作手法在这两部作品中的运用最为典型，意识最为明确。陈忠实曾说："我很兴奋地处在上世纪八十年代中期的文坛里，各种流派交相辉映，有'各领风骚一半年'的妙语概括其态势。其中有一种'文化心理结构'的创作理论，使我茅塞顿开。人是有心理结构的巨大差异的。文化决定着人的心理结构的形态。不同的种族的生理体形的差异是外在的，本质的差异在不同文化影响之中形成的心理结构的差别上；同种同族同样存在着心理结构的截然差异，也是文化因素的制约。这样，我较为自然地从性格解析转入人物心理结构的探寻，对象就是我生活的渭河流域，这块农业文明最早呈现的土地上人的心理结构，有什么文化奥秘隐藏其中，我的兴趣和兴奋有如探幽。"[①]就是在这样的理论要付诸实践的驱动下，陈忠实开始了他的"寻根"，他毅然决然地去西安周边的三个县去查阅县志和地方党史文史资料，从中还获得了大量的民间轶事和传闻，由此陈忠实终于感到他真正寻找到"属于自己的句子"了。可以说，通过解析人物的心理结构来揭示文本所表达的深刻内涵的这一思想，是陈忠实在八十年代中期日臻成熟的文艺美学思想的精神转折和主体建构。

陈忠实所讲的"性格说"，其实受到"十七年"时期革命现实主义小说中塑造典型人物的创作手法的影响，其作品所描写的各种人物身上都体现出当时社会独有的思想、品质、行为、习惯等特征。他是从人物的性格描写来表现当时时代风貌的。

由"性格说"到"文化心理结构说"是陈忠实创作方法的进步，也是陈忠实对于以往的"性格说"的发展与升华，更是陈忠实从思想到精神上对以往的一次剥离。他说："我过去遵从塑造性格说，我后来很信服心理结构说；我以为解析透一个人物的文化心理结构而且抓住不放，便会较为准确真实地抓住一个人物的生命轨迹。"[②]

[①] 陈忠实：《借助巨人的肩膀——翻译小说阅读记忆》，冯希哲、赵润民：《走近陈忠实》，陕西人民出版社2008年版，第65—77页。

[②] 陈忠实：《寻找属于自己的句子》，上海文艺出版社2009年版，第190—191页。

对于"文化心理结构说"的理解，陈忠实是这样说的："每一个人的心理结构都是不一样的。为什么不一样呢？因为一个人的道德观、社会价值观和文化观形成了他的人格世界，而人格世界里的那些东西已经固定了的东西，和尚未固定的东西之间所形成的心理结构是有差异的，人与人之间的根本差异就差在这个上头，而不是差在脸上的形状。而且就是同一个人，随着生活的发展，他在一个时段里头，和发展了的生活时段里头，前一个心理平衡点被颠覆了以后会形成新的平衡点，当这个平衡点在被颠覆了的时候，这个颠覆就不是对前一个颠覆的简单重复，而是在新的平衡点上颠覆了新的道德观和价值观。"[1]陈忠实所讲的人物的文化心理结构实际上就是揭示出传统与现代的那种文化冲突。这种文化冲突造成了人物心理结构的、观念的改变，从而也就造成了原有的心理结构的平衡被打破、被颠覆。一旦新的观念形成，就随之形成了一种新的心理结构、新的平衡。这些对于我们这个民族来说，既有传统道德观念、价值观，也包括不同地域的民俗观，它们跟现代文明的冲突是深层次的。

无论是《四妹子》中的当代生活，还是《蓝袍先生》中的历史生活背景，陈忠实都是从文化心理结构的角度去写人物的。他说："我自己感觉人物的深度和厚度比以前要好一些了。"[2]《蓝袍先生》《四妹子》与《白鹿原》中的许多人物都刻画得生动形象，细节真实鲜活，具有深厚的文化底蕴。探究人物的文化心理结构，使得在塑造人物形象时更注重一个人的灵魂，而一个个人的灵魂便构成了民族的灵魂。这一点可以看出"性格说"和"文化心理结构说"两者之间并不冲突，相反可以说"文化心理结构说"是对"性格说"的一种深化。正如陈忠实所说的："'性格说'和'文化心理结构说'这两者之间并不矛盾，因为如果没有写出人物心理结构的微妙性，那么这个人物的性

---

[1] 李遇春、陈忠实：《在自我反思中寻求艺术突破——与武汉大学文学博士李遇春的对话》，《原下的日子》，太白文艺出版社2004年版，第329—370页。

[2] 李遇春、陈忠实：《走向生命体验的艺术探索——陈忠实访谈录》，冯希哲、赵润民：《走近陈忠实》，陕西人民出版社2008年版，第175—186页。

格就缺乏深刻性。在我看来，通过对人物的文化心理结构的解析，可以使人物的性格更鲜明、更生动、更具有内在的生动性而不是外在的生动性。"①

六 接受美学论："作家不要抱怨读者"

"接受美学"是由德国康茨坦斯大学文艺学教授尧斯（Hans Robert Jams）在1967年提出的。接受美学的核心是从受众出发，从接受出发。尧斯认为，一个作品，即使印成书，读者没有阅读之前，也只是半完成品。在接受理论中，文学文本和文学作品是两个性质不同的概念：（1）文本是指作家创造的同读者发生关系之前的作品本身的自在状态；作品是指与读者构成对象性关系的东西，它已经突破了孤立的存在，融汇了读者即审美主体的经验、情感和艺术趣味的审美对象。（2）文本是以文字符号的形式储存着多种多样审美信息的硬载体；作品则是在具有鉴赏力读者的阅读中，由作家和读者共同创造的审美信息的软载体；（3）文本是一种永久性的存在，它独立于接受主体的感知之外，其存在不依赖于接受主体的审美经验，其结构形态也不会因事而发生变化；作品则依赖接受主体的积极介入，它只存在于读者的审美观照和感受中，受接受主体的思想情感和心理结构的左右支配，是一种相对具体的存在。由文本到作品的转变，是审美感知的结果。也就是说，作品是被审美主体感知、规定和创造的文本。

陈忠实在实际的创作中认识到作家作品与读者的关系问题，认识到作家创作的成功与否与读者是否接受之关系的重要性。这一点，致使陈忠实的美学思想与接受美学有着相同之处。他强调创作离不开读者，作家在创作前就已经体验到现实生活的真实，并将自己的生活体验升华到生命体验，最后将这种对现实生活的最高的生命体验诉诸自己的作品中。只有这样，他才可以和同时代甚至未来的读者进行交流。

陈忠实对于读者的接受有他自己独特的观点，他认为，关于读书，

---

① 李遇春、陈忠实：《走向生命体验的艺术探索——陈忠实访谈录》，冯希哲、赵润民：《走近陈忠实》，陕西人民出版社2008年版，第175—186页。

作家与读者之间存在不同的看法。从作家的角度看，作家出书，为的是把自己对生活的独特体验、对艺术的创作理想变成文学作品，最基本的目的就是要完成一种沟通和交流，就是希望得到读者的最终认可和接受。读者喜欢你的书，就说明你创造的价值被肯定了；从读者的角度看，读者之所以选择不同的书进行阅读，取决于哪本书能给他带来情感上的共鸣；或者获得了更深层次上的启示，加深了对于某段历史或生活的深层体验。这是读者接受某部作品的关键。

　　陈忠实认为，好的作品基本上是能够被读懂的，关键是作品能否把握住了那个时代的真实。在陈忠实看来，作家能否体验到生活的真实，最大限度地把握住现实，这是读者能否接受作家作品的唯一原因。他认为，一旦把握住了时代现实，并将其完美述诸于作品中，便能打动读者，此时读者便会跨越国界、人种与时空，体现出文学的超越性。好的文学作品不应该给读者带来阅读障碍，拥有真实性魅力的作品具有超越性，这是伟大作品的一个内在共性。

第四章 真实:文学生命力的创作信条

自己的作品能穿透时空的障碍而长久地被阅读,这是每一个作家共同奋斗的理想,自然也是陈忠实的文学理想。但是如何能实现这个目标,使文学作品不断生发出新的生命力,一方面其取决于文本的可阐释空间的溢出效应,另一方面在陈忠实看来就是来自艺术真实的力量。真实构成了陈忠实文学观念里的一个创作信条,并渗透到了作家从生活体验到生命体验,以至艺术体验的全过程,进而内化为审美观念的生命尺度。

陈忠实曾强调:"真实是我自写作以来从未偏离更未动摇过的艺术追求。在我的意识里愈来愈明晰的一点是,无论崇尚何种'主义'采取何种写作方法,艺术效果至关重要的一项就是真实。道理无需阐释,只有真实的效果才能建立读者的基本信任。我作为一个读者的阅读经验是,能够吸引我读下去的首要一条就是真实;读来产生不了真实感觉的文字,我只好推开书本。在我的写作实践里,如果就真实性而言,细节的个性化和细节的真实性,是我一直专注不移的追求。"[①]真实性作为陈思实文学创作追求与书写基本原则之外,他将真实性作为自己阅读乃至于审美的首要原则,并且将真实性的判断范畴延展到既是对历史生活真实到艺术真实的基础性把握,还包括了细节在内的整个艺术创作要素环节的整体把握。"真实"在他的艺术创作及批评已内化为一种基本价值观,从而建构起属于自己的文学创作

[①] 陈忠实:《陈忠实文集》第九卷,人民文学出版社2015年版,第457页。

中的艺术生命观。

第一节 主观体验的真实法度

作家的体验在陈忠实看来主要是三个"双重体验"——生活体验到生命体验的双重体验；艺术学习到艺术体验的双重体验；生命体验到艺术体验的双重体验。"作家进行文学创作唯一依赖的是一种双重性的体验，由生活体验进而发展到生命体验，由艺术学习发展到艺术体验，这种双重体验所形成的某个作家的独特体验，决定着作家全部的艺术个性。作家的每一部（篇）重要的认真的而不是应酬之作，都无可掩饰地标志着他在那一段时期的那个独特体验的形态，这种形态的展示也就赤裸裸地标志着作家关于生命和艺术所体验的一切。"[①] 生活体验由深入生活和体验生活发展而来，现实主义创作方法要求作家把体验生活、观察生活的真实感受艺术性地予以客观真实地反映和表现，而这样的原则忽略了创作主体自身的存在意义，无形中在作家和生活、主客体之间人为设置了障碍，因此陈忠实觉得"创作来源于生活"不过时，只是需要重新看待"深入生活"，重新看待作家与生活之间的关系。他阐释说："现在我们谈生活，它应该分为这样的两个部分：一个是作家所看到的社会生活，再一个就是作家所经历的社会生活。作家自己所经历的社会生活主要包括作家个人的生活经历。这就有两个层面的东西。"[②] 也就是说，"深入生活"和"生活的学校"的主张恰恰把作家自身的历史生活感受和阅历至关重要的体验忽略了，如果上升到生活体验就更为全面准确，更符合客观事实。很显然，陈忠实的"体验说"并非强调一种自然的存在客观性，也没有强调对现实生活反映的机械性，而是在肯定体验过程中作家思想、情感、表达等主观性作用的同时，强调应遵循真实性的法度。

---

① 陈忠实：《陈忠实文集》第六卷，人民文学出版社 2015 年版，第 214 页。
② 陈忠实：《陈忠实文集》第七卷，人民文学出版社 2015 年版，第 382—383 页。

一 体验要有温度

陈忠实认为无论是历史生活，还是现实生活，对于作家的生活观念来说，不应该是一种简单的客观事实，也不应是简单的生存形态，而应该是有温度的研究对象；正因为有温度，所以不同作家的体验感受和结果也就完全不同。他说："体验包括生命体验和艺术体验而形成的一种独特体验。千姿百态的文学作品是由作家那种独特体验的巨大差异决定的。出于对创作这项劳动的如此理解，我觉得作家之间和作品之间只有互相宽容百花齐放，因为谁也改变不了谁的那种独特体验，谁也代替不了谁的那种独特体验。"① 体验的独特性既包含作家的思想、阅历、情绪、性格的内因，更重要的是强调了体验过程感同身受的同步性。"我的理解是，作家经历着社会生活的演变，体验着各种人在这种演变过程中的精神蜕变；作家自己在经历社会裂变的过程中，也经受自身理论和情感变化中的欢乐和痛苦，才会产生以创作来表述这些体验的欲望。"② 这种体验就要求与时代语境的人保持同一性，有共同的命运感和心理情态，而不应该高高在上，居高临下。"作家要写小说，要编剧本，要创作电影剧本，就得深入生活，了解生活，了解人；不应该是救世主式的对下层劳动者的怜悯，而应该是普通劳动者与普通劳动者的同舟共济。"③ 如果不能如此，那体验的价值就会大打折扣，就会因为缺乏真实或真实性而丧失其意义。

真实本指自然和社会生活中实际存在的人、事、物及其客观规律，我们称其为"生活真实"，它与艺术的真实性不同。艺术的真实性指的是艺术家的艺术作品通过形象反映（再现、表现）生活所达到的客观程度，包括艺术形象给读者所产生的真实感及其可信度，因而我们把这种经过艺术家主观体验后生成的艺术真实，与原本客观存在的现实的"生活真实"予以区分，称之为"艺术真实"。真实是现实主义

---

① 陈忠实：《陈忠实文集》第六卷，人民文学出版社2015年版，第219页。
② 陈忠实：《陈忠实文集》第八卷，人民文学出版社2015年版，第460页。
③ 陈忠实：《陈忠实文集》第一卷，人民文学出版社2015年版，第537页。

文学的生命和灵魂，真实性是现实主义文学的本质特征。按照马克思、恩格斯的理解，艺术真实是指文学艺术对客观社会生活的"真实描写""真实地再现""真实地叙述"，它着重强调的是创作关系中对客观方面所反映的程度，体现了文学作为意识形态与生活一致性的关系。而关于现实主义，高尔基曾经说过："对于人和人的生活环境作真实的、不加粉饰的描写的，谓之现实主义。"① 马克思主义经典文艺理论十分重视和强调现实主义的真实性。马克思、恩格斯主张艺术按生活的本来面貌再现生活，主张真实地描写人类的现实关系，主张正确地处理创作中现实和理想的关系，都是为了使艺术作品具有现实主义的真实性。

20世纪80年代，各种先锋的文艺思潮随着改革开放帷幕的拉来蜂拥而至，一时间对现实主义的"质疑"甚或"声讨"也席卷文坛内外，时值陈忠实艺术人格正走向独立的自我"剥离"关键期。"在当时的历史条件之下，尽管作家们还只能从技巧的角度谈对西方现代派文学的借鉴，但这对长期处于闭关锁国状态的中国当代文学来说，无疑是一种观念的突破，对中国新时期文学的发展起到了促进作用。"② 从宏观的角度来看确实如此，但具体到一个刚开始自我"剥离"，尚未建构起属于自己的文学观念的陈忠实来说，所面临的却是一场突如其来的挑战。就在这时，一个偶然的机会让他坚定了自己的信念。他回忆说，1985年三月，和路遥去河北参加中国作协举办的农村题材专题研讨会，会上会下现代派是一个热门话题，而路遥发言阐述的是依然坚持现实主义的创作主张，并将之形象比喻为"我不相信全世界都成了澳大利亚羊"。路遥的发言无疑与陈忠实的想法不谋而合，"我对他的发言中的这句比喻记忆不忘，更在于暗合着我的写作实际，我也是现实主义写作方法坚定的遵循者，确信现实主义还有新的发展天地，本地羊也应该获得生存发展的一方草地。然而，就现实主义写作本身，

---

① 高尔基：《谈谈我怎样学习写作》，阎嘉编：《文学理论基础》，上海文艺出版社1981年版，第247页。

② 李扬：《中国当代文学思潮史》，上海社会科学院出版社2005年版，第167页。

第四章 真实:文学生命力的创作信条

尽管我没有任何改易他投的想法,却已开始现实主义写作各种途径的试探……我仍然喜欢现实主义创作方法,但现实主义写作方法必须丰富和更新,寻找到包容量更大也更鲜活的现实主义"①。"新时期以来的文学创作,无论什么流派,现实主义、后现实主义、新写实派、意识流、寻根主义以及数量不大的荒诞派,无论艺术形式上有多大差异,但其主旨无一不是为了写出这个民族的灵魂,差异仅仅在于艺术形式的不同。至于这个灵魂揭示得深与浅,那不是艺术形式造成的,因为我们从某些主义和流派的发源地确实看到过辉煌的巨制。揭示浅与揭示深的关键在作家自身的独特的体验。我甚至以为这是创作中起主导作用的生命体验。作家对历史和生活的独特体验决定着他的作品的深度。"② 陈忠实自此再未受到文艺思潮的滋扰,他坚守了"现实主义并不过时"的认知,这得益于他不盲从、不跟风的理性。客观讲,西方的现代派未必适合中国这块土壤,无论是现实主义还是非现实主义,都讲求艺术的真实性,只是理论出发点和评判尺度不同而已,具体技法是可以相互借鉴的。但这些对于未接受过文艺理论科班训练的陈忠实来说,是难以意会到这一点的,实际上,他此后创作《白鹿原》的时候就无意识选用了非现实主义的方法或理念。刘心武曾在《需要冷静地思考》一文中指出:"现代小说技巧(不是整个形式本身)也应当看作没有阶级性的,因而对于任何一个国家、民族的任何政治信仰和美学趣味的作家来说,他都无妨懂得更多的现代技巧,从而在储量最丰的武器库中从容选择最新的优良武器,去丰富和发展他征服读者的魅力。"③ 刘心武的理性判断和陈忠实的主观选择如出一辙。此后,陈忠实也就一直坚持现实主义创作,又不断探索和丰富现实主义的创作方法,其真实性的法度保持始终。

有温度的体验还要求作家应主动调用自己的情感和"库存",用

---

① 陈忠实:《寻找属于自己的句子》,上海文艺出版社2009年版,第42页。
② 陈忠实:《陈忠实文集》第五卷,人民文学出版社2015年版,第367页。
③ 刘心武:《需要冷静地思考》,《上海文学》1982年第8期。

心去感受和反映现实中的跌宕起伏和集体心理变迁,而不仅仅是保持距离地观察。陈忠实理解"观察是一种生理心理行为,感受则完全是直接的心理行为。感受是观察的进一步发展,具有更深层次的心理情绪,甚至是一时无法说得清楚的颇为神秘的一种心理感应"①。心理感应仅靠观察是远远不够的,还应在自我和他者之间建立起心灵呼应的心理机制,"我觉得,靠采访搞创作是困难的,因为作家对于生活的反映,不能指靠到生活里去搜寻事件,而是要靠他的全身心感受生活;不仅是看别人在新的生活浪潮里的情绪和心理反应,还有自己对新的生活浪潮的心理情绪和反应;没有后者,就很难达到对今天的互相渗透着的各个生活领域的真切的感知,也就很难深刻地理解复杂纷繁的生活现象了"②。与此同时,作家应与时代和人民群众同呼吸共患难,一起创造生活,"应该想方设法有一个具体的位置,争取卷进漩涡的中心,和生活的创造者一起生活,一起焦虑、苦恼,避免从上往下,从外往里地看生活。做生活的主人,不做旁观者。作家是社会的普通一员,有权利也有义务和人民的心息息相通,自觉抵制自己思想中某些不纯正的东西,才能感受时代和人民的脉搏,不断发出自己的歌唱。"③ 只有做到这一点,才能确保主观体验的真实度。

二 体验要有深度

陈忠实的"体验说"是他创作心理活动的能动过程,它围绕生活和创作两维,以作家的独特性体验转换为独特文本暂时终结。其中,显见的是生活体验是原初点,是生命体验的基础,也构成了艺术真实性的始发元。为了保证这个始发元的可靠性,他主张作家要研究历史生活和现实生活,不能被漂浮在生活表面的征象所蒙蔽,也不能随波逐流遗失了作家的主体性。"我以为,作家深入生活,认真地研究生活,在自己的生活领域里有了独自的发现,通过作品发

---

① 陈忠实:《陈忠实文集》第三卷,人民文学出版社2015年版,第481—482页。
② 陈忠实:《陈忠实文集》第三卷,人民文学出版社2015年版,第471页。
③ 陈忠实:《陈忠实文集》第一卷,人民文学出版社2015年版,第545页。

出独特的声音,也许能逐渐根除文坛上频频而起的'一窝蜂''雷同化'的现象。"① 这里的独特并不是说要在生活的外围保持作家的独立,而是要进入生活现场,和人民群众一起去创造生活。"我们总是想不断地突破自己现有的创作水平,探索新的课题,而基本的一个功力,就是直接从生活中掘取素材的能力。直接掘取,意味着要直接进入生活,不仅是观察生活的旁观者,而且是要和人民一起进行新的生活的创造。"② 他强调"创作的唯一依据是生活。是从发展着运动着的生动活泼的现实生活中直接掘取原料。尊重生活,是严肃地研究生活的第一步。尊重生活,就可能打破自己主观认识上和个人感情上的局限和偏见。生活不承认任何人为地强加于它的种种解释,蔑视一切胡乱涂抹给它的虚幻的色彩,给许多争执不休的问题最终作出裁决,毫不留情地淘汰某些臆造生活而貌似时髦的作品。每个作家都有自己深入生活的方法和习惯,我觉得有一块生活根据地为好些"③。

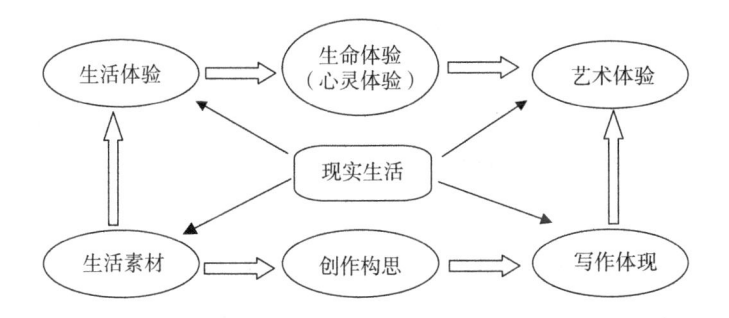

图表:陈忠实"体验说"心理机制图式

生活体验未必能达到深刻,也未必能体现出作家思想的独特性,因此还应该从灵魂深层去把握生活本身。他说:"看见了生活现象,理解不深,仅仅只能反映生活的表象,或者把文学作品变成图解一项具体政策的简单的模式,人物成了具体政策支配下的传声筒,人物的活的灵魂没有了。因此,需要学习理论,学习哲学,学习历史,增强

---

① 陈忠实:《陈忠实文集》第一卷,人民文学出版社2015年版,第543页。
② 陈忠实:《陈忠实文集》第一卷,人民文学出版社2015年版,第539页。
③ 陈忠实:《陈忠实文集》第一卷,人民文学出版社2015年版,第544页。

理解生活的能力，对不断发生着的生活现象，能有较深一步的认识；对生活发展的趋势，有一个总体的把握；有这样的对时代特质的把握，对纷繁的生活现象就能深入一步了。"①重要的是要用自己的思想和心理去把握现实，"小说家实际上是从心理层面来写历史和现实生活。作家要把握的是一个时代人的精神心理，普遍的一种社会心理"②。就他的体会而言，他觉得巴金的《家》就做到了这一点。在陈忠实看来，反映社会现实，不能用静止的眼光去看待，应用发展变化的思维去观察、去反映才能切合实际，才能符合真实的原则，在这当中，至为重要的是要把握社会的整个心理结构。

　　就生活体验和生命体验而言，陈忠实非常看重生命体验。在他看来，生活体验只是基础，生命体验才是高级形态。"我后来比较看重生命体验，这是我写作到八十年代后期自己意识到的。无论是社会生活体验，无论是作家个人的生活体验，或者两部分都融合在一块了，同时，既是作家个人的生活体验，又是作家对社会生活的体验，在这个层面上，我觉得应该更深入一步，从生活体验的层面进入到生命体验的层面。进入生命层面的这种体验，在我看来，它就更带有某种深刻性，也可能更富于哲理层面上的一些东西。"③哲理层面的东西并不是人人能感悟到的，更普遍的现象是作家大多停留于生活体验层面，未能进入更高一级的生命体验。他认为昆德拉的《不能承受的生命之轻》就是进入了生命体验的作品，而他之前的《为了告别的聚会》和《玩笑》，就未能进入生命体验，是停留在生活体验层面。对于一个具体作家来说，也不能保证他的每一部（篇）作品都能进入生命体验。生命体验是一种主客观融合的精神高峰体验，非常难得，有的作家一辈子都可能遭逢不到如此良机，而有的作家有可能一生就发生那么一次，极为个别的可能有多次。"创作发展也有一个从生活体验到生命体验的过程。有些作家能够完成这个全过程，而有些作家可能从来也

---

　　① 陈忠实：《陈忠实文集》第一卷，人民文学出版社 2015 年版，第 544 页。
　　② 陈忠实：《陈忠实文集》第八卷，人民文学出版社 2015 年版，第 447 页。
　　③ 陈忠实：《陈忠实文集》第七卷，人民文学出版社 2015 年版，第 383 页。

没有完成这个过程,这是大量的。就我的感觉,属于生活体验层次的作品是大量的,而进入了生命体验层面的作品是少量的。"①

从生活体验上升到生命体验不纯粹是体验层次的变化,而是作家进入一个新的境界。陈忠实强调最可靠的生命体验及其表达本身要将真实性作为法度,因此就要求对历史生活的体验做到绝对真实。从生活体验升华到生命体验,空前突出了创作主体对历史生活感知能动性之外,他还强调了对生活体验不仅要有理性的判断和知性的把握,还应包括主体对历史生活现场那些生动鲜活的可能性、偶然性、细枝末叶般的真切感受。这样的体验原则和要求是以自由的精神契合方式,以追求鲜活的生命质感为目标,以陷入式地发现和体味历史生活为过程,以追求生动性和真切性为表征的对话交流。它不仅进入作家的意识层面,还深入其潜意识层面,使主客体的生命体验因交互作用而难以分离,从而使主体精神步入自由的化境。

生命体验与以前剥离掉的"生活的学校"有着质的区别,前者注重生命全身心地进入生活现场去感受,使主客体发生交融,后者则是以深入生活的冷静姿态去观察生活、去表现生活,停留在表象和意识层面。同样,生命体验与生活体验也存在不同的侧重点,生活体验更倾向于走向丰富多元的生活内部;而生命体验不仅要让肉身完成情感投射,更要在历史生活现场实现主客体的全面互动和自由交流。陈忠实对生命体验的经验性感悟本身就是从真实性原则出发,对艺术创作生命基石的自我确认。

从20世纪80年代中期开始,陈忠实探索从另一个视角去看生活,虽然看的也是当代生活,但视角已经不是一般的触及社会生活的矛盾了。这主要是因为他已经接受了文化心理结构学说,完成了从"性格说"向"心理结构说"的转化,并开始用这种视角来解析人物。"我过去遵从塑造性格说,我后来很信服心理结构说;我以为解析透一个人物的文化心理结构而且抓住不放,便会较为准确真实地抓住一个人

---

① 陈忠实:《陈忠实文集》第七卷,人民文学出版社2015年版,第383—384页。

物的生命轨迹；这与性格说不仅不对立也不矛盾，反而比性格说更深刻了一层，这就是我所理解的心理真实。"① 经过这第二次"精神剥离"后，陈忠实真正深入了人物的心理世界，深入了民族文化的内部，代之以广阔的胸怀去俯瞰历史生活，《白鹿原》和此后的《李十三推磨》等优秀作品才得以产生。很显然，陈忠实的创作成就既是作家精神向度勇于否定自我和精神剥离的必然，也是着力追求以真实为内核的艺术生命力的必然。

三 境界是体验的终极目标

陈忠实在新时期对于文学真实性的理解，不再受困于时代和政治的束缚，代之以其对社会现实的独特生命体验，来表现生活的多面性和复杂性；以独特的历史性思考，来表达人类生存和历史发展的深刻内涵。长篇小说《白鹿原》从文学观念到艺术构思，从形象塑造到表现手法，全方位地摆脱了柳青的影响。正如作者所言："什么时候彻底摆脱了柳青，属于我自己的真正意义上的创作才可能产生，决心彻底摆脱的实验就是《白鹿原》。"② 他还说："《白鹿原》是现实主义的创作。在我来说，不可能一夜之间从现实主义一步跳到现代主义的宇航器上。但我对自己原先所遵循的现实主义原则起码可以说已经不再完全忠诚。我觉得现实主义原有的模式或模板不应该框死后来的作家，现实主义必须发展，以一种新的叙事形式来展示作家所意识到的历史内容和现实内容，或者说独特的生命体验。"③ 在《白鹿原》中，陈忠实继承和发扬了陕西作家那种厚重、深沉的史诗意识，突破和超越了时代的局限以及前辈作家的影响，站在了人类生存和发展的高度来观察和书写"民族秘史"。小说所涉及的历史阶段，正是中国社会新旧交替、各种社会政治力量殊死搏斗的时期，阶级斗争空前激烈。他并

---

① 陈忠实：《陈忠实文集》第五卷，人民文学出版社2015年版，第366页。
② 李星、陈忠实：《关于〈白鹿原〉与李星的对话》，李清霞编：《陈忠实研究资料》，山东文艺出版社2006年版，第31页。
③ 李星、陈忠实：《关于〈白鹿原〉与李星的对话》，李清霞编：《陈忠实研究资料》，山东文艺出版社2006年版，第31页。

没有回避社会矛盾和阶级斗争，而是形象、具体地揭示了社会历史发展的全过程，突出了"人的历史"的主题。在对这个过程的描写和揭示上，他没有象以往创作那样，用简单、机械的思路和方法来规范复杂、多样的生活，把国共两党的斗争写得阵线清晰、泾渭分明；而是以自己独特的生命体验，写出了生活的多面性、复杂性和历史的厚重感，体现出空前而深刻的历史真实性。当然，这种真实性很大程度上也是通过人物形象塑造来实现的。

在陈忠实看来，作为一个作家的文学理想当然是应该创造出思想内涵，包括文学形式上的一种全新的形态；如果作家创造不了属于自己思想和艺术形态上的一种全新而异于他人的优秀作品，这个作家肯定是立不住的。作家也都希望创造出属于自己独有的艺术世界、艺术形态，但作品作为精神产品，它既属于个人，更属于人民和民族所共有，这就是一个作家的文学理想意义之所在。现实生活中，"每一个作品对作家来讲都是不一样的，作品的形成过程，体验的方式和结果都不一样，体验决定着作家的精神状态，也制约着艺术形态。体验是独特的、个性化的，表现它的艺术形式也是独特的、唯一的，这才有可能形成作家独特的创作风格，而最为关键的是作家本身不能削弱也不能淡忘自己对新的艺术形态的探索和追求，不能满足于已经取得的由相当成熟的艺术实践经验支撑的创作成就，这才有可能不重复自己也不重复他人。"[1] 在他看来，实现个人的文学理想光靠勤奋还远远不够，从创作一开始就应该追求自己的独特感受和独特体验。他说："我所理解的文学的本质，是作家对社会对人生的独特体验，用一种新颖而又恰切的表述形式展现出来。所谓独特体验，就是独有的体验，而且能引发较大层面读者的心灵呼应，发生对某个特定时代的思考，也发生对人生人性的理解和思考。"[2] 这种独特的体验和思考，是来自作家特有的心理感受而生发出的一种感悟。"我的创作忠实于我每一个阶段的体验和感悟。我觉着当代生活最能激发我的心理感受，最能

---

[1] 陈忠实：《陈忠实文集》第五卷，人民文学出版社2015年版，第335—336页。
[2] 陈忠实：《陈忠实文集》第十卷，人民文学出版社2015年版，第412页。

产生创作冲动和表现的欲望。"① 这种难得的心理感受的体验是真实可信的，作家应该倍加珍惜。"我的守则是不写不想写的文字，即就是不写没有真实体验的虚而又俗的文字。"②

在陈忠实看来，作家应努力去追求化蝶的效应，努力使自己进入生命体验的层次，并用恰切的文字将之表达出来，以完成艺术体验的过程。"我觉得从生活体验进入到生命体验，它好像已经经过了一个对现实生活的升华的过程。这就好比从虫子蜕变到蛾子，或者蜕变成美丽的蝴蝶一样。在幼虫生长阶段、青虫生长阶段，似乎相当于作家的生活体验，虽然它也有很大的生动性，但它一旦化蝶了，它就进入了生命体验的境界，它就在精神上进入了一种自由状态。这个'化'的过程就是从生活体验进入到生命体验的一个质的过程。这里面更多地带有作家的思想和精神的色彩。"③ 这种"思想和精神的色彩"是作家独立地感受和思考而获取的，已经不是一般意义上宽泛的思考了，而是一种对人应有的合理生存状态的思考，是对人的历史的思考。"正是通过对人物的命运的观照，我觉得我对生活的思考、对历史的思考，就不再是一般意义上的思考了，而是进入了对人的一种合理的生存形态的思考。"④ 同时要把这种带有神秘色彩的思考完美地表达出来，"艺术就是自己对已经意识到的现实和历史内容所选择的最恰当的表现形式。创作实践的不断丰富，实际应该是不断地一层一层撕开颇神秘的艺术女神的外衣的过程。真诚的作家，应该以自己的创作实践，去揭示艺术的神秘色彩，而不应该哗众取宠，给已经被披上了够多的神秘色彩的艺术宫殿再添加哪怕是一分虚幻的神秘的色彩"⑤。艺术体验还应考虑采取怎样的艺术形式最恰切、最合适，以使内容和形式相统一、相匹配，不至于出现形式大于内容，或者内容大于形式的现象，其中主要应考虑内容的需要，而不是形式的选择，形式应服从

---

① 陈忠实：《陈忠实文集》第七卷，人民文学出版社2015年版，第329页。
② 陈忠实：《陈忠实文集》第十卷，人民文学出版社2015年版，第385页。
③ 陈忠实：《陈忠实文集》第七卷，人民文学出版社2015年版，第383—384页。
④ 陈忠实：《陈忠实文集》第七卷，人民文学出版社2015年版，第389页。
⑤ 陈忠实：《陈忠实文集》第三卷，人民文学出版社2015年版，第496页。

于内容。"艺术形式包括语言的选择,都是为作家业已体验到的内容而苦心求索的。离开了内容而选择一种新的艺术形式,或者没有对生活新鲜而独自的体验,单是展示一种自己感兴趣的新的艺术形式,很难获得期望的效果。"①

除了体验的独特要求之外,陈忠实认为作家的思想至关重要,而作家的思想和平常所说政治上的思想是两回事。"作家的思想还不完全等同于政治。这是常识。作家独立独自的思想,对生活——历史的或现实的——就会发生独特的体验,这种体验决定着作品的品相。思想的深刻性准确性和独特性,注定着作家从生活体验到生命体验的独到的深刻性。"② 那么,究竟什么是作家特有的思想,陈忠实认为,"作家关于世界关于生活关于人生,应该而且肯定有自己的见解,这见解就是思想,这思想的锋芒、深度和力度,决定着作家全部创作的成色,即便是一篇千字文,也显示着思想左右下的审美趣味。还有一种更简单化的理解,说到思想,便以为让作家用文字去图解政治乃至政策,已经没有辨正的必要了。"③ 作家的思想通过艺术体验融入了作品当中,便化作了作品的脊梁和灵魂。"作家的思想决定着穿透生活的深度。匍匐着的平庸的思想,穿透生活和提炼生活的力度太浅太弱,作品的平庸不是最后而是最初就注定了的。思想铸就作品的脊骨,是渗透游荡在字里行间最具攫获力的幽灵,是精神张力和人物心灵世界最具冲击力的灵魂。"④ 因此,他认为作家应该不断提升自己,不断磨砺自己的思想,这样才能发现自己所感兴趣的生活,不管是现实的还是历史的;也才能够穿透到生活中一个新的层面,不至于被表面现象所迷惑。而要磨砺自己的思想,除了大量阅读经典加以吸收而外,还应当不断更新自己的观念,扫除精神和思想里非文学的东西,清理非文学的意识,扫除得越彻底越干净越好,如此而来就可能更接近本真

---

① 陈忠实:《陈忠实文集》第十卷,人民文学出版社2015年版,第377页。
② 陈忠实:《陈忠实文集》第十卷,人民文学出版社2015年版,第186页。
③ 陈忠实:《陈忠实文集》第八卷,人民文学出版社2015年版,第414页。
④ 陈忠实:《陈忠实文集》第八卷,人民文学出版社2015年版,第413页。

的文学,就能进行真正意义上的艺术创造。

那么独特的体验如何表达?思想又如何与艺术融为一体?陈忠实认为艺术和思想是互为交融的;生命体验和艺术体验展开的过程中,思想和艺术形式是同步发现、同步酝酿、同步创造的,而不是彼此孤立的存在。"一个新的艺术形态不会孤立地从天而降",所以在他看来,作家用自己的思想把握历史的过程中,艺术形式就如孪生兄弟一般同时应运而生。从生活体验上升到生命体验,又通过艺术体验来完成独特性的完美展示,从陈忠实的创作观念可以看出,他是将体验视作为作家的一种生命境界,而不单单是一个过程。

第二节 从生活真实到艺术真实

艺术真实是艺术家对生活事项的艺术提炼、概括、超越的创造性结果,并非生活真实的复制。与生活真实相对而言,艺术真实带有明显的主观性和虚拟性。艺术真实的基础是生活真实,作家的责任就是将真实的生活体验以独特的艺术表达,来实现艺术真实与生活真实的切实吻合。陈忠实深有感慨地说:"从生活真实升华到艺术真实,这是我这一生追求的创作境界,也是我作为一个读者在阅读中所体会到的。在我的阅读过程中,我发现能否由生活真实过渡到艺术真实,对于一个作家来说,至关重要。只有不断地完成一次又一次突破,让读者在感受到一种艺术真实美的同时,还感受到生活真实的美,这样的作品才会受到读者喜爱。"[1]

一 写自己熟悉的生活

陈忠实不是一个才华横溢、擅长虚构的作家,可以说他在艺术的灵动性上远不如他忠诚地叙述和真实地表达那么动人。可以说,他在艺术虚构技巧上是一位很"笨"的作家[2],这也是他很少讲技巧的重

---

[1] 陈忠实:《陈忠实文集》第九卷,人民文学出版社 2015 年版,第 510 页。
[2] 宋合营:《陈忠实:〈白鹿原〉后的人生》,《山西青年》2012 年第 9 期。

要原因,在他理解而言,做人和做事一样没有多少"巧道"可取,人应该踏踏实实做事,本本分分做人。这样的性格和理念便成为他格外注重真实的心理依据。他一生的写作特点归结起来,就是带有鲜明地域性的乡土题材,其经验便是"写自己熟悉的生活"。

陈忠实创作的地域性很强,无论是16岁发表的青涩处女作《钢、粮颂》,还是成大器的《白鹿原》,选择的都是农村题材,空间区域也限定在生他养他的关中渭河平原;即便是《四妹子》,也是将四妹子从文化异域的陕北嫁到关中来展开叙事。他在农村生活了40多年,已经谙熟这块土地的一切,包括农民的文化心理、习俗、意识、情感、历史、语言等,尤其是这方厚土上生息着的人的生存方式、思维方式、文化理想,他有着非同一般的情感体验。生活真实要通过艺术来独特表达,表达得真实首要在于体验历史生活的真实,但是艺术功力和创作经验,尤其是创作过程中主体对历史生活现场的生命体验、实现交流互动的能力,会决定艺术真实是否与生活真实,与生命体验相一致。否则真实性会在生活与艺术中的任一方面都可能发生断裂,都可能影响到艺术作品的生命力。

缺乏一定生活根基的虚构都会使陈忠实忐忑不安,他始终追求以艺术真实来反映客观世界。这种对客观世界真实性的追求在他的扛鼎之作《白鹿原》中表现得尤为突出。小说《白鹿原》的时间跨度涉及这块土地的半个世纪,清末到1949年前这段时间他没有亲身经历,记忆也几乎没有,但是文化传承的脉流却自出生即渗透到血肉躯体的每个细胞。对于这段熟悉而陌生的历史,如何达到作品的真实性,他选择了打通时空障碍,去历史现场进行生命体验的精神互动。他花去两年多时间,查阅了长安、咸宁、蓝田三个县的县志,了解那个时代的历史面貌,在此过程中却发现了各个地方的种种灾难的记录,发现了中国民俗史上的第一份《乡约》、"白鹿"的传说、"贞妇烈女"卷等历史上记载的真实事件,为了了解白鹿原革命过程,他还亲自走访了当地的长者进行印证。

《乡约》是在查阅蓝田县志时发现的,是中国第一部用来教化和规范民众做人修养的家族式道德伦理纲纪，小说中白嘉轩形象的产生就与这部《乡约》有关。当白嘉轩作为中国第一个又是最后一个文化地主艺术形象出现在文学史上，也曾遭受，或者说至今还有不乏形象虚假性的他议。另一方面，"我爷爷当时就是那样的"如此而又不在少数的真实性民间阅读对应，恰恰印证了白嘉轩历史现实的真实性，虽然艺术的真实并非生活的真实，但是艺术真实性却足可以假乱真，使读者发现人物形象就是自己身边某一个具体的人。

考察对白嘉轩虚假性质疑者的论据，无非呈现出两个文化背景：一是地域文化不同。渗透到民间的"关学"思想一直在关中平原是不必言说的生活律法，而以文化地主身份精神统治白鹿村的白嘉轩也在历史上遍布关中的村村落落，非"关学"思想根植地域就鲜有此类现象。二是那些固守阶级斗争的人则认为白嘉轩以德报怨，对长工的好处都是虚假的，阶级性意识形态深入骨髓，这些论调姑且不说"极左"思潮的如何根深蒂固，单就将人仅仅作为阶级对象本身，就抹杀了人生活精神世界的个体性、复杂性和实在性，就是缺乏对人在现实性基础上的真实判断，走入了理念强加的误区。

田小娥的形象也是作者陈忠实在阅读贞妇烈女卷中形成的："田小娥的形象就是在这时候浮上我的心里。在彰显封建道德的无以数计的女性榜样的名册里，我首先感到的是最基本的作为女人本性所受到的摧残，便产生了一个纯粹出于人性本能的抗争者叛逆者的人物。"[①]白灵的形象来自白鹿原上的女性革命者张景文逸事的一些启发，"在我查阅的资料中没有发现，在民间传闻中也没有听到一句半句，我感觉到某种巨大的缺失和缺憾。这种心理是我构思这部长篇小说时越来越直接的一种感受，一个正在构思中的类型人物，要有一个真实的生活里的人物为倚托，哪怕这个生活人物的事迹基本不用，或无用，但需要他或她的一句话，一句凝结着精神和心理气氛的话，或独禀的一

---

① 陈忠实：《寻找属于自己的句子》，上海文艺出版社2009年版，第14页。

种行为动作,我写这个人物就有把握了,可以由此生发开去,依我的意图编织他的人生的有幸和不幸的故事了。"① 可见,作家对真实性的追求并不排斥虚构,但是需要一个真实的生活原型作为倚托,这样才能生发开去编制故事,从这件小的事情可以看出陈忠实对艺术真实和历史真实的双重追求。他强调艺术真实应建立在一定的历史真实基础之上。陈忠实在"关中人物摹写"系列作品中,一直结构着王鼎的故事,七年多过去了,探询查阅早已翔实,就是因为自己对王鼎上朝这个细节没有经验,也无法完成体验便一再延宕。由此观之,陈忠实的文学创作尤为注重与历史的关联,其小说内容与人物都建立在历史真实之上,即使艺术虚构,也需要一定的历史真实体验作支撑,仅对客观世界做真实描摹,并不一定能带来艺术真实。

二 生存形态要真实

陈忠实创作时非常重视人物形象的生存形态及其那个时代人共同生存形态的真实。这与《蓝袍先生》之前提炼概括了的真实不同。在后期的《一个人的生命体验》《娃的心娃的胆》《李十三推磨》相同的一点就是素材都来源于真人真事,而且都是他亲自搜集或调查的材料。《一个人的生命体验》叙写的是著名作家柳青遭受"极左"运动迫害被关押期间,如何想方设法自杀的心路历程;《娃的心娃的胆》则写的是自己的乡党孙蔚如将军当年在中条山抗战中惊天地泣鬼神的壮举;《李十三推磨》的素材来源于陈彦的一篇介绍李十三的短文,细节自己虚构,塑造了清代民间剧作家李十三的形象。李十三爱戏如命,就写剧本交给戏班子演,他写的戏广受老百姓欢迎,自己的日子却过得一塌糊涂,靠戏班的周济度日,就因为写的戏吸引了老百姓而被朝廷视为"有伤风化"要捉拿,最终气得吐血而亡。这些作品的艺术形象都来源于现实生活,情节也简单,细节是按照人物的心理结构特点来设计的,生动而真实。这个特点更集中体现在他的代表作《白

---

① 陈忠实:《寻找属于自己的句子》,上海文艺出版社2009年版,第118页。

鹿原》当中，仅举一实一虚两个例子予以说明。

陈忠实说："朱先生是这部长篇小说构思之初最早产生的一个人物。或者说，《白鹿原》的创作欲念刚刚萌生，第一个浮到我眼前的人物，便是朱先生。原因很简单也很自然，这是这部长篇小说比较多的男女人物中，唯一一个有比较完整的生活原型（即生活模特）的人物。"①《白鹿原》中朱先生的原型是清末的关中大儒牛兆濂，1867年出生于蓝田县华胥镇新街村鹤鸣沟的一户农家。牛兆濂是科举制度废除前的清朝最末一茬举人，因学识渊博广为人称道，被誉为"横渠以后关中第一人"，当地人称其为"牛才子"，陈忠实的父亲就是牛才子的崇拜者之一，在他尚未上学识字以前就从乡邻和父亲那里听闻过这个人的诸多传闻，神乎其神。传闻里的牛先生是人更是神，他的真实名字民间知之甚少，牛才子的称谓却人人知道。陈忠实的父亲常在农闲的时候给他讲牛才子的神话，说牛才子站在院子里能观测星斗，判断来年该种何种作物能有收成；一个丢了牛的乡民求到牛才子的门下，他掐指一算就能指出牛走失后的具体方位，果然找到了牛如此等等。这个带着神秘色彩的牛才子，从童年起便成为陈忠实一个永久性的生活记忆。牛兆濂极为孝顺。乡试之后，他即将参加京试，因父丧母病，在仕途与孝道之间，选择了孝顺母亲，从而错过京试。他并未后悔，甚至拒绝了慈禧所封的"内阁中书"之衔。②清朝时期，他愤恨列强侵略，痛心国土丧失；民国时期，他勇斗反军，发文支援抗战，尽量维护一方土地平安。这源于他心系国家安危、百姓生活疾苦。牛兆濂被百姓称为"半仙"，被官员看作"才子"，被文人公认为关学代表，不论哪种身份，他都不辱一生。

陈忠实在接受访谈时说自己在塑造朱先生时有两方面的压力，既担心人物不像原型牛兆濂，又因自己习得的旧学知识浅薄，恐不能塑造出国学深厚的人物形象，③不难看出作者本人对牛兆濂的敬仰之情。

---

① 陈忠实：《寻找属于自己的句子》，上海文艺出版社2009年版，第48页。
② 卞寿堂：《〈白鹿原〉文学原型考释》，陕西师范大学出版社2012年版，第95、96页。
③ 陈忠实、李遇春：《关于〈白鹿原〉中人物形象塑造问题——陈忠实访谈录》，《教研天地》2009年第11期。

第四章 真实:文学生命力的创作信条

陈忠实是带着敬仰之情塑造朱先生的,他一方面突出了这个人物外貌的"普通"。在小舅子白嘉轩眼中,"才子的模样普普通通,走路的姿势也普普通通,似乎与传说中那个神乎其神的神童才子无法统一起来",却有着超乎常人的神算。朱先生"成名"是以头戴草帽、脚踩雨鞋,顶着大太阳在村子里走了个来回的方式准确预测了一场声势迅猛的大白雨,从此人们不管是观天、找牛、播种、养牲畜都会来找朱先生问问,结果往往是正确的。朱先生的神机妙算让人不能不信服超能力,以至于成为神人。小说中的朱先生所经历的事在现实中或流传或记载确有①,而且小说中朱先生南方游学回来之后所吟之诗和写得一手娃娃体的毛笔字也确实如此。只是"朱先生已不再等同于牛先生。道理属于创作常识,前者是生活真人,后者是一个艺术形象;艺术形象从精神心理上已摆脱了生活原型的局限和束缚,给作者以再创造的绝对而海阔的自由空间,把作者的理解和体验浇铸进去,成为我的'这一个'"②。

而田小娥则是虚构的,是陈忠实为深入了解白鹿原的近现代史在查长安、咸宁、蓝田三个县的县志时偶然浮现的一个女性形象。这些县志记载着本地曾经发生过的种种灾难、战乱、地震、瘟疫、大旱、奇寒、洪水、冰雹、黑霜、蝗虫等,非常细致,甚至造成的灾难和死亡的人数也清清楚楚,他翻查时能感受到"那些数以百万计的受害受难者的幽灵浮泛在纸页字行之间",尤其是看到几本"贞妇烈女"卷时,引起他格外的关注和惊诧。因为每个县的县志有二十多卷,竟然有四五个卷本,用来记录本县有文字记载以来的贞妇烈女的事迹或名字,不禁令他惊讶,更意识到贞节背后的崇高和沉重。他打开"贞妇烈女"的第一页,看到的是记述着某村某氏,十五六岁出嫁到某家,隔一两年生子,但不幸丧夫,这个女人如何抚养孩子成人,侍奉公婆,守节守志,直到终了,族人亲友为感念其高风亮节,送烫金大匾牌一幅悬挂于门首。"贞妇烈女"卷的记载大同小异,陈忠实看过几例之

---

① 详见卞寿堂所著《〈白鹿原〉文学原型考释》,该书由陕西师范大学出版社 2012 年出版。
② 陈忠实:《寻找属于自己的句子》,上海文艺出版社 2009 年版,第 52 页。

后就失去了兴趣,等翻到后边几本时,只记着某村某氏,连一句守节守志的事迹也没有,甚而连苦守一生活寡的女人的真实名字都不见了。他想这些女人用活泼的生命坚守着封建礼教专门给她们设置的"志"和"节"的条律,又曾经经过了怎样漫长而残酷的煎熬,才换取县志上几厘米长的位置,可悲的是后人难得有读完的耐心。"我在密密麻麻的姓氏的阅览过程里头晕眼花,竟然产生了一种完全相背乃至恶毒的意念,田小娥的形象就是在这时候浮上我的心里。在彰显封建道德的无以数计的女性榜样的名册里,我首先感到的是最基本的作为女人本性所受到的摧残,便产生了一个纯粹出于人性本能的抗争者叛逆者的人物。……我随之想到我在民间听到的不少荡妇淫女的故事和笑话,虽然上不了县志,却以民间传播的形式跟县志上列排的榜样对抗着……这个后来被我取名田小娥的人物,竟然是这样完全始料不及地萌生了。"① 田小娥的真实性虽然没有真实的生活原型,但是她真实反映了那个时代一部分女性的真实遭遇和命运,正如荣格所言:"一旦原型情境发生,我们会突然感到一种不同寻常的轻松感,仿佛被一股强大的力量运载或超度。在这一瞬间,我们不再是个人,而是整个族类,全人类的声音一起在我们心中回响。"②《白鹿原》里主要人物多有生活原型,或是单个人;或是两个人的事件的集合;或是群体人的共有特点集约,总之都曾活跃在他出生、成长,一直生活着的故乡的土地上,按照个体人物或集体人物的心理结构去叙述,就是为了保证他们生存形态的真实。

第三节 审美的真实性尺度

如果说真实性作为生命准则主导着陈忠实的创作向度的话,那么对他人创作和他者文本的审美参与,也是将真实作为首要的判断尺度,

---

① 陈忠实:《寻找属于自己的句子》,上海文艺出版社 2009 年版,第 14 页。
② [瑞] 荣格:《心理学与文学》,冯川、苏克译,生活·读书·新知三联书店 1987 年版,第 121 页。

因为在他看来,真实性受到质疑的作品,经不起阅读,经不起历史考验,生命力也就极其脆弱。

一 品文识人感知人格美

陈忠实衡量文学价值一如既往坚持将艺术文本与生活的真实感作为衡量艺术价值的基本尺度,真实性不仅作为艺术创作成熟与否的检视法则,更是艺术品能否获得生命力的基本要素。因此,他对各种样式的文学艺术的感受性批评首先从真实原则出发,谈作家的真实,文本的真实,效果的真实,把对真实性的遵循看作作家的根本道义与责任。他在评价孙见喜的《山匪》时说这部作品"不仅把那一过程重现给今天和未来的读者,而且达到一个生活和艺术的真实,这是一个作家的成功,也是一个作家的责任和道义"[①]。他具体分析作品呈现的那个时代,在阅读中产生的感受是《山匪》所反映的历史时代风貌,"既能感觉到一种原生态的陌生,又能感觉到一种原生态的熟悉;既有一种艺术形态的陌生,又有一种艺术形态的熟悉。"这种阅读感受似乎很矛盾,陈忠实主观切入分析说是原生形态的历史陌生,之所以让我又感受到一种原生形态的熟悉,"是因为作家所描绘的生活事项和社会状况,是建立在生活真实的基础之上,这就最容易触发读者记忆里最敏感最软弱的那根神经。要让读者对一种陌生的、原生形态的生活发生这种熟悉的似曾经见的阅读效应,最基本的一个条件是真实。"[②] 因此他感觉《山匪》呈现的生活图像是"如此真切如此生动",是因为它是出自自身写作的切实体验的直观感受,在他看来生活的真实和编造的虚假是难以混同的。

陈忠实认为艺术形态触及生活形态的深度、真实度,会直接影响艺术效果。他强调作家在作品中的情感是否真实,是无法掩饰的。"以情动人是艺术创造中的真谛,是基本点也是致命点,这是很不容易做到的。"作家通过自己的作品体现他对生活的感知,也是通过作品

[①] 陈忠实:《陈忠实文集》第八卷,人民文学出版社2015年版,第367页。
[②] 陈忠实:《陈忠实文集》第八卷,人民文学出版社2015年版,第365页。

达到与读者的交流的。读者阅读文学作品观众看戏看电影,也是通过艺术家创造的人物来交流的。在他看来维系艺术家和读者(观众)之间达到感情交流的唯一的东西是真情,是作家艺术家的真诚和他创造的形象的真实。他认为"形象的真实在很大程度上取决于感情的真实,人物的喜怒哀乐在情节进展中的分寸的准确把握,可以说严格到一丝一毫不能夸张也不能不及的程度,过或不及都不是准确,都会造成不真实的伪情。需知读者(观众)可以接受离奇的情节乃至荒诞不经的故事,也能够从不习惯到习惯逐渐接受各种艺术流派的艺术形式,唯一不能接受的是虚假感情的人物。道理很简单,虚假的感情与读者(观众)达不到交流的效果。心理健全的人既然不能容忍实际生活中的虚伪,更难接受艺术作品中的伪情,书籍在人的意向里总带着圣光"[1]。

他还认为作家的创作对读者的态度要真,写作要忠实于自己的体验,体验不应简单成为个人的真实感受与理解,而应是民族和人的命运的真切轨迹。他在评价李思强的诗时肯定是完全摆脱了功利目的纯粹的抒写,可以信赖为心声,没有娇气和矫情,没有虚浮和装腔,是一个人生活的和生命的体验的展示。[2] 针对文坛说空话、假话、套话的时弊,他以可靠性作为衡量作品的价值判断标准予以反驳,"之所以引我发生情感和心理的陷入,首先是作品的可靠性。可靠性的最基本品格之一是真实"。他认为作家的人格、气度、性格、态度对文本有潜在的难以取代的对应作用,作品的格调及表达根本上并不取决于形式本身,恰恰为隐身于文后的作家的人格魅力所决定。他非常欣赏对写作劳动诚实的作者,也非常尊重每一位诚实写作的人。他评价肖重声的作品说:"这部著作,纵古述今,发端演变,娓娓道来,温厚淳朴,趣味迭生,这首先得之于作者著书的基本用心,向人们传播知识,而不是卖弄夸耀哗众取宠。著作者的每一行文字都注释着著作的气质和性情……肖的为文为人的作风更令我折服。"[3] 陈忠实强调,

---

[1] 陈忠实:《陈忠实文集》第五卷,人民文学出版社 2015 年版,第 333 页。
[2] 陈忠实:《陈忠实文集》第七卷,人民文学出版社 2015 年版,第 276 页。
[3] 陈忠实:《陈忠实文集》第五卷,人民文学出版社 2015 年版,第 344 页。

"作家对诚实劳动的态度,在很大比重上定位着作家对待社会对待人生的态度;作家对待诚实劳动的态度,反过来又决定于作家对待人生和社会的态度;作家对待诚实劳动的态度,关键在于那份本真的崇敬,这是激情迸发的不可遏止的自然发生的现象;强装的激情总也除不去虚意和矫饰的空洞。"① 所以在他看来,"了解一个作家最好的途径也是最可靠的途径就是阅读他的作品"②。在阅读周养俊的散文集《絮语人生》时,他不仅感受着作家在文本中的才气,而且灵敏地发现并感知到作家艺术创造时精神世界的真实变化,"我惊喜地发现作者的艺术触角是十分敏锐的。之所以令我惊喜,因我深知任何艺术创造的最重要的因素,便是艺术触角的灵敏程度。现在更流行一个词儿叫悟性,我不大喜欢用这个词儿,原因是它罩着某种神神道道的色彩,有意或无意地给艺术创造这项劳动制造神秘甚或神神道道的迷雾,能写出点儿作品便是因为悟了道了的结果,或是通了佛了的因由。我以为首先是作家的艺术触角感受生活的灵敏度,才是引发心灵激情和创造欲望以期形成创造理想的关键。而这个艺术触角的灵敏性程度,既有先天的成分,更依赖后天的磨砺。我更看重后天的磨砺,磨砺艺术触角的途径便是知识的不断丰富和知识结构的不断更新,才能使自己以人类最新的视点去观照现实和历史"③。在评价李汉荣的散文时,他以互文的方式评论说,"李汉荣是位诗人,写起散文来也是诗的韵律和诗的情怀。无论诗或散文或随笔,都飞扬着诗人丰富的想象和联通,文字背后透现出诗人鲜活的气质和性情"④。

他还从自己体会出发,强调"从生活真实升华到艺术真实,这是我这一生追求的创作境界,也是我作为一个读者在阅读中所体会到的。在我的阅读过程中,我发现能否由生活真实过渡到艺术真实,对于一个作家来说,至关重要。只有不断地完成一次又一次突破,让读者在

---

① 陈忠实:《陈忠实文集》第七卷,人民文学出版社 2015 年版,第 320 页。
② 陈忠实:《陈忠实文集》第九卷,人民文学出版社 2015 年版,第 197 页。
③ 陈忠实:《陈忠实文集》第六卷,人民文学出版社 2015 年版,第 295 页。
④ 陈忠实:《陈忠实文集》第七卷,人民文学出版社 2015 年版,第 263 页。

感受到一种艺术真实美的同时，还感受到生活真实的美，这样的作品才会受到读者喜爱。"① 只要作家真实而不虚幻，真诚而不虚伪，真情而不假意，真性而不做作，真知而不浅薄，读者都能感受到的，因此作家首要的是修炼自己的人格，让读者通过作品感受到隐藏在背后的作者的人格美，而不单单是作品本身。这也正是古人所言"文格即人格"的奥妙之所在。

二　知人阅文感受意蕴美

陈忠实重视艺术表达的真实，但更看重生活真实，他说："我之所以强调后者珍视后者，是有感于某些作品在艺术的名义下对生活所采取的随心所欲的姿态，把对生活的虚拟和虚假，振振有词地淹没或张扬在所谓艺术的天花乱坠里。"一旦有违真实性的尺度，即便是朋友他也毫不留情地予以批评，他曾批评老朋友雷电的《容颜在昨夜老去》细节的虚假，说："这是人物自然发生的心理和行为细节呢，还是作者给人物强加的叙述呢？这也涉及到创作最基本的问题。准确是关键，准确才有力量，否则就造成没有是非标志的'没正经'。"② 刘成章是陕西著名的散文家，也是陈忠实稍年长的老朋友，当他阅读完刘成章的散文集后，感觉作者还停留在生活体验层面，未能满足自己的期待视野，便评述道："看到的一些篇章，有些非常精彩。他的散文侧重表现陕北的人情风貌，他对陕北这块土地的挚情热爱的表现和我的心情是一样的，但他表现这些东西时没有都把握好。如果说创作作为一种生活体验和生命体验这样一个过程，成章的散文属于一种生活体验，但也有一些进入了生命体验。两种体验我觉得差异很大。成章的散文对陕北那块土地在热爱上体现得很突出，但我觉得在爱的同时还应体现一点批判意识。批判意识，借用现代一句话叫'反讽视警'，应该有些反讽意识。"③ 但对他小说中的人物形象的真实赞赏不

---

① 陈忠实：《陈忠实文集》第九卷，人民文学出版社2015年版，第510页。
② 《小说评论》编辑部：《〈容颜在昨夜老去〉研讨会纪要》，《小说评论》2005年第3期。
③ 陈忠实：《陈忠实文集》第五卷，人民文学出版社2015年版，第428页。

已,他评价说:"我的阅读感觉,绝然不同于那些只会做令人发笑的蠢事和只能说令人发笑的二话的弱智的乡村干部形象,而是一个个活的人。首先把农村人物作为社会的人去探究,当是文学关照社会人生最基本的态度和品格。"① 在他看来,人物的真实性是文学内在价值标准,是文学生命力的可靠动力。在阅读邢小利的散文集《种豆南山》时,有感而发:"因为真实,因为真诚,因为坦率式的直白,读来令我感动。我也读过一些包括政要在内的许多公众名人的此类述怀文章,参差不齐,无可厚非。但有一个基本的尺码就是真诚。如果一个人到了需要郑重宣示重要年龄区段上的感怀时,还说假话,还矫揉造作,我还能指望他什么时候真诚与人相对呢!"② 很显然,因为双方彼此谙熟,陈忠实便在品文过程中和作者以文为媒进行沟通和交流,不禁发出对人生和世相的感慨。

王国维在《人间词话》中将诗从境界层面分为"有我之境"和"无我之境",陈忠实善于从一个有着丰富创作经验的作家的角度,捕捉到文中的"我",品读"有我之境"和"无我之境"意蕴的真诚。"我首先被这部作品的强烈的真实感和生活的真切感所折服,这种真实真切的生活气息的感觉在许多文学作品中已经十分稀罕了。那些被称作塑料花似的作品,我们首先看到的是它的精美和逼真,然而却闻不到花香,一旦辨出它不过是涂了颜色的塑料的时候,便不止于失望而且作呕。读者能够容忍作家艺术功力的稚拙,但绝不能容忍作家感情的虚假,前者是技能问题而后者则是对读者的欺骗和不尊重。"③ 这是陈忠实阅读完孙兴盛的长篇小说《女人啊,女人》手稿后生发的赞叹和感慨。对老朋友张书省的散文他也因为作品中真切丰富的意蕴赞赏不已:"我每读到精彩之处,便掩卷咀嚼,品尝其味。说简捷明快生动幽默等等似乎都不能采到妙处,直觉是端庄不陷入呆板,严厉而不失之凛冽,幽默而不流于油滑。点睛之处或转折之时常有惊人的措

---

① 陈忠实:《陈忠实文集》第七卷,人民文学出版社2015年版,第375页。
② 陈忠实:《陈忠实文集》第七卷,人民文学出版社2015年版,第354页。
③ 陈忠实:《陈忠实文集》第五卷,人民文学出版社2015年版,第389页。

辞跳出，使人意料不及，由不得惊叹、钦佩作家思维之敏捷，措辞恰到好处。书省语言的又一特质是简约，几乎挑不出陈词滥句，也绝无矫情娇性故作卖弄的废话；字字着力，句句蕴意，饱含智慧和灵气。"①

陈忠实知人阅文注重文中真切的意蕴同时，更看重作者的人格及精神境界，在他看来，后者是决定性因素，前者是自然的表达，只有做到尊重读者，对读者以诚相待地平等交流，才能获得读者的共鸣。"以至诚和尊重为基调的生存环境，比物质的多寡更重要，比环境的污染更迫切。"② 评论家既是从事文艺理论研究和建构的作家，又是从事批评的专业读者，陈忠实希望他们也能坚守立场，实事求是地开展文艺批评，"坚守纯粹的文学立场的评论，就是坚守实事求是：对作品作出实事求是的评论，对于读者的阅读会发生启示，对作家总结自己创作的得与失也会起到良好的作用。如果是脱离了作品实际的评论，对读者对作者都会陷入一种误导的盲区，尤其是对正在艰苦探索中的青年作家，可能因此而发生对自己创作的错误总结，延缓以至贻误他们艺术突破的进程。对作家尤其是评论家，可能丧失读者最基本的信赖和尊重。"③

三 以文诉情体验生命美

如前文所述，陈忠实历来注重艺术的真实性，这不仅体现在他的小说创作的过程当中，而且作品面世后对评价也格外冷静，也强调真实性。他说："《白鹿原》出版后，一些读者和评论家有这种说法，但一部作品是不是一部史诗性作品，应该由历史来检验。从史诗性来讲，首先一部作品要真实准确地反映它所反映的那个历史阶段的时代脉搏和精神，历史的价值就是生活的真实。另一方面，就是艺术追求所达到的高度也应该是那个时代的文学水准。"④ 也就是说，在他看来"一些读者和评论家"对于他关于《白鹿原》是一部史诗性的评说还需要

---

① 陈忠实：《陈忠实文集》第六卷，人民文学出版社2015年版，第367页。
② 陈忠实：《陈忠实文集》第六卷，人民文学出版社2015年版，第320页。
③ 陈忠实：《陈忠实文集》第六卷，人民文学出版社2015年版，第371页。
④ 陈忠实：《陈忠实文集》第六卷，人民文学出版社2015年版，第265页。

接受历史的检验的内心独白，正契合了"历史的""审美的"双重检验的观点。陈忠实对自己如此苛责，而对正在成长的作家却是宽容有加，但是真实性的原则不能撼动。他针对安黎的长篇小说《时间的面孔》谈了自己对不断发展的现实主义的观点，说道："关于这部作品的艺术形态，有人说这个主义，那个主义，而我则是感觉到了一种荒诞的真实。就这部小说的每一个细节，每一个情节，每一个人物的语言和行为而言，它无疑是纯粹而又严格的现实主义，呈现着逼真的现实主义。这种来源于生活本身的真实，令我对每一个人物的言语行为，不会产生任何怀疑。细节情节上是逼真的现实主义，但大的事项，大的情节，主要人物的命运走向，却让我感觉到一种荒诞。这种真实与荒诞的交错，构成了一种姑且称为荒诞的现实主义。"① 这些都源于他对文艺生命力的理解，也来源于作为作者和读者的双重体验。他说："从生活真实升华到艺术真实，这是我这一生追求的创作境界，也是我作为一个读者在阅读中所体会到的。在我的阅读过程中，我发现能否由生活真实过渡到艺术真实，对于一个作家来说，至关重要。只有不断地完成一次又一次突破，让读者在感受到一种艺术真实美的同时，还感受到生活真实的美，这样的作品才会受到读者喜爱。"②

陈忠实的创作体裁有小说、诗歌、剧本、散文、随笔、理论、评论等，但主要是小说和散文，小说是以虚构为特征，散文则以直抒胸臆为侧重。在完成《白鹿原》之后，散文成了他创作的主要形式，也构成了他经历生命体验抵达达观境界之后的生活形态，其中既有自己生命体验过程需要真实倾诉的内在需求，也有散文形式相比较小说短小耗费精力少的缘故，更有散文注重表达真实和真实表达的要律。他说："就我自己而言，散文就是一种心灵的独白，心灵对于现实对于历史的一种感悟，需要抒发，需要强辩，需要鸣咽，有时候也需要无言的抽泣。感天感地感时感世感人感物，总而言之在于一个感，有感触有感想有感慨有感悟而需要独白，需要交流，需要……于是就想写

---

① 陈忠实：《陈忠实文集》第十卷，人民文学出版社2015年版，第254页。
② 陈忠实：《陈忠实文集》第九卷，人民文学出版社2015年版，第510页。

散文了。"① 这个心理实际上是陈忠实到达知命之年后发自内心的感慨，对于没有接受过文学专业学习的他来说，古典诗词格律掌握有难度、有障碍，灵活的散文便成为最好的选择，"至于散文不应该写什么，或者说读者最讨厌过去的什么样的散文和时下的什么样的散文，且不赘言，让生活和文学那个无形的又是铁硬的法则去作用为好。我喜欢散文，自然既指阅读，也指写作；我企盼读到别人的精美的散文，也努力地去创造自己的起码不要让读者骂声'扯淡'的货色"②。

喜欢上散文之后，他陆续创作散文两百余篇，先后出版了《生命之雨》《告别白鸽》《家之脉》《走出白鹿原》《陈忠实散文》《凭什么活着》《我的关中我的原》《原下的日子》等近二十部散文集。可以说，在陈忠实的"后《白鹿原》时期"，散文是主角。陈忠实的散文类型众多，按照他向来主张的形式服务于内容，又同步产生的观点，不妨从艺术特色和思想内容上将其划分为纪实性散文、主情性散文、智性散文和随笔散文四种。可以看出，这些类型散文的思想内容决定了使用散文这一文学体裁的切适性。陈忠实的散文或写人或写物或写事，都明显带有强烈的感情色彩，以"我"的生活体验和生命感悟为灵魂，而且多采用第一人称叙述。与前两个时期比较，陈忠实的"后《白鹿原》时期"散文带有强烈的人性和命运思考，更注重"性灵"与"心灵"的抒写。他的散文还多表现出与"人"与"人"、"人"与"地"的关系思考，注重自身感觉、亲身经历，以及对生活、生命的思辨性感悟。

与此同时，还应该看到陈忠实在散文作品中，擅长于以平直写实、抒情言志或乡土之思突显个人立场、个人特色和个人情怀，透过"小我"兴趣来问询"大我"的社会之思。这正是古耜所言"陈忠实散文这艘生命之舟，亦'重'亦'轻'——'重'中有'轻'，'轻'中有'重'，从而呈现出人生和艺术极大的丰富性与包蕴性"③。陈忠实的散文缺乏灵动性，表现出朴实本色的特点，这也是他之所以喜欢邢

---

① 陈忠实：《陈忠实文集》第六卷，人民文学出版社 2015 年版，第 281 页。
② 陈忠实：《陈忠实文集》第六卷，人民文学出版社 2015 年版，第 281 页。
③ 古耜：《亦"重"亦"轻"的生命之舟——陈忠实散文赏读》，《海燕》2008 年第 8 期。

小利散文随笔"邢直白"的原因所在。陈忠实的散文看似内容普通，手法普通，语言平实，却充满着强烈的生命意识和道德关怀，尤其在怀人散文中所表露出一种深沉的生命哲思。"陈忠实的散文以自己的生活体验展示着他对于人生的哲性理解、对文学理想的守护，他的散文其实就是他对自己这种无功利唯美主义倾向的一种阐释。在他的散文中对人间'真情'与'生命'的珍爱体现了他对现实的关怀，他不是以'为文学而文学'的姿态实践他的文学理想，他的散文是为人生的艺术……他的散文中灌注着自己的内心的生命节奏，他将生活中许多生活场面'图式化'，并综合成一个完整有序的客体世界，洞察其中的'观念'或'形而上'，这才是陈忠实散文的精神所在。"①

对于其他从自己作品改编而来的艺术形式审美，他也是坚持自己的审美原则。他在《白鹿原》电影的观后感中说："我最满意的是电影呈现给观众的历史氛围是基本真实的，人的生存形态也是真实的，这点非常重要。"为何生存形态的展示十分重要，他进一步解释说"因为历史氛围的真实决定了人物命运和人物情感的真实。我写的是上个世纪初的故事，要让观众觉得合情合理，电影必须保证历史的真实。乡村的伦理道德、沿袭已久的民间文化习俗等影响着当时人与人之间的关系，一旦这些习俗、规则遭到破坏就会产生矛盾，进而影响人物情感的真实性。无论小说还是电影都要反映生活在那个时代的人的真实情感，人物与时代都是血肉相连的。现在的许多小说和影视剧，人物和时代明显脱节，让观众觉得不可理解。解决好历史真实、艺术真实和生活真实的关系很重要。"② 真实性作为陈忠实的艺术生命观，渗透在生活体验、生命体验、艺术体验的全过程，渗透在审美观念之中，恰如古人所言"文如其人""人如其文"。这也正是他对真实作为艺术生命首要法则的理解、感悟和实践，才成就了他以真实和真诚为特质，卓而不凡的人格与文格。

---

① 韩伟：《"生命的真实"和"心灵的悸动"——陈忠实散文创作论》，《当代作家评论》2016年第4期。

② 陈忠实：《陈忠实文集》第十卷，人民文学出版社2015年版，第392页。

第五章 秘史:乡村历史书写及其立场

第一节 乡村社会发展的追寻式书写

陈忠实的创作从切入现实生活开始,以农村社会发展为关注点,在探寻问题的过程中反思,尝试寻求解决问题的良方。在思考现实中的乡村问题后,陈忠实将关注的目光投向历史,从当下走向"十七年"时期,继而走向民国时期,以《白鹿原》展现了自己的独到见解,在《白鹿原》获得成功且沉寂一段时间后,陈忠实又将关注视角拉回到新世纪乡村。从当下到历史再到当下的关照轨迹体现出陈忠实文学世界的核心话题,他在用文字追寻式思考乡村社会发展问题。

20世纪80年代初,人们的思维从意识形态的捆绑中挣脱出来。文学开始摆脱政治的束缚,以其敏锐的嗅觉对新形势做出回应,伤痕文学、反思文学、改革文学等多种文学思潮此起彼伏。文学开始注重自身的独立性,通过不同类型与不同风格的作品,传达作者个人的见解。陈忠实在此环境中重新开始文学探索,并展开对社会多方位的思考。

最先出炉的是《接班以后》,小说通过两条路线在农村的斗争,"塑造了无产阶级新人、党的基层干部刘东海的形象,反映了在培养接班人问题上的两种思想的激烈斗争"[1],一条是队长刘天印带领第四生产队从事副业挣钱,走资本主义道路;另一条则是新上任的支书刘

---

[1] 费秉勋:《新人的颂歌——读〈接班以后〉》,《河畔红梅》,陕西人民出版社1974年版,第361页。

东海与老支书刘建山走社会主义道路。这篇小说显然受到"十七年"时期文学理论的影响。此外,《南北寨》批判了只顾唱戏编诗、忽略农业生产的农村发展方式,对重视农业生产的领导动辄扣上走资本主义道路的帽子。这两篇小说均关注现实问题,并指出农业生产是乡村发展的重点,且在现实问题中折射出历史遗留问题。

《信任》通过书写现实思考历史的写作方式更为明显,小说讲述了"四清"运动结束之后发生在两个青年人之间的打架事件,折射出"四清"运动中的阶级斗争与冤假错案。"以阶级斗争为纲"到"以经济建设为中心",在对之前不合理事件进行平反后,部分人沉冤昭雪,但也有部分人大权旁落。这是基于社会大背景之下的群体矛盾,这一矛盾的兴起、激化直到最后的平息,关涉着每个个体的荣誉、地位,甚至生命,作者通过揭示此矛盾的发展历程,表达了特殊时期对众多个体生命活力的摧残,同时歌颂光明磊落、公正无私的品格。身处于动荡的社会环境,目睹了政治高压下个体生命活力丧失的景象,陈忠实将自己的所见所闻与所思所想物化为文本,企图通过人物跌宕起伏的生命历程来实现对历史的反思。反思的主要对象是阶级斗争思维打破了农民日常生活的节奏。农民的主业是农事,卷入并不熟悉且不擅长的政治生活后,无暇顾及农业,偏离了农民生活的轨道,成了政治的牺牲品。乡村的现实问题与历史不无关联,乡村社会得以发展需要摆脱历史的桎梏,解决历史事件带来的精神问题,对于乡村历史的思考由此展开。

《梆子老太》关注乡村历史,梆子老太在一个偶然的机会被卷入政治,成为贫协主任。在普通农民眼里,女人存在的意义是繁衍后代,因为不能生育而受到村民的各种嘲讽,且因为在乎别人碗里的饭菜被称为"盼人穷"。梆子老太不过是一个普通的农村妇女,有着攀比心理也正常,与其他农村妇女不同的是,她实在得有些迂腐,从另一个角度看,则是诚实的一种表现,而诚实是中华民族的优良传统。因为不会生育且不够精明,棒子老太遭受排挤而成为弱者,但世事难料,因为"迂腐"她得到了重用。阶级斗争年代,乡村社会存在两种价值判断标准，一种是政治标准；一种是乡土社会一贯的文化标准。政治评价的依据是是否符合主流意识形态的要求，而文化评价的依据则是是否符合传统文化的要求。很显然，告状符合政治标准，却有悖于文化标准。既然乡村社会存在两种评价标准，在传统话语体系中明显处于弱势的梆子老太，不管出于何种动机，选择认可政治标准也便无可厚非。趋利避害是人的本能。然而正由于梆子老太的"政治正确"给不少在外地工作的村民带来了不少麻烦，也积累了不少怨恨。随着政治不断深入乡村，传统话语逐渐被政治话语取代，梆子老太在得到外界认可的同时，陷入政治无法自拔。一个在旧社会被漠视，而在新社会被大力肯定的农村妇女并非只会守住锅台转，活着的意义不是活着，而是获得个人存在的价值，被证明了她的生存意义。在家里和公社之间，她穿梭在两个世界："这些陈腐的为人处世的俗理，与公社领导讲的话，恰好相背，相去太远了。她在公社受尊重，受赞扬，回到屋里遭围攻，太叫她难以接受了。她听不进去，景荣老五不知给她重复了多少回的这些处世俗理，没有任何力量。"给梆子老太上色的是政治，丑化她的也是政治，村里成立平反冤假错案小组后她也失去了当年的威风。国家政治进入乡村之后，乡村社会经历了第一次转型，梆子老太从幕后走向了台前；国家政治逐渐从乡村社会淡出之后，乡村社会经历了第二次转型，梆子老太却迷失了自己，她认为自己工作勤勤恳恳，执行领导的指示一丝不苟，却最终并未获得认可："多少回，她坐在这个小礼堂的连椅上，常书记安排任何工作，头一条总是抓阶级斗争，最后一条总是搞生产。他安排她去抓胡振武等人的破坏活动，现在反问她有没有'左'的东西。"梆子老太的所作所为虽是在领导的指导下，她自己却受到了"惩罚"——那就是农民的不认同，以至于死后没有人来抬埋。批判梆子老太实在太容易了，愚昧虚荣似乎也不过分，陈忠实显然并不想继续"五四"作家的启蒙。梆子老太作为一个没有任何文化知识的农村妇女一度成为农村社会的基层领导，她靠的是对于上级领导的绝对忠诚，可见忠诚而非文化知识是上级考察乡村基层领导的标准，这自然也成为评价一个基层领导好坏的标准。

没有适合梿子老太虚荣的温床，梿子老太不过是一个默默无闻的农村妇女，而在这一温床上成长了一批批梿子老太，农民身份决定了她们很难看透生活的本质，面对局势时也很难采取无动于衷的态度，仅仅批判梿子老太其实是舍本逐末。

《梿子老太》中的梿子老太的悲剧源于她过于贴近政治，远离政治是否就能保存自我呢？事实并不乐观，《蓝袍先生》中的徐慎行只是不经意间与政治相遇，就被撞伤。由于外界文化的冲击，徐慎行经历了两次思想转变。第一次是接受到新文化的影响，徐慎行从一个保守刻板的乡村私塾先生成为革命自信的教员，他脱下了蓝袍，穿上了列宁服，收获了爱情。最"过分"的行为则是在鸣放中指出校长的问题，加上被不该爱的人爱上，徐慎行遭受到前所未有的折磨。爱情自然没有了，妻子对他百般羞辱，随时会来的政治批判更让他胆战心惊，在政治的批判下，他内心不断地退缩以求偏离于政治风暴，他的退却并未得到宽恕。在政治文化的冲击下，他的内心重新回到了传统。从徐慎行内心的波折看出传统文化中"慎独"的重要性，如果每个人都做到"慎独"，世界也就太平多了。"慎独"是以不变应万变的一种方式，是解救徐慎行的良药，也是社会发展的良药。社会需要梿子老太的"慎独"，也需要其他村民的"慎独"。

《地窖》则进一步反思阶级斗争。"四清"运动中，关志雄批斗了唐生法的父亲；"文化大革命"时唐生法带头造反，关押了关志雄；"文化大革命"结束后，关志雄上台，唐生法被撤职。人生如同戏台，你方唱罢我登场，没有人是永远的主角。如果这一次次斗争要区分出正义与邪恶来，并不容易，正如唐生法在"文化大革命"时有许多事说不清楚，关志雄也如此。没有谁是人生舞台的赢者，人们都陷入政治的泥淖中，如果阶级斗争继续，历史可能再次重演。正如小说中写道："这场悲剧的痛切之处还在于它是以人民的名义发生和演化着。譬如我，是以反修防修'不吃二茬苦不受二遍罪'的堂皇的名义去造反的。譬如你，也是以同样堂皇的名义进行'四清'运动的。而这两场运动的共同的结局，恰恰都使人民包括我也包括你吃了二茬苦受了二茬罪。"在唐生法写给关志雄的信中，传达出作家对于政治的思考。不断进行的阶级斗争严重影响了农村社会的发展，深陷其中的人们除了身心俱疲却毫无收获。

在对政治进行反思的同时，陈忠实也在思考乡村社会的日常生活。乡村社会的发展受到来自政治的影响，也面临文化带来的问题。1983年发表的《康家小院》中的康家小院原本是一个宁静而充满感情的小院子，造成勤娃夫妻之间的矛盾的是杨老师。玉贤并不是一个见异思迁的女人，吸引她的是杨老师的高雅："他在黑板上写字的潇洒的姿势，说话那样入耳中听，中国和外国的事情知道得那么多，歌儿唱得好极了，穿戴干净，态度和蔼。"与她的丈夫勤娃形成了鲜明的对比，后者虽然勤劳、诚实、简朴，但"笨拙、粗鲁、生硬，女人爱听的几句体贴的话，他也不会说"。农民有对于知识的渴望及文化人的羡慕，玉贤也不例外，尤其当杨老师告诉她要争取婚姻自由且对她表示好感时，她以为自己找到了爱情。吸引玉贤的是杨老师身上的现代文化气。当现代文化进入乡村，传统文化便显出它的落后来，这并非作者厚此薄彼，只是因为在现代化进程中，以现代性作为评价标准，的确不利于传统文化。杨老师与玉贤对两人关系的态度不同，前者出于欲望，后者注重感情。经历重创的玉贤清醒过来，羞愧的她只想一死了之，当看到勤娃落魄就有些不忍了。玉贤的本质并不堕落，她的被骗更能提出她的单纯，玉贤感情的失败意味着农民进入城市的艰难，农民最好的归宿仍是乡村社会。与路遥、贾平凹的小说不同的是，陈忠实作品中少有进城农民，这或许是因为白鹿原离西安城太近，进城并不十分艰难，也因此城市文化的吸引力在他随后的作品中表现得并不明显。

《四妹子》中的四妹子带着对物质条件的向往从陕北嫁到关中，却受到了精神上的压抑，关中文化的严肃刻板使四妹子感受到了巨大的压力，好在乡村社会迎来了改革开放，四妹子抛开顾虑，大胆改革，尝试各种方式挣钱。作者在《四妹子》中通过四妹子的言行不仅指明了时代发展的趋势，还彰显了村民生活水平有所提高的成就。可见，以经济建设为中心的决策切实改善了人民的物质条件，因此，陈忠实在作品中透露出这是符合历史潮流的改革。诚然,改革开放带来物质利益的同时,势必会给乡村造成负面影响。陈忠实敏锐地察觉到这一气息,在小说中提出养鸡场的衰败与吕家的两位大哥有着不可推卸的责任,"人家四妹子辛苦一场,好心一场,结果把钱全让狠心的哥哥嫂嫂们搂挖去了。太不仁义了啊!"作者通过吕克俭的内心独白表明,新时期村民的生活水平日益提高,但他们沉迷于争名夺利,淳朴的民风也随之土崩瓦解,可见,在陈忠实看来,经济水平与人民生活的满意度及幸福感并非成正比。先是叙述了意识形态对个体的压抑扭曲,随后描绘了经济基础提高后个体幸福感的下降,陈忠实便将着眼点置于文化,希冀通过文化实现美好人性的复归,从传统文化的角度观察社会,试图揭示出文化与个体生存状态之间的复杂关系。

陈忠实注重乡村发展中村民的生活历程,结合具体的时代环境,试图理解不同的人生选择,并尝试解析不同选择背后所蕴含的原因与价值。因而,《蓝袍先生》就是陈忠实对乡村社会摆脱传统文化禁锢后仍身陷囹圄的个人化解答,可见,对待传统文化全盘吸收行不通,就算是徐慎行也得在新环境中身着列宁服;对待传统文化全盘否定更行不通,当其自以为烧掉了慎独咒符就可以迎来真正的自由时,徐慎行提出的"好大喜功"使其受尽折损。也就是说,乡村社会对于传统文化全面而彻底的挣脱,在抛弃了其消极因素的同时,也置其积极因素于不顾。陈忠实正是透过这些现象看到了内在的本质,即正是传统文化或显或隐地影响了村民的心理结构。可以说,《白鹿原》彰显了对传统文化的追溯,是对其中短篇小说创作的延伸,也是陈忠实对当代乡村诸问题的思考与解答。

从关注"十七年"时期的乡村,书写到处都充斥着以阶级斗争为纲的紧张气息,转向呈现改革背景下的乡村社会,感叹虽物质生活得到改善然而淳朴民风已不复存在,随后走向民国时期的乡村社会,揭示出传统文化发挥向心力的同时,也呈现其中的消极因素。"所谓良好的环境,从促进自我实现或者促进健康的角度来看应该是:提供所有必需的原料,然后放开手脚,让机体自己表达自己的愿望、要求,自己进行选择"①。总体来看，陈忠实对乡村进行了近百年的历史叙述，然而在他笔下的乡村更多呈现的要么是政治的动乱，物质的贫瘠，要么是文化的束缚。此类乡村无法提供给个体安全健康的生活环境，也就无法从根本上促进个体的自我实现。

从宏观层面来看，陈忠实笔下的乡村并不是一个封闭空间，实际上，众多的微观乡村个体构成了中国乡村社会的宏大图景。在一定意义上，这些乡村是中国社会的缩影。陈忠实正是以乡村为地理依托，展开对历史的全方位描绘，在其作品中的乡村既有共通之处，又因侧重点的不同而具有特殊性。陈忠实通过展现乡村中动荡不安的整体氛围，以此影射百年中国风云激荡的社会环境。透过具体的乡村状况指认中国社会的复杂形势，试图在传统文化中找到中国未来发展的动力，追寻民族之"根"，其中隐含着对乡村问题的思索，亦即对中国社会的考量。

第二节　教化权力：乡村历史书写的一种视角

权力包含冲突与合作两方面的内涵，但文学作品在叙述乡村权力时，通常突出权力双方的矛盾与冲突，这或许是因为权力合作的基础主要是社会契约，其强调理性与法律，而这正是现代社会的特性。社会学家对于乡村权力有不同的论述，作家却始终在建构个人的乡村世界，只不过这个世界同样有着掌权者与无权者，在对这些人物的塑造中自然呈现作者对于乡村权力的思考。不少作者选择了底层视角，批判乡村权力的执行者，并由此进入人性的批判。也有作者并未停留于此。乡村社会的每个个体都挣扎在权力场中，无论是掌权者还是无权者都有着对权力的崇拜心理，无权者一旦拥有权力也可能对他人实施暴力。既然人性有此弱点，单纯批判也就于事无补，在人性批判之外，一定还有值得探讨的空间。陈忠实小说中所建构的乡村权力就有着更

---

① ［美］马斯洛：《马斯洛人本哲学》，成明译，九州出版社2003年版，第300页。

为深刻的内容。

陈忠实自幼生活在西安灞桥区，他深感具有严格等级制度的帝王文化以及民间关学中"明礼教、敦风俗"的士人文化造就了一方地域的代代礼仪之民。"封建思想封建文化封建道德教化成为乡约族规家法民俗，渗透到每一个乡社每一个村庄每一个家族，渗透进一代又一代平民的血液，形成这一方地域上的人的特有文化心理结构"①。等级制度规定每个个体在权力场中的不同位置，礼仪教化又在约束个体各安其位。

费孝通认为我国传统乡村社会权力有四种类型：横暴权力、同意权力、长老权力、时势权力。对于一个作家来说，社会学家的理论观点可能不会成为他创作的素材，偏于感性的文学作家与偏于理性的社会学家，在面对社会这同一个对象时，多少会产生相似的感受。作家的创作毕竟以表达自我为主，对于乡村社会权力的思考也就带上了个人的印迹。权力为一种控制的力量，在陈忠实的关中乡村世界中，教化权力的书写最有意义。

在以血缘关系为主的传统乡村，族长通过传统赋予的特殊地位实现对乡民的控制，长幼有序原则规定长辈对晚辈具有教化权力。在陈忠实的小说中，教化权力主要表现为族长对村民、长辈对晚辈进行的以儒家为代表的传统礼教的规训，如《白鹿原》中身为族长的白嘉轩在白鹿村修建祠堂、创办学校、制定乡约，教民以礼仪，使白鹿村成为"仁义村"。族长与长辈的教化权力是传统所赋予的，这是因为乡村社会义化较为稳定，长辈的经验足以让晚辈应对生活中出现的各类事情，"同一戏台上演着同一的戏，这个班子里演员所需要记得的，也只有一套戏文。他们个别的经验，就等于世代的经验。经验无需不断积累，只需老是保存"②。虽然教化行为本身对受教化者有益，但受教化者对于这种先于自己而存在的文化会有不适感，教化过程中难免存在责难，如白嘉轩责备初婚后沉溺于性事的白孝文；《四妹子》中

---

① 陈忠实：《陈忠实文集》第五卷，人民文学出版社2015年版，第326页。
② 费孝通：《乡土中国》，北京大学出版社1998年版，第21页。

的公公训斥丈夫不管教媳妇四妹子。教化权力存在于宗族之间，违规者有时遭受的是严厉的体罚，《白鹿原》中几次写到违反礼教的村民遭受刺刷子抽打，如聚众赌博的白兴儿等、被视为乱淫的田小娥与白狗蛋、被田小娥勾引的白孝文。对于这种传统所赋予的权力，无论是教化者还是受教化者都是认可的，即便如受到革命思想影响的鹿兆鹏面对祖父的杖责，也是无奈地承受。但20世纪上半叶的白鹿村并不封闭，外来的各种思想冲击白鹿原的传统观念，教化权力也开始丧失它的震慑力，权力拥有者有时显得力不从心，遭杖责的鹿兆鹏的执意"抗婚"；白孝文的继续堕落，身为长辈的鹿子霖与白嘉轩也只有放弃，听之任之，或者将孩子扫地出门，以维护家长的权威与面子。

　　白嘉轩是白鹿精神的继承者之一，"白嘉轩就是白鹿原。一个人撑着一道原。白鹿原就是白嘉轩。一道原具象为一个人"①。《白鹿原》中承担教化权力体现得最为复杂的是白嘉轩，他不仅作为一个父亲承担了教化孩子的权力，还有作为一个族长教化白鹿村民的权力。作为家族的楷模，人格精神为了与族长身份匹配，白嘉轩处处身体力行，以身作则，恪守他一直信念的儒家伦理道德和人生信条，顽强地捍卫着一个族长的权威和地位，以其独特的身份成为整个白鹿村的道德及行动楷模。作为族长，他的教化目的是让每一个白鹿村人成为合格的村民，所谓合格的村民，就是符合《乡约》中的规范。作为父亲，他教化的对象是子女，体现为"严父"形象，当儿子白孝文与女儿白灵的行为不符合传统行为规范时，他采取了强制措施。尤其是白孝文这个新族长与田小娥有了关系后，白嘉轩大义灭亲，当着全族人的面惩罚儿子，这种行为得到了全族人的信服。小说在写白嘉轩时，写到了他的腰杆由直到弯。直和弯体现的不仅是外形，还有个人内在的精神修养。但有意思的是，白嘉轩的腰杆直与弯的变化与他的精神境界存在着矛盾。

　　白嘉轩腰杆的"直"是作品中反复出现的关键词，精心治族的白

---

① 陈忠实：《寻找属于自己的句子》，上海文艺出版社2009年版，第89页。

嘉轩腰杆的意象在文中大大小小出现过多次。小说关于白嘉轩腰杆又直又硬的描写，最早在黑娃与长工父亲鹿三的对话中得到呼应，在小说开始时白嘉轩与众人无异，后来可以注意到的是白嘉轩的腰杆变直变弯都与一个重要的人物——黑娃有关。黑娃是一直被白嘉轩善待的长工鹿三的儿子，鹿三在本本分分践行自己长工的义务时，还希望自己退休后儿子黑娃能"子承父业"。可惜黑娃从来不那么认为，黑娃成年后，在一次鹿三与其对话中，白嘉轩腰杆又直又硬首次被道了出来，鹿三希望黑娃继续去他嘉轩叔家熬活时，黑娃说出了深藏在心中的顾虑，嫌"嘉轩叔的腰挺得太硬太直"了。而在一次家被土匪抢劫之后，白嘉轩的腰杆被打弯了，从前又直又硬的腰变得佝偻起来："那挺直如椽的腰杆儿佝偻下去，从尾骨那儿折成一个九十度的弯角，屁股高高地撅了起来。"

腰杆的"直"是外形，作者如此设置显然是要通过白嘉轩这一独特的外形特征体现出他的性格特征。从继承到传承的信念中，白嘉轩秉持着儒家的仁义传统，坚信族长神圣的权威，希望白鹿村能在自己的治理中更加兴旺地发展。而白鹿村的村民们自始至终也没有怀疑过白嘉轩的威信，于是教化权力的模式在白鹿村自然而然地生长着。虽然处在时代交替的特殊时期之中，白嘉轩仍以他又直又硬的腰杆逃离政治与时世的侵扰，挺起腰杆实践着属于他的人生哲学。白嘉轩的腰杆又直又硬都与其教化权力的形成息息相关，而教化权力则通过他对村民的管理体现出来，既仁厚又威严。待长工鹿三大方仁慈，他遵照父亲的做法，收麦子后让鹿三拿足自己的口粮，再帮着装麦子。他资助鹿三的儿子黑娃去学堂读书，并且让他的两个儿子与黑娃友好相处，体现出他作为主家的仁义和宽厚。他关心孤儿寡母，得知李寡妇买地是为了还债以及生活，他不仅将地归还，还送了几单麦子和一些银钱。作为族长，他率领全村全力抵抗白狼的侵扰，成功修复围墙不仅有效地阻止了白狼的威胁，也使得白嘉轩确切地验证了自己在白鹿村作为族长的权威和号召力，从此更加自信。在久旱少雨的时节，他统领村民求雨拜神，当看到村民们被苛捐杂税打压，从不沾染政治的他，发动鸡毛传帖与官府据理抗争。

同时，他严格按照族规管理村民，始终关心着民生疾苦，用尽心思治理族群。当村民染上赌博的恶习，听话者鞭打跪祠堂，不改者实行"吃屎"这样极端惩罚。白嘉轩在执行族规时不仅"狠"而且一视同仁。当白孝文与小娥厮混的事情传到他耳朵里，他让族人将白孝文绑到了祠堂，跪于祖先排位之下，让全村成年男性每人抽一鞭子，自己更是不解气得一直抽。

白嘉轩腰杆的"直"体现出白嘉轩作为族长的身份象征的性格特点——永远不妥协。他那挺直的脊背是其作为家长，作为族长信度的量尺，是世代相传族约、乡约的天然天平，在他的心中有其最为朴素的价值与理念。他的身上流着传统的儒教血液，他的行为都在践行着传统儒家"天行健，君子以自强不息"的顽强精神。也更是传统教化权力的典型代表。白嘉轩作为封建家长、族长，一直努力践行着属于自己的责任和义务，一生奉行仁义慎独，永远不妥协，永远保持着旺盛的生命力。同时对白鹿村的治理、家庭的治理苛刻顽固。没有多少道理可以讨价还价，乡约、族规、家法则是千百年传下来不可改变的法规，可是白嘉轩的腰杆真的就能直得起来吗？教化权力真的能够在社会转型时期起到无可替代的镇静作用吗？答案不言而喻。白嘉轩又直又硬的腰杆背后还有其作为家长、族长面具下的虚伪和残酷。作为族长，他直接或间接地酿成了一些弱者的人生惨剧，最明显的是针对田小娥的规训。

田小娥是《白鹿原》中有些离经叛道的女性，原因是她并不安于命运的摆布，而是主动选择自己的爱情与婚姻。这个在现代社会被一再彰显的话题，在乡土社会则成为终生的耻辱，这显然是针对女性而言的，源于女性极度卑微的地位。传统乡村的继替关系偏重父系，"在家从父，出嫁从夫"的规训使得女性社会地位低下，男性天生拥有性别所赋予的权利。因为性别不同，孩子在抚育上会受到不同的待遇，"女孩子被认为是讨债鬼，不但在教育上受不到和她们兄弟同等的注意，甚至在出生时也有即被溺死，或很小时就被抛弃或出卖的"[①]。两性交往上，女性

---

① 费孝通：《乡土中国》，北京大学出版社1998年版，第243页。

依然为弱势,周作人曾这样说:"假如男女有了关系,这都是女的不好,男的是分所当然,因为现社会许可男子如是,而女子则古云'倾国倾城',又曰'祸水'。倘若后来女子厌弃了他,他可以发表二人间的秘密,恫吓她逼她回来,因为夫为妻纲,而且女子既失了贞当然应受社会的侮辱,连使她失贞的也当然在内。"[1] 源于乡村女性与男性极不平等的地位,作者对于田小娥的反叛行为表现出极大的同情,并设置了被遗弃在家独守空房,无法满足欲望却只有压抑至死的鹿冷氏。可悲的是,她的挣扎并没有得到他人的同情,丈夫鹿兆鹏以"革命"的名义将她抛弃,甚至在爱情的名义下与白灵同居。没有人会因为她的死掬一把同情泪,即便是她的父亲,在无法控制的情境下也只想她快快了断。弃合法妻子于空房,追求自由的爱情这种现象在民国时期"一夫多妻"制度下极为常见。将贞节放大到超越生命,只是因为女性的生命并不重要,男性"误入迷途"而后返是值得肯定的,女性却没有这样的待遇。即便小说做了大量的铺垫,田小娥在与黑娃结合之后,仍然被视为"烂货",并且将黑娃"拖"下了水。黑娃"执迷不悟"于不合规范的爱情,因此被拒绝进祠堂。田小娥由此每况愈下,被公公鹿三杀死,甚至成为瘟疫的源头,尸骨被挖出来焚烧,并遭高塔镇压。应该说,田小娥并不反抗男性权力,跟了黑娃后,她还是愿意做一个安分守己的女人。她反抗的是性别权力中女性的被动地位,以及道德教化中的贞节观念。只不过在白鹿原中,执行权力的是男性,反抗教化权力也表现为对权力执行者男性的反抗,她为之付出了生命。对于田小娥的死,白嘉轩作为族长显然是有责任的,他在执行教化权力时以惩罚为主,并始终维护权力的威严,对于违反传统道德规范的村民冷酷无情。

同时,作为一个族长,他也有缺乏血性的一面。当镇嵩军侵入白鹿原,胁迫他召集村民交粮时,他虽然适当抗争,最后还是经不起威胁敲了锣,使他最终没有完成了一个勇于与邪恶势力斗争、不畏强权

---

[1] 周作人:《道学艺术家的两派》,《谈虎集》,北京十月文艺出版社2011年版,第230页。

的勇士形象。虽然开始时他有所反抗和挣扎，可当他认识到反抗陷入苍白无力时，便顺从沉默地过属于自己的生活了。当黑娃在原上掀起风搅雪，以及田福贤等人疯狂报复使得整个白鹿村都动荡不安时，他愤怒反感，可他仍然沉静地生活，以一种超然物外的态度来对待这一切。也许他的超然是因为他深知自己对于这场风波的无能为力。

作为一个农民，在中国这个具有浓厚权术文化氛围中成长起来的他还有狡诈的一面，表现在他的发家史上。族长的一言一行对于村民都起着表率作用，但白嘉轩的某些行为却无法与此联系起来，这一点与他腰杆的"直"形成了反差。在发现鹿子霖家的慢坡地里有白鹿时，他设计换地，因为他相信这块土地会助他人财兴旺，因此，他不惜用产量高的水田骗得亩产很低的鹿子霖家的坡地，后来他又借口祖坟漏水，名正言顺地将祖坟迁到这块风水宝地上以求白家兴旺发达。甚至把不问世事的冷先生也拉了进来。在家宅风水归正了之后，他开始考虑致富，为了快速谋取利益，他第一个在白鹿村种植罂粟，而不考虑种植罂粟带来的后果。虽然他深知鸦片的危害，甚至深恶痛绝沉迷鸦片的人。白嘉轩的致富路体现出地主阶级不堪深究的发家史。

在权力结构中，白嘉轩是白鹿原的最高权力者，但在行使教化权力过程中，他是专制而残忍的，他展示给村民们的不是长辈的宽容，而是无情的鞭子；给孩子们的不是如山的父爱，而是淡薄的亲情。他并非滥用职权，对权力也并未表现出贪婪与渴望，相反他是陈忠实有意塑造出来的中国传统乡村社会中正统人格的象征。他深受儒家思想的影响，笃守"耕读传家"传统，是"仁义忠厚"地主的典范。

身为正统权力的掌控者，白嘉轩有着超强的不容被怀疑的优越感，可这种优越感是缺乏博爱精神的。这种缺乏博爱精神的权力是权力者怀着俯视的态度向下看的权力。这就在本质上导致白嘉轩在向下看时不可避免倾泻出傲慢的态度并且缺乏足够的耐心，当他向下看时，总是要板起脸来训诫他人，于是这种教化权力自然而然地缺少了韧性和柔度。在这一点上从白嘉轩对小娥的态度可以看出，对白孝文是如此，对白灵如此，甚至对仙草也是如此。尤其是他对长子白孝文的教育和惩罚所得到的结果却是与他本意背道而驰的,最能说明问题。这也说明了他权力的严格和固执,而从被教化的角度来说是残忍的,不被尊重的。这也从一个侧面说明我们的中国传统权力有着严重的缺陷——缺乏彻底的宗教态度以及对一切生命的平等、博爱和仁慈。虽然这种权力在理论的层次上并不刻板,甚至具有理论上的亲和性,可是在实际操作时却被反亲和力所取代。

在白嘉轩腰杆"直"的时候他的精神世界有"弯"的一面,但在腰杆被打折之后,他的精神世界却恢复了"直",甚至还带有柔软的部分。虽然腰被打断了,白嘉轩却依然刚毅坚韧,即使在腰还没有完全治愈的时候,他就不顾鹿三的劝阻,执意强忍着痛苦下地干活,证明自己还有顽强的生命力,更是证明自己作为族长,作为家长的权威,并不会轻易因为腰杆子弯了而消逝。在腰病治愈以后他竟然出现在白鹿村"忙罢会"的戏台前,"平静的坐在蒲团上,双手扶着小车头的木格上,脸色平和慈祥,眼神里漾出刚强的光彩"。在全村弥漫着一种被土匪洗劫后灰色的低迷气氛,他也坚持戏要照样唱,并强忍着腰痛,正经的端坐在戏台下,这一举动本身,充分体现了他刚强的人生态度,以及贯穿其始终的顽强的生命力。

最精彩的还是面对原上的瘟疫,他对待田小娥的冤魂表现出一身正气,采取不退缩的方式。田小娥被刺杀后,原上闹瘟疫,田小娥的鬼魂不断出现在众人面前,最终附在鹿三身上。在村民面对死亡的恐惧越来越强烈时,田小娥的鬼魂借鹿三之口说出瘟疫是她招来的,甚至提出要给她修庙。惊慌失措的族人唯小娥鬼魂之命是从,在小娥的窑院前烧香祈祷;他们甚至跪在白嘉轩面前,求他为田小娥修庙塑身。面对村民为烧香磕头时,他认为这是邪恶战胜了正义,即便村民代表恳求,自己的儿子也下跪时,他抛开众人劝阻,固执地说:"我不光不给她修庙还要给她造塔,把她烧成灰压在塔下,叫她永世不得见天日"。在敬鬼以救人与舍命以最求正义之间,白嘉轩选择了不退缩,要"修庙塑身,除非你们来杀了我"。为了突出白嘉轩的一身正气,小说中有意写了三个老者、白嘉轩的儿子白孝武以及冷先生的妥协。

冷先生的话值得重视："救人要紧。只要能救生灵，修庙葬尸算啥大不了的事？人跟人较量，人跟鬼较啥量。"委曲求全并无大碍，活命是最为重要的。白嘉轩显然并未屈服于民众的意愿，他坚持以"正"压"邪"，在田小娥的窑上建塔。如果说，田小娥在死之前是值得同情的弱者，那么在死后当她成为复仇女神，且引发了瘟疫流行时，她就成了值得批判的毒瘤了，毕竟有太多的生命因为瘟疫而失去。于是，他建造了七级宝塔，让田小娥永世不能见天日。建塔与焚烧尸体显然不是治理瘟疫的方法，小说为了表现这种"正"的力量，写到造塔之后，"鹿三果然再没有发生发疯说鬼话的事"，只是"日见萎靡，两只眼睛失了神气，常常丢东忘西说三遗四"。鹿三背后杀死田小娥这一行为本身也带有"邪恶"的意思，不过是以邪制邪，如果田小娥的"邪"被镇压了，这种"邪"同样被镇压，或者说，他也得为自己身上的"邪"买单。

而作为封建家长，对孝文寄予了极高的期望，当他亲自目睹孝文堕落的场面，虽然深痛的绝望和震怒使他瞬间昏倒在地蜷缩一团，但他并没有就此倒下。"要想在咱庄上活人，心里就得插得住刀"，因为白嘉轩是传统权力的顽强坚守者，他不能倒下，他要撑得起白鹿村的一切，即使被土匪打断了腰，再剧烈的疼痛他也要强忍着，虽然腰挺不起来，佝偻着腰，如狗形状，然而白嘉轩依然要昂面看人，他的精神也要又直又硬，永远不会被打倒。黑娃因土匪经历被关押起来，白嘉轩感到惊慌失措。在原上，白鹿两家一直在明争暗斗，鹿子霖显然斗不过白嘉轩。在城里，白家后代混得最好的是白孝文，当上了滋水县县长；鹿家的鹿兆鹏官职虽然更大，却一路跟队伍打到新疆去了。从这一点上看，白家仍然胜过了鹿家。但在枪决黑娃时，白嘉轩"气血猛目"。让他生气的应该是一个好人竟然被枪毙了，但这种气似乎也没有对象可言，怪罪白孝文，白孝文可以推到政策头上，责怪父亲"不懂人民政府的新政策""乱说乱问违反政策"。白嘉轩显然并不认可白孝文的做法，但他也无能为力。以政府的名义，个人的决定也变得顺理成章。而在此时，离开白鹿原，他的教化权力已经丧失了。

白鹿村是一个氏族社会，白嘉轩无可厚非的就是氏族中的长老，掌控者族中大大小小的事物。白嘉轩腰杆的直与弯体现出他个人精神品格的直与弯，由直走向弯的白嘉轩实际上更为真实。不能否定白嘉轩腰杆的"直"，但同样不能无视他腰杆的"弯"，承担教化权力的主要人物本身在精神品格方面的复杂性揭示出教化权力的问题。乡村社会的发展离不开长辈、家族的权威人士的教化，它是社会镇痛时期的良药，是中国传统氏族的稳定剂，是乡土社会有条不紊发展的有力保障。教化的对象是一个集体，因此它考虑更多的是群体而非个人的利益，由此，个人的正常需求必然会被否定甚至漠视。它确实压抑了人性的自然生长，田小娥的需求在这种压制中不得见天日，白灵、白孝文与仙草们也同样被这样束缚和压制着。

白嘉轩的精神品格的形成与他所处的历史时期以及他所属的阶层密切相关。白嘉轩处在中国这片传统的土地上，又生长在这样的氏族中，他的思想和行为方式必然会被打上烙印。处于一个动荡的时代，白嘉轩的固执与顽强，白嘉轩对权力的把握与消解都在历史的洪流中凸显了出来。一个国家，一个民族，一个人都是一种矛盾的整体，不但有它正面的因素，又有其消极的一面。从白嘉轩腰杆的直与弯可以看出乡村精英精神品格的复杂性，由此，体现出乡村传统文化的两面性。

第三节　民族文化审思及底层人文关怀

陈忠实在《白鹿原》中所进行的历史书写，凸显出他对传统文化的复杂姿态：既欣赏又否定；既渴望传承又表示反思，不仅认识到传统文化的魅力所在，也不避讳其不合理之处，也可以说，他对传统文化的态度，彰显了他对历史的思考与对未来的希冀。从宏观层面来看，陈忠实以新历史主义为创作立场，致力于拨开历史的迷雾，通过白鹿原的历史变迁，以小见大，不仅折射出20世纪上半叶中国动荡的社会状况，更为重要的是，还揭示了传统文化的两面性。

陈忠实真诚讴歌了传统文化的优越之处。能够延续数千年之久，这就说明儒家文化有其合理性与不可替代性，而且具有超越时空的力量，作者在文本中细致表达了儒家伦理的优越性。儒家文化所倡导的仁义、博爱以及为政以德的可贵精神，在白鹿村有着淋漓尽致的体现。首先，白嘉轩与鹿子霖不计前嫌地帮助李寡妇，县长特意提名仁义白鹿村，即希望原上村民能够见贤思齐，共同践行仁义精神。其次，朱先生有着为万世开太平的伟岸情怀，担忧数万士兵践踏过后生灵涂炭的情景，只身勇闯军营。他不顾危险，视死如归，只为保护一方百姓，彰显了儒家文化所强调的博爱意识。再次，白嘉轩作为族长，其一言一行需符合儒家规范，也就是符合乡约。身正令行，村民才会追随白嘉轩、乡约以及儒家伦理，事实上，白嘉轩也注重强调德行以及教化。对于恪守规范的村民来说，进祠堂、践行乡约等是无上荣耀之事，然而对于与乡约背道而驰的村民来说，通过刺刷、礅刑等这种原始野蛮的方式，实现身体与精神的惩罚与规训，二者的结合，以儆效尤，使得村民对乡约更添了一层崇拜与敬畏。也就是说，每日程式化地读诵乡约、对违背者以族规惩治，乡民对这样的生活方式习以为常，并自觉维护这种价值体系，从外在的约束内化为主动地追从。陈忠实正是通过《白鹿原》描绘了一幅波澜壮阔的历史画卷，纵然恰逢乱世，各种灾难接连而至，白鹿原也迸发出长盛不衰的生命活力，儒家文化在其中所发挥的作用可谓功不可没。

然而，陈忠实在传统文化中寻求民族发展之动力的同时也意识到传统文化本身的落后性。在《白鹿原》中作者通过白赵氏、白嘉轩以及鹿三的言行将传统文化中的冷漠、虚伪以及无情演绎得栩栩如生。首先，作为白嘉轩的母亲，白赵氏对于六位儿媳妇的逝去并未表现出悲切的痛苦，反而认为女性作为糊窗户的纸，破了再糊一层就好。女性的生命在她看来，本就不值一提，因此即使目睹生命的消逝，她冷漠的态度也会一以贯之。其次，白嘉轩作为一族之长，在发现白鹿的隐匿之处后，心怀鬼胎地和鹿子霖换了地，他天衣无缝地实施计划并轻松实现了这一目的，其虚伪可见一斑，而鹿子霖将永远都无从知晓

第五章 秘史:乡村历史书写及其立场

真相。最后,鹿三作为小娥的公公,先是嫌弃她败坏门风,不准其踏入家门,之后亲自了结了小娥的生命。在遵循乡约的鹿三看来,田小娥不是正经货色,因此从未承认过她儿媳的身份。对田小娥的残忍杀害,鹿三并没有表现出万分的悔过与愧疚,即使面对黑娃的质问,其态度也不改分毫,作者正是通过鹿三的言行集中体现了传统文化中无情的一面。可见,儒家伦理并非真善美的代名词,事实上,可以看作是美好高尚与冷漠虚伪的混合体,尤其在新的历史条件下,它在某些方面就显得不合时宜,甚至存在戕害人性的弊病。

陈忠实敏锐地指出了传统文化在新形势下的问题,一方面,传统文化固然有可承袭之处,但另一方面,也存在值得革新之处。可以这样理解,儒家文化具有双面性,既有呼唤歌颂人性中美好善良的一面,也有钳制贬抑人性中欲望自由的一面,作者正是形成了对儒家文化的精准认识,对此双面性进行了深刻的反思。

对乡村社会的描摹是以个体的生命轨迹为依托,同时指出美好乡村的复归离不开个体生命价值的实现,陈忠实通过个体的生命历程指明乡村社会的问题,进而,问题的解决又有助于提高个体的生命意识,因此,其人文关怀已在多部文本中得到体现,可大致分为以人为本与人的价值及人生观两方面。一方面,在他看来,以人为本即是以所有人为本,试图理解不同的人生选择,即并非每个个体在历史洪流中都要响应时代的号召,从而做出一致性的选择。陈忠实在《白鹿原》中更多地突显了乡民们不问世事的避世态度,这些乡民不去思考革命、政党这些新鲜词汇,能吸引到他们的也不过是耕种、收成等关切自身生理需求的问题,也即"一种生存状态,对于某些人是满足的,但对于另一些人却是远远不够的"[①]。面对纷乱的时局,他们无法力挽狂澜,只能选择明哲保身。不同的民众有着不同的选择,陈忠实在赞扬革命人物的同时,也并未体现出对隐忍村民的苛责。一方面,透过中短篇小说陈忠实对不同身份的人的价值亦或不同际遇下的人生观进行

---

① [美]马斯洛:《马斯洛人本哲学》,成明译,九州出版社2003年版,第70页。

了发掘。在《日子》中，陈忠实透过女人的言语——"我只操心自家的日子"，表达了对个体生存哲学的认识，不仅如此，在《地窖》中，作者也透露出类似的见解，唐生法的爱人对自身有着清晰的定位，因此才会说她只好和她的儿子混日月，她不混怎么办呢？这些人物自身都有共同点，即生活于乡村，无力改变自身处境，面对不同的时代环境都能恪守本分，积极向内寻求。这与弗洛姆的观点有相似之处，"即强调人格是个体在后天生活中受社会条件影响而形成的相当稳定的行为模式。每一个体都以其特有的行为模式在同化与社会化的过程中拓展（Canalize）自己的潜能"[①]，这些生于乡村长于乡村的人物，她们关切自身行为模式的由来既有历史沿革，也受到环境影响，诚然，也离不开自身的思维惯性。难能可贵的是，陈忠实在字里行间渗透出感同身受的共同情感。

总的来说，国家民族的历史正是由成千上万的乡村所建构，而乡村虽为地域空间，却仍是由数以万计的乡民所组成，因此，探究乡村的历史发展则必须关照乡民的生存状况。可以发现，以人文关怀为突破口，进入陈忠实的文学世界，读者就会形成全新的认知并提高对生命价值的认识。

---

① 罗继才：《现代人的人格发展趋势——弗洛姆的人格发展理论书评》，《华中师范大学学报》（哲学社会科学版）1997年第5期。

第六章　方志:《白鹿原》与白鹿原

第一节　"阅志读史"与白鹿村的建构

陈忠实是现实主义文学创作的忠实者,现实生活为他的创作提供了养料,早期创作多源于他的农村生活经验。他曾说自己的创作一直依赖对生活的直接感受和直接体验,"我的作品几乎都是与生活同步发生发展的"。这与陕西现实主义创作传统不无关联,也有来自现实主义文学的启蒙。陈忠实走的是"自学成才"的创作之路,他更多的文学经验来自"十七年"文学。为了借鉴国外作家创作经验,陈忠实读过不少流派的作品,在写作技巧这一点上看,他有所借鉴,却并未走得太远。《白鹿原》之前的作品多采取传统现实主义手法,《白鹿原》中加入了魔幻色彩,总体上仍是现实主义。在现代主义改变文坛状况之际,对现实主义的坚守源于卡朋铁尔的经历给他的勇气:卡朋铁尔专程去法国学习现代派文艺却无果,失望之至回到古巴,说了一句"在现代派的旗帜下容不得我",后去海地寻根,创作出了一部令欧美文坛惊讶的拉美长篇小说《王国》。现代派文学不可能适应所有作家,寻求民族之根仍然能创作奇迹。

陈忠实出生于农村,又有多年的农村工作经验,积累了大量的农村生活经验。对于农村社会,他不是一个旁观者,而是实际参与者与亲历者。他笔下的许多故事都源于他的农村生活经验,有的故事源于真实事件。《四妹子》中写了一个不甘服输的"四妹子",这个陕北女汉子是有原型的。在写完《蓝袍先生》之后,陈忠实在一家报纸上看到一个乡村女性创办养鸡场的事迹报道,十分激动,冒着关中数九后的严寒,搭乘汽车几经转折找到户县一个苹果园,见到了这位女性。令他感兴趣的是"她的不甘囚禁屋院的开创型性格",令他震惊的是"红火的养鸡厂破产的过程,不是经营的失措,也不是市场动荡导致的经营的亏损,而是家族利益致成的无可挽救的破败"。震惊与兴奋是陈忠实创作这篇小说的动力,生活这部大书激发了他创作《四妹子》的欲望,创作出一个乡村社会的改革者形象。

《白鹿原》中许多人物塑造的灵感来源于查阅地方志或其他史料。这里的史料包括正史、野史与口述史,正史主要是县志;野史为村民们口耳相传的故事、传说;口述史则源自老一辈对历史的回顾。在查阅正史过程中,陈忠实印证了自己对村庄的历史记忆。史料中的某些文字也会促动他的灵感,并由此创作出鲜活的人物形象,例如田小娥。为了积累创作素材,陈忠实查阅了蓝田县志,他发现二十多部的县志中竟然有四五个卷本记录了本县有文字记载以来贞妇烈女的事迹。这些女性"用她们活泼的生命,坚守着到的规章里专门给她们设置的'志'和'节'的条律,曾经经历过怎样漫长的残酷的煎熬,才换取了在县志上几厘米长的位置"[1],在密密麻麻的姓氏的阅览过程中,陈忠实说自己生了一种完全相背乃至恶毒的意念,田小娥的形象随后浮上他的心里,加上他听来的泼妇淫女的故事和笑话,这个人物便让人始料不及地萌生了。而在祖辈的口述中,陈姓门族的长辈形象逐渐清晰,陈忠实曾祖父的形象让他心头一颤,这个腰杆儿又端又直的有着威严的祖辈正是他构想里的族长的形象,这便是白嘉轩的原型。

除了人物塑造,陈忠实在把握乡村历史过程中建构了白鹿原世界。他将故乡作为创作的摹本,无论虚构的比例有多大,故乡的痕迹始终存在。在现实故乡与文学故乡之关系上,毕飞宇曾比较过自己与汪曾祺的不同:对汪曾祺来讲,故乡是一群鸭子,他把它们赶了出来;自己则找了一群鸭子,把它们赶到了那个地方。故乡是汪曾祺的来路,

---

[1] 陈忠实:《寻找属于自己的句子》,上海文艺出版社2009年版,第13页。

第六章　方志：《白鹿原》与白鹿原

是毕飞宇的去路，来去之间，虚实侧重是不同的。陕籍作家有各自的文学故乡，陈忠实的文学故乡是西安东郊的白鹿原，他的小说也围绕着这片原展开。现实中的白鹿原分属长安区、蓝田县、灞桥区，原坡平均海拔600米。传说周平王迁都洛邑，途经浐灞，见有白鹿游于苑后命名此地为白鹿原。无论传说如何，白鹿原显然有着深厚的历史文化积淀。《白鹿原》中的白鹿原由白鹿村、白鹿镇、白鹿原、白鹿书院等构成，白鹿村属滋水县白鹿镇，该镇在村子西边；冷先生在白鹿镇药铺坐诊；朱先生所在的白鹿书院坐落在县城西北方位的白鹿原原坡上，在白鹿村的北方，"从白鹿村朝北走，有一条被牛车碾压的车辙深陷的官路直通到白鹿原北端的原边，下了原坡涉过滋水就离滋水县城很近了"。白鹿村为诸多故事发展的中心，与白鹿书院、白鹿镇、滋水县产生关联。小说在建构白鹿原时，有大致的空间布局，但景物之间的空间距离并不清晰，这一点并不重要，关键看这些空间与白鹿村之间存在的关系。居住在白鹿镇的是冷先生；居住在白鹿书院的是朱先生。他们是白鹿村故事的旁观者，偏离于白鹿两家的争斗之外，却又与白鹿村存在千丝万缕的关系，朱先生娶了白嘉轩的姐姐；冷先生的两个女儿分别嫁给白家与鹿家。通过婚姻，白鹿镇、白鹿书院与白鹿村联成了一个整体——这就是白鹿原乡村世界。

冷先生为医生，朱先生为教师，一个是白鹿村民身体的拯救者，一个是精神的拯救者。朱先生是白鹿村民的精神偶像，冷先生也是村民的精神支柱，毕竟活着才可能寻求精神世界的完美。白鹿村还有的精英人物，那就是身为族长的白嘉轩以及身为保长的鹿子霖，他们是村民生活的指引人。这四个人与村民们组成了白鹿原世界的二个阶层，连接各个阶层的是关中文化。文学中的白鹿原世界是陈忠实基于对现实中的白鹿原已有的经验、查阅史料所获得的认识以及想象虚构建构而成，它承续了白鹿原所拥有的厚重、质朴的关中文化精神。

在对故乡历史的梳理中，陈忠实不断进入近百年前的西蒋村，他对关中这块土地的理解初步形成。陈忠实并非一个社会学家，因此他对于村子的关注不是村庄史和地域史，而是人，是那个时代人们的心

141

理结构形态，面对社会转型而呈现出来的心理轨迹之变。

第二节　朱先生与关中大儒牛兆濂

《白鹿原》中朱先生的原型是清朝末年的关中大儒牛兆濂，他1867年生于蓝田县华胥镇新街村鹤鸣沟的一户农家，因学识渊博为人称道，被誉为"横渠以后关中第一人"。据陈忠实讲，朱先生是《白鹿原》创作欲念刚刚萌生的时候第一个浮现在眼前的人物形象"第一个浮到我眼前的人物，便是朱先生。原因很简单也很自然，这是这部长篇小说比较多的男女人物中，唯一一个有比较完整的生活原型（即生活模特）的人物"[①]。

牛兆濂是科举制度废除前的清朝最末一茬举人，当地人称其为"牛才子"。陈忠实的父亲就是牛才子的崇拜者之一，在他尚未上学识字以前就从乡邻和父亲那里听过这个人的诸多传闻，神乎其神。传闻里的牛先生是人更是神，他的真实名字民间知之甚少，牛才子的称谓却人人知道。陈忠实的父亲常在农闲的时候给他讲牛才子的神话，说牛才子站在院子里能观测星斗，判断来年该种何种作物能有收成；一个丢了牛的乡民求到牛才子的门下，他掐指一算就能指出牛走失后的具体方位，果然找到了牛，如此等等。这个带着神秘色彩的牛才子，从童年起便成为陈忠实一个永久性的生活记忆。

朱先生的许多事迹为牛兆濂所为，如赈灾、禁烟、卜算丢牛、智斗刘振华、抗日壮行、观星测成豆、大晴天穿泥屐等，写入作品中时稍有改动。如牛兆濂毁掉了亲戚家地里的烟苗；朱先生毁掉了妻弟家地里的烟苗。1900年，关中地区大旱，瘟疫等灾难随之而来，牛兆濂被指派亲自负责赈灾一事。赈灾过程中，事必躬亲，与民同食，与民同苦。当他的饭桌出现了四碟小菜、一个馒头时，勃然大怒。他找到相关负责人要求当着百姓的面解释清楚了饭食的来源。并且当着所有

[①] 陈忠实：《寻找属于自己的句子》，上海文艺出版社2009年版，第48页。

人的面将菜倒进了济灾的粥里，自己舀了救济粥来吃。一个如此廉洁正直的人，只做对的事，除害之手必定不会手软。当鸦片冲开了清政府的大门，战火从未停止，百姓深受其害，国人被鸦片"侵蚀"得羸弱至极。虽然有不少能人义士意识到了鸦片的危害，倡导禁烟，身体力行。但在利益的诱惑和清政府的默许下，鸦片屡禁不止，各地想尽办法。陕西成立咨议局，议员被分到各市县进行禁烟活动。牛兆濂作为蓝田县的议员，在凤翔及周边督查烟苗销毁等事宜。他以身作则，不分亲疏，立法严明，违者必追，犯者必罚。多年后，鸦片不再祸害该地。

平时生活中，百姓找牛、观天象、择吉日这样的小事都来问牛兆濂，虽不满这些人扰了他的清净，但也不忍不帮，遇到大事更是主动给予帮助。一介布衣，因为仁心、学识、胆识倍受所有人敬仰。他不喜为官，更不喜与官打交道，一旦关乎百姓生活，国家未来，也自愿走出隐居之地。辛亥革命爆发的当年，10月22日，西安新军响应武昌起义，1912年，陕甘总督升允由陇东反扑西安，企图复辟。陕西军政大都督张凤翔带领秦陇复汉军与其僵持了几个月，快要守不住了。张凤翔命部下郭希人和刘守中请牛兆濂劝允升退兵。牛兆濂明白局势，连夜赶往了升允大营，对其分析战况，陈说退兵之利。最终，允升仔细考虑后，将兵退到了十八里铺。西安人民避免了一场战乱。1926年，刘镇华所率军队的猛烈炮火不能打开"二虎"将军（杨虎城、李虎臣）守护的西安城门，他的谋士建议找被称为"牛才子"的牛兆濂出谋划策。通透如牛兆濂怎会猜不到来意，故意避而不见，还在家门口拴上了一只凶恶的大狗。刘镇华忍着怒意终见得牛兆濂，但是却被几碗"米面儿"打发了（蓝田流传着"糁糁面，大家饭；米儿面，大家散"）。

牛兆濂极为孝顺。乡试之后，他即将参加京试，因父丧母病，在仕途与孝道之间，选择了孝顺母亲，从而错过京试。他并未后悔，甚至拒绝了慈禧所封的"内阁中书"之衔。[①] 清朝时期，他愤恨列强侵

---

① 卞寿堂：《〈白鹿原〉文学原型考释》，陕西师范大学出版社2012年版，第95、96页。

略，痛心国土丧失；民国时期，他勇斗反军，发文支援抗战，尽量维护一方土地平安。这源于他心系国家安危，百姓生活疾苦。牛兆濂被百姓称为"半仙"，被官员看作"才子"，被文人公认为关学代表，不论哪种身份，都不辱一生。

陈忠实在接受访谈时说自己塑造朱先生有两方面的压力，既担心人物不像原型牛兆濂，又因自己习得的旧学知识浅薄，恐不能塑造出国学深厚的人物形象，① 不难看出作者本人对牛兆濂的敬仰之情。陈忠实是带着敬仰之情塑造朱先生的，他一方面强调了这个人物外貌的"普通"，在小舅子白嘉轩眼中，"才子的模样普普通通，走路的姿势也普普通通，似乎与传说中那个神乎其神的神童才子无法统一起来"，却有着超乎常人的神算。朱先生"成名"是以头戴草帽、脚踩雨鞋，顶着大太阳在村子里走了个来回的方式准确预测了一场声势迅猛的大白雨，从此人们不管是观天、找牛、播种、养牲畜都会来找朱先生问问，结果往往是正确的。民间有人有宗教信仰，也有不信鬼神的人，朱先生的神机妙算让人不能不信服超能力，以至于成为神人。只是"朱先生已不再等同于牛先生。道理属于创作常识，前者是生活真人，后者是一个艺术形象；艺术形象从精神心理上已摆脱了生活原型的局限和束缚，给作者以再创造的绝对而海阔的自由空间，把作者的理解和体验浇铸进去，成为我的'这一个'"②。

他作为儒家文化的传承者，一生克己复礼，开私塾，制定乡约，教化一方之民。自己也严格恪守传统规范，衣帽裤袜全出自妻子之手，饮食极为克制，时时处处显示出关中文化背景下一位儒者的风范。同时具有"士"所有的兼济天下，在西安城危亡之际，杨虎城、李虎臣不能抵挡敌军的进攻，朱先生进行游说后敌军退兵，避免了更多的伤亡。更为称道的是，在他受命查禁烟苗后，竟然首先毁了白家的罂粟地，此壮举使得禁烟奏效很快，原上原下不出十天便没了奇异的花香。

---

① 陈忠实李遇春：《关于〈白鹿原〉中人物形象塑造问题——陈忠实访谈录》，《教研天地》2009年第11期。

② 陈忠实：《寻找属于自己的句子》，上海文艺出版社2009年版，第52页。

如此一个才能与品德均为人称道的儒者变成了白鹿原村民的精神支柱。他是白嘉轩的姐夫，在大事面前并不偏袒任何一方。他喜欢清静，独居于北原，很少到村里，他的居所却成为许多人的避难所。作为族长的白嘉轩在心烦、没有办法的时候会到姐夫家坐坐，喝两盏茶，谝几句闲话，甚少求助于姐夫，归家之时总会变得平静，且有了主意；黑娃在闯荡半生之后居然追随朱先生学习圣贤之道。朱先生的帮助是一种精神上的赋予，他真正作为精神象征而存在，引领人们走出困惑，走向正途。

他既可高攀，又不敢亵渎；既接地气，又非同常人。来自于平民，也心系平民，作为平民中的精英，朱先生又有着普通平民很难做到的仁义、正直与气节，因此成为白鹿原的精神支柱。朱先生与牛兆濂虽有差别，起精神内核是一致的。《白鹿原》的出版在不动声色中向人们传达了这样一种观点：我们需要重新确立信仰，坚守儒家文化传统。作者用一部"史诗"敲打了钻营者的脑袋，为迷茫者剥开了迷雾，使"仁义之德无可挽回的悲剧"[①] 出现了转机。

第三节 白灵与巾帼英雄张景文[②]

《白鹿原》中除了塑造男性英雄人物外，还为我们塑造了女英雄——白灵。她是一个灵动且"生机盎然"的女孩子，还是一个热情且忠诚的革命战士。她也是《白鹿原》中"白鹿"精魂的代表，她的反叛性和无产阶级革命热情，与白嘉轩、朱先生有所不同，在精神上具有一脉相承的关系。白灵的原型张景文也是出色的巾帼英雄，她英勇的战斗事迹、不惧牺牲的革命毅力，使她的名字列入了蓝田县革命烈士英名录，为唯一的女性。

张景文，1911年出生于蓝田县安村镇宋家嘴村一个地主家庭，虽

[①] 杨敏、赖翅萍：《仁义之德无可挽回的衰落——〈白鹿原〉中的白鹿意象及其原型分析》，《小说评论》2004年第4期。

[②] 一作"张静雯"，此处沿用陈忠实《寻找属于自己的句子》的名字。

出身富贵人家，却没有做大家闺秀的"自觉"，甚至没做过针线活，整天东奔西跑，上蹿下跳，全无性别之分。在父亲眼里，她是一个"死"女子，没人能收拾下，管不住。张景文八岁时，父亲让她进入村里的私塾学习，本想着能收一收性子，没想到还起嘴来更加振振有词。张景文经常拿自己家的馍送给吃不饱的穷同学，她想的是："哪怕我不吃，也不能眼看着这些人受饿。"[①] 小小年纪的张景文有了善恶之分、怜悯之心，性格刚烈、有主意、善良、好打不平。1924年，她被信仰基督教的父亲送到陕西省教会学校，四年后，又考入了省女子师范学校。在这几年的求学过程中，正义感颇深的她感受到了百姓的疾苦，以及革命的必要性，便决然加入西安大革命的热潮之中。这是她脱离了家庭牵制，一次真正自己的选择。这个时期是她革命意识启蒙与逐渐发展的时期，是离家过程即将完成，新的自我逐渐形成的时期。

张景文真正的蜕变是在1930年，几个月的时间便完成了从共青团员到共产党的过渡。她像其他共产党一样奉献自己，却更加卖力为自己的信仰工作。经过一年的学习，在1931年，接到了共产党下达的在蓝田县建立党组织的任务，作为"本土"西安人，她巧妙隐藏、冒着死亡的危险完成了命令。1932年，国民党戴季陶来西安宣传蒋介石"攘外必先安内"的政策，压制抗日群众，该行为激起了社会很多人的愤怒。以张景文为首的爱国学生对戴季陶"崇洋媚外"的演讲提出了质问，让蒋介石提倡的政策还没"上线"便已阵亡。后来伴随着高涨的抗日热情，学生纷纷在张景文的一声令下将手中的石头、鸡蛋等物品扔向戴季陶，成功将其轰下了台，停止了反动政策的叫卖。1933年，张景文与丈夫徐国连，还有其他负责人一起发起了学生运动。同年，与丈夫先后到达陕北，加入红二十六军。1934年，张景文作为妇女委员长领导开办了列宁小学，为苏区政府培养了一批二十六军先锋队员。1935年，徐国连英勇牺牲，张景文忍痛继续工作，但是同年因

[①] 卞寿堂：《〈白鹿原〉文学原型考释》，陕西师范大学出版社2012年版，第182页。

为"左"倾路线,被生生活埋。1950年2月21日,蓝田县为包括张景文在内的烈士平反昭雪。

陈忠实最初是从一份《革命英烈》的期刊上看到一篇回忆张景文的文章,文章不足一千字,作者是一位同样被怀疑为"潜伏特务"的女战士所写,她和张景文当初被关押在一孔窑洞里,此前两人并不熟悉,关押在一起的两三天时间里,才得知张景文是白鹿原上人。她是张景文被拉出去活埋了的目击证人。阅读完这份简单的回忆文章,陈忠实逐渐从起初的震惊里慢慢平静下来,一个鲜活的女革命者白灵的形象就出现在面前。"我对她的敬畏和钦佩,甚至超过了那个在孟村小镇粮店建立原上第一个中共支部的青年,唯一的因由在于这是一个女性。一个能从白鹿原走进刘志丹革命根据地的女青年,我能充分感知需要怎样的思想和勇气。尤其是那种消弭了距离空间的切近感,乃至亲近感,这个张景文就区别于我记忆里的真实的和艺术创作中的女革命者了,类似于我得知那个在原上建立第一个中共支部的革命者的独特的感觉。"[①]

张景文与白灵之间有较多相似之处,如性格和生活背景大致相同,抗战经历基本一致,两人与她们的伴侣都是革命者,自己均因为"左"的思想的影响遭受迫害而被活埋;在精神上有共同之处:顽强、勇敢、爱国,对于传统文化观念均表现出叛逆姿态。作者将张景文部分生平经历安置于白灵身上,并且复制了她的革命精神。可以说,白灵对于革命的无限投入精神来自于原型,但她同时还充满灵气,在作为艺术化的形象上,带有一丝传奇,一点神性。陈忠实在《白鹿原》中花费大量笔墨来突出白灵,她拥有多重身份:白嘉轩的女儿、青年女学生、共产党员、抗日积极分子,每一个身份都是善良、英勇、无畏的象征。她的出生就带有传奇性,一只百灵子正在庭院的梧桐树上叫着,尾巴一翘一翘。从远古时期开始,人们就觉得百灵子和白鹿一样,都是祥瑞的征兆,预示着不寻常的事,白灵的出生就是神奇的开始。随着白

---

① 陈忠实:《寻找属于自己的句子》,上海文艺出版社2009年版,第119页。

灵长大，她也表现出与普通女性并不相同的秉性：大胆、泼辣，这与父亲的宠溺不无关系，更多的却源自天性。仅看她的眼睛，朱先生就觉得"习文可以治国安邦，习武则可能统领千军万马"。

白灵十分聪灵，在村里上小学时一遍成诵，毛笔字尤其写得好，但也十分调皮，时常让教书的徐先生难堪。入私塾后不久，坚决闹着要进城念书。父亲不同意，竟然私自跑了出去，父亲找到她后，她拿着一把剪刀威胁竟然成功了。在城里她仍然表现出叛逆与正直：以学生的身份参加游行，在西安搬运牺牲者尸体并埋葬，与其他学生反抗戴季陶，与鹿兆海私定终身，加入共产党，嫁给鹿兆海的哥哥鹿兆鹏，并以妻子的身份协助后者开展地下工作，以及在南梁被活埋。小说通过多次将白灵与白鹿联系起来以肯定白灵的精神境界。例如写到白灵的毛笔字，"既有欧的骨架，又有柳的柔韧，完全是自成一格的潇洒独到的天性，根本不像一个女子的手笔，字里划间，透出一股豪放不羁的气度。白嘉轩看着品着，不由地心里一悸，忽然想到了慢坡地里父亲坟头下发现的那只形似白鹿的东西"；白灵在"白色恐怖"时期与黄先生碰头，说到随时可能牺牲如何辨认尸体时，她说自己要用丝绸剪一只白鹿缝到衬衫上；执行任务时，她脑海里想到的却是白鹿，"一只雪白的小鹿在原坡支离破碎的沟壑茆梁上跃闪"；进入教会学校，听到上帝这两个字时，她同样想到白鹿，奶奶嘴里的白鹿；入党时，她想到的仍是奶奶嘴里的白鹿，甚至觉得共产主义就是白鹿。最奇怪的是白灵牺牲后，父亲、奶奶以及大姑都做了与白鹿相关的梦，这是白灵托白鹿向家人辞别，同时进一步强化白鹿与白灵的关系。

《白鹿原》中年轻一代的主要人物有七个：白孝文、白孝武、白灵、鹿兆鹏、鹿兆海、黑娃、田小娥，五男两女。能立起来的人物不少，如身为共产党员的鹿兆鹏，能代表白鹿原之精神的却是白灵，这与她的女性身份有一定的关系。她应该是陈忠实眼中理想女英雄的代表，身上与生俱来的侠气是很多男性都比不了的。例如在婚姻生活上，她能扭过父亲之命退婚，先是与鹿兆海私定终身，当发现与鹿兆海志不同道不合时，她又选择了鹿兆鹏；相反，鹿兆鹏无法违背长辈们的安排，娶了鹿冷氏，却又冷落对方，甚至成为杀死鹿冷氏的间接帮凶。白灵从任性女儿到强韧军人的角色蜕变，与小说中懦弱、奸诈、狡猾、虚伪的人物形成鲜明的对比，也比仁义、成熟、稳重的人物更加接近普通人，只有普通人的奋斗史才能让普通人相信，直击心灵，才能成为学习的模范。

《白鹿原》中白灵的结局是这个被"极左"路线执行者当作潜伏特务活埋的情节，被好多人诟病。实际上，白灵的这个悲剧情节并非虚构，而是取自张景文烈士的真实事件。"自然，生活真实未必一定会造成艺术真实的效果，艺术真实的感染力，也不一定非得生活真实发生为依托，这是常识。"① 这是生活真实和艺术真实的关系问题。在作品中，陈忠实从张景文的事迹中获得了塑造一个女革命者的激情和自信，"尤其是文中的两个细节：一是张景文在西安民乐园扒地砖抛向训导学生'用心读书勿问抗日'的国民党要员，这个抛砖头的细节让我把握住了一位白鹿原女性的独禀气质和个性；二是她被关押窑洞等待活埋的情节，令我心寒又心颤，我从未如此真切地感知到一个激情如火又纯洁如玉的女革命者此刻的激情，她是白鹿原上的女儿"②。

在《白鹿原》中，陈忠实先生严格按照真实的历史过程创作，值得肯定的是他没有强调男性在革命中的作用，而是创造了白灵这个革命女性，对历史中的女性革命者进行了肯定与赞扬，甚至将女性的作用与精神放到主要位置。例如白灵选择加入共产党，看似偶然，实则是白灵心中坚定的信念导致的结果。"战争，让女人走开"，由于女性力量与理性的缺乏，革命战争中，男性多奔赴前线，女性"善后"，"男性是战争的功臣"已经成为一种集体无意识。但现实生活中，仍然有许多投入革命战争直至牺牲的女性英雄，甚至还有不少并非牺牲于战场的英雄，也需要有人记住。正如张景文在众多烈士中并不起眼，如果不是某种缘由，鲜少有人关注她。因为《白鹿原》，她一遍遍出现于各种传播媒介中。其反抗精神、牺牲精神、革命精神也在传播中

---

① 陈忠实：《寻找属于自己的句子》，上海文艺出版社2009年版，第122页。
② 陈忠实：《寻找属于自己的句子》，上海文艺出版社2009年版，第123页。

得到宣扬。陈忠实经过文学艺术化的处理，使张景文成为艺术上的白灵，白灵成为现实中的张景文；张景文留下了故事任人品读，白灵化作了白鹿继续深化白鹿精神的内涵。

乡土时代是男权社会，在这样的社会中，具有阴柔之美的白灵却是白鹿原上最为出色的一个。由此可见陈忠实本人对于女性所持有的认可姿态，女性在革命年代同样拥有轰轰烈烈精彩的人生，也能够作为民族精神的传承者。

第四节　虚实之间的白鹿原世界

陈忠实的大部分作品都与现实生活有着密切的关系，在面对民国时期乡村世界的建构过程中，他选择了"阅志读史"，通过阅读县志等非文学作品了解乡村社会的历史，把握小说所属时代的文化氛围。卞寿堂在《〈白鹿原〉文学原型考释》中将《白鹿原》中的原型分为地名、人物与事件三类，其中人物确切有原型的共二十余人，主要人物有朱先生、白灵与鹿兆鹏。尤其是朱先生与白灵，与原型之间存在不同的相似度，主要是尊重原型身上所体现出来的民族精神。但小说中的人物终究要与故事的发展相关联，不同的人物所要承担与体现主题思想的任务不同，作者必然需要对原型进行艺术化处理，即对原型的"变形"。实际上，在众多人物中选取某些特征集合为一个，这应该是《白鹿原》中人物塑造更为常见的方式。在尊重原型的基础上，具体的细节仍选择了虚构；或者选择某个人物的影子以及其他线索的触动，作为进入这个人物所体现的某个时代的通道，尝试把握那一时代中不同的人。

与白灵或朱先生不同，白嘉轩的并无具体原型，他身上有陈忠实曾祖父的影子："个子很高，腰杆儿总是挺得又端又直。他从村子里走过去，那些在街巷里在门楼下袒胸露怀给孩子喂奶的女人，全都吓得跑回自家，或就近躲进村人的院门里头去了。"[1] 曾祖父身上

---

[1] 陈忠实：《寻找属于自己的句子》，上海文艺出版社2009年版，第15页。

的威信与威严暗合了陈忠实对族长的理解,腰杆直成为白嘉轩的灵魂。白嘉轩与"曾祖父"之间还是存在差异的,陈忠实也并未对曾祖父有过多的论述,在白嘉轩的塑造上,虚构带有很大的比重,如卞寿堂所说:"他是集许多人物特点于一身的、具有浓厚传统思想和道德观念的关中农民典型形象,他那深沉、坚毅、自强、自尊、诚朴、勤劳,而又守旧、执拗,且有些虚伪的人性特点让人觉得活生生如在眼前。"① 找不到比较集中而又明显的原型。白嘉轩这一人物形象具有典型性,腰杆直表明了人物品行与为人的正直而无愧于天地与良心。

陈忠实在回忆自己创作《白鹿原》时,时常会听到"从上房西屋传出的沉重却也舒缓的呻唤声","这是我的厦屋爷的呻唤声",他很快意识到,"这沉重却也舒缓的呻唤声,是从我记忆的心底发出的"②,也正是这声呻唤让厦屋爷与小说中白嘉轩、朱先生、鹿三等一批农民联系起来,拉近了作者与人物之间的距离。但厦屋爷并非白嘉轩的原型,陈忠实与他并无太多互动,许多爷孙两代人的亲昵行为并未发生,对他的面貌也较为模糊,只记得他"手里总捏着一根超长的旱烟杆儿,抽烟时需得甚至一只胳膊,才能把燃烧的火纸够到装满烟沫儿的旱烟锅上"③。因此,在塑造白嘉轩时,小说选取了曾祖父直直的外形,以及在夏屋爷身上多具有的存在感,具体细节则以虚构为主。

另一位需要提及的人物是田小娥。田小娥并未有原型,这个人物的塑造也来自于多种因素的合力。陈忠实说自己20岁进入社会,有20年都在乡镇或公社从事基层工作,接触较多的是干部和农民,因此听到过许多荡妇淫娃的传奇性故事。而在翻阅《贞妇烈女卷》,看到密密麻麻排列着作为楷模的女人的名字时,想起悬挂在西隔壁门口上方的贞节牌匾,竟感觉"在偏僻角落里说着听着那些酸黄菜故事的肆

---

① 卞寿堂:《〈白鹿原〉文学原型考释》,陕西师范大学出版社2012年版,第93—94页。
② 陈忠实:《寻找属于自己的句子》,上海文艺出版社2011年版,第65页。
③ 陈忠实:《寻找属于自己的句子》,上海文艺出版社2011年版,第67页。

无忌惮到放浪的嬉笑声中,'贞洁烈女卷'理那些女人以神圣的生命所换得的荣誉,不仅一钱不值,而且是片甲不留体无完肤"①。记忆中一个新媳妇因不满包办婚姻与丈夫家穷困而违抗婚姻法则,却遭受到集体惩罚的事件浮现出来。这个新媳妇从她娘家被抓回村子,容不得进门,就捆绑在门前的一棵树干上,被村里的男人用长满小刺的酸枣棵子轮流抽打,"能听到男人们粗壮的呐喊和女人们压抑着的惊叫声中,一声连着一声的撕心裂肺地惨叫,肯定是刺刷抽打时不堪忍受的新媳妇本能的叫声",这惨烈的叫声终于从陈忠实沉寂的内心深处苏醒过来,成了田小娥这个人物塑造的一部分素材。

对于人物的塑造,陈忠实选择了文化心理结构的视角透视人物,这些人物具有在某种特定文化背景之下成长起来的特性,作为一群人,他们有与这个地区相关的共性,也有因家庭、出身、经历等形成的个性,最终还是落脚在"人性"上。以人性为关注点,因此无论虚写实写都符合人的规范,也就具有合理性。虚实之间的转换,其目的是突出仁义精神和民族和谐精神。通过观察与考察人、社会、世界,将一种集体无意识的心理通过小说中灵动的人物形象描摹出来,并以给他们安上真实的历史环境,呈现人性的矛盾、命运的残酷的方式完成了自己对民族命运、民族状况的拷问。

陈忠实认为:"现实主义原有的模式和范本不应该框死后来的作家,现实主义必须发展,以一种新的叙述形式来展现作家所能意识到的历史内容和现实内容、或者独特的生命体验。"② 小说中最为突出的就是对拉美魔幻现实主义的借鉴,象征、宿命式感应、预言、昭示、等被灵活运用,《白鹿原》主要以三种方法表现其魔幻性:一是神秘异象和审美意象的运用,二是幻想与梦境的使用,三是打破人鬼、生死的界限。③ 这三者打破了真与假的界限,也连接了写实与虚构,削

---

① 陈忠实:《寻找属于自己的句子》,上海文艺出版社2011年版,第73页。
② 陈忠实、李星:《关于〈白鹿原〉的回答》,李清霞编:《陈忠实研究资料》,山东文艺出版社2006年版。
③ 李清霞:《〈白鹿原〉:现实主义的深化与发展》,《宝鸡文理学院学报》(社会科学版)2014年第1期。

弱阴暗、血腥、残暴的成分，填充善良、平和、真挚的成分，让人沉浸在想象、虚构之中，让理想在现实中变得可能，让现实多了一份理想。拉美魔幻现实主义为小说增添了神秘、趣味的属性，增强审美效果。在《白鹿原》中，所有的都是真情实貌，没有夸大或者片面，作者以陈述的方式让读者明白一切都只是历史事实，不掺杂个人的政治观点和立场、不对历史做出有失偏颇的审判。小说彰显纯粹的文学美，是一部美与真并存的优美作品。

第七章　民俗：文化视域下的文学世界

"灞桥是我家乡，生我，养我，培育滋润了我。"① 这是陈忠实在为《历代诗人咏灞桥》所作序言《故乡，心灵中最温馨的一隅》的心灵独白，从中不难看出他对地处关中东西交汇点的故乡灞桥心理情结之深厚，这不仅因为故乡那根敏感神经随时触发的缘故，也有地方民俗价值系统无意识自然发酵的牵动原因，更有经历生命体验后对故乡历史及其潜藏于无形无象文化的再把握自觉，相互作用下使他的乡俗书写和叙事及诗文融汇于无缝中，呈现出特有的带有神秘色彩"乡土风情"。同时，我们还应该注意到他笔下的乡土色彩不仅仅呈现一种环境，也不尽是情节发展的渲染和助力需要，更存在集体文化心理结构的挖掘及展示要求，这样复杂而有序地共存于文本，杂而不乱，密而不烦，大大增添了"秘史"的厚重感和拙朴风格的天然美。

在和评论家李星的对话中，陈忠实深情地说："西安东郊确有一道原叫白鹿原，这道原东西长七八十华里，南北宽四五十华里，北面坡下有一道灞河，西部塬坡下也有一条河叫浐河，这两条河水围绕着也滋润着这道古原，所以我写的《白鹿原》里就有一条滋水和润河。这道原的南部便是终南山，即秦岭。地理上的白鹿原在辛亥革命前分属蓝田、长安和咸宁三县分割辖管，其中蓝田辖管的面积最大，现在仍然分属于蓝田、长安和灞桥三县（区）。我在蓝田、长安和咸宁县志上都查到了这个原和那个神奇的关于"白鹿"的传说。蓝田县志记

---

① 陈忠实：《陈忠实文集》第五卷，人民文学出版社2015年版，第398页。

载:"有白鹿游于西原。"白鹿原在县城的西边所以称西原,时间在周。取于《竹书纪年》史料。"① 这方与黄河流域农耕文明一样悠久的热土,积淀了太深太多的民族深层心理,转化为以民俗表征的文化基因密码,自然成为《白鹿原》的文化底色和反光板。

第一节 《白鹿原》中的民俗意义

"我们认为,乡土小说重要的特征就在于工业文明参照下的'风俗画描写'和'地方色彩'。"②《白鹿原》的"风俗画"不只是描写,更是人物和情节的"身后的影子",同时以特有的民俗意蕴聚焦小说的文化立场。民俗是含有民俗心理、民俗语言和民俗行为的综合文化体系。民俗是一个民族(地域)为"大部分人所维系的、具有相对稳定结构的日常生活实践,其意义在于记忆、建构或相互交流共同体的生活文化。"③ 它以集体约定俗成的方式规约了该民族(地域)人们的集体心理、语言、行为、规则等文化体系,以价值导向传承的途径网织了该民族(地域)独特的文化现象,虽历久不断扩充或更新,内涵的稳定性却代代承传稳定而顽固,最终演化为一种基于精神遗存的生存形态。民俗是农耕文明的产物,其普泛性和潜意识特征对作家的影响与生俱来,而且体现为习惯性的自在和自适,赋予作家以特有的性情与气质,尤其是思维模式。于是,作家在反映社会生活时,常常非主观选择地将其融入或渗透于作品之中。正如民俗学家钟敬文先生所言:"哪里有人群,哪里就有社会生活,因此哪里就有相应的社会民俗。文学的特点是用形象反映人们的社会生活(包括思想感情)。"④ 民俗对创作的影响主要体现在以下几个层面:

---

① 陈忠实:《陈忠实文集》第五卷,人民文学出版社 2015 年版,第 360—361 页。
② 丁帆:《中国乡土小说史》,北京大学出版社 2007 年版,第 2 页。
③ 王霄冰:《民俗关系:定义民俗和民俗学的新路径》,《民间文化论坛》2018 年第 6 期。
④ 钟敬文:《民俗学与古典文学》,《钟敬文文集·民俗学卷》,安徽教育出版社 2002 年版,第 643 页。

一 民俗牵引作家创作自然进入"我的故乡"

民俗与其说是一种约定俗成的习惯，不如说是"我的故乡"文化心理。任何一个作家的创作都不可能与民俗的脐带割裂，沈从文、巴金如此，鲁迅、周作人、茅盾更是如此。就此层面而言，民俗构成作家创作先入为主的"自传"意义。小说又作为承载较大社会容量的文学体裁更是与这种"自传"水乳交融。如果按巴尔扎克的理解，小说作为时代风俗画卷，几乎无不涉及风俗习惯、民俗风情的，自古至今，无不如是。鲁思·本尼迪克特说："我们必须看到，风俗习惯对人的经验和信仰起了决定性的作用，而它的表现形式又是如此千差万别。……每一个人，从他诞生的那一刻起，他所面临的风俗便塑造了他的经验和行为。"① 民俗作为一种文化，对作家的创作有着潜移默化的影响，鲁迅感叹故乡的一切"都曾是使我思乡的蛊惑"；周作人说，故乡的"风土人情，那是写不尽的"。这种对故乡的深情成为作家创作的原动力，民俗也成为作家文学创作的源泉。乡村的民间风情、风俗习惯影响着社会的文明与发展，表述乡村生活、民众心理的过程也就是对民俗的探索与描述。这不仅使文学与民俗成为一个相通的领域，同时也给文学创作带来了活力。社会心理学家也发现，早年的生活和体验对人的一生都可能产生重大的影响，这些观点运用到陈忠实身上也较为合适。民俗对陈忠实的影响不仅表现在其主体行为的选择上，而且也影响到作家的精神气质和审美方式，陈忠实十分注重从乡风民俗中提炼小说题材和艺术构思，呈现出鲜明的民俗学价值取向。

陈忠实将自己的文化归属自诩为"灞桥地区占有历史上咸宁县的大部疆域。咸宁早属古雍州地，名称屡易，曰芷阳曰灞陵曰南陵曰杜陵曰万年曰大兴。唐天宝年间始改为咸宁，辛亥革命后废咸宁而统归长安县。在汉唐时咸宁为京畿之地，其后一直作为关中第一邑直到封建制度彻底瓦解。作为京畿第一邑的咸宁，随着一个个封建王朝的兴

---

① [美]鲁思·本尼迪克特：《文化模式》，浙江人民出版社1987年版，第23页。

盛走向自己的历史峰巅，自然也不可避免随着一个个王朝的垮台而跌进衰败的谷底；一次又一次王朝更迭，一次又一次老帝驾崩新帝登基，这块京畿之地有幸反复沐浴真龙天子们的徽光，也难免承受王朝末日的悲凉。难以数计的封建王朝的封建帝君们无论谁个贤明谁个残暴，却无一不是期图江山永铸万寿无疆，无一不是首当在他们宫墙周围造就一代又一代忠勇礼仪之民，所谓京门脸面。封建文化封建文明与皇族贵妃们的胭脂水洗脚水一起排泄到宫墙外的土地上，这块土地既接受文明也容纳污浊。缓慢的历史演进中，封建思想封建文化封建道德衍化成为乡约族规家法民俗，渗透到每一个乡社每一个村庄每一个家族，渗透进一代又一代平民的血液，形成这一方地域上的人的特有文化心理结构。在严过刑法繁似鬃毛的乡约族规家法的桎梏之下，岂容哪个敢于肆无忌惮地呼哥唤妹倾吐爱死爱活的情爱呢？即使某个情种冒天下之大不韪而唱出一首赤裸裸的恋歌，不得流传便会被掐死；何况禁锢了的心灵，怕是极难产生那种如远山僻壤的赤裸裸的情歌的。"[①]"秦中自古帝王都"，作为天子脚下的关中地区自古就研习了一套传统文化熏陶下的生活规律和生活习俗。关中地区失去帝都的地位以后，不仅王土遗风犹存，而且从宋代起明显的受到儒家理学正统思想的影响。特别是北宋理学家吕大钧创《乡约》《乡仪》，并在家乡讲习推演之后，遂使关中风俗为之大变。清末理学家、关学学派的继承人牛兆濂又对此进一步改进，并创造了一整套礼俗规范，于关中各地及省内外讲授演习，这种儒家正统思想道德对于关中民俗风情起到了至深的影响，这些既是陈忠实创作的精神资源，又会反向构成一种精神包袱，好在陈忠实通过自我剥离，跳出了这个故乡的"缚蛊"而代之以俯视的姿态。

二 民俗以"风俗画"的描写方式赋予作品以特有的意蕴

文学作品对民俗事象的深度刻画是构成其永恒艺术魅力的重要因

[①] 陈忠实：《陈忠实文集》第五卷，人民文学出版社2015年版，第326页。

素。列夫·托尔斯泰曾经说过，优秀的小说作品最富于魅力的艺术因素之一，是"基于历史事件写成的风俗画面。"① 民俗与社会发展、民族性格和精神密切相连，从民俗变化可以发现社会的发展、时代的变迁和民族心理变化的轨迹。因此，文学民俗化不仅是许多作家的自觉追求，而且也是文学作品是否具有永恒魅力的价值判断标准。民俗的地方性特征受到一定地域生产生活条件和地缘关系的制约，与各地的自然资源、生产发展及社会风尚传统的独特性有关，这使得各地区历史形成的民俗事象必然会存在着千差万别。作家在作品中表现着特定地区的民俗事象和民俗生活，一方面通过对地方文化色彩的描绘，显示出一种鲜明的地方特色，另一方面这种特定地域的民俗事象的描绘一旦融入社会历史与民族心理的特定内涵，就暗示和象征出更加深广而普遍的社会意义。

地方色彩在小说创作中并非一种静态特征，它不属于某个阶段，而是以民俗文化的总体特征来呈现的。这种地方特色不仅存在于不同作家群体关于不同地域民俗事象的集体表现之中，而且也深刻的灌注在作家特有的个性和气质中。由此可见文学作品所展现的丰富多彩的地域文化特色，代表着作家独特的创作个性及风格。文学作品对特定民俗事象的展示，不仅展示了生活现象，更揭示了生活本质，因为本质就寄寓于现象之中，体现为个别性和差异性。可见，文学作品对民俗文化表层即物质、行为层面的表现不可小觑，这正是不同的文学大师笔下的生活显示出清晰分野的原因。正因为如此，我们看见北京风味的胡同院落、茶馆、店铺和那具有幽默感的京味语言，就会判定是老舍的作品；而看见具有浓郁湘西边地风情的吊脚楼、划龙船、端午节、奉神信巫等就会想到是出自于沈从文的手笔。

同时民族性也是民俗的重要属性之一。"民俗，总是受到民族经济生活、民族社会结构、民族心理、信仰、艺术、语言等文化传统的

---

① 托尔斯泰：《日记》（1865年9月30日），《古典文艺理论译丛·第一册》，人民文学出版社1961年版，第200页。

多方面制约，形成了民族民俗的特点。"① 文学作品的生命力，往往取决于作品民族化的程度，而文学作品是否有民族独特性则和它所展示的民俗化内容密切相关。民俗化倾向的文艺作品，只有从具体的民俗描写中，展示民族独特的风土人情，才能构成其内容和形式的民族化特色。可见民族特色常常是由风俗习惯作为标志体系，民俗成了文艺民族化的必要途径。优秀的作家常常对这一点给予充分的注意，鲁迅曾说过一句至今广为流传的名言"越是民族的，也越是世界的"，这已然成为共识。如果作家真正意识到文学和民俗的关系，着力探究民俗在文学作品中的构成方式，充分认识民俗在文学中的审美价值，文学将以其特异的色彩走向世界，走向永恒。

三 民俗的"风俗画"构成作家的创作标识

作家在各自的作品中也就因此展现出不同的民俗事象和民俗生活，如鲁迅、茅盾的绍兴特色、沈从文的湘西风情、老舍的北京风味等，从而收到别有风姿的审美效果。当代中国作家同样把民俗描写作为创作的自然底色，赵树理的"山药蛋"派、孙犁的"荷花淀"派等都以地域民俗特色著称。而路遥的陕北民俗、贾平凹的商州风气都透出浓郁的乡土气息。经典小说《红楼梦》随处可见节庆习俗、礼仪习俗、行为礼制、宗祠祭俗，乃至于禳治禁忌等等生活习俗的叙写。古来至今，民俗在创作的无处不在及其特定性便构成了作家的标识，这个标识便是作家的亚文化烙印。日本学者井之口章次曾将不同的民俗文学书写倾向概括为："第一个方向，为了正确理解文学的作品，有必要了解它背后的环境和社会，为此要借助于民俗学。第二个方向，要了解文学素材向文学作品升华的过程，因为在现实上，文学素材往往就是民间传承。第三个方向，再进一步，把文学作品作为民俗资料，也可称之为文献民俗学的方向。"② 一个有艺术眼力的作家总是以最宽阔的胸怀去拥抱具有民族性的风俗生活，让自己的民族走向世界，把自

---

① 乌丙安：《中国民俗学》，辽宁大学出版社1985年版，第31页。
② 陈建勤：《民俗学研究评述》，《新华文摘》1985年第5期。

己民族独特的民风民俗展现给每一位读者，在自己的作品中，烙上"民族特性的烙印"。尽管当今世界正走向全球化、一体化，但在民俗文化的背景下文学始终突出民族化，从而避免了作品的单一化，并丰富了文学作品的内容。文艺发展的事实说明，强化文艺的民俗倾向，正是民族文学走向世界的一个有效途径。优秀的文艺作品，不可能没有民俗的基因，如同它不能脱离传统一样，因为民俗基因在文学中代表着传统的魅力。

第二节 《白鹿原》中的民俗事象

一 社会民俗

任何一种民俗事象，都以其不同的形式，传袭过去，参与现在，干预未来。在每一个群体内部，都传承着一种为该群体成员所共同认知、遵循的习俗惯制。这种习俗惯制的背后存在一种共同的文化心理，而它在外表上表现出来的则是一种行为方式的规范和习惯。这就是社会民俗。在陈忠实的小说中，社会民俗主要包括家族民俗、礼仪民俗等。家庭是社会的细胞，自人类形成以来，人与人之间所形成的最古老而又最普遍的互动关系就是家庭。男女赖此而结合，后代赖此而延续，亲属赖此而确立，分工赖此而产生，社会组织亦赖此而奠定了基础。[①] 不同的社会文化，会形成不同的家庭模式，生发出不同的家庭民俗。

《白鹿原》中有一个民俗事象多次为我们展现出宗族民俗的文化表征，即白鹿家族的活动场所——村中的祠堂。许多的重要活动都在祠堂进行，祠堂是旧时祭祀祖宗或先贤的庙堂，白鹿村的祠堂是一所宗族祠堂。民国以前，这种祠堂在各村比较普遍，建筑规模不等：有"三合头""四合头"式的组合建筑，例如白鹿村中的那样；也有三间庵观或者一间孤庙。祠殿正中设香案供桌，上置祖宗神位、香炉、蜡

---

① 童恩正：《文化人类学》，上海人民出版社1989年版，第134页。

台等。宗族由族长掌祠事，族长由族中长者或有德望的人担任，个别也有像小说中白嘉轩那样世袭的族长。从开篇对祠堂的修葺到篇中祠堂的被毁，再到篇末祠堂的再次修葺，作家一次次的为我们展现出祠堂作为一个重要的民俗事象在整部小说体现出的重要地位和象征。位于渭河平原的白鹿原，是中国宗族民俗文化的活标本。小说的前六章，没有全面演示白鹿原家族组织的生存维持、保护绵延等结构功能，而是总体上透视了它于辛亥革命之前纯朴和睦、敦宗睦族的影像：家族祠堂修葺一新，白天里面传出本族子弟琅琅的读书声，晚上则是庄稼汉们背读"乡约"的粗浑声音，从此逾规越矩之风顿然绝迹，粗鄙不良之事不再发生。白鹿村人连说话都纤细柔和，个个变得和颜可掬文质彬彬，这种融洽的宗法社会理想景观，显示出家族组织化与教化的功能及效应。无疑也包含着作家对这种文化一往情深的眷恋。

中国的传统社会是聚族而居的农业社会。许多有血缘和姻缘关系的小家庭聚居在同一个地域里，形成了村落，通常把这种社会群体称为村落家族或宗族村落。《白鹿原》中的白鹿村便是如此，它由同宗共祖的白、鹿两大兄弟家族组成，无疑具备了中国传统家族制度的普遍特征。由于中国传统王权统治无法直接触及基层乡土，乡土社会基本处于自治状态，而经过儒家宗法化履行的中国家族制度成了乡土自治中不可或缺的整合力量。白鹿一族就是以婚姻和血亲关系组成的社会群体，群体成员不足二百户，不足一千人。宗族是这个村庄，这个家族，这个大家庭的核心。正是这充分体现祖先崇拜和血缘关系的宗族之本，把历代子孙凝聚在一起，使他们无数次在面对天灾人祸时，能共济于危难之中。白狼威胁了白鹿原，人们燃火拒狼。族长 声锣响，人们迅即聚合起来，捐钱出工、热情高涨，充分体现出民族为求生存的团结一致的生命意识。当瘟疫横肆白鹿原的时候，人们一致要求修庙葬尸救助生灵，族长召集族人诵读《乡约》，严格按照族规乡约行事，提出造塔镇邪的方法。这一充满神秘色彩的情节，把族长族权族规凸显在本体的位置上。它揭示出，个体是弱小的，没有抵御自然灾祸的能力，只有家族乃至整个原上的人合力，才能与一切灾祸相抗衡。这是一种带着血缘色彩的原始集体主义,才使白鹿原人历经灾难而不衰,也正是这种原始集体主义,才构成了家族文化倚重宗族的内在原因。因此,从对人的凝聚和对群体的组织方面来说,宗族在人类社会发展进程中有着十分重要的作用。

传统的白鹿原社会,其基本单位是家庭而不是个人。对于白嘉轩来说,他最重要的关系在于家庭,首要的观念是家庭观念。为传宗接代,他理直气壮、义无反顾的宁可变卖家财也要不断的续弦。及时送孩子们上传统"私学",接受儒学教育,沿着"耕读传家"的道路发展。他先按照一个族长的标准,培养长子白孝文接班,目的在于承传统领白鹿村文化控制权的家脉不至衰落中断。白孝文背逆其意行奸堕落,白嘉轩在绝望之余,当众惩罚白孝文,与之断绝父子之情,这便是中国儒家传统文化精神得以维系的国家意志的无情体现。白嘉轩总是把祭祖当作十分庄严的事。每当白鹿原经历一场重大的社会变故或一次大自然的劫难时,他都要带领白鹿族人祭祖,祠堂的大门就要庄严神圣的打开一次。当这样一种强制性与自觉性相结合的仪式结束后,白鹿族人仿佛进行了一次灵魂的洗礼。

以血缘关系为纽带的家族文化是儒家文化的原始起点。"孔子的仁从血缘的孝悌中发凡而来",[①] "儒家学说起的作用就是放大原始群体中家族主义的血缘秩序,并由此引出其他观念"。[②] 白嘉轩作为一家之长,以"孝悌"为修身齐家之本;作为一族之长,遵从以血缘关系为纽带的家族规范。小说描写的一个个民风礼俗,如耕织、家政、祭祖、婚礼、伐神取水、治丧、迁坟等等,是外化了的家族神圣传统和秩序。在整部小说中,作家赋予了白嘉轩强大的人格力量,使之成为儒家精神的载体,体现出宗族文化温情脉脉的一面和残忍冷酷的一面。白嘉轩以族长的身份推崇并恪守儒家传统的道德观念、人伦标准和处世原则。他的一切行为我们都可以在儒学经典中找到合理的依据。作为有着这一传统价值观念的家族领袖,他有强烈的维护传统文化秩序

[①] 王沪宁:《当代中国村落家族文化》,上海人民出版社1991年版,第46页。
[②] 王沪宁:《当代中国村落家族文化》,上海人民出版社1991年版,第45页。

的使命感和责任感,他所做的一切都是发自内心、自觉真诚的对儒学传统赋予人生信念的不渝实践。

当然,源于宗法家族制的生产方式中的儒家文化观念,在体现着维护封建农业社会稳定秩序的合理性时,也充分暴露出其阻碍现代文明发展进程的一面。以白嘉轩为代表的家族文化的建设者和守成者,以坚决的态度维护千百年来形成的儒家文化秩序,因此就不可避免的会钳制一切可能危及这种秩序的思想、行动和欲望。白家的活法以及白鹿全族多数人追求的活法就是:封闭的以家族为单位的小农生活方式、封建宗法制生活方式。因此,在这样一种文化灌输中,儒家思想通过家族传承成为了一种最为有效的精神防范手段。堂而皇之得心应手地把社会各成员丰富多彩的个性心灵整齐划一,迫使个人俯首就范。一切怀疑和动摇现存秩序的人,一切向现存秩序发出自觉或不自觉挑战的人,都将成为正统儒学观念、传统伦理道德、家族体制的攻击对象而被置之绝境。这时,儒家思想观念、宗法制度就暴露出它最狰狞罪恶的一面。

有学者指出:"传统社会的权威基础往往是习俗和血缘,或其他因素,如宗教、神幻等。而现代社会则是依靠体制和理性,依靠法理为权威的基础。村落家族是一种传统的权威模式,它在现时的变化表现为以血缘关系为权威基础的模式向以法理关系维权为基础的模式过渡。"[①] 但在我们今天一些地方的农村,选举基层政权干部时,人们依旧总是会选同姓同宗,而盲目的排斥异姓异宗,就表明了他们还停留在以血缘关系为权威基础的模式阶段。

此外,《白鹿原》还涉及人生礼仪民俗,包括婚嫁礼俗和丧葬礼俗。生老病死是每个人都必然经历的生命历程,它记载了诞生的喜悦、成年的骄傲、婚姻的幸福、养育的艰辛、寿庆的热闹、丧礼的隆重。每一个人生阶段都有一定的标志性仪礼,大致有诞生礼、成年礼、婚礼、寿礼、丧礼。当然,随着时代的发展和社会的进步,人生的仪礼

---

① 王沪宁:《当代中国村落家族文化》,上海人民出版社1991年版,第160页。

习俗也都随之发生了一些变革，一些原本非常受重视的礼仪，现在不如古代那么重要了；相反，对一些礼仪习俗的重视程度却得到了提升。

  人的一世，地位有贵贱，寿命有长短，生活有富贵等诸多差异，但都要遵循生、老、病、死这个基本的人生历程。在这些人生礼仪中，诞生礼和葬礼是以亲族为表现重心，成年礼和婚礼是以本人为表现重心。中国人传统的人生观念，可以用"福禄寿禧"四个字概括，其中"延年益寿"的长寿观是生命追求的基础，"多子多福多寿"是人生的最大理想。在这种民族心态的熏染下，产生了一些迷信色彩浓厚的人生观念，如孕前祈子，产后处置胞衣，丧葬仪式中"厚葬"，甚至"殉葬"等习俗。古人不但追求现世的幸福，还为鬼魂安排冥间生活，为死者购买冥国钱币、房屋、奴婢、车马等，请僧人道士做法事超度亡灵，形成了夫妻合葬、宗族共茔、冥婚等丧葬习俗。

  社会的变革往往会带来人生仪礼习俗观念的巨大嬗变，生老病死的人生历程记录着中华民族传统习俗的变迁史。尽管一些封建婚丧陋俗已被社会淘汰，但传统的人生观念和鬼神观念仍旧未彻底退出历史舞台。人类进入阶级社会后，女全社会变成了男权社会，婚姻家庭制度也逐步形成，婚姻家庭制度的建立是人类两性关系的一个历史性进步。《礼记·婚义》认为，"婚姻者，将合二姓之好，上以事宗庙，而下以继后世也"。可见，中国古代把婚姻摆在家庭乃至宗族附属品的位置上，认为缔结婚姻关系的行为是家庭与家庭之间的事，是用来处理上下左右和调整周围的各种关系的，其中没有个人甚至嫁娶双方的什么事。婚姻必须由家庭来决定，婚姻中的女子从属于男子被法定。婚姻的价值和目的在于维护家族的秩序，延续子嗣。这样尊长必享有绝对的主婚权，婚姻本身所具有的自然属性被忽视，婚姻必须得门当户对。在旧时，家族间往往用宗族观念维护同族关系，借婚姻扩大家族势力，增强同异姓亲属间的联络[①]，目的便在于宗族的延续。

  旧时的男女婚姻，媒人起着极为重要的作用。旧礼俗规定，若无

---

  ① 史凤仪：《中国古代的家族与身份》，社会科学文献出版社1999年版。

"父母之命，媒妁之言"即不成婚配，社会是不予承认的。《白鹿原》中黑娃与小娥的结合，就因为不是明媒正娶，不但不被村里人承认，连祠堂也进不得，其结果可想而知。民国时婚配双方的当事者直到结婚前都不能见面，全赖媒人与男女两方的家长沟通说合，所以过去民间有一句戏言称之为"布袋买猫"。《白鹿原》写白嘉轩娶回仙草后，说"这是他娶过的七个女人之中唯一在婚前见过面的一个"。可见仙草能在婚前见到自己的未来丈夫在当时是有一定的特殊性的。

旧时的婚姻是多为包办婚姻和买卖婚姻，彩礼是成婚的重要环节，有些媒说不合便是由于彩礼说不拢而告吹的。彩礼的礼单由女方提出：内容主要包括索要的首饰、衣料、穿戴及钱财的数目等。经媒人与双方协商，达成一致，男方封好礼，装入红包袱，并由媒人陪送至女方家，当面点清。彩礼的形式内容和多少因时、因地、因情况的不同有较大差异，但在一个地区一个时期则有一个大体数谱。《白鹿原》中白稼轩在娶第六房女人时，由于前五个女人的死亡及村中传言他"长着一个狗的家伙，长到可以缠腰一匝，而且尖头上长着一个带毒的倒钩，女人们的肝肺肠肚全被捣碎且注进毒汁"，所以许下了"二十石麦子二十捆棉花的超级聘礼"。而白鹿原地区在上世纪60年代时的彩礼还形成了一个口歌："××女，花轿娶，十个布，半斤礼，银货不全不得娶"。这是当时不讲口的条件。"买来的媳妇是骡马，任我用来任我打"，便是买卖婚姻遗下的祸根。

旧时关中地区的婚嫁礼仪虽经历代演变，有地区差异，但基本上都遵循着"六礼"之轨，大体是：聘媒、合婚、押帖、借礼、封礼、婚礼等六个程序。婚礼是整个婚事的最后环节和目的，所以婚礼的仪式就更为讲究和繁杂。蓝田过去把嫁女称为"打发娃"或"出门"。新娘上轿前须号啕大哭，因为旧时姑娘出嫁便意味着成了"人家的人"从此离开父母，和一个未曾见过面的男人及完全陌生的家庭生活在一起，前途未卜，所以出嫁时便由不得悲泣啼哭，后来竟将此形成一种规矩。抬轿的人在路上故意摇晃花轿，直到新娘求饶方休。拜堂之后入了洞房，新郎会抢先登炕，在炕上四角各踩一脚，叫"踩四角"，表示这个天地是属于自己的。而后新郎站于炕沿，待新娘走近时便跷起腿在新娘头上"跷尿臊"，意为让新娘永远在他面前服服帖帖抬不起头。当晚洞房彻夜灯火不熄，"耍媳妇"的人尽情戏逗取闹，要新媳妇猜谜、磕头，无论怎样要求新媳妇不得生气。儒家提倡的礼仪，其核心就是"三纲五常"。"三纲"即指"君为臣纲，父为子纲，夫为妻纲"，作为丈夫和父亲双重身份的男子，必定是一家之主，是家长，新媳妇嫁入婆家就成了婆家的人，是没有什么地位可言的。从订婚、下聘直至婚礼仪式结束，婚俗中的种种都表现着这一理念。

在《白鹿原》中有白嘉轩给三儿子孝义办完婚事第二天早上的一段描写："不管夜里睡多迟，尽管昨天晚上大人们实际只合了个眼，脚下被窝还没暖热。白稼轩正在炕上穿衣服，就听见庭院里竹条扫帚扫地的声音有别于以往，就断定是新媳妇的响动。他拄着拐杖出西屋时，新媳妇撂下扫帚顶着帕子进来给他倒尿盆。白稼轩在孝义媳妇伺候来的铜盆跟前洗脸，看见三娃子孝义刚刚走出夏屋房门，那双执拗的眼睛瞅人时有了一缕羞涩和柔和……心里便默念道，老子给你娶下一房无可弹嫌的好媳妇。"关中农村有句俗语叫"新媳妇稍勤"，时说刚过门的新媳妇因为环境身份的变化，为了赢得公婆和其他成员的好感，都要恪守古训，遵从礼数，殷勤的做好一个媳妇应做的事。特别是给公婆晚上提尿盆，早上倒尿盆，都必须掌握好分寸，不能过早也不能过晚，这是显示新媳妇的处事心眼和灵觉程度的关键。因此孝义媳妇在根本没有来得及合眼的情况下便拿起了扫帚，看到公公白嘉轩刚刚出门的时候就放下扫帚进去倒尿盆，这是应该倒尿盆的最佳时机。接着又端来洗脸水伺候公共洗脸。这一系列事都做得非常得体，所以赢得了白嘉轩那"无可弹嫌的好媳妇"的称赞。

《白鹿原》中所提及的女性，几乎都是包办婚姻和买卖婚姻下的牺牲品。白嘉轩连娶七个女人，动机只有一个，即传宗接代，吴仙草出色的完成了这一使命。在整部小说中，作者对吴仙草这样一个重要的角色并没有花太大的笔墨，她对于家族的振兴，有着巨大的贡献，却决不因此认为自己在家族事务中享有发言权和决定权。她对婆婆恭敬孝顺，对丈夫温柔顺从，默默承受生活中的一切苦难，但从传统的眼光看来，吴仙草只不过是家庭传宗接代、保持完整的一个必不可少的工具，她所做的一切，都是女人该做的分内事，不值一提。作家用吴仙草的一生为我们表达了对男权统治下的传统文化所规定的女性角色的肯定。再看鹿兆鹏的媳妇冷小姐，她是由"父母之命、媒妁之言"明媒正娶的媳妇，但最终却也逃不过被丈夫抛弃，得淫疯病被父亲毒死的悲惨结局。鹿子霖在无法左右儿子鹿兆鹏的情况下，为了维护自己和冷先生的面子，不许鹿兆鹏休掉他的媳妇，宁可让她过着有名无实的弃妇般的生活。冷小姐在思想上完全接受传统的观念，认为女人要贞节，要正派。但在欲望上，她作为一个正常的女性，渴望得到满足。她所接受的良家女子式的教育只会不断地否定和鄙视自己的欲望，却无法消除和扼杀这种欲望与梦想。当这种欲望与理念之间的矛盾越来越大，以致超过她的承受能力时，她自然就发疯了，得了令整个社会都难于启齿的淫疯病。白鹿原社会对冷小姐的发疯命运表现出异常的冷酷与无情，人们首先关心的是自己的利益与颜面，并不在意冷小姐的痛苦与不幸，直至冷小姐最后在白鹿原消失时，仍旧没能引起任何人的同情、关注和哪怕一点点的自责。在对传统婚俗礼教的盲从中，冷小姐献出了自己年轻的生命。顺从传统礼教会酿成如此悲剧，那么反抗传统礼教就势必会造成更大的悲剧。田小娥首先是包办婚姻和纳妾婚俗的牺牲品。她年纪轻轻就嫁给快七十的郭举人做妾，白天受大娘子的气，晚上在大娘子的逼迫下还要当泡枣的工具，在婆家的地位连狗都不如。"嫁鸡随鸡，嫁狗随狗"的传统礼教让女人必须接受任何病态婚姻的现实，同时赋予了男人可以随意主宰女人的特权。当黑娃带着小娥回到白鹿原时，鹿三以断绝父子关系来威胁黑娃放弃小娥，白嘉轩拒绝让黑娃和田小娥进祠堂拜祖举行合法的完婚仪式。无论这二人是多么相爱和两情相悦，他们的结合仍是遭到世人的反对和鄙视。相反，不管田小娥与郭举人之间的结合是怎样的不和谐不人道，但经过冠冕堂皇的明媒正娶，人们反而视之为理所当然。婚俗的描写，揭露了旧中国对人性的摧残和扼杀。《白鹿原》中作家对于婚俗描写的真正目的是想要让人们看到旧时封建礼教的无理性和残暴性。仙草们用悲剧的一生控诉着那个传统的吃人社会。

丧葬仪礼，是人生最后一项"通过仪礼"，也是最后一项"脱离仪式"。如果说诞生仪礼是接纳一个人进入社会的话，丧葬仪式则表示一个人最终脱离社会，它标志着人生旅途的终结。丧礼，民间俗称"送终"、"办丧事"等，古代视其为"凶礼"之一。《周礼·春官·大宗伯》有"以丧礼哀死亡"之语。生老病死出之客观规律，居丧哀悼发乎人之常情。丧葬礼俗是中国传统社会特有的一种文化，源远流长，内容丰富。丧葬程序繁琐严格，葬式葬法形式多样，墓地选择讲究颇多，丧服制式、居丧生活各有规定。在纷繁芜杂的丧葬礼俗背后，隐含的是古人的宗教信仰、伦理道德和等级观念，至今仍在社会上产生重要的影响。

《白鹿原》中描写了许多丧葬的事，如白嘉轩的父亲秉德老汉、鹿三的女人、白嘉轩妻子仙草、嘉轩母亲、鹿兆海、朱先生等。这些人因其贫富、地位、职业及死亡的背景不同，因而对其葬礼描写的繁简、侧重和特点也各不相同。但无论繁简、侧重如何，都是服从于基本的仪程和程序。

《白鹿原》中的秉德老汉死后，首先就是"派出四个近门子的族里人，按东西南北四路去给亲戚友好报丧"。人死后，给亲朋好友报之丧讯，谓之报丧。报丧有着严格的讲究，必须由死者的长子身穿重孝、手拄丧棒，由族中有一定地位的人带领，先给舅家或舅爷家报丧。小说中因秉德老汉是突然死亡，来不及准备，所以派出四个族人按方向报丧，是为了顺路省事而安排的。在提到报丧后，紧接着写到"派八个远门子的族人日夜换班去打墓，在阴阳先生未定准穴位之前先给坟地推砖做箍墓的准备事项"。关中农村一般都实行"土葬"，谓之"入土为安"。墓穴的定位要阴阳先生测定，依照长辈在上、晚辈在下、男左女右的规矩定地点方位。墓穴的深浅大小都有严格规定，有钱人家一般还要用砖箍墓，《白鹿原》就提到了"推砖做箍墓的准备"，略讲究点的还要用砖砌门楼，门楣上刻字等。如果是老丧，打墓的时间也不应少于三天,否则便认为给死者"盖房"盖得简陋草率,是对死者的不恭。

接着小说中又写到"嘉轩说:'俺爸辛苦可怜一世,按说应当在家停灵三年才能下葬……我看既不能三年守灵,也不要三天草草下葬,在家停灵'一七',也能箍好墓室。……'远门近门的长辈老者都知道嘉轩命运不济,至今连个骑马坠灵的女人也没有,都同意嘉轩的安排"。停灵是指人死后到埋葬中间的一段停放时间。停灵时间长短不一,一般放三天或七天即行下葬,停灵一月以上的比较少见,停一年三年的更为少有,只有坚持灵前守孝三年或有特殊情况的人家才有此现象。白嘉轩父亲死后,当族人商议要闹多大场面时,白嘉轩说停灵"一七",也就是七天,这对当时一个命运不济的富家来说,自然是最好的选择了。这里还提到了关中一个埋葬老人时很重要的讲究——骑马坠灵。骑马坠灵就是指在起灵到坟地时,必须由家中的长媳妇披麻戴孝,在重要亲属或族中女人陪送下,紧随灵后,骑马到坟地,并从墓的四周各抓一把土带回家放入粮囤或粮缸中,说是可以获得逝者赐福赐财。过去农村有"长兄如父,长嫂如母"的话,长媳妇坠灵的礼俗可能是给进门比较早、操劳较多的长媳妇的一种地位和荣耀。白嘉轩是长子,也是独苗,但娶过几房媳妇都死了,所以才有"连骑马坠灵的女人也没有"的那句话。在商议闹多大场面时,小说写到"请几个乐人?闹多大场面?""派一个人到邻近村里去找乐人班主,讲定八挂五的人数,头三天和后一天出全班乐人,中间三天只要五个人在灵前不断弦索就行了"。关中地区老人去世后,都要请乐班以壮礼仪。乐班的人称为乐人,过去乐人的职位比较轻贱。乐班的人数有四名、八名、十三名等几种规格,其中规格较高的是十三名。这十三名又分为八个人一班、五个人一班,两班各司其职,有分有合。停灵期间的两头两班全上,中间只留一班应付场面,这种形式就称为"八挂五乐人"。白秉德老汉停灵放"一七",头三天有亲朋好友吊孝,最后一天出殡下葬时亲朋好友都来,所以这前后四天中必须有一班在灵前伺候行礼吊孝,另一班在外面吹奏迎客,只有中间三天稍微消停。

等到下葬之后，白嘉轩的母亲觉得家里太孤清，问嘉轩何时再娶时，嘉轩说"那就过了百日再办吧"，母亲说"百日也不要等了，'七七'过了就办"。这里提到的过七和百日都是对死者祭奠的日子。关中习俗人死后每七天为一期，规定要过七个"七"，以第五"七"较隆重。"七七"完后为"百日"祭、"周年"祭、"二周年"祭，"三周年"祭。百日和头周年主要亲戚都要参加，二周年稍简，三周年认为守孝三年期满，已成为喜事，从此后便开始正常的年节祭祀了。因此三周年的隆重程度和送葬时无二，仍要像葬礼那样摆酒席、待宾客、请乐人、设灵堂等。

整部小说中，作家只有对白秉德老汉的丧葬仪礼写得最为详细，虽然用字不多，也没有专门对葬礼做技术性的介绍，而是将这些乡规乡俗恰到好处的融入故事的进展过程中，让读者始终有置身于斯之感。同时也向读者点出了丧葬礼俗其实是人的等级观念的象征。小说中开篇就写了白嘉轩前六个女人的不同死况，但几个女人死的情形都几乎是简单的一句："一年后，这个女人死于难产。""这个女人从轿底下顶着红绸盖巾进入白家门楼到躺进一具薄棺材抬进这个门楼，时间尚不足一年，是害痨病死的。""埋葬木匠卫家的三姑娘时，草了的程度比前边四位有所好转，他用杨木板割了一副棺材，穿了五件衣服，前边四个都只穿了三件。自然不请乐人，也不能再做等大的铺排，年轻女人死亡做到这一步已经算是十分宽厚仁慈了。"无论是"三件衣""五件衣"都是指人死后穿寿衣的件数，关中俗称"老衣"。一般情况下给死人最少穿三件衣，也有五件、七件、九件，甚至十一件的。穿老衣的多少与家庭贫富、死者年龄、身份有密切关系。看似简单的几句话，却道出了一种文化的氛围，这些女人甚至连名字都没有，死于难产、痨病，如果没有留下子嗣，那么祖坟上都不会有她们的名字，她们"不过是糊窗子的纸，破了烂了揭掉再糊一层新的"。

二 物质民俗

物质民俗，是指在人们的日常生活中，那些可感的、有形的居住、

第七章 民俗：文化视域下的文学世界

服饰、饮食、生产、交通、工艺制作等文化传承。我们知道，在人类社会中，物质生产和生活，是人们赖以生存的最重要的条件。无论社会如何发展，民俗事象如何变迁，有关衣、食、住、行等的传统，总是以相对稳定的形式。一代代传承下来。居住，是人类较早形成的民俗事象之一。在长期农耕社会中形成和传承的民居及居住民俗，是东方农业文明的载体，它们形象、生动，充分地展示着中国传统文化的丰富内涵。本小节以《白鹿原》中的居住民俗为主，体现具有关中特色的住宅文化。

陕西过去的住宅形式大体有三类：以陕北地区为代表的窑洞类；以陕南山区为代表的草房、石板房类；以关中平原地区为代表的瓦房类。蓝田县的地貌特点可以看作是陕西的缩影，以瓦房为主的各类住房形式都有。而作为地理的白鹿原地区，除鲸鱼沟和原坡地带有少数窑洞外，绝大多数住房是瓦房。白鹿原人从古到今对住房特别重视，一人一生中最重要的两件大事就是娶媳妇和盖房子。所以盖房前往往要做数年的筹备，盖房前还要请阴阳先生看宅基；动工时"破土""破木"要择吉日，上梁时要敬祖先、敬天地、敬鲁班；移住新房时要"移火"放炮、敬灶神。住房大多是土木结构，山墙和檐墙均用土胡基（用湿土夯实晒干做成的土板）垒成，一般要在墙的下部用焦胡基砌墙裙，名曰"溅水"。无论大小各式房顶都是一色的小青瓦苫面，故通称瓦房。《白鹿原》依据这种住宅特点，分别对夏房、门房、土房、三合头、四合院、窑洞等作了程度不同的描写，展示了白鹿原旧时的住宅形式，反映了这一重要的住宅习俗和住宅文化。

夏房多作为一个庄院中与正房坐向相丁的单面房，穷人家盖不起大房也盖夏房作为正房。夏房是单檐房，前檐墙低，后檐墙高，屋顶的水是单面向前流。夏房多为两间，门和窗都开在前檐墙上，后檐墙不开门窗。也有把夏房盖成三间或一间的。小说中在写到孝义新媳妇倒尿盆那段时有"白稼轩在孝义媳妇伺候来的铜盆跟前洗脸，看见三娃子孝义刚刚走出夏屋房门，那双执拗的眼睛瞅人时有了一缕羞涩和柔和……"，可见白家的夏房也用作了孝义的卧房。庵间房是一种一脊两坡、两面流水、前后檐墙相等的小型正房。过去盖不起大房的人们普遍住这种庵间房。庵间房较夏房更为正式。庵间房一般都是三间，可以按照正房的顺座格局安排。大门开在前檐墙的正中间，两边各开一窗；后檐墙也可开后门窗，但如果没有后院，也可只开窗不开门。如果庄基长，前面还可以和大房一样圈围墙、扎茅厕、种树木，形成一个院落。所以过去不富裕的人家有这样的庵间房也算日子过得不错。上房也称正房或大房，这是过去白鹿原地区中等经济家庭的普遍住宅形式。大房是相对于夏房和庵间房而言的。大房也是三间顺座建筑，但房屋结构比庵间房复杂费事，也比庵间房大的多，基本上可容两三代人居住。当然这种大房只有在前面盖起夏房或其他房屋后，才能被称为上房或正房，因为上房和正房都是相对下房、厢房的称法。

  前面介绍的三种房屋名称和结构，是关中地区中下等家庭的普遍住宅形式。《白鹿原》中提到的"三合头""四合院"这样的房屋住宅形式，已经是比较殷实的富裕之家了。"三合头"是过去中等小康之家的标准住宅。它是由大房和夏房组合起来的封闭式单庄独院。三面都有房屋，中间是一个小庭院，这样被围起来的庄院就成为"三合头"。"四合院"也称"四合头"，是在"三合头"的基础上，于夏房之外，再盖一座与正房相对应的门房，形成一个四面建筑完整闭合的院落，称为"四合院"。门房是区别"三合头""四合院"的关键，门房是这座庄院里所有人、畜、物的必经门户，故称为门房，是坐落在院子大门口的房屋，与厢房相呼应，形成四面合聚之势，使庄院的脉气不外泄。厅房是"四合头"庄院中的另一种顺庄子建筑。位于厢房和门房之间，与上房、门房相互平行，一般用于接待客人或社会活动的场所，也可用来住人或储藏东西。如果有家人去世，厅房也是停灵和祭奠死人的地方。如《白鹿原》中白稼轩的妻子去世，灵堂和灵桌就设在厅房内。这样的庄子被称为"全庄子"，只能是很富有的家庭才能达到，按照《白鹿原》对白嘉轩、鹿子霖住宅的描写，就是这样的"四进"的全庄子，这种气派的庄院，已经是一座比较典型的地主的住宅了。

在《白鹿原》中还描写了一些建筑，例如牌楼、祠堂、书院、砖塔、围墙等等。牌楼是牌坊的俗称，其形如阁楼，故将牌坊也称牌楼。牌坊是旧中国一种封建礼俗的代表性建筑，反映一种特有的风教文化。《白鹿原》中的芒儿杀死仇人，并掳仇人之妻上山时，那女子说她还想为丈夫守志，想立贞节牌坊，是这里牌坊的一种。牌坊是封建社会用以宣扬封建礼教、标榜公德、旌表节义的方式，而农村最多的旌表牌坊是为旌表节妇孝义的"从一而终、孤身守节"的"贞节牌坊"。《白鹿原》中鹿子霖的儿媳妇患淫疯病后说："我有男人和没男人一样守活寡，我没男人守寡还能挣个贞节牌坊，我有男人活守寡倒图个啥？"道出了贞节牌坊其实是旧中国妇女的辛酸记录，诉说的是吃人的封建礼教。

三　精神民俗

精神民俗所涉及的范围是相当广泛的。一般包括了民俗宗教、信仰、巫术、占卜、预兆、各种禁忌及口承语言民俗（神话、传说、故事……）等。精神民俗的诸事象，是一种无形的心理文化现象。正因为此类民俗事象表现出强烈的心理特征，所以在民俗学的研究中，有时将其称为"信仰民俗"。当我们从宏观研究去考察精神民俗的种种表现形式时，常常会发现它们与物质民俗、社会民俗发生密切的联系，你中有我，我中有你。这正说明精神民俗乃是物质民俗和社会民俗的反映，或者说，它是社会的物质生产方式和生活方式的独特表现形式之一。

巫术是一种流传既久，对人们的生产、生活、心理影响极深的民俗事象。在它的产生、流传及演变中，无不打上时代和阶级的烙印。巫术在其产生时，是一种集体活动，它利用强制手段，把歪曲了的人与自然的因果关系，通过一定的仪式，使人们相信超自然力的存在。同时也使人们相信巫术能改变这种自然状态，是客观世界为自己服务。打筮、问卜、算卦是较为常见的巫术的一种。《白鹿原》中经常出现人们找朱先生打筮问卦的故事。"筮"按造字来看，以竹、巫组成，

"竹"表示草木,"巫"表示占卜。筮是在古代人们用蓍草占卜的基础上演变出来的多种占卜形式的迷信活动。"卜"即占卜,是通过查看甲骨的裂纹或蓍草排列的情况,以推测吉凶和方位的方法。"卦"是《周易》中一套有象征意义的符号,方法极为复杂,需反复演算,故称为算卦。

在《白鹿原》中,驱赶巫术也频繁出现。驱赶巫术是将附在人身上的疾病等,借助巫术的力量驱赶走。最常见的就是用桃木枝和撒豌豆辟邪驱鬼。桃木避邪驱鬼的说法已经有几千年的历史了,在《山海经》中有记载:"沧海之中,有度朔之山,上有大桃木,其屈蟠三千里。其枝间东北曰鬼门,万鬼所出入也。上有二神人,一曰神荼,一曰郁垒,主阅领万鬼。执以苇索而以食虎焉。"《淮南子·诠言训》也记有:"鬼畏桃,今人以桃梗寸许,长七八寸,中分之,求祈福禳灾之辞。"从古到今,人们皆于门窗插桃枝,贴神荼、郁垒像。《白鹿原》中的瘟疫猖獗之时,家家都给门前悬着桃树枝,就连白嘉轩的第七个女人仙草进白家门时,腰间也系着一串用桃木削成的小棒槌,为的就是驱鬼保平安。世人皆言有鬼,也将鬼事说了几千年,但谁也说不清鬼究竟是什么形状的。因此,无论是记载中的鬼还是传说中的鬼,都是可大可小,形迹莫测。所以人们想出了用豌豆驱鬼的办法,因为豌豆粒小而硬圆,无孔不入,任鬼钻到炕角墙缝中能打到,自然是驱鬼的好法子,据说驱鬼用的豌豆要经炒过,在由法官(即巫师)施以咒术,若打到了鬼,鬼即被驱出。《白鹿原》中白稼轩的第六个女人胡氏梦见了白嘉轩的五个前妻,白嘉轩即是用撒豌豆到处摔打的方式为胡氏驱鬼压惊的。在农村经常会出现一种奇怪的现象,即某人突然大失常态,其行为动作甚至说话语调都酷似某一死去的人,说的话也都是以死者的身份说的。旧时人们便将这种事理解为鬼魂附体,并认为这种鬼魂多是屈死鬼,他们在世时或有冤情,或有不平,因而将魂灵附于某一在世人身上,并借其口予以诉说。这种现象被称之为"通传"。《白鹿原》根据旧时农村这种并不少见的现象,塑造了亲手杀死儿媳妇的鹿三被小娥的鬼魂反复"通传"的故事,将剧情推向了高潮。

人类在蒙昧时期往往会对超自然的毁灭力产生恐惧的心理,并因此而设计出种种禁忌,这种禁忌逐渐演化成文明时代的风俗习惯。正如荣格所说:"人类的启蒙产生于恐惧。"《白鹿原》中关于巫术的描写正好验证了这一范式。无论是白嘉轩撒豌豆为胡氏驱赶对于死亡的恐惧,还是仙草用桃木削成的六个棒槌驱赶对生命毁灭的禁忌,或是瘟疫肆虐时家家户户悬挂桃枝以期逃脱死亡的追赶,莫不处于人类思想启蒙期的恐惧心理。《白鹿原》对上述巫术的描写使小说对传统文化中落后愚昧的民族文化心理的揭示与抨击具有了更大的艺术震撼力,起到了唤醒读者的沉郁滞重的民族危机感的警示作用。

堪舆,又称风水,是中国古代方术之一,专门俯察江河径流、群山起伏的大地,精心选择人类生死两大归宿的场所——即活人的住宅基地与亡者的坟墓葬地,并以宅、墓周围的不同的风向水流来判断住家或者葬者一家的吉凶祸福。《说文》云:"堪,地突也。"段玉裁注:"地之突出者曰堪。"堪舆,是指大地的高出部分,如山脉山坡一类的地形。推测早期风水术,其内容无非是寻找较高敞的地形建屋、下葬而已。《白鹿原》中的白嘉轩在埋葬父亲和迁移祖坟时,先后两次请阴阳先生看穴。令人惊奇的是要迁移的新坟坟址正好是被阴阳先生看中了的那块发现白鹿精灵的地方。中国古代哲学认为,阴和阳是贯穿人世万物的两大对立面,"一阴一阳谓之道""阴阳合而万物得",反过来说则阴阳不合万事衰。故而连古代皇帝也专门设有阴阳宫,有专司星相、占卜、卜宅、相墓的职官。这种看风水的人人称阴阳人,中国农村则称其为阴阳先生,也叫风水先生。旧时农村凡建房、打墓甚至掘井,只要是涉及动土的事,都要请阴阳先生看穴选点,择定动土的黄道吉日;其他婚丧大事、逢凶遇灾等也要请阴阳先生看吉凶、验风水,以合阴阳。阴阳学除其迷信成分外,也存在一定的唯物辩证思想。如看墓穴、选庄向,主要还是讲求既背风、又向阳,既纳津、又流畅,并要考虑周围地形地势及相邻物体影响、感官视线等因素。因此便有白嘉轩给父亲迁坟时,他没有向阴阳先生做任何暗示,罗盘却神奇的定在了那块用二亩水地换来的鹿家的慢坡地上,这是一种迷信推算和客观存在相吻合的现象。阴阳先生解释说:"头枕南山,足登北岭,四面环坡,呈优柔舒展之气地势走向所指,津脉尽会于此地矣!"

中国农村古时对祖坟"脉气"的选择不亚于建新居,因为据说选好祖坟可以影响到后世子孙的发达与衰败。所以直到民国时,还发现有人背着先祖的遗骨,不惜千里周游四方,若遇到认为是理想的穴位,便偷偷将祖骨埋入作记,回去期待发迹。到现在,虽然没有背着祖骨找穴位的现象,但仍有一些农村人对祖坟依然看重,建新坟时还要找阴阳先生看穴,对老坟也要经常查看,若有洞孔或塌陷,便立即填塞掩盖,怕走漏了脉气。白嘉轩之所以要兴师动众的换地迁祖坟,就是为了一改当时自家背时坏运,想借此白鹿宝地娶妻生子,重振家业。

第三节 《白鹿原》民俗事象的审美意蕴

《白鹿原》中的民俗事象所体现出来的审美意蕴主要表现在三个方面,一是通过民俗事象揭示现实社会生活。在《白鹿原》中,作者以生命的激情和惊人的真实,通过白鹿村白、鹿两个家族的盛衰史及其主人公白稼轩的一生,揭示了自辛亥革命直至中华人民共和国成立这半个世纪间中国农村所经历的历史的冲动和变化,写出了一幅纷纷扰扰的世俗人生画卷,这里充满了盛与衰、荣与辱、生与死、富与贫、悲与喜,充分表现了当时关中农村的文化生活,也表现了当时的关中农民的生活习俗,这些习俗几乎写全了整个关中农村形形色色人的生活面貌及种种心态,是当时现实生活情景的客观写照,与历史实录极为接近,使小说赋予了前所未有的审美意蕴。

小说中多次提到了"祭灶爷"的习俗。农村过年祭祖祭诸神都是在大年三十,唯独祭灶要提前在腊月二十三日。过去人们认为世间所有的地方和事物都有一位相应的神灵主管,所以农家的灶锅这块地方也就有一个灶神。据《礼记·礼器》载:"颛顼氏有子曰黎,为祝融,祀以为灶神。"《抱朴子·微旨》云："月晦之夜，灶神亦上天白人罪状。"由于灶神到底是男是女尚无定论，所以民间敬诸神皆单，唯独敬灶神时是灶爷灶婆两人同敬。灶神堂设在灶锅旁的半墙壁，凿一神龛，或钉一木板，蜡台为马形。据说灶神回天宫所骑之马为"灶马"，所以腊月二十三请灶神时也要请灶马。民间过年接灶神一直沿袭到今天，腊月二十三日晚，家家放鞭炮、燃香烛，送灶爷上天，并给灶神堂两边贴对联："上天言好事，回宫降吉祥。"所以除夕之夜人们都要"熬年"等待灶神搬粮回来，通宵不睡，时至五更，灶神回来时各家鞭炮齐鸣，称为"接灶神"。《白鹿原》在九章、十八章都提到了祭灶，就是因为敬灶神是农村群众最为重视，又非常普遍的习俗。可见书中描写的正是当时中国农村生活现实情形的客观写照。从这里也可看出小说中的习俗与当时现实生活的史实是完全一致的。

过年还有赶庙会等都是中国人的传统习俗，历来都非常重视。《白鹿原》中有许多赶庙会的情节，如第三十一章中白赵氏领着孙子媳妇四处赶庙会求送子娘娘赐子；还有第三十一章提到的"棒槌神会"，第三十四章的"白鹿古会"等。特别是第三十一章写鹿贺氏在丈夫鹿子霖入狱后，"她于惶寂中跑到佛龛前，早晚一炉香。后来她的兴致又集中到庙会上，方圆几十里内大小寺庙的会日她都记得准确无误，不论刮风下雨都要把一份香蜡纸表送到各路神主面前。"民国时期农村赶庙会的风气特别兴盛，一则满足了人们非常贫乏的文化娱乐生活，二则可作为一种精神支柱，填充人们空虚的思想。那时农村有句俗语说"有会就上，有热闹就逛。"可见当时庙会之兴盛，之热闹。这些小说中所描写的内容，可以说是当时关中农村赶庙会习俗的浓缩。寥寥数笔就能让我们看出《白鹿原》中庙会习俗的描写真实细腻，生动地表现出当时农村的生活实况，无不再现了流行习俗的真实性，使读者有了好像身临其境的真实感。

其次是折射作品的主题思想。关于《白鹿原》的主题思想历来也有许多的研究，但有一点都得到了大家的共识，就是陈忠实笔下的"白鹿原"家族在文化表层上是以儒学为主体的宗法伦常关系，深层则体现了以人伦道德为主体的精神人格。他笔下的"白鹿原"家族，带有中国历史上这种根深蒂固的家族文化及其酿就的家族精神。故此白鹿原家族文化的嬗变衰落，从一个侧面折射出现代中国历史变迁的奥秘。祠堂可以说是《白鹿原》中家族文化、宗族风俗的一个代表性意象。也是建立在儒家思想基础上的封建宗教制度的物化形式。宗族制度有四个要素：族产、族权、祠堂和族谱，其中祠堂占重要地位。祠堂来源于祖先崇拜，《白鹿原》中有很多重要活动都是在祠堂进行。以孔子为代表的儒家学派把祖先崇拜更加理性化了，宗族的祖先崇拜不但将列祖列宗们神化，而且还赋予他们主宰宗族一切事务的大权。祠堂既是一个家族共同敬奉祖先的场所，也是决定宗族大事、实施宗法的地方。白鹿村的祠堂有几大功能，包括处理族内大事，实施宗法，举行祭祀活动等等。当族人要求给田小娥修塔塑身时，白嘉轩说："这是本族的大事，该搁到祠堂去议。"后来白嘉轩根据朱先生制定的《乡约》也规定了本族的处罚条例，罚跪、罚款、罚粮甚至鞭抽板打。田小娥、白孝文、白兴儿、狗蛋以及其他的赌徒烟鬼，都在祠堂受过各种处罚，甚至毙命。祠堂同时也是族人们进行祭祀活动的主要场所，是维系族众人心的重要手段。白鹿原家族自辛亥革命以后，历经几十年政治狂风暴雨的反复冲蚀，日趋没落。小说第三十一章写到，白嘉轩把在家未逃的族人召集到祠堂，郑重宣布，除了大年初一敬奉祖宗的祭祀之外，不再理任何族中之事，这位对儒家文化从未丧失过自信的族长至此已深感无力回天。

《白鹿原》中的祠堂被砸，意味着白鹿村家族自治的格局已被打破。黑娃对祠堂的背叛不能称作纯粹革命意义上的背叛，而只能说是被压抑的心灵能量的释放。当他与小娥的结合因不符合大祠堂的礼仪秩序，得不到家族的认可，他对祠堂的心理态势由拒绝转向怨恨。黑娃参加革命的根本动机其实是潜伏在心底的对家族制度在内的传统意识形态的反抗，他砸烂祠堂内列祖列宗的牌位以及族规石刻的破坏行为，对白鹿家族制度的打击是沉重的，因为祠堂是白鹿家族势力的大本营，祖宗牌位和族规石刻都是家族血缘连接的象征。陈忠实在小说中借用祠堂的被毁告诉我们，反抗者对家族制度施用暴力，强制截止其内在文化的持续性，这种暴力消解是中国传统家族制度所无法抵御的。同时也为我们暗示出白鹿大家族矛盾重重、每况愈下、其破败衰落已是必然的趋势了。

第三是刻画人物性格。塑造个性鲜明的人物形象，塑造以反映时代、感染读者，这是一切优秀小说所共有的审美属性，而塑造人物形象重在刻画性格，《白鹿原》中的人物形象大多血肉丰满，性格鲜明，活灵活现，这除了要归功于生动的描写人物命运的大事件，关键时刻的言行外，还得益于日常生活中民俗事象的描写。

陈忠实在小说中刻画了一个有着独特个性的人物——白嘉轩，这是以前任何作品未曾创造过的形象。白嘉轩可谓是中华民族正统人格的典范。他那笔直、挺拔的腰杆，体现他百折不挠，坚韧顽强，沉着豪狠的性格特征。作品写他腰杆挺得太直太硬，意在体现精神的直和硬，体现出来的是一种内在的威力。在写到人物的不同性格侧面时，作家用了许多生活的民俗插曲。我国民间有"多福多寿多男子"的俗话，"七出"之律中有"无后"这一条，可见民间风俗是崇尚多子的。《白鹿原》在开篇描写白秉德老汉给白嘉轩娶了四个媳妇却都连子嗣都没留下就命归西天，所以白嘉轩就背负上了无人为己传宗接代的烦恼。"不孝有三，无后为大"这一封建思想紧紧束缚着白嘉轩，所以即使是在父亲刚刚过世后，为了家族的延续，白嘉轩还是把娶妻生子放在了首要位置。白嘉轩在"子嗣"这一民俗观念影响下的行为，充分显示其性格中恪守传统道德文化，思想保守的一面。

小说写了白鹿原遭了旱灾，白嘉轩带领族人伐神求水的情景。随着包括鹿子霖在内的四个伐马角者的失败，白嘉轩决定亲自上阵，"人们看见，佝偻着腰的族长从正殿大门奔跃出来时，像一只追袭兔子的狗……他抬起一张黄表纸，一把抓住递上来的刚出炉的淡黄透亮的铁铧，紧紧攥在手心，在头顶上从左向右舞摆三匝……他用左手再接住一根红亮亮的钢钎儿，'啊'的大吼一声，扑哧一响，从左腮穿到右腮，冒起一股皮肉焦灼的黑烟，狗似的佝偻着的腰杆端戳戳直立起来。"这段描写,把白嘉轩为了百姓的生计,挺身而出的一面为我们表现了出来。他把名声、荣誉看得高于一切,用儒家"天下归仁"的道德准则塑造自己的形象,并强调"为仁由己",注重自身行仁的自觉性。白嘉轩时时刻刻标榜仁义,并以身作则,身体力行的做"仁义"的楷模。不仅是从他带族人祈雨这件事上,还从他大规模发动"交农事件",对打折他腰杆的黑娃奔走相救,对那些对他有不尊行为的人一律宽容,即使是对与他明里暗里作对的鹿子霖也表现出惊人的大度。

这种种的描写都使得白嘉轩这个人物更为丰满生动,活灵活现。这样的人物性格,完全是中国式的,他的精神状态都带有中华民族的特点。白嘉轩如此,鹿子霖、朱先生、小娥、黑娃等也如此。

第八章　垫棺：《白鹿原》的文学地位及其影响

　　文学史书写的过程实际上也是文学作品经典化的过程。一部作品被人们认定为经典一定有其作为经典的条件。通常，一部经典的构成必然包含六个因素："（1）文学作品的艺术价值；（2）文学作品的可阐释的空间；（3）意识形态和文化权力变动；（4）文学理论和批评的价值取向；（5）特定时期读者的期待视野；（6）发现人（又可称为'赞助人'）。"[1] 其中，文学作品的艺术价值和可阐释的空间是文学经典建构的内部要素，作品本身的深度和广度决定了它在时间的淘洗中可生发出来的独特价值，可以联结不同时代人们的共通感；意识形态和文化权力变动与文学理论和批评的价值取向是文学经典建构的外部因素，这两个方面对文学作品的评奖和传播起到了相当重要的作用；读者的期待视野与发现人是在内部因素和外部因素之间起到连接互通的力量，文学经典必然要得到读者的认可才能流行并流传下去。《白鹿原》作为经典作品，陈忠实的垫棺之作经典化的过程中与以上六个因素密不可分，这六个因素渗透到小说得到读者赞赏、官方认可、媒体传播的各个方面中，以下便就《白鹿原》的获奖与改版、《白鹿原》的传播，以及《白鹿原》的可阐释性三个层次阐明它经典化的历程。

---

[1] 童庆炳：《文学经典建构诸因素及其关系》，《北京大学学报》（哲学社会科学版）2005年第5期。

第一节 《白鹿原》的经典化

《白鹿原》最初在《当代》1992年第6期和1993年1期上连载，1993年6月人民文学出版社发行了第一版未删减的单行本，这部长篇随即得到众多读者的喜爱，并在1997年参加第四届茅盾文学奖的评选。《白鹿原》在参评的过程中评委会成员发生了一些小的争议，评委会副主任陈昌本电话告知作者进行一些修改，如"作品中儒家文化的体现者朱先生这个人物关于政治斗争'翻鏊子'的评说，以及与此有关的若干描写可能引起误解，应以适当的方式廓清。另外，一些与表现思想主题无关的较直露的性描写应加以删改"（见《文艺报》1997年12月25日）。陈忠实接受修改意见之后即被授予茅盾文学奖。删改原版三千字左右的《白鹿原》（修订本）于1997年12月出版。由评委会的意见可知，陈忠实对《白鹿原》的修改集中在两个方面，一方面是有关政治的评说，另一方面是过于直露的性描写。

一 关于政治评说的修改

在政治方面的内容中，陈忠实主要删改了朱先生关于"翻鏊子"的评说并删除了"折腾到何日为止"的整段内容，修改了白灵与鹿兆海选择党派的部分内容，白灵的回忆内容，除此之外还修改了白孝文抓捕共产党鹿兆鹏时的"不好动手"等过于激烈的用词的部分内容。

"翻鏊子"一词源于小说中朱先生对白鹿原局势的评说，他把白鹿原比作"鏊子"，其实际意义是一种烙馍烙饼的平底锅，用鏊子烙饼时要两面煎，翻来翻去，朱先生用鏊子烙饼引申国共两党对白鹿原政权的争夺。在未删改的版本里，朱先生对两党之争不以为然，反而认为是"二者源出一物"，易合作，不必互相戕杀，互相斗争"无非是为了独占集市"即独领政权。这样一些带有政治敏感度的用语和比喻在修改的版本中被删除。无疑，修订版廓清了原版可能产生的关于政党的误解，进一步区分共产党与国民党的正误之别，加强了政治正确性。但在朱先生的人物形象塑造方面，原版的只言片语中显露出一种书生意气，一是敢对政治大加评论发言，二是超然于"站队"斗争的独立态度，三是"满肚子不合时宜"的古拙风度。他对"翻鏊子"等内容的谈论，可以说是其形象的润色。

朱先生逝世后，"文化大革命"时期一个红卫兵学生挖开他的坟墓只发现一块写着"天作孽，犹可违；人作孽，不可活"的砖头，小说随后写道："一个男学生用语言批判尚觉不大解恨，愤怒捞起那块砖头往地上一摔，那砖头没有折断却分开为两层，原来这是两块磨薄了的砖头贴合在一起的，中间有一对公卯和母卯嵌接在一起，里面同样刻着一行字：折腾到何日为止。学生和围观的村民全都惊呼起来……"原版114个文字符号在修订版中全部删除。显然这部分文字有浓厚的神秘主义色彩，一个几十年前就过世的人如何去预知后世，如何做下"折腾到何日为止"的判断，读者不得而知。小说是虚构的艺术，《白鹿原》中的朱先生是个文人、智人、圣人，若作者在第三十二章即全书的收尾处用这段话把他体现成"神人"，这部分内容并不突兀，反而在朱先生死后，又对其形象旁添了浓墨重彩的一笔。但"折腾到何日为止"容易让人产生误读，原意是影射十年的动乱不安，也可联想至清末之后都是所谓"折腾"，容易让人诟病，因此在修改版中只好将此处内容删除。

小说中国民党与共产党的对立还表现在白灵和鹿兆海的党派选择中。白灵和鹿兆海的入党抉择是佐以两人之间的情感走向的。他们以抛铜板决定各自的革命队伍，修改版将这一行为"铸成了她和他走向各自人生最辉煌的那一刻"改为"她没有料到那晚抛铜元的游戏，揭开了她和他走向各自人生历程中精神和心灵连续裂变的一个序幕"，改动部分削减了两人即使在不同的党派也要继续合作的纯粹约定，再次强调了两党之间对立的局势。按原版的描述，白灵和鹿兆海在做决定的时候多带有青年革命者的无畏无惧的单纯与热情，在"抛铜元"的情境中，两人多为欢快高昂的情绪，人物的情感状态也会自然地引导作家写下"她和他走向各自人生最辉煌的那一刻"，因为他们就是这样天真地向往并期盼着各自光明的革命道路。在白灵、鹿兆海再次重逢的部分，修改版删除了两人因互为对方考虑的原因而互换了身份后分别的不舍情感书写，因为删除与修改的部分为了保证政治性，增加了两人的对立性，以致白灵与鹿兆海的感情变得愈加单薄、愈加冷静，从而缺失了原版的美感。

此外，为了弱化白孝文抓捕共产党员鹿兆鹏的态度，将原版的"不好出手"改为"动手动得迟了"，亦把白灵心理活动中"我碍着大姑父的面不好出手"等内容一并删除。白灵在心理活动中回忆了共产党惨遭杀害的悲惨情境，将白灵对哥哥的情感愤怒感降低，拉低了冲突的强度。从以上列举的内容删改情况来看，是政治正确性大于人物情感走向的，虽则小部分的调整不影响《白鹿原》创作艺术的深美闳约，人物形象的真切动人，但就党派对立性的加强方面来看，显然陈忠实在创作《白鹿原》时是以一种独特的历史观观照小说的。朱先生看待历史的态度、历史观与马克思主义历史观截然不同，因而也提供了一个独特的视角，以在波诡云谲的政治斗争中悲苦生活的普通民众之眼看待政治斗争。小说中朱先生的言语、白灵鹿兆海的爱情是从角色个体出发，这些个体是人民总体的一部分，但常常在总体中被淹没，甚至是排除，陈忠实在塑造他们的时候并不是站在人民总体的立场，而是一个个鲜活的、真实的个体的立场。在此前的长篇小说中，主要人物的言行总是与主流意识形态保持一致的，就拿获茅盾文学奖的《战争和人》来说，它透过国民党上层官员童霜威的人生历程再次确证了政治革命斗争的敌我对立、正误之别，来强化历史中主流意识形态下的人民总体。《白鹿原》却为卑微者说话，为正义者加持，为懵懂之爱背书。毫无疑问，"《白鹿原》的艺术成就，就在于渲染了一种当代长篇小说中一贯缺失的文化的神秘感、厚重感和混沌感"[①]。但也正是文本中的这种个体立场或者说"超阶级、超党派"，导致了"八五"（1991至1995）优秀长篇小说出版奖的候选资格的取消，当届

---

① 徐其超等：《聚焦茅盾文学奖》，作家出版社2005年版，第86页。

"国家图书奖"评奖的落选。即使《白鹿原》在1997年12月得到茅盾文学奖，它依然在当时主流的、官方评奖机制中步履维艰。

二 关于性描写的修改

《白鹿原》在《当代》杂志连载时删去了作家原稿中大部分的性描写，这样做是考虑到篇幅和编辑意见。《当代》杂志编辑的审读意见中就有"有些性的描写似应虚一些"，"把过于直露的性描写化为虚写、淡化"，"直接性行为、性动作的详细描写应当坚决删去"等提议，加之参评茅盾文学奖，作家在修订版中删去了黑娃与田小娥、鹿子霖与田小娥、白孝文与田小娥私通的性描写。

首先是关于黑娃与田小娥之间的性描写。黑娃作为忠厚老实的长工家的儿子，原也是依照父亲的活法，靠着自己的气力在外当长工赚钱，不曾想他和主人家小老婆擦出了火花。此后，田小娥不仅唤醒了他的情欲，更唤起了他翻身做土匪当老大的欲望。一个是常年被主人家拿来做苦力的劳工，一个是身在宅门处处受限、饱受身与心的折磨的奴仆，结合的热情燃烧了他们翻身的渴望。"他咬住那个无与伦比的舌头吮咂着，直到她嗷嗷嗷地呻唤起来才松了口"等八百字左右的内容尽数删去，虽然修改版删去的黑娃与田小娥私会的性描写过于直白、露骨，但却也是两个活生生的底层男女散发出的最为原始的生命欲望。这种原始的冲动只有在两个最为卑微的生命体的交织中才能淋漓地呈现，人体本能的欲望、反抗、渴望在此时达到顶峰。私通本不是一个长工敢于逾越的人性界限，黑娃做了，而后逐步引发他一系列行为的裂变。黑娃与田小娥在各自禁锢的范围内被"囚禁"得久了，唯一能够释放的途径便是原始性欲，因此他们的结合才显得如此暴露与消极。

其次是在鹿子霖与田小娥之间的性描写。原版对于鹿子霖与田小娥的乱伦关系没有做详尽的刻画，因此在修改版中只删去了150词左右的性描写。鹿子霖变态的性欲与他披着"仁义"的外衣满肚子唯利是图的本性息息相关。由和白嘉轩换地事起的利益的小算盘到企图争夺族权从而高人一等的大谋略，鹿子霖始终和钱权的欲望分不开。他在白鹿原上淫乱成性，和田小娥的乱伦无非是他掌握权力之后的变本加厉，这也最终导致了他的毁灭。修改版中删除的性描写是为彻底地展现他喜好玩弄女人的特性。

三是关于白孝文与田小娥之间的性描写。白孝文是白家的长子、白鹿原的族长，虽然是鹿子霖唆使田小娥去勾搭白孝文的，但白孝文前后期的变化极具戏剧张力。在未受祠堂惩罚的时候，他一解开裤带就不能与田小娥发生性关系，直到受了一遍刺激，才成为一个正常的男性。本来祠堂的惩罚是为把坏人变成好人，把恶习惩戒以成新人。然而白孝文却在受罚之后不仅与田小娥相爱地愈加火热，而且整个人开始沾染种种恶习，沦为烟鬼和乞丐。修改版删去了白孝文"他的那东西软瘫下来"，仅留"从心底透过一缕悲哀"，在一定程度上造成理解的障碍。

何启治在《白鹿原》终审意见中认为性描写有所节制或是把过于直露的性描写化为虚写、淡化是可行的。但不能评判"性描写是可有可无的甚至一定就是丑恶的、色情的。关键是：应为情节发展所需要与，应对人物性格刻画有利，还应对表现人物的文明层次有利。"[①] 性描写的目的不是描写本身，而是为推动情节发展，刻画人物形象服务。就以上提到的删改部分来说，黑娃与田小娥私通时的性描写的坦白露骨符合两个人的身份与形象，没有过长的嫌疑，而鹿子霖与田小娥的性描写更能突出他善于利用权势玩弄女性的特征，他对田小娥的变态性欲即是对权力和欲望的泛滥。田小娥与三个男人的私通是纵欲的、残暴的、消极的，它总是发生在黝黑的暗处，不光明、不积极。正因如此，文中直露的性描写容易引起编辑的不适感。然而从作品本身看，对这部分性描写做虚化或美化处理，是不妥帖的，这并不符合《白鹿原》的总体叙述特征，因而作者在修改时直接删除了部分性描写。想必没有哪个读者会认为黑娃与田小娥或白孝文与田小娥之间的交往是摄人心魄的爱，也

---

① 何启治：《〈白鹿原〉档案》，《出版史料》2002年第3期。

没有哪个读者会觉得在一本严肃的小说中鹿子霖与田小娥的乱伦是相当精彩的部分，相反这些描写容易引发人们的不舒适感。爱是纯洁的、天真的、美好的、善良的、博大的……所有的形容词都是光明的褒义词，而不会是病态的、消极的甚至变态的，所以这些所谓的"与中心主题无关""猥亵的、刺激的、低俗的"性描写理应删去。

三 改版的双重意义

通常来说，当代文学版本的修改主要反映了主流意识形态的"规定性"与政治／文艺关系，而透过以上对《白鹿原》改版内容的分析，不难发现修改的部分不仅有意识形态的反应、政治和文艺互动关系的表现，还折射出作家自身性格、文化心态。《白鹿原》之所以产生一种历史的"混沌感"，除地域文化因素外，还与陈忠实个人的性格与文化心态有关。作为一位朴实生活、刻苦写作的作家，小说从构思到定稿历时五年才铸就了文本的扎实、丰富，当他面对当下的语境重构文本的历史语境时，客观、冷静、实事求是的态度建诸在朱先生身上。朱先生对政治斗争存在问题与"翻鏊子"的议论，与其说是作品贴合历史语境之需要，不如说是作家自我历史观的使然。这也说明，作家在对主流意识形态话语下的文本修订绝不是单向度的，文学视阈内政治和文艺之间的关系远比领导与被领导、规训与被规训这类二元表现更为复杂。政治要通过文学艺术形式渗透到作品中以产生影响，文学艺术则需要借助政治的外壳才能获得合法的表征通道，这就为彼此都留下了一定的转换空间。这在20世纪90年代表现得尤为明显，各类文艺作品"井喷"，"小女人"散文、"美女"写作、身体写作、网络文学等非主流文学拥有的发展空间。实际上，文艺的独特性、先锋性、开放性会受到主流意识形态一定程度上的制约，但主流意识形态不能完全掌控文艺的发展。因此，官方认定的修改规则事实上并不能"全权"遏制作家活跃的主体意识。加之作家创作出来的较为成熟的文本，有其自身的独立性，内容的修改并不能抹煞文本独特性。

从另一层面来看，所谓主流文学不是固定不变的，不停地发生流变才是文学的常态。在新的历史文化语境中，主流意识形态重新扩展自身的表征空间和叙述形式，以巩固在话语场的主导地位。茅盾文学奖的评委并没有因《白鹿原》中对立不够明显的政党之争和大段直露的性描写而直接否定这一作品，一则是因为作品本身的厚重感吸引评委，另一则也是因为"《白鹿原》的确是一部绕不过去的作品……如果不评它，不仅有可能使人们对茅盾文学奖的权威性进一步地失去信心，还有可能导致大家对评委们最基本的审美判断力失去信任"①。评价作品时过分迎合主流意识，强调作品的政治性而忽视艺术性，这种评价标准将丧失话语权威。这些因素促成了原版的修订，而不是批判甚至禁销。就现有的史料表明，《白鹿原》在1993年发行单行本之后到1997年之间不能在报纸上宣传，也不让发评论文章。而且，"不管什么正式场合和活动《白鹿原》成了一个敏感的、可能招祸的东西，都不敢碰了"②。由此看来，文艺评论界对《白鹿原》的宣传和谈论在一段时期内处于"真空"的状态。《白鹿原》只拿到陕西省作协组织的第二届"双五"最佳文学奖（1993）和人民文学出版社投票选出的"炎黄杯"人民文学奖（1994），而宣扬自身为"非政府奖"的茅盾文学奖则在读者与权威、艺术与政治中做出了一个妥帖的选择：修改并评选。虽然与民间的奖项相比，茅盾文学奖的评选标准表现出明显的主流意识形态性，但评委对《白鹿原》个别"越界"的内容进行修改仍是是拓宽评选边界、话语限制的选择。因此《白鹿原》版本的修改具有作家与主流意识两方弥合的双重意义。

第二节 《白鹿原》的传播及其影响

我们可以将《白鹿原》的传播过程分为两个阶段：一是文学史的认可，二是影视改编的推广。这两个阶段是《白鹿原》在大众媒介中

---

① 洪治纲：《无边的质疑——关于历届"茅盾文学奖"的二十二个设问和一个设范》，《当代作家评论》1999年第5期。

② 何启治：《文学编辑四十年》，人民文学出版社2001年版，第61页。

传播的重要阶段,也是它被经典化的必经之路。

一 文学史的认可

《白鹿原》是深受批评家关注和看重。它被有关学者和专家推选为二十世纪百年百部优秀文学作品之一。杨匡汉在20世纪90年代中国文学风景线中把《白鹿原》视为精英文学的成果;陈思和、王晓明在1988年第四期《上海文论》中开辟"重写文学史"专栏,使"重写文学史"成为一个明确的口号和明显的潮流,同时给一些新的、可称为经典的文学作品进入文学史打开了一个"入口",不可置否的是《白鹿原》刚好"赶上"了重编文学史的潮流。据1998年起出版的文学史资料,无论文学史编撰者对陈忠实、《白鹿原》是褒还是贬,绝大多数的文学史在选编文本时都纳入了《白鹿原》。

1997年金汉等人主编的《新编中国当代文学发展史》在"历史小说的持续繁荣和突破"一节中重点分析了《白鹿原》;1999年朱栋霖等主编的《中国现代文学史:1917—1997》(下册)中,《白鹿原》作为90年代长篇小说的代表,被视为"民族灵魂的秘史",充分显示了历史的宏阔性、复杂性;2000年郑万鹏著的《中国当代文学史——在世界文学视野中》认为《白鹿原》是"中国二十世纪文学的总结";2000年张炯编著的《新中国文学史》(下册)中认为《白鹿原》和其他陕西作家的作品一起是北方"乡土风情的展现";2003年王庆生主编的《中国当代文学史》中,把陈忠实的《白鹿原》视为"乡土小说"的代表,是中国乡土小说发展史上里程碑式的作品;2003年刘勇主编的《中国现当代文学》在新世纪之交文学发展新动向中,陈忠实、余华、张炜等人的创作归纳为"现实主义"主潮的代表;2007年朱栋霖、朱晓进、吴义勤主编的《中国现代文学史1917—2012》(下)中将《白鹿原》视为"旧瓶装新酒"的"新历史小说"的代表,显示了历史的混沌性和丰富性;2009年章岩泉、王又平著的《20世纪的中国文学》中在世纪末的多元写作景观中认为《白鹿原》是"新一代史诗";2009年於可训著的《中国当代文学概论》中,认为《白鹿原》是"反思民族历史文化"的创作,作品通过社会政治、家族生活、儒家文化精神三个层面把握了中国近半个世纪的历史与精神的蜕变;2013年丁帆主编的《中国新文学史》(下册)中将《白鹿原》视为"文化大革命"后小说审美复苏中的"家族与村落的叙事"代表作,其中展现出多元的乡土经验。除此之外,严家炎主编的《二十世纪中国文学史》,田中阳主编的《中国当代文学史》,孟繁华、程光炜著的《中国当代文学发展史》等十余部的不同文学史都或多或少地分析了《白鹿原》。如果说《白鹿原》对茅盾文学奖的评委来说是"绕不过去的"一部作品,那么毫无疑问在书写文学史中它也是当代长篇小说"绕不过去的"一部作品。

当然,相关的批评文章数量也较为可观,从文学编辑、评论家、其他作家那里《白鹿原》基本都获得好评,出现频率最多的评语是"民族秘史""史诗品格的作品""乡土小说的代表"。丁帆1996年发表于《山西文学》的文章《乡土小说:多元化之下的危机》中认为"地域性和风俗画是乡土小说的鲜明标帜",而《白鹿原》无疑呈现了"乡土文学"地域性和风俗画的特点。除开多数对《白鹿原》文本的评论,陈忠实还与在同一时期活跃的作家贾平凹、高建群、京夫、程海在90年代掀起了一个文学现象——"陕军东征"。这一现象引发了不小的争议,一些文学评论家认为"小规模的地域作家群集团式的出现也是90年代文学作家队伍的一个重要现象"[1],但也有学者认为这部分文学作品的出现不仅仅是作家"个人"的行为,也存在从出版到流通等环节的"商业"行为,受到市场的选择和"集体"的干预。关于"陕军东征"现象的一些学术争鸣给《白鹿原》带来了更多的关注,是其推广的一个"加速器",不少学者还整理出版了相关的评论集、作家传记,文学界的内部争论在《白鹿原》的传播中起到了推波助澜的作用。《白鹿原》获得了更多的读者,引起了更多的关注,这也是它迈出"茅盾文学奖获奖作品"头衔走向真正的经典化的第

---

[1] 杨匡汉主编:《惊鸿一瞥——文学中国:1949—1999》,陕西人民教育出版社1999年版,第475页。

一个阶段。

二 多元化传播方式的广泛接受

在传统的传播媒介中，纸质书的出版可以衡量一部书的畅销程度。自《白鹿原》1993 年出版以来，单行本的发行量迄今超过 260 余万册，主要包括人民文学出版社 1993 年初版本、1997 年的修订本、茅盾文学奖系列丛书版本、精装本、手稿本等，有近十余家出版社分别出版了《白鹿原》。可见，《白鹿原》虽是严肃的长篇文学作品，但出版以来近三十年都可划为畅销书，尤其常销书之列。迈入新世纪之后，视觉媒体如舞台剧、电影、电视等将《白鹿原》不停改编搬上舞台，促成新一轮的传播。从受众面的广度来讲，小说改编的秦腔现代戏、话剧、舞剧、广播剧、电影、电视是一个逐步扩大受众范围的过程，文学消费的商品属性逐渐由书店走向剧院、电影院，最后足不出户便可在家中欣赏《白鹿原》，视听媒介（电影、电视）对人们的吸引力是巨大的。

《白鹿原》改编的戏剧形式有三种：秦腔现代戏、舞剧和话剧。其中，秦腔现代戏《白鹿原》由西安市秦腔一团编排，于 2000 年进行了首演；大型舞剧《白鹿原》由首都师范大学音乐学院推出、和谷编剧，于 2007 年首演。《白鹿原》的话剧因经常被院校拿来编排进行汇演，有多个版本，比如中戏版的《白鹿原》、北舞版的《白鹿原》、西安外事学院版的《白鹿原》等。其中影响较大的一部是北京人民艺术剧院版的《白鹿原》，由林兆华导演，孟冰编剧，濮存昕和宋丹丹分别饰演白嘉轩和田小娥，于 2006 年 5 月在北京首都剧场首演。二是陕西人民艺术剧院版的《白鹿原》，由胡宗琪导演、孟冰编剧，于 2016 年 3 月 12 日在北京中国剧院进行了首演，近几年进行了全国巡演。两个版本的话剧皆由孟冰编剧，陕西人艺版的剧本上做了两点修订，一是从总体篇幅上进行了精减（包括减掉了一个次要人物徐秀才），二是为了便于交代时代背景和主体事件，增加了众村民的"议论"。两个版本的话剧都基本表现了原著的整体艺术风貌，没有删减主要人物和删除主要的情节，利用不到三小时的时间和有限的舞台空间将白鹿原上近五十年间的沧桑巨变演绎了出来。在话剧艺术上，北京人艺版穿插了多处秦腔的独唱，陕西人艺的版本中加入了歌队，也就是村民的群戏，这些群众时而独白，时而众口一词，时而与主角对话，增添了话剧的视听层次。戏剧的舞台形式多样，它综合了音乐与艺术、语言与手势、修辞与色彩，演员视觉形象与语言、动作拥有一致性，《白鹿原》中错综复杂的情节、形形色色的人物、关中的生活风貌，这些东西在舞台上一目了然。

电影《白鹿原》由王全安导演，芦苇编剧，段奕宏、张丰毅、张雨绮等演员主演，获得第62届柏林国际电影节最佳摄影金熊奖提名，于2012年在国内上映。电影对原著的改动较大，有所取舍，首先在时间跨度上选取了从辛亥革命到抗战开始这个时间段，其次删减了朱先生、白灵、鹿兆海、白孝武等人物，电影保留的每个情节都有极强的目的性，它舍弃了小说中驱鬼辟邪、白鹿显灵，选取矛盾冲突较为激烈、能突出主要人物的特性的情节，如白嘉轩怒打白孝文、禁止田小娥进祠堂以及鹿兆鹏与长辈对峙、黑娃与田小娥的私通，等等，使得电影的故事更为简洁，人物形象更为突出，这在一定程度上迎合了市场的口味，丧失了小说厚重的史诗性品格，尤其是电影的宣传海报，它着重宣传的绝不是"一部史诗性作品"，而是带有原罪意识的窥"私"欲望。电影中出现大量麦田、秦腔、面条的镜头，多为关中民俗风情程式化的展示，这类"必要"的呈示把关中人的饮食习惯和个性标签化了。就电影的拍摄技巧而言，这些镜头看上去非常美妙，但是结合剧情的整体协调性来看，显得空洞冗余。

电视剧《白鹿原》由刘进导演，申捷编剧，张嘉译、何冰、秦海璐等主演，于2017年5月播出。电视剧的准备时间长达16年，尽可能地展现小说的全貌，各式各样的人物关系在电视剧中得到了发挥，比起话剧、电影显得详尽、充实。并且电视剧这一形式拥有戏剧和电影都不具备的一些优势，比如时间的长度不受限、场景不受限、播放的平台不受限等，大多数人会选择在家里花两个小时的时间看电视剧，而不愿束缚在剧场某个座位上看戏剧。虽然说电视剧比其他形式看上去更加"尊重"原著,但实际上电视这一媒介的主要功能还是娱乐,严肃的文学作品翻拍成电视剧会形成一个不用思考的"脱水"版本,因为电视需要的是表演艺术,不是思考,更不是让观众思考。电视剧只是让观众欣赏演员的表演、清楚地了解剧中人物的关系。分集的设定除了引发观众继续观看的欲望之外,不具有其他诸如阅读原著的功能。电视剧《白鹿原》的问题不在于为观众展示具有娱乐性的内容,而在于所有内容都是以娱乐的方式表现出来,如仙草排面、切面的镜头、油泼面的近景特写,只会让观众大叹"好吃""好看"。

毫无疑问,戏剧、电影、电视的传播在一定程度上引发"看"《白鹿原》的热潮,但从历史文化内涵的角度来看,小说文本鲜明的家族史、社会史、文化史三重意蕴,在翻拍的过程中都被"适当"地删减、弱化以至消亡了。戏剧的现场舞台艺术相比电影、电视保留了小说文本更厚重开阔的特性,音乐对白的交织颇有感染力和抒情效果;电影、电视的形式又相对戏剧进一步扩大了《白鹿原》的可知度和讨论度,是《白鹿原》传播链条上重要的一环。三种媒介的传播都有其自身存在的利弊,值得我们重视的是,商业娱乐的洪流必然是严肃文学作品所面对的严峻挑战。当人们逐步使用电子类产品而抛弃传统笔纸类工具,不断涌入休闲的娱乐场所而远离僻静古老的藏书室,近距离享受眼前的视听盛宴不再思考相隔甚远的历史的时候,人类的文化便在慢慢地被商业重塑,而不是让商业成为文化的代理人。钱锺书曾说过好的译本会把读者引向原著,那么是否也可以说好的影视剧会把观众引向原著呢,笔者不敢做肯定的回答。在商业文化泛滥的今天,文艺工作者、编者仍是希望借助大众媒体的工具,将文学尤其是严肃文学作品推向除少部分专业学者的更多的受众,但最后都不免落入被商业所指挥甚至被颠覆的境地。在文学作品与商业卖点之间似乎存在着一种"反向力",即来自两个水平方向不同的拉力,一方面文学作品的推广必然会考虑到商业卖点,尽管卖点不是作品中最为称道的部分;另一方面文学作品若只是晦涩难懂的叙事艺术,没有卖点的它慢慢地在市场被冷落乃至不再重新出版。如何在其中找到平衡的关键点，是文学传播必须跨越的难关。艾布拉姆斯《镜与灯——浪漫主义文论及批评传统》中的四要素：世界—作家—作品—读者，是个循环流动的结构，西方的文学评论已从作家中心论、作品中心论到读者中心论，这表明严肃文学作品光有其价值而未被读者所接纳赞赏的话，则很容易被遗忘。虽然专业学者们时常厌恶因推销作品而被打上"不堪入眼"的腰封的单行本，但腰封上建构的第一眼文学想象不可避免地激发人的阅读欲，如《废都》的卖点——"现代版的《金瓶梅》"。有学者曾表示在二十世纪末《白鹿原》业已走过了它的"经典化"历程，殊不知这个历程还很长，十年、二十年、五十年的时间都不足以称道。我们只见证了《白鹿原》电影、电视由拍摄到播放到引发评论的整个过程，只关注到了"白鹿原影视基地"日益增长的客流量，只看到了近三年来《白鹿原》的话剧在全国范围不断巡演，却不知在下个十年、下一代正在成长的青年读者与未来的读者中，《白鹿原》是否仍能"屹立"于纷繁复杂的商业浪潮中，是否能在"新鲜的"受众群体中不断被传播以完成其走向经典化的第二个阶段。

第三节　《白鹿原》的可阐释性

　　《白鹿原》出版至今，已从纯文字的形式转换到连环画、泥塑、秦腔、话剧、电影、电视等丰富多样的视听形式，这一进程尽情地发挥了文本改编的可能性。《白鹿原》的经典化是阐释者与被阐释文本之间互动的结果。一方面，作品本身具有不可复制的独特性，它是作家通过个人独特的个性创造出来的，里面包含的文化内涵与人性拷问，是可以跨时空、跨民族、跨国界从而上升为一种人类普遍共通感的叩问；另一方面，《白鹿原》需要源源不断的阐释者，文本只有在持续不断地被解释、接受、传播中才能更好地开发它内在的潜力。不可质疑的文学经典如《红楼梦》正是离不开一代又一代人的反复解读。可以说，《白鹿原》需要阐释者对之进行重塑和定位，它的深广性才得以持续延传。

一 内部阐释空间

在《白鹿原》被建构成经典的过程中，小说本身的原创性和历史穿透力包含着巨大的阐释空间。因被定义为"经典"本身具有原创性、典范性和历史穿透性，并且带有复杂性、多义性，这种文本本体的属性包含着巨大的阐释空间。在这里笔者将文本本体的阐释空间，当作是作品的"内部阐释空间"，其内涵和特征可以从两个方面把握：一则，文学作品是作者通过个人独特的世界观和不可重复的创造，提出一些人类精神生活的根本性问题。它们与特定的时代和意识形态交融在一起，文本的内涵很隐微，甚至会出现自相矛盾的情况，这就产生了巨大的"内部阐释空间"；二则，经典文学作品之所以成为"经典"，是因为它涵盖了民族精神与语言特点，富有心灵的律动和有审美的内容，读者可以由一部作品打开的窗口去理解民族、国家以至整个人类社会，这也是文学作品本体释放出来的"内部阐释空间"。不论从哪个方面去把握《白鹿原》，都可看到它自身深阔的阐释空间。

在小说的定位上，《白鹿原》是一部家族小说、乡土小说、新历史小说，这三种概念相互区分又相互联系，只是从三个不同层面出发去厘定的结果。从小说的主要内容来看，主线是白鹿两家之争，其中贯穿了传统家族的祠堂制度和男尊女卑、父母之命不可违的文化积淀，家族里的祖辈、父辈、子辈、孙辈都有交代，因此《白鹿原》是两个家族盛衰之变的承载者。从小说的题材阈限上看，主要以白鹿村为题材，书写近半个世纪农耕文明生活的变迁，这片黄土高原上聚族而居的地域呈现了关中的风俗、风貌与风情，带有浓厚的地方色彩，因此《白鹿原》是关中乡土生活的承载者。从小说的历史视域上看，主要是民间视角强调个人对历史的审美性和想象力，具有鲜明的个人色彩和自我感知的烙印，在叙事手法上打破了以往历史叙事的时序、因果、整体化结构，采用了回忆、联想、闪回、意识流等多样叙述手段，因此《白鹿原》是新历史观的承载者。以上三个层次对小说的定位是互相勾连的，也由此形成小说复杂的内蕴。因此阐释者有较多的空间与文本进行交流对话，生发出更多的理解和诠释。毋庸置疑，《白鹿原》是一部现实主义作品，而现实主义之所以有别于其他文学流派在于典型化，现实主义文学中的典型化结合了社会本质和个别性，这点在《白鹿原》人物中有明显的体现。小说中人物形象的鲜明独特的关键在于意象与人物的结合，如鏊子与朱先生，白鹿与朱先生、白灵，砖塔与田小娥。这便将神话意识与现实本象相融合，生活的真实遂转化成艺术的真实。朱先生、白灵、田小娥等形象源于我们的生活，却又高于生活，可以说朱先生过于"神"、白灵过于"纯"、田小娥过于"妖"，但这一"神"、一"纯"、一"妖"不失为人物形象中的典型，总能在文学的长河中找到与之对应的一类形象。虚构的意象与实体的形象相交汇并不是有意给人物罩上一件神秘的外衣，而是将意象个别性的特征融入人性的本质中，给予阐释者去发现、去思索、去建构更宽广的文学想象。从"民族秘史"的层面出发考查小说，《白鹿原》无疑是成功的。它使用的语言、刻画的背景皆具有地方色彩，从侧面展现了关中民俗风情，又不失民族精神的描摹。我们从现有的数据了解到，以《白鹿原》为主要对象的研究成果有学术专著20多部，中文学位论文100余篇，中文期刊1700多篇。这些研究已从多个维度去阐释《白鹿原》，总的来说小说的内部阐释空间大致有三个主要层次：一是思想文化层面，二是人物分析层面，三是艺术特色层面。近些年又新涌现出跨媒介研究，把文本与影视做对比分析，这意味着小说的内部阐释空间一直都在被不断地挖掘。一般来说，文学批评者即一部分的读者的意见会影响一部作品的传播，现从跨媒介研究的情况可见，《白鹿原》的传播在一定程度上反过来影响了文学阐释，这预示着被阐释文本的多媒体转换将增加阐释者与被阐释文本之间互动，文学作品本体的内部阐释空间也会随之衍发出新的可能。

二 外部阐释空间

所谓"外部阐释空间"是相对于文学作品本体的阐释空间而言

的，"外部"指的是作品诞生后读者的这一环节，"外部阐释空间"意味着编辑、文学批评家、普通读者对作品能够发挥的评价空间。

当代文学经典讨论有三个重要的时间节点1949年、1966年和1978年，这三个时间节点构成的两个时间段（1949—1966年、1966—1978年）刚好是"十七年"和"文化大革命文学"时期。"在这一时期里，中国'左翼'政治、文学派别试图建立一种以阶级属性作为基本表征的新的文学形态，文学经典的重新审定，就是这种努力的重要组成部分。"① 在文学与政治路线的变化密切相关的年份里，文学阐释的空间是极为受限的，甚至文学书籍出版上都包括对"可出版"作品部分的规划和"不可出版"的"非经典"作品的"封锁"。"外部阐释空间"在很大程度上受制于主流意识形态对文学批评和阐释上的干预，这其中包括对文学经典标准的确立，对作家作品的评论和对读者阅读习惯的直接引导。单一的评价标准限制了"非经典"文学的生成，也遏制了不同观念的文学争论。20世纪80年代之后，政治放宽了对文艺的控制，不同形式的文学作品层出不穷，经过十多年的缓和之后，《白鹿原》诞生的90年代已是开放的、多元的、流动的年代，外部阐释空间与此相适应克服了一元化的态势，释放了更为广阔的阐释空间，但主流意识形态仍以"无形"的姿态控制着文学活动多维度和多向度的流变。总的来说，《白鹿原》出版之日起面对的政治与审美这对关系构成的外部阐释空间构成了它经典化过程中的阻力与推力。

小说出版始伊，编辑组稿的两篇评论文章朱寨的《评〈白鹿原〉》和蔡葵的《〈白鹿原〉：史之诗》最初未发表，同时在1993年到1997年间，肯定《白鹿原》作品艺术价值的文章皆不好发表。这是因为《白鹿原》所倡导的价值观念与主流意识形态不合拍而遭到了政治权力的反对。文学批评家要挣脱政治的束缚，重视作者和作品的艺术性发挥是与外部阐释空间密不可分的。九十年代初期，《白鹿原》的

---

① 洪子诚：《中国当代的"文学经典"问题》，《中国比较文学》2003年第3期。

相关评价是比较单一的，文学批评家似乎划分成了两个阵营，一边认为《白鹿原》是新时期中国堪称史诗的作品，是可供重复阅读的、可开发性研究的"经典"作品；一边认为《白鹿原》存在着历史观上的一些根本性的缺陷，不具有"史诗"品格。事实上，对作品的赞美或指责，不过是批评者的评价文本的出发点不同，赞美者主要从审美的角度看待作品，寻找到了历史文化动态变迁中的诗意和对民族灵魂的拷问；而指责者主要从政治的角度看待作品，发现其中对政党斗争、革命历史的一些不妥帖的评价，因此便有割裂了"五四"新文化运动在历史中的影响，并非是"真实"的历史，大段暴露的性描写蓄意迎合读者的低俗趣味诸如此类的评价。指责者的评判主要表现将之作为建立社会规范、道德规范的依据，《白鹿原》若想走向中心、成为经典固然有作品本身内在艺术价值的卓越，但在一定程度上也离不开主流意识形态价值取向的外部影响，这种影响会在政治权利高度集中的年代遏制文学作品的诞生与出版，也会在政治与文艺关系的制约相对宽松的年代里涌现丰富多样的作品形式。在中国迈入新世纪之后，外部阐释空间的相对增长为文艺理论家提供了言说的相对自由，往日阐释的错位使经典的评价标准绽开了空隙，为争论提供了空间。关于《白鹿原》的讨论也逐渐由一些情绪化的意见走向学术味浓厚的研究性内容。不可忽视的现象是，这一系列的变化与小说的获奖不无关系。在《白鹿原》的修订版获得茅盾文学奖之后，有争议的评论逐渐消失了，作品原先受到质疑的部分慢慢地在被进行合理性的论证，不少人都赞成陈忠实是一位"清醒的现实主义作家"，此前带有政治敏感色彩的"鳌子说"也得到了正面的、理性的评价。这一切都说明一部作品只有充分的外部阐释空间，才能不断地被重估、评价以真正发挥作品的艺术价值与魅力。

综上，对《白鹿原》的经典化问题的探究，是一个非常有意义的过程。其意义主要表现在三个方面：一是通过作品的获奖与改版，发掘了作家与主流意识两方弥合的双重意义，茅盾文学奖评奖机制不是铁板一块，也需要放宽话语限制以巩固文化领导权。二是有助于拓展

《白鹿原》的研究路径，作品在多媒介的传播中完成了由文本到图画到影视的转化，这一过程是从抽象到具象的过程，也是作品经典化的必经之路，我们需要看到跨媒介传播下《白鹿原》不断更新后意蕴层面的空白，从而谨慎面对商业娱乐对严肃文学的的挑战。三是时下对经典的认识还不够清晰，在当代文学经典的选择上专家学者也未能达成共识，对《白鹿原》内外部阐释空间的论述有助于廓清文学经典的生成与认定过程。正因为《白鹿原》的经典化有如上的意义，因此它也成为当代文学经典评价问题中重要的组成部分，是我们厘清建构文学史书写、文学经典评判依据的基本线索。

第九章　传记:陈忠实的文学行姿

不少研究者认为陕西当代文学作品厚重有余而灵性不足。厚重姑且可以理解为作品所反映现实生活的广度与深度;灵性似可理解为超越现实的浪漫、理想与诗意。这与陕西的历史文化积淀禀赋有关;与西安曾作为十三朝古都,深蕴等级严明的皇家文化有关;与陕西这个北方内陆省份有限的生存条件而不得不更加务实的生存环境有关。厚重感使得陕西作家产生了一种现象,那就是在创作初期常常反响平平,但又会因为一两部作品的成功,一跃而成为一个时代的重要作家,诸如柳青、杜鹏程、路遥、陈忠实等,他们都是给文坛奉献了一部优秀长篇之后而声名鹊起。

具体到陈忠实,他又留给我们哪些精神遗产?他的创作道路又能给后来者以怎样的启示?

第一节　文学意义与创作价值

作家的创作是一种私人劳动,是一种创造文学的活动。对于任何一个从事文学创造和阅读的人来说,文学是精神食粮,是天地间的空气,但具体到文学的价值,即文学的本体理性认知,却是一个简单而又复杂的命题。对于作家而言,每个人因生活阅历、写作动机、兴趣爱好和世界观的不同会有若干种答案,而且这些答案必定会受到时代环境的影响,但对于每个从事写作的作家来说,这个元命题都是无法回避的,也是难以回避的,更是难以遮掩的问题,因为它涉及到作家文学观念的生成。

　　文学的价值简而言之就是文学何为的问题。马克思主义观点认为"文学是人类艺术地掌握世界的一种方式，是显现在话语中的审美意识形态"[①]。陈忠实未接受过高等教育，显然难以从中领悟到逻辑的力量，但这并不影响他对文学的自发性认知，尤其是借助阅读感悟和写作实践的总结，帮助自己形成个人较为系统的文学观念。陈忠实早期的文学观念是从间接习得和文人传统常识的自然赓续中获得的。早期他的习得主要是两个途径：一个是通过课堂学习、作文训练，包括全民诗歌运动的时代语境熏陶；再一个就是对赵树理、刘绍棠等作家作品的自觉阅读，尤其是受柳青《稻田风波》的乡土写作影响，促成他对文学发生了浓厚兴趣。兴趣无疑是最好的老师。无论是中学语文老师的鼓励与指导也罢，还是自觉揣摩文学写作的门道也好，显然都是自发性的感悟，难以形成系统性的理性认知，直到正式开始文学创作之后，这样的情况才慢慢发生了改变。陈忠实的"文以载道""文章合为时而著"的写作观念显然来自中国的文学传统理念。

　　古代的读书人启蒙教育时就被赋予了"立德""立功""立言"的责任，后来就演化为一种与生而来的文人传统。"诗言志""兴观群怨""文以载道"强化了文学的教化功能，文学的主体性和独立性便被交给"言志""群怨""载道"的社会价值主观认可当中。因此，历代统治者以文观世，"文变染乎世情，兴废系乎时序"（《文心雕龙·时序》），文人也就以"达则兼济天下，穷则独善其身"来立命。这种似乎是与生俱来的道义和责任对陈忠实来说是耳濡目染的顺理成章。从喜欢赵树理笔下农民的生动有趣，到对《创业史》的迷恋，刚起步的他懵懂中接受了从赵树理、柳青那里习染而来的朴素观念，只是当时并没有个人主见，只注重了追求文学形象的生动性和真实性，也就难以展开创造性写作。伴随20世纪80年代文学争论的此起彼伏和西方文艺思潮的扑面而来，陈忠实通过大量优秀中外文学经典的阅读，加

[①] 冯希哲：《中国传统文化概要》第三版，中国人民大学出版社2016年版，第151页。

之渐趋丰富的创作实践感悟，才逐步建立起较为理性而成熟的文学见解和创作主张。其文学创作观念主要体现在以下几个方面：

文学依然神圣。20世纪90年代，文学主体的质疑声甚嚣尘上，"文学边缘化"的讨论喋喋不休，"文学死亡了"的话题更是推波助澜，各种对文学价值意义的怀疑与妄议充塞耳目。陈忠实对此表现得格外冷静，他在1992年反其道而行之，旗帜鲜明地表明个人的主张："我们满怀自信，真正意义上的文学依然神圣。"① 这句话是针对作家讲的，也是一个真正作家的信心表达，只不过这里他强调了"真正意义上的文学"；换言之，披着文学外衣的非文学则未必，只有真正意义上的文学依然神圣。其中可以读出两层意思：一是本体意义上的文学是永恒弥久的，不可能消亡，它是人类不可或缺的精神存在方式，不仅是过去，或者今天，还是将来；二是应该死亡的是那些"非文学"和"伪文学"。这和米兰·昆德拉的见解异曲同工。米兰·昆德拉说："小说的死亡并不是一个异想天开的想法。它已经发生了，而且我们现在知道小说是怎样死亡的，它没有消失；它的历史停滞了；之后，只是重复，小说的重复制造着已失去小说精神的形式。所以这是一种隐蔽的死亡，不被人察觉，不让任何人震惊。"② 陈忠实对自己的观点进一步阐释说："经济最发达的欧美国家和地区，并没有因为经济的发达而消亡文学，反而是当代世界文学中最具影响的作品正是由那里的作家创造出来的。中国的经济刚刚起飞，文学便掉价作家便遭冷落，实际是一种很不健康的社会心理。经济获得更大发展，国民素质获得进一步提高的中华民族，必将要创造一个文学艺术辉煌灿烂的新世界，任何市侩的短视的眼光和浅薄的议论都会过去。"③ 对于文学的本质究竟是什么？他结合自己的体会说："我所理解的文学的本质，是作家对社会对人生的独特体验，用一种新颖而恰切的表述形式展现出来。所谓独特体验，就是独有的体验，而且能引发较大层面读

---

① 陈忠实：《陈忠实文集》第五卷，人民文学出版社2015年版，第422页。
② ［捷］米兰·昆德拉：《小说的艺术》，董强译，上海文艺出版社2011年版，第19页。
③ 陈忠实：《陈忠实文集》第五卷，人民文学出版社2015年版，第421页。

者的心灵呼应，发生对某个特定时代的思考，也发生对人生人性的理解和思考。"① 虽然陈忠实没有能从哲学层面回答这个文学基本问题，也没有从文学内在特征来解释文学现象，但他从实践的角度总结和归纳了创作层面的文学内涵，那就是：作家对社会和人生的独特体验通过新颖而恰切的表述形式与读者产生心灵呼应的载体就是文学。他从创作所引发的主体、内容、客体、接受、特征等要素共同参与文学创作活动的论述来说，囊括了文学的主体要素，也抓住了文学活动的基本特征，可以说是一种独特的解释。特别应注意的是他强调的独特体验，包括读者参与在内，无疑这是一种对文学接受参与创作过程的现代性阐释。

文学的功能认知。文学的功能主要体现在文学的认知功能、审美功能和娱乐功能等方面，随着社会经济的发展，文学逐步挣脱了工具属性，应该回归到其应有的常态。在文学边缘化争论中，陈忠实旗帜鲜明表明了文学依然神圣的主张之外，还从理性和感性两个维度阐发了自己的主张。在陈忠实看来，任何一个国家、任何一个社会，文学都不应，也不会取代政治、经济、军事的位置。也就是说，在他看来，文学从来就没有居于社会的中心位置，始终在边缘，顶多是被当作工具。他说："一熟人和我见面就大发感慨，说把文学边缘化了，我就冷冷地给他泼点凉水，撂了一句：'文学本身就不应该处在中心位置。把文学处在中心位置，你吃啥，你穿啥？'"② 陈忠实虽然是开玩笑的话语，却点出了其中的真理。文学本身的功能决定了其非中心的位置，至于说为何"文学边缘化"的哀叹一时风盛，本因在于缺乏理性的思考，也不乏媒体的置喙之嫌。"文学本身不存在边缘和不边缘的问题，任何一个时代，任何一个国家，文学都不可能成为这个社会的中心话题。实际上，文学始终都应当在边缘上。一个合理的社会结构，首先是政治，其次是工商业的发展。这些始终是一个国家最主要的东西，是一个国家占统治地位的，永远都不会转变的话题。文化欣赏都是附

---

① 陈忠实、冯希哲等：《陈忠实访谈录》，陕西人民出版社2016年版，第185页。
② 陈忠实：《接通地脉》，作家出版社2012年版，第240页。

属于这个而存在的,是皮和毛。"① "皮毛论"是一个从农村的最基层走出来的作家对文艺价值的社会性思考,是对从事的"文学事业"的自律性定位,与恩格斯的论断不谋而合。恩格斯《在马克思墓前的讲话》中说:"人们必须满足吃、喝、穿,然后才能从事政治、科学、艺术、宗教,等等;所以,直接的物质的生活资料的生产,因而一个民族或一个时代的一定的经济发展阶段,便构成为基础,人们的国家设施、法的观念、艺术以至宗教的观念,就是从这个基础上发展起来的。"② 显然,陈忠实对文学功能的认知是确定而且理性的。

另一方面,他又用"文学是个魔鬼"这个感性表达方式,阐明了文学的不可或缺性。"我已经记不起多少回慨叹文学是个魔鬼的事了。在我自己的创作遭遇挫折或陷入苦闷被折磨得左右不是的时候,便发出这样的喟叹;在我接触文学的一些幸运儿和不幸者的时候,也是常常油然而生出这个的慨叹来。""之所以说它是魔鬼,还是它有情的原因呀。没有情就不会有魔鬼,魔鬼也常常是有魅力的呀。"③ "既有情又无情,既是天使又是魔鬼,这就是文学。"④ 由此可见,陈忠实是从自己的感受出发,借助形象的比喻说明了文学的魅力不可或缺性,虽然它不可能处于社会的主导位置,但是人的精神满足需要文学提供自身的价值。对于作家而言,创作处于低谷时,文学可能是个魔鬼;平顺时,它又可能摇身一变成为了天使,也正因为如此,文学创作才成为了作家特有的一种生活方式。

同时,陈忠实还把文学在社会中的功用归为事业。当思想环境和创作环境发生改变之后,他欣喜地说,把文学能当事业来做的时代来临了。之所以说文学是事业,并非和文学在边缘的观点相矛盾。文学的边缘是从社会层面确定了文学的相对位置,而这个位置取决于文学的本身功能;文学作为事业,陈忠实是针对极"左"时代的写作环境油然

---

① 陈忠实、冯希哲等:《陈忠实访谈录》,陕西人民出版社2016年版,第136页。
② 恩格斯:《在马克思墓前的讲话》,《马克思恩格斯选集》第三卷,人民出版社1995年版,第776页。
③ 陈忠实:《陈忠实文集》第七卷,人民文学出版社2015年版,第431页。
④ 陈忠实:《陈忠实文集》第七卷,人民文学出版社2015年版,第432页。

而生的感慨。在极"左"思潮笼罩的环境里,看书和写作都是受到严格限制的,作家无法进行自由表达,备受煎熬,所以他一度颓废消沉,甚至产生了放弃文学创作的想法。后来又因为《无畏》受到批判,给他心理造成了极大的挫败感,其中虽有作家思想不成熟的因素,未能坚守住一个作家应有的写作操守,未能穿透历史雾帐,但在特殊环境中,任何一个人都难以置身事外,这是受时代环境制约的。恰恰是这个偶然性事件,给陈忠实造成了久久难以释怀的心理阴影,以至于使他对政治产生了莫名其妙的畏惧心理,直至适合文学写作的自由空气来临,他才坚定了自己的选择。之所以说文学可以作为事业,是陈忠实基于个人职业终生追求的理想自我定位,并非一时的兴趣使然,他的艺术人生也充分印证了这一点。

文学的接受体认。文学接受是文学活动的基本要素和环节;没有接受过程的创作毫无意义可言。读者的阅读又是自由而独立的,成熟的读者不会受制于作家在作品的主观预设,而会调用自己的库存去独立阅读,在满足期待视野的同时也可以丰富和优化自己的库存。读者的接受会出现三种可能:作家在作品中设置的意图与读者对抗,或无调用"库存"的意义,进而会失去接受过程的必要性;也有读者调用"库存"的阅读过程与作者产生了相应的"心灵呼应",满足了期待视野,那么就使得文本的意义得以存在;还有一种可能,也是为数不多的是,读者的阅读进程调用"库存"的时候,明显感觉到库存异常吃力,这样读者的阅读意义可能"超越"文本本身,所溢出的接受便赋予了文本更丰富的涵义,进而会助推文本的经典化进程。因之,对接受的重视程度既是作家文学素养的试金石,又是作家创作心态的凹凸镜;有勇气和自信的作家会真诚而坦率地面对读者的检阅,并将读者的反馈消化吸收后内化为个人的创作经验,这无疑是最为明智的态度,因为作家任何主观强加的意志在读者的"自由"和"独立"接受面前毫无用处。

接受过程也会告诉作家,一味对读者阅读兴趣的"迎合""退让"和"妥协"是不明智的,是愚蠢的,作家应当把自己的独特体验以独特的个性化表达方式完美展示出来,以之来吸引读者的主动"参与";

否则,只能是"机关算尽太聪明,反算了卿卿性命!"对文学本身也构成了伤害。

陈忠实把文学接受看得格外重要,"作家不能不考虑读者在整个文学活动中的参与效果"[①]。其主要理念体现为以下几方面:

一是,创作是作家与读者之间的一种交流方式。读者作为文学接受的主体是接受理论的全新视角,它强调期待视野和审美距离,强调读者接受的能动性。在陈忠实看来,作家的创作虽然是私人劳动,但是只有作家,显然作家发起的文学活动就难以完成;从文学活动而言,作家的创作并非单个人的劳动,需要借助负载作家生活体验的作品媒介与读者来完成一种沟通和交流。这样,作家的创作才有可能被认可;否则,给自己写作,或者与读者的交流因为障碍无法展开对话交流,只能说明作家的体验不成功,写作的意义和作品价值会自行丧失。陈忠实坦言道:"读者愿意买我的书,既是我写作的初始目的,也是从事文学生涯几十年来不曾改变的目的,更是往后写作的终极目的。我对文学创作意义的种种演进着的理解中,只有目的这一点不曾动摇和变化,即:写作是一种交流方式,是作家把自己对历史对现实人生的种种体验诉诸文字,然后进入读者的视野,达到和完成一种交流。"[②]他还结合自己的感受强调:"作家把自己对生活的体验诉诸文字,就是想与读者进行交流;喜欢阅读你的作品的读者越多,验证着作家体验的独特性,才能引发读者的心灵呼应。"[③] 他显然是把来自读者的心灵呼应作为创作的一种境界来看待。

二是,读者的阅读是对作品好坏与否的一种检验方式。陈忠实把来自读者阅读后的心灵呼应视为一种境界,也把读者阅读后的感受视为衡量作品水平、优劣程度和体验层次的一个尺度。他说:"我们的作品不被读者欣赏,恐怕更不能完全责怪读者档次太低,而在于我们

---

① 远村、陈忠实:《〈白鹿原〉获茅盾文学奖后答问录》,李清霞编:《陈忠实研究资料》,山东文艺出版社2006年版,第43页。
② 陈忠实:《陈忠实文集》第九卷,人民文学出版社2015年版,第133页。
③ 陈忠实:《陈忠实文集》第十卷,人民文学出版社2015年版,第283页。

自我欣赏从而囿于死谷。必须解决可读性问题，只有使读者在对作品产生阅读兴趣并迫使他读完，其次才可能谈及接受的问题。"① 他认为使读者能有兴趣、有耐心地阅读作品，才有文学接受发生的可能性，这就要求作家的创作，首先要解决好可读性的问题。在他看来，读者就是作家的土壤，作家不应动辄抱怨读者，作家要做的是如何让自己的体验更为完美深刻，来更好满足读者的阅读期待。"作家不要永远抱怨读者，作家只能努力加深对生活的体验，争取从生活体验进入一种更高层次的心灵体验，争取读者的最终认可和接受。作家其实就生活在读者这片土壤中的，读者不喜欢你的书，你所创造的价值就自然会被否定，尽管这是很残酷的。"② 因此，在他的文学观念里，作品的价值和创作的意义都蕴含在与读者的相互沟通及反馈之中。"所以好的文学作品应该是：它不应给读者带去阅读的障碍，它应该与阅读它的每一位读者沟通。如果达不到这种沟通，只能说是作家的感受浅，或者说是艺术的表现能力差。"③

三是，作家的创作要满足读者的期待视野，但应保持必要的审美距离。审美距离取决于作家体验和艺术表达的独特性。他说"读者的阅读欲望中一个很重要的原因，是想感知作家无论对历史、对现实生活的透视、理解和体验的独到之处，独到深刻的某一点，又有一个比较完美饱满的艺术形式表示出来，读者阅读中能受到启示，自然就产生吸引阅读的魅力了，尤其是对现实生活。"④ 陈忠实的理解和感受是，作家纯粹满足读者的阅读期待也不见得就好，而作家把独到体验以完美饱满的形式呈现读者，读者在阅读过程能有所启发和感悟，进而产生相互的心灵呼应才是好作品。

四是，真实是对读者负责，是作家的基本操守。陈忠实认为作家必须尊重读者，尊重读者的首要一条就是体验和表达都要真实。在他

---

① 陈忠实：《寻找属于自己的句子》，上海文艺出版社2009年版，第193页。
② 陈忠实：《陈忠实文集》第六卷，人民文学出版社2015年版，第300页。
③ 陈忠实：《陈忠实文集》第六卷，人民文学出版社2015年版，第299—300页。
④ 陈忠实：《陈忠实文集》第九卷，人民文学出版社2015年版，第472页。

看来写作虽然是作家的私人劳动，但是写作完成后的作品最终要交付读者阅读，接受读者的评头论足，这又不是作家所能够主宰的。因此，写作的时候，作家既要对个人负责，更要替读者负责，简而言之，作家对读者的尊重就是对自己负责，这恰恰取决于体验和表达的真实性。"我作为一个读者的阅读经验是，能够吸引我读下去的首要一条就是真实；读来产生不了真实感觉的文字，我只好推开读本。"①

作家的生命价值。对读者的接受与反馈的高度关切，体现了陈忠实对文学意义的理解和创作价值的切身思考，而这恰恰构成了他文学人生行走姿态的源思想。陈忠实认为，人生的意义尽管每个人都有自己的理解与追求，但对自己来说却很具体，那就是"生命的意义就是写作"②"作家生命的意义在于艺术创造"③"创造着是幸福的"④。从一个人的物质需求角度而言，他认为满足人生存的基本物质基础即可，任何人都不应该是简单地活着，而应与国家民族同呼吸共命运，应对社会发展贡献点什么，这样才不枉负一生，人生才有意义；对于自己来说，最大的人生价值就是追求文学理想，能当一个职业作家且能进行创造性的写作，这就是自己最大的幸福。他说："作家靠作品赢得读者，也体现自己的创造价值。"⑤"作家的职业本能是写作，作家的全部智慧都应用于写作，而不是其他。……作家如果对自己负责的话，就应该把自己的文学智慧不断开发到最大的效益——就是力争写出最好的作品来。这是作家生命价值的全部意义所在。"⑥"我无梦想，我只有文学理想。我的理想从来都是文学创造。我不喜欢'梦想'这个词，因为它太虚幻。我想以自己的新的创作不断展示自己的独立体验，直到拿不起笔的那一天。"⑦

---

① 陈忠实：《陈忠实文集》第九卷，人民文学出版社2015年版，第457页。
② 陈忠实：《陈忠实文集》第十卷，人民文学出版社2015年版，第343页。
③ 陈忠实：《陈忠实文集》第六卷，人民文学出版社2015年版，第246页。
④ 陈忠实：《陈忠实文集》第三卷，人民文学出版社2015年版，第493页。
⑤ 陈忠实：《陈忠实文集》第六卷，人民文学出版社2015年版，第322页。
⑥ 陈忠实：《陈忠实文集》第七卷，人民文学出版社2015年版，第278页。
⑦ 陈忠实：《陈忠实文集》第六卷，人民文学出版社2015年版，第322页。

在陈忠实看来，作家的人生价值就体现在富有创造性的写作劳动当中，就体现在一生所选择并追求的文学事业当中，这种人生观的具体对象化必然会产生了相应的价值观。因此，他觉得自己人生最快乐最幸福的事，就是把自己的独特体验付诸文字发表，然后与读者产生了一种难得的"心灵呼应"。"我所理解的文学的本质，是作家对社会对人生的独特体验，用一种新颖而又恰切的表述形式展现出来。所谓独特体验，就是独有的体验，而且能引发较大层面读者的心灵呼应，发生对某个特定时代的思考，也发生对人生人性的理解和思考。"① 即便创作过程再辛苦，他感受的依然是一种快乐。"写作的过程是艰辛的，却也是快乐的，往往会快乐到忘我的境地，快乐到感觉不到辛苦。"② 这就是一个陈忠实的幸福观，以至于采访他的中国国际广播电台记者邱晓雨深有感触地说："这是我采访的作家里，目前唯一一位说道，会在第一眼看到自己发表的东西，会觉得幸福的人。我以前以为这个职业的人，都会因此幸福。但是确定的给我这个答复的人，只有陈忠实一个。"③

既然把创作作为自己生命意义的全部，陈忠实就有自己严格的创作原则和要求，以保证创作价值的最优化。他说："作家生命的意义就是创作，作品就是作家的传记。"④ "创作唯一所可依赖的只有作家自己的生活体验、生命体验和艺术体验。"⑤ 当《白鹿原》获得读者的"心灵呼应"后，他说《白鹿原》"是我生命的提炼。"⑥ 并由衷地回味："回首往事我唯一值得告慰的就是：在我人生精力最好、思维最敏捷、最活跃的阶段，完成了一部思考我们民族近代以来历史和命运的作品。"⑦ 视创作为生命意义的陈忠实还认为，文学写作一定不能违

---

① 陈忠实：《陈忠实文集》第十卷，人民文学出版社 2015 年版，第 412 页。
② 陈忠实：《陈忠实文集》第十卷，人民文学出版社 2015 年版，第 343—344 页。
③ 陈忠实：《陈忠实文集》第十卷，人民文学出版社 2015 年版，第 370 页。
④ 陈忠实：《陈忠实文集》第十卷，人民文学出版社 2015 年版，第 313 页。
⑤ 陈忠实：《陈忠实文集》第六卷，人民文学出版社 2015 年版，第 246 页。
⑥ 陈忠实：《陈忠实文集》第十卷，人民文学出版社 2015 年版，第 311 页。
⑦ 陈忠实：《陈忠实文集》第七卷，人民文学出版社 2015 年版，第 317 页。

背初心，要对人民群众有深厚的感情，要与他们同舟共济。"作家要写小说，要编剧本，要创作电影剧本，就得深入生活，了解生活，了解人；不应该是救世主式的对下层劳动者的怜悯，而应该是普通劳动者与普通劳动者的同舟共济。"① 同时，作家要对文学始终持有纯洁而虔诚的态度，"我的守则是不写不想写的文字，即就是不写没有真实体验的虚而又俗的文字。我依然神圣着自己至今不能淡漠的文学！"② 即便是出于人情关系迫于无奈，作家也要守住自己的职业良知和操守："另一种写作可称为遵命文学，是遵文学朋友之命为其著作写序，我比读文学名著还用心，感知他的思想和艺术魅力，溢美是溢他作品所独有的美，不是滥说好话。"③ 对此，铁凝评价道："卡夫卡说：'笔不是作家的工具，而是作家的器官。'这对陈忠实来说尤为贴切，写作就是他的生命，他把一切献给了他所挚爱、他所信仰的文学。"

第二节 作家使命与写作立场

使命是担负社会重大责任的意识、理念和行为的集合。作家的使命取决于作家从事的职业本身所担负的社会道义，及其特殊性。作家创作的意义不是存在于个体的自我宣泄或抒唱过程的完成，也不是具体写作任务的交代，而是自我私人劳动的社会价值体现。以"不问收获，但问耕耘"为座右铭的陈忠实的使命意识贯穿了他一生写作的全过程，并内化为肉身与精神的合体，又通过具体的创造过程全方位呈现出来。

一 一生的忧患与自觉的反省

熟悉陈忠实的人都有一个明显的感受：无论是和他交流或者聊天（交流是主体的沟通，不同于聊天的无主题畅谈），还是阅读他的

---

① 陈忠实：《陈忠实文集》第一卷，人民文学出版社2015年版，第537页。
② 陈忠实：《陈忠实文集》第十卷，人民文学出版社2015年版，第385页。
③ 陈忠实：《陈忠实文集》第十卷，人民文学出版社2015年版，第381页。

作品，都会切身感受到一种强烈的无时不在、无处可匿的忧患意识；他忧国之忧，忧民之忧，忧时之忧，更忧人之忧。这种忧患意识似乎与生俱来，是人强烈的使命感使然，是一个作家社会责任感的自觉。

在陈忠实看来，忧患意识是一个作家的深层心理动机，会贯穿一生的创作全过程。他说："忧患意识也在深层上影响作家内在诗意的表达方式。诗意从来不会在空壳一类文字上闪光。诗意来自文字出处的精神底蕴。"[1] 创作之时，他习惯了替读者考虑，总担心写作不成功贻误他人。"我是一个农民的儿子。老一代乡村父老和新一代生活在乡村田野上的兄弟姊妹们，他们希望于我这样一个能写点乡村小故事的作者的是什么呢？我常常反问自问：我了解他们吗？我了解得准确吗？我写出来的东西有益于他们的事业吗？有益于他们的后代吗？而要做到这一点，切实感到手中这支笔的分量是不轻的。"[2] 如果写作于民族、于国家、于人民有益，即便再痛苦再艰难自己都能忍受，都会感受到无穷的快乐和幸福。"我的体会是，在创作这项事业中，欢乐是短暂的，痛苦是永恒的。痛苦中有追求，有不满足现状，有新的渴盼，因此永远不会完结。痛苦没有了，希望也就没有了。"[3] "文学是个迷人的事业。入迷是抛开了一切利害得失的痴情。我迷恋文学几十年，历经九死而未悔。"[4]

这种强烈的忧患意识更多体现在他对艺术的不懈追求和不知疲倦的不满足当中。对既往的不满足和对现实状态的不满意必然会引发自我"回嚼"，进而陷入苦闷，进而自我否定。在他看来一时间陷入苦闷不是一件坏事，反倒是一件令人欣喜的好事，因为它揭示着自己要实现一种突破，要迎来一个新的创造。"苦闷是自我否定的过程。自我否定是一种内在的动力，是打破自己的思维定式的一种力量。对于

---

[1] 陈忠实：《陈忠实文集》第八卷，人民文学出版社2015年版，第264页。
[2] 陈忠实：《陈忠实文集》第一卷，人民文学出版社2015年版，第539页。
[3] 陈忠实：《陈忠实文集》第二卷，人民文学出版社2015年版，第482—483页。
[4] 陈忠实：《陈忠实文集》第三卷，人民文学出版社2015年版，第479页。

一个作家来说，可怕的不是苦闷而是思维中呈现的太多的定式，思维定式妨碍吸收，排斥进取，不思追求，因而导致作家思想和艺术生命的老化。苦闷过程则是酝酿着打破已成的思维定式的聚蓄力量的过程，是进取的过程，是追求新的思想和艺术的过程，是创作生活富于活力的过程。苦闷的结果，必然是对于自己的艺术实践的又一次突破。因此而可以说——苦闷象征着新的创造。"①陈忠实对自我的不满意并未停靠在苦闷的港湾徒自伤叹、怨天尤人，而是自觉刀锋内转，首先从自身已顺理成章或习焉不察的精神深处进行自我解剖、自我反省、自我审视。他说："审视的归结无非是两点，舍弃和守护。舍弃肮脏，舍弃平庸，舍弃投机，舍弃虚妄；守护清纯，守护锐进，守护真诚，守护尊严。没有舍弃就难得守护。舍弃和守护的过程是灵魂搏击的过程。在生活出现某些复杂现象的时候，舍弃和守护的灵魂搏击就愈显得严峻，艺术家的良心、道德、人格、尊严存在着或被淤没或更强壮两种可能性。当然，首先是审视意识的苏醒。"②

自我审视的理性反省会催发新的选择，陈忠实把这个过程叫自我"剥离"，"剥刮腐肉"的剥离，即便是精神里既定的"本本"，即便是精神导师也概莫能外。"我开始意识到这样致命的一点：一个在艺术上亦步亦趋地跟着别人走的人永远走不出自己的风姿，永远不能形成独立的艺术个性，永远走不出被崇拜者的巨大的阴影。譬如孩子学步，在自己没有能力独立行走的时候需要大人引导，而一旦自己能站起来的时候就必须甩开大人的手，一个长到十岁的正常的孩子还牵着大人的手走路是不可思议的。艺术创作更是这样，必须尽早挣开被崇拜者的那只无形的手，去走自己的路。"③所以，陈忠实的第一次"剥离"就是走出精神导师柳青的影子，摆脱柳青时代的"本本"，以回归正常的文学观念，回归作家的独立人格。柳青是陕西当代文学的旗帜，以路遥、陈忠实和贾平凹为旗手的"文学陕军"第二代都把柳青

---

① 陈忠实：《陈忠实文集》第三卷，人民文学出版社2015年版，第496页。
② 陈忠实：《陈忠实文集》第七卷，人民文学出版社2015年版，第263页。
③ 陈忠实：《陈忠实文集》第五卷，人民文学出版社2015年版，第371页。

视为精神偶像的存在。柳青是一位杰出的作家，他有旷世才华和文学上的远大抱负，强烈的使命感使他放弃了在北京的优越生活而沉潜到陕西长安县农村生活和创作，他全身心深入生活和农民建立起深厚的感情。柳青举家搬到长安县，十四年就住在由破庙改造成的陋室里，踏踏实实过着农民的日子，直接参与了农业合作化运动，走村串户，教育农民放弃单家独户的生产方式，把一家一户的土地挖掉界石和隔梁归垄合并，又把独槽单养的耕畜牛、骡牵到集体的大槽上去饲养，还在集市上把手缩进袖筒里和对方捏指头讲价交易，离开皇甫村时村里很多人都不知道他是一位大作家。柳青并不仅仅是对生活的简单体验，埋藏在行为下面的其实是他对日常生活的敬畏。这些都对陈忠实发生着潜移默化的影响，在他心里柳青的位置是他人无法替代的"膜拜"。"我从对《创业史》的喜欢到对柳青的真诚崇拜，除了《创业史》的无与伦比的艺术魅力，还有柳青独具个性的人格魅力之外，我后来意识到这本书和这个作家对我的生活判断都发生过最生动的影响，甚至毫不夸张地说是至关重要的影响。"[1]

当经过自我审视必须走出柳青影子的时候，他毅然决然选择了剥离。剥离之后必然是重生，是蝶变。他"寻找属于自己的句子"的过程，既是一个有良知作家的职业使命使然，又得益于个人对文学信念不懈追求的高度自觉。他说"我这个人得益于我的好处就是自己拥有自我反省的能力"[2]。当然也有生命意识的紧迫感。"我在构思创作《白鹿原》的时候，有一种危机感、恐惧感、紧迫感，感觉50岁是一个年龄大关，加之那些年不断有路遥夫等知识分子英年早逝的报道，我恐惧的是我的最重要的艺术感受艺术理想能否实现，最重要的创作能否完成。现在我心态很平和，主要是我那时候意识到的创作理想在我最为重要的年龄阶段已经完成。我60岁的生命和50岁的生命是一样的，生活态度，创作态度没有消极。我说的平和不是悟道，不是耳顺，不是超然。对艺术新境界的追求，对生活意义的追寻，都应该渗

---

[1] 陈忠实：《寻找属于自己的句子》，上海文艺出版社2009年版，第92页。
[2] 陈忠实：《陈忠实文集》第七卷，人民文学出版社2015年版，第424页。

透到生命里，该顺的顺，不该顺的不顺。"①

二 文学的虔诚与创作的忠实

陈忠实的使命感还体现在他对文学事业无比虔诚的态度上。他信奉柳青的两句名言：作家是"六十年一个单元""文学是愚人的事业"。因此，他时常警醒自己必须"扎扎实实，埋头苦干，不务虚名，更不能投机取巧，谁以为自己已经得到了'宝葫芦'，洋洋自得，不可一世，那么文学生命就可能是短暂的。"② 这样的虔诚和忠实的态度与他的品质有着对应关系。他说："父亲自幼对我的教诲，比如说人要忠诚老实啦，人要本分啦、勤俭啦，就不再具有权威的力量。我尊重人的这些美德的规范，却更崇尚一种义无反顾的进取的精神，一种为事业、为理想而奋斗的坚忍不拔和无所畏惧的品质。"③ 就他个人的理解，"生命易老，文学不死。不死的文学自然是指文学原本意义上的文学。"相反，那些"假冒伪劣的所谓文学"不仅因没有价值会死，而且比生命死得还早还快，假大空的文学浪费了的不只是多少纸张的问题，更重要的是耗费了一批有才华的作家的生命。"生活在某个较长的阶段里不仅容忍而且鼓噪那些假冒伪劣的文学，但生活也会在某一个早晨突然做出严峻的面孔，把飘浮在秋阳里自鸣得意的飞蠓极轻易地扫荡了。文学原本意义上的作品才是顽强的，不死的。"④

对文学的虔诚态度还体现在他对生活体验的独到见解当中。陈忠实认为，对从事文学创造的作家来说，不应只是一种态度，只是一种情感，而应体现在自己富有创造价值的创作当中，而创作源于生活，就应当从创作的起点——深入生活和生活体验中就忠实于"文学依然神圣的信念"。"深入生活，应该想方设法有一个具体的位置，争取卷进漩涡的中心，和生活的创造者一起生活，一起焦虑、苦恼，避免从

---

① 陈忠实：《陈忠实文集》第七卷，人民文学出版社2015年版，第326页。
② 陈忠实：《陈忠实文集》第一卷，人民文学出版社2015年版，第540页。
③ 陈忠实：《陈忠实文集》第三卷，人民文学出版社2015年版，第476页。
④ 陈忠实：《陈忠实文集》第六卷，人民文学出版社2015年版，第222—223页。

上往下，从外往里地看生活。做生活的主人，不做旁观者。作家是社会的普通一员，有权利也有义务和人民的心息息相通，自觉抵制自己思想中某些不纯正的东西，才能感受时代和人民的脉搏，不断发出自己的歌唱。"[1] 在他理解，之所以对生活体验要忠实，是因为"生活和文学的自然法则是容不得任何人投机的，投机了一时但不可能永久"[2]。他认为作家为了使生活体验、生命体验能够完美地促成艺术体验，创作出一部最优秀的作品，还应把自己的文学智慧发挥到极致。"作家的职业本能是写作，作家的全部智慧都应用于写作，而不是其他。人的智慧的发展是一个不断开发的过程，作家如果对自己负责的话，就应该把自己的文学智慧不断开发到最大的效益——就是力争写出最好的作品来。这是作家生命价值的全部意义所在。"[3]

就陈忠实来看，创作要自始至终忠实于创作的基本要求，必须做到每个阶段每个环节的忠实。"我的创作忠实于我每一个阶段的体验和感悟。我觉着当代生活最能激发我的心理感受，最能产生创作冲动和表现的欲望。"[4] 要时刻牢记作为一个作家的使命。

三 命运的思考与悲剧的指向

陈忠实从中篇小说《蓝袍先生》的写作当中引发了他对民族命运的思考，他感觉中篇小说已无法承载这一思考。当徐慎行脱下了象征着封建桎梏的蓝袍换上象征着获得精神解放和新生的"列宁装"，再到被囚禁在极左的心理牢笼之中，他六十年三个关键期心理结构形态的颠覆及平衡过程所经历的欢乐与痛苦，正是那一代人共同经历的艰难心路历程。据陈忠实回忆，当他拉开《蓝袍先生》的序幕之后，"我的笔刚刚触及他生存的古老的南原，尤其是当笔尖撞开徐家镂刻着'读耕传家'的青砖门楼下的两扇黑漆木门的时候，我的心里瞬间

---

[1] 陈忠实：《陈忠实文集》第一卷，人民文学出版社2015年版，第545页。
[2] 陈忠实：《陈忠实文集》第十卷，人民文学出版社2015年版，第410页。
[3] 陈忠实：《陈忠实文集》第七卷，人民文学出版社2015年版，第278页。
[4] 陈忠实：《陈忠实文集》第七卷，人民文学出版社2015年版，第329页。

发生了一阵惊悚的战栗,那是一方幽深难透的宅第。也就在这一瞬,我的生活记忆的门板也同时打开,连自己都惊讶有这样丰厚的尚未触摸过的库存。徐家砖门楼里的宅院,和我陈旧而又生动的记忆若叠若离。我那时就顿生遗憾,构思里已成雏形的蓝袍先生,基本用不上这个宅第和我记忆仓库里的大多数存货,需得一部较大规模的小说充分展示这个青砖门楼里几代人的生活故事……长篇小说创作的欲念,竟然是在这种不经意的状态下发生了。"①自《蓝袍先生》创作开始,他把笔触从当下延伸到了近现代史,也从现实人生透视转移到了民族"文化心理结构"的展现,乃至于整个民族命运的宏观思考,这一转变过程充分说明了他自我剥离后的精神自觉,也正是作家的使命感使然。

陈忠实说:"作为一个有使命感、责任感的作家,如果要涉及民族命运,你要写这样的过程就不可能轻松。这是因为不是你要沉重,而是民族本身就沉痛、沉重,我起码是这样的感觉。"②由此可见,《白鹿原》的"秘史"写作对作家是一个肉身、思想和精神的多重挑战。这也就促使他不得不为《白鹿原》作更为充分、更为深入的准备。于是,他通过大量阅读世界文学经典以更新文学观念;重读近现代史以走进民族历史命运现场;查阅咸宁、蓝田、长安以深入了解脚下的土地的三个重要工作,来感知民族的命运,给世人和后来者更多的深刻启迪。"我愈加信服巴尔扎克的一句话:'既然小说被认为是一个民族的秘史,那么,要成为真正的小说家就必须对社会生活进行调查。'从这个意义上说,要了解一个民族,最好是阅读那个民族的优秀的文学作品。从这个意义上说,作家要获得创作的进展,首当依赖自己对这个民族的昨天和今天——历史和现实的广泛了解和理解的深刻程度。"③而且,这个民族命运的思考带有强烈的痛疼感,也对他自己的文化历史观是一个重建。"中国文学中写出人物的文化心理结构,

---

① 陈忠实:《寻找属于自己的句子》,上海文艺出版社2009年版,第1页。
② 陈忠实:《陈忠实文集》第十卷,人民文学出版社2015年版,第311—312页。
③ 陈忠实:《陈忠实文集》第五卷,人民文学出版社2015年版,第312页。

很重要的一点就是揭示出传统与现代的那种文化冲突。这种文化冲突造成了人物心理结构的、观念的改变，从而也就造成了原有的心理结构的平衡的被颠覆、被打破。一旦新的观念形成，就随之形成了一种新的心理结构、新的平衡。对于我们这个民族来说，既有传统的道德观、价值观，也包括一些地方地域形成的民间风俗观念，它们跟当代文明、新的观念之间形成的冲突应该是深层的。"① 由此也就引发了他个人空前的悲剧意识。

悲剧意识是悲剧性现实的反映，也是对悲剧性现实的把握。恩格斯认为悲剧是"历史的必然要求和这个要求的实际上不可能实现之间的悲剧性的冲突"，鲁迅认为悲剧是"把世上最美好的东西撕碎了给人看"。无论如何，"悲剧意识的形成需要一种理性的前提。只有理性才能使人驱散宗教的超然和麻痹，使人直面严酷的现实，使人深切地感受到现实的悲剧性"②。如何判断是否具有悲剧性，英国美学家斯马特认为，"如果苦难落在一个生性懦弱的人头上，他逆来顺受地接受了苦难，那就不是真正的悲剧。只有他表现出坚毅和斗争的时候，才有真正的悲剧，哪怕表现出的仅仅是片刻的活力、激情和灵感，使他能超越平时的自己。悲剧全在于对灾难的反抗。陷入命运罗网中的悲剧人物奋力挣扎，拼命想冲破越来越紧的罗网的包围而逃奔，即使他的努力不能成功，但心中却总有一种反抗"③。陈忠实此前的艺术表现并没有明显的悲剧意识，自《白鹿原》始，其后的《一个人的生命体验》《娃的心娃的胆》《日子》《李十三推磨》等都渗透着浓厚的悲剧意识。我们姑且选择《白鹿原》的几个人物形象以作例释。

朱先生是《白鹿原》倾注心血塑造的一个儒家文化传承圣人的化身，在作品中举足轻重。作品在写朱先生葬仪的过程时不惜笔墨，用了半个章节极为细致地叙述了各色人等的登场展现，而朱先生也预知

---

① 陈忠实：《陈忠实文集》第七卷，人民文学出版社2015年版，第385页。
② 张法：《中国文化与悲剧意识》，中国人民大学出版社1989年版，第7页。
③ ［英］斯马特：《悲剧》，转引自朱光潜《悲剧心理学》，人民文学出版社1983年版，第206页。

生命即将终结，特意让朱白氏给自己洗头。作品如此写道：

> 朱白氏从台阶上的针线蒲篮里取来老花镜套到脸上，一只手按着丈夫的头，另一只手拨拉着头发，从前额搜寻到后脑勺，再从左耳根搜上头顶搜到右耳根。朱先生把额头抵搭在妻子的大腿面上，乖觉温顺地听任她的手指翻转他的脑袋拨拉他的发根，忽然回想起小时候母亲给他在头发里捉虱子的情景。母亲把他的头按压在大腿上，分开马鬃毛似的头发寻逮蠕蠕窜逃的虱子，嘴里不住地嘟囔着，啊呀呀，头发上的虮子跟稻穗子一样稠咧……朱先生的脸颊贴着妻子温热的大腿，忍不住说："我想叫你一声妈——"朱白氏惊讶地停住了双手："你老了，老糊涂了不是？"怀仁尴尬地垂下头，怀义红着脸扭过头去瞅着别处，大儿媳佯装喂奶按着孩子的头。朱先生扬起头诚恳地说："我心里孤清得受不了，就盼有个妈！"说罢竟然紧紧盯瞅着朱白氏的眼睛叫了一声："妈——"两行泪珠滚滚而下。朱白氏身子一颤，不再觉得难为情，真如慈母似的盯着有些可怜的丈夫，然后再把他的脑袋按压到弓曲着的大腿上，继续拨拉发根搜寻黑色的头发。朱先生安静下来了。两个儿子和儿媳准备躲开离去的时候，朱白氏拍了一下巴掌，惊奇地宣布道：
>
> "只剩下半根黑的啦！上半截变白了，下半截还是黑的——你成了一只白毛鹿了……"
>
> 朱先生听见，扬起头来，没有说话，沉静片刻就把头低垂下去，抵近铜盆。朱白氏一手按头，一手撩水焖洗头发……剃完以后，朱先生站起来问："剃完了？"朱白氏欣慰地舒口气，在衣襟上擦拭着剃刀刃子说："你这头发白是全白了，可还是那么硬。"朱先生意味深长地说："剃完了我就该走了。"朱白氏并不理会也不在意："剃完了你不走还等着再剃一回吗？"朱先生已转身扯动脚步走了，回过头说："再剃一回……那肯定……等不及了！"

朱先生执意要喊夫人一声"妈",因为自己心里"孤清得受不了",就把他当时的悲情写得透彻入微。而叙写朱先生谢世的前后,从朱先生留遗嘱,到离开人世,再到祭奠移灵,到人们以不同方式的送别,虽是按照人物自有的行为方式展开,又莫不是作者悲剧意识的艺术表现过程。还有白灵和田小娥的命运,白灵之死是党内极"左"思想扩大化造成的,属于政治悲剧导致的命运悲剧,而田小娥被公公鹿三用梭镖刺死是文化冲突导致的命运悲剧。陈忠实说田小娥是"生的痛苦,活的痛苦,死的痛苦",恰如其分。同时,《白鹿原》还笼罩着浓厚的悲剧氛围,因为"广袤的乡土虽然还是一个不可漠视的巨大存在,但正在逐渐淡出历史,从人类活动的舞台中心退居边缘,因此,乡土的历史性状态本身就充满悲情色彩。乡土社会人生的悲剧性也是乡土小说悲情色彩的内在根源,这一方面显示为人与自然或社会之间的矛盾,一方面也显示为人在对抗自身的过程中精神所遭遇的苦难与磨砺"[①]。或许这就是许多读者感受到的《白鹿原》是农耕文明挽歌的真正原因所在。

《白鹿原》及其后的作品所呈现的强烈的悲剧意识在陈忠实以前的作品中是感受不到的。他用艺术思维把民族文化心理结构予以悲剧性展现,指向的是民族命运的历史性思考,而悲剧意识会促使文化的成长和文明的进步,表明了作家文化人格的成熟和强烈的使命感。

四 艺术人格与文化人格

陈忠实的创作道路不是一个起伏微弱的类平行线,也不是一个跌宕起伏不定的抛物线,更不是一个逐步缓慢下行的曲线,而是一个凭借不断自我否定获得动能螺旋上升的上行线。这一上行线的姿态便是陈忠实不断追求艺术人格和文化人格独立完善的精神风貌。畅广元在其《陈忠实文学评传》自序中指出:"是中外文学史中的经典作品为他提供了全新的文学视野,是自觉剥离种种非文学因素的能动精神,

---

① 丁帆:《中国乡土小说史》,北京大学出版社2007年版,第27—28页。

强烈地促使他朝着文化视野下的'人的文学'观念转变。在这一过程中，他将人作为文化存在的状态，将其价值实现的方式及其实现的意义作为自己审美观照的重点，独立独自地深刻思考着民族命运的演变，并在此基础上展开他的文化批判思路。我认为，陈忠实这种文学观念的转变和文学道路的更新，既是其个人文学生命意义的升华，作为一种文化现象，也是我们民族文化精神更新的一个重要标志：民族振兴的政治立场与先进文化的知识分子立场尽可能地统一起来。"① 陈忠实的创作道路充分验证了这个判断。之所以能对自己进行"剥刮腐肉"式的决绝性剥离，陈忠实虽然不是在自觉地进行主体的文化人格建构，但事实构成的是艺术人格独立后的文化人格健全，他反对脱离实际的所谓空灵和超脱，主张文学必须要有深切的时代关怀，倡导作家要沉入生活中去了解一线群众的疾苦，以切中社会的弊端，切中民族文化心理结构形态的命脉，进而用文化批判的姿态来观照人物命运和民族历史命运。他认为作家的情应产生于对祖国大地天空和海洋的一种爱，产生于对国家和民族的根深蒂固的爱，产生于对国家和民族的每一个灾难的刻骨铭心的痛和对每一项成就的由衷的礼赞，产生于对这个民族的每一个优秀分子的崇敬，产生于对国家和民族发展前景的美好期待之中。"作家的灵魂世界是一片绿地，不受包括铜臭在内的污染，才能迎风起舞，才能感受阳光和风的抚育而情生万态。小说便是作家那种情的宣泄。"② 他将自己的人格成长与民族文化成长紧密联系在一起，实现了作家艺术人格的文化确认。

文化人格是作家在特定的历史文化背景下，为实现主体职业理想和创造追求，历经较长时间磨砺，所凝结内化而成的反映人生欲求、文化内涵和审美风格的独特精神气质，是作家艺术人格的文化品质，充分体现在作家的道德品质（道德人格）、心理动机（心理人格）、审美追求（艺术人格）三个方面。

"所谓道德人格就是人们通向道德生活意识到自己的道德责任和

---

① 畅广元：《陈忠实评传》，陕西师范大学出版社2020年版，第7页。
② 陈忠实：《陈忠实文集》第五卷，人民文学出版社2015年版，第404页。

道德义务，以及人生的价值的意义，从而自觉选择自己做人的范式，培育自己的道德品质，丰富和完善自己的内心世界，体现出人之区别于动物内在规定性。"① 在陈忠实看来，作家的品质、情感指向、良知、精神活动共同影响自己的文学世界，而道德品质在创造性劳动中具有基础性能动作用，对于一个从事创作的人而言，做人是根本，文格即人格，人格生文格。在他看来，"决定一个作家气质的主要因素，我认为是作家个人的经历和他所经历过的全部生活。我个人的经历和我后来所从事的工作，给我心理上造成的直接的无法逆转的感受，是沉重。是的，我生活和工作的渭河平原的边沿地带的历史和现实，太沉重了，这种感情色彩不自觉地流露在文字之中了。"② 在和网友的在线交流中，当网友问他到底忠实于灵魂、生活还是金钱时，他坦率回答是忠实于自己的良心。③ 良心是道德人格的一个价值选择方式，这在一个尘嚣至上、欲壑难填、物欲横流时代无疑是难得的良知守成，也正因为有这样的初心才有他的公共言说姿态。良知是历朝历代的中国传统知识分子的基本品格。在历朝历代的文人知识分子书写的琳琅满目的作品里，负载的正是这种品格。良知作为一种心理形态和精神形态，是自在的存在，并非能靠强加来改变，它使精神的表现方式人格化，赋予了作家人格的独立价值和意义。

　　文化人格需要作家以品质作为基础，除了前述他的良知的社会道义诠释而外，陈忠实还通过对劳动诚实的强调来丰满自己的文化人格。"作家对诚实劳动的态度，在很大比重上定位着作家对待社会对待人生的态度；作家对待诚实劳动的态度，反过来又决定于作家对待人生和社会的态度；作家对待诚实劳动的态度，关键在于那份本真的崇敬，这是激情迸发的不可遏止的自然发生的现象；强装的激情总也除不去虚意和矫饰的空洞。"④ 具体到他的创作中，就是对人类的关心，对民

---

① 魏英敏：《新伦理学教程》，北京大学出版社1996年版，第494页。
② 陈忠实：《陈忠实文集》第三卷，人民文学出版社2015年版，第471页。
③ 陈忠实：《陈忠实文集》第六卷，人民文学出版社2015年版，第335页。
④ 陈忠实：《陈忠实文集》第七卷，人民文学出版社2015年版，第320页。

族的关切，对命运的敏感，即便是对最卑微的生命的关注。从文化层面来说，作家的悲悯情怀和悲剧意识，决定了作家的情感倾向，也代表了其艺术人格的内在价值指向与精神气质。文化人格在现实生活中会面临不同程度形形色色的挑战，其中最为直接的就是名利的责问。陈忠实说："文坛本身就是一个名利场，任何一个身在其中的人，都不可能摆脱名和利的诱惑。这情形有如磁场，除非你脱离文坛，兴趣转移甚至改作他途。"他并不赞同古代文人"淡泊名利"的高谈阔论，而是站在人生存的现实角度我言故我行，"我向来不说淡泊名利的话，我以为这样的说法总带有某些勉强或做作，或者如身在磁场内还要摆脱磁场的辐射一样。不断地过分地表白自己的淡泊，反而使人容易产生虚伪的印象。"[①] "我有一个观点，作家不应该淡泊名利，而应该创造更大的利润和影响。但这有一个前提，是以正常的创作途径，而不应该用一些非文学手段来获得文学的名利。"[②] 如此而来，使他的文化人格落实在大地之上。

　　陈忠实同时把作家的艺术人格和道德人格同一化，艺术人格道德化，道德人格艺术化，并视之为一种生命意义的存在方式，是作家人生修炼的终极目标。他认为作家应该"扎扎实实，埋头苦干，不务虚名，更不能投机取巧，谁以为自己已经得到了'宝葫芦'，洋洋自得，不可一世，那么文学生命就可能是短暂的。"[③] 他反对写作技巧的说法，更反对投机取巧的写作动机，在他看来这些不仅是无意义地耗费作家的生命和才华，更是对文学的亵渎。"作家唯一能够保护心灵洁净的便是人格修养。人格修养不是一个空泛的高调，对于作家的创造活动甚至可以说是致命的。市侩哲学、平庸观念、急功近利，首先伤害的是作家心灵中那个无形地感受生活、感受艺术的感光板，这个感光板被金钱虚名、被一切世俗的东西腐蚀而生锈，就在根本上窒息了一个作家的艺术生命。""爱护和保护自己的心灵，铸造自己强大的人

---

① 陈忠实：《陈忠实文集》第六卷，人民文学出版社 2015 年版，第 321 页。
② 陈忠实：《陈忠实文集》第八卷，人民文学出版社 2015 年版，第 444 页。
③ 陈忠实：《陈忠实文集》第一卷，人民文学出版社 2015 年版，第 540 页。

格力量，才会对生活和历史保持一种灵敏的感受能力，才会永久不悔地保持对这个民族的深沉不渝的责任心。"① 他对巴金充满敬仰之情，原因就在于巴金的道德人格、心理人格和艺术人格是统一的。"巴金的道德、良知和人格，堪为楷模，高山仰止。他在经历过十年'文革'灾难之后的反省精神，不仅是一个作家自我道德和人格的完善，更是为着一个民族和国家未来发展的刻不容缓的责任心。他的《真话集》《随想录》，又一次使谎言鬼话肆虐许久的中国人受到警示。巴老直言不讳地阐明文学创作的意义，'是为着扫除人们心灵里的垃圾'。这对目下的我们所置身的文坛，更具切实的意义，作家不仅不能给生活制造垃圾，而是要荡涤人们心灵里的污秽；作家要扫除别人心灵里的垃圾，首先得涤除自己灵魂世界里的不干净的东西。"②

陈忠实认为，凡是有成就的作家人格都起着至关重要的影响，"对作家，尤其是已取得一定成就的作家而言，思想和人格在创作中异常重要。"③ 作家的境界、人格、情怀是相辅相成又相互制约的。"在作家总体的人生姿态里，境界、情怀、人格三者是怎样一种相辅相成又互相制动的关系，是一个很值得研究的话题。是情怀、境界奠基着作家的人格，还是人格决定着情怀和境界，恐怕很难条分缕析纲目排列。"④ 而且三者之间，他认为人格是基础，会制约境界与情怀。"人格对于作家是至关重大的。人格限定着境界和情怀。"⑤ 他解释说，"人与文，道德评判与美学评价的关系也许比较复杂，但从根本上说，作品的境界，还是决定于作者的人格。人格是一个作家搞文学的立足点，是给作品提供灵魂的东西。写东西写到最后，拼的就是人格。人格糟糕的人，可能在技巧上、才情上显得与众不同，引起别人的注意，但是光靠这些，弄不出大作品。"⑥ 所以，他极力反对作家的投机心理

---

① 陈忠实：《陈忠实文集》第六卷，人民文学出版社2015年版，第233—234页。
② 陈忠实：《陈忠实文集》第八卷，人民文学出版社2015年版，第343页。
③ 陈忠实：《陈忠实文集》第七卷，人民文学出版社2015年版，第316页。
④ 陈忠实：《陈忠实文集》第七卷，人民文学出版社2015年版，第355—356页。
⑤ 陈忠实：《陈忠实文集》第七卷，人民文学出版社2015年版，第356页。
⑥ 李建军：《一个朴实的作家及其真实的思想——陈忠实印象记》，《北京文学》2001年第12期。

和动机不纯的写作,认为这种心理和行为于人于己于文百害而无一利。"设想一个既想写作又要投机权力和物欲的作家,如若一次投机得手,似乎可以窃自得意,然而致命的损失同时也就发生了,必然是良心的毁丧,必然是人格的萎缩和软弱,必然是对历史和现实生活的感受的迟钝和乏力,必然是心灵绿地的污秽而失去敏感。"① 因此,陈忠实主张要追求境界,实现思想人格的独立和统一。"强大的人格是作家独立思想形成的最具影响力的杠杆。……不可能指望一个丧失良心人格卑下投机政治的人,会对生活进行深沉的独立性的思考。"② 作家创作的语言表达是其思想和人格是否统一的投射,难以被遮蔽,"语言说到底是思想的载体。语言蕴藏着作家的思想,其分量最终定砣在这里。通过语言,感受到作家的体验、作家的情怀、作家的境界、作家的人格。"③

陈忠实还认为文化人格是作家生命质量的精神凝结,应与民族共命运,与时代同步,为社会发展贡献自己的智慧和力量,这个自我追求的历程就是作家文化人格成长的过程。"生命是有质量的。生命本体都是平等的神圣的,然而生命的质量却有巨大差异……。有理想有抱负的人,企图把自己有限的生命在这个世界上释放出最大的能量,为社会的进步和发展做出有益的贡献,这个生命的质量就得到升华了。从这个意义上讲,克服困难承受痛苦不仅是获取知识的过程,也是一个人获得行世的自信获得立于天地的力量的过程,也是人格发展人格完善的过程。"④ 如上所述,陈忠实的文化人格不是与生俱来的,而是在对艺术理想追求的过程中,思想不断超越,艺术不断突破,最终通过观念和实践双合作用,实现自我道德人格、心理人格、审美人格聚合境界修炼的结果。

---

① 陈忠实:《陈忠实文集》第七卷,人民文学出版社2015年版,第356—357页。
② 陈忠实:《陈忠实文集》第七卷,人民文学出版社2015年版,第357页。
③ 陈忠实:《陈忠实文集》第七卷,人民文学出版社2015年版,第358页。
④ 陈忠实:《陈忠实文集》第七卷,人民文学出版社2015年版,第297—298页。

第三节　底层关切与家国情怀

陈忠实是一位光明磊落的人，有着民族传统的纯朴善良、忠厚老实本分的美德。他急人所急，想人所想；当自己女儿的工作问题与村里农民的孙子求职发生冲突时，向来不求人的他央求别人帮忙的恰恰是后者。他以能为素昧平生的平民百姓做点事情，哪怕慷慨解囊而高兴，又不为权贵而折腰。他在人世间用身体力行写下了一个大大的人字。铁凝评价他说："陈忠实是人民的作家，他来自人民，属于人民。……他是一个从未离开他的乡亲、他的人民的作家。对陈忠实来说，人民不是一个抽象的概念，人民是活生生的有血有肉的具体的人，是那些和他谈笑、向他倾诉生活中的苦恼的农民朋友，是素昧平生但一见如故的读者。"①

陈忠实身上有陕西许多作家共同的一个特点——子民姿态。只不过，底层姿态在路遥作品中表现为陕北人民，而在陈忠实的言语中，却是子民作家。他说："我对以西安为中枢神经的关中这块土地的理解初步形成，不是史学家的考证，也不是民俗学家的演绎和阐释，而是纯粹作为我这个生于斯长于斯的一个子民作家的理解和体验。"② 这里的子民是人民的儿子，是指抛弃阶级立场的普通民众，实则也可以理解为农民，其中隐含着陈忠实对于农民的强烈情感。

陈忠实出生于一个世代农耕的农民家庭，高考落榜后他回到农村，最初担任民请教师，学生也是农民子弟；后进入区和乡政府工作，工作对象仍是农民。对农民以及农村生活的熟悉，使他的创作必然归属于农村题材。他说："我自觉至今仍然属于这个世界。我能把自己在这个世界里的生活感受诉诸于文字，再回传给这个世界，自以为是十分荣幸的事。"而自己的作品能否被农民认可是陈忠实最重视的，"我

---

① 铁凝：《在陈忠实的创作道路研讨会上的讲话》，张志昌、冯希哲编选：《陈忠实纪念文选》，西安出版社2020年版，第4页。

② 陈忠实：《寻找属于自己的句子》，上海文艺出版社2009年版，第27页。

常常恐惧这样一点：遭到这个世界里的人们的唾弃；被这个世界的人所唾弃，可真受不了。我仅仅也只惧怕这一点。"①"（他）的根深深地扎在乡土中，扎在中国的乡村生活中。也正因为如此，他才会见人所未见，对乡土中国的现代命运做出了振聋发聩、别开天地的表现；他的《白鹿原》才成为来自民族生活深处、凝聚着文化和历史的丰厚经验的'中国故事'。"②

对于农民的热爱使他的作品中包含着一种对于农民的温情，从农民的立场体会农民应有的生活方式，淡化了阶级与阶层。陈忠实曾写过一首诗《猜想死亡》，死亡对于每个人都是公平的，这颗专司死亡的星星"一旦砸下来／便要击中一个天灵盖／这人便死了／无论是元首还是将军／抑或只是一个平民"。生命本身充满偶然性，对于普通民众而言，生活的目的就是活着，活命也成为他作品中许多人物的渴望。对乡村和土地的痴迷，对农民情同手足的特殊情感，使他产生一种强烈的责任感，进而化为一种作为作家的信念和力量源泉。"陈忠实是人民的作家，他来自人民，属于人民。……他是一个从未离开他的乡亲、他的人民的作家。对陈忠实来说，人民不是一个抽象的概念，人民是活生生的有血有肉的具体的人，是那些和他谈笑、向他倾诉生活中的苦恼的农民朋友，是素昧平生但一见如故的读者。陈忠实从来不会用居高临下的眼光去看待他们，因为他知道自己和他们一样，自己就在他们中间，他和人民血脉相通、心心相印。"③

陈忠实的个性在于个人的生活经历给他带来了对于生活的独特体验。深入农村让他认识到 20 世纪的中国乡村社会在发展过程中遭遇的问题，以及传统农民最为关注的问题，对于传统农民来说，在土地上耕作与收获是生存的唯一保障，其他的都只是装点；个人独特的创作经历让陈忠实意识到，从长远看迎合政治并不能让文学创作走得更远，

---

① 陈忠实：《陈忠实文集》第五卷，人民文学出版社 2015 年版，第 311—312 页。
② 铁凝：《在陈忠实的创作道路研讨会上的讲话》，张志昌、冯希哲编选：《陈忠实纪念文选》，西安出版社 2020 年版，第 5 页。
③ 铁凝：《在陈忠实的创作道路研讨会上的讲话》，张志昌、冯希哲编选：《陈忠实纪念文选》，西安出版社 2020 年版，第 4—5 页。

作家应该写出作为独立个体的思考。这种思考一方面应该以一个子民的姿态进行，不远离普通大众；另一方面则表现出一个写作者的良知，深刻且有担当意识。

子民姿态与深刻思考促成了他作品中坚硬与柔软的特点，这也是陈忠实小说中一类人的个性特点。正如《日子》中的那个被称为"硬熊"的男主人公，"硬汉子"的性格表现为与世俗不妥协；恰恰在喜欢女人的"好腰"中体现的是柔软。坚硬的形象在陈忠实的作品中早有体现，蒙万夫在评价陈忠实1982年出版的小说集《乡村》时，就指出该小说集中"有力地描绘了农村基层干部厚重，那些在大难中宁折不弯的硬汉子性格"，表现为"天上、人间的跌落，异乎寻常的重压和磨难，以及难以预测前景的打熬，没有使他们屈服，放弃自己的追求和信仰"①。人物的坚硬强化了作品思考现实的力度，体现出作家的思想倾向。柔软则是他在书写底层人物时表现出的同情与怜悯，在柔弱的、反抗既定观念而不得的人物身上表现得极为明显。温情是他的作品面对底层的姿态，坚持则是反思社会问题、追求精神信仰的姿态。子民姿态反映出陈忠实对底层关切的民本思想和"民人"情怀，这与他出身底层，长期工作在社会最基层有关，他深知普通老百姓的需求和酸甜苦辣，他把这一切都蕴涵在非同一般的家族小说《白鹿原》中。

家族叙事是中国小说的常态化主体，自古至今概莫例外，这主要缘于中国特殊的文化结构——家国同构。在以农耕文明为主导的中国传统社会中，稳定、有规可循、安居乐业是理想。中国的老百姓并没有过多超出生存基本需求的欲求，他们只循规蹈矩地进行着代代赓续的传统承继。"通过一代代遗传，家作为社会细胞和生存样态建立继承，成为修齐治平的起点，绵绵不断地延续了旺盛的生命力。家的繁衍和聚居需要程式化、规范化，从而构成家族。在山高皇帝远的地方，往往家族行使着治理乡村的权限。在朝堂京都州府，国家权力秉承皇帝旨意，占据着主导地位。对皇帝而言，也有一个权力即江山的姓属

---

① 蒙万夫：《论陈忠实》，笔耕文学研究组编：《西北中青年作家论》，西北大学出版社1986年版，第223页。

问题。"① 家族权力和国家权力是人类文明发展历程中并存的两种权力形式。文明程度越高，国家权力越是区别并高于家族权力。如此而来，家族权力成为国家权力的代理者。在这样的结构中，国是家的放大，家是国的缩小和基本单位。对家的固守和依恋是儒家文化的深刻内涵。为了家，白嘉轩呕心沥血，赶走长子白孝文；被黑娃打断腰杆仍坚持农耕；不避瘟疫给妻子煎药喂药；在所有的外来邪恶力量面前成为中流砥柱，处惊不乱等。他极力让这个家有规矩和传承，极力让这个家和谐安宁，以英雄本色让白家过湾转滩，挺立在白鹿原上。

国是若干个家的集合，而家是国的家，国和家同构应成为一个人物质和精神上的安全栖居地。国法和家规一样都是尽可能地保证每个成员遵守秩序谋得发展的保障。国法与家法相互融合与补充，国家的法度通过一个个家族的家法延伸到社会的每个层面和每一个人。人们先知家法而后知国法，因而宗族祠堂就具有了统治者赋予的震慑力。人心似铁，官法为炉，家法同样不容违背，实践中常以对受法者人格的贬抑和践踏为表征。白嘉轩可以命令族人给赌博者嘴里灌大粪；可以公开鞭挞偷情的小娥、白孝文等，这都是大庭广众之下剥去对方尊严，以自己的刚直腰板和凛然脸孔注释着执掌权力者的坦荡正派和道德人格。白嘉轩召集族人说："从今日起，除了大年初一敬奉祖宗之外，任啥事都甭寻孝武也甭寻我了。道理不必解说，目下这兵荒马乱的世事我无力回天，诸位好自为之……"国将不国的时局之下，白嘉轩本身也没有政权力量的庇护，"治国""平天下"成为一种虚幻游离于家族化的社会理想之外了。② 长期以来，儒家道德占据着思想文化领域的主导地位，并带有宗教性质，当《乡约》成为白鹿村的规律，即便是族长白孝文也不能例外，所以镌刻有《乡约》的石碑被砸烂，白嘉轩也要想办法将其完复。实践中儒学原来具有的通过内省、自律，达到人格独立的主体意识及其人文精神逐步地被淡化乃至被完全消除，儒家文化被演化为伦理躯壳，成为一种统治工具。白嘉轩所坚守的仁

---

① 张志昌：《文化传统与家国情怀的审视》，中国社会科学出版社2019年版，第34页。
② 张志昌：《文化传统与家国情怀的审视》，中国社会科学出版社2019年版，第36页。

义不同于孔孟,当然也不同于今天我们倡导的儒家传统文化的精华部分,而是集聚着浓郁的封建宗法因子和狭隘自私愚昧专制因子于一身具体化了的思想。在日新月异的社会剧变面前白鹿村演绎着怪诞和荒唐——鹿三最信服仁义,却手刃追求幸福自由的儿媳小娥;朱先生集白鹿精魂于一身,却终生土布土鞋,拒绝洋线,拒绝接纳新事物;白嘉轩终日忙碌,践履乡约,只不过是封建思想渗透强化的助推器,连田小娥的冤魂也不放过,建一座塔让她永世不得超生。陈忠实通过《白鹿原》的艺术体验,深刻地表达了他对这个传统结构下"民人"命运的担忧和呐喊,用批判的立场表明自己的文化传统观念,在他看来,白鹿村人的生存状态又何尝不是这个民族"民人"共同的境遇,就此意义而言,《白鹿原》是站在"民人"立场,从文化视角切入民族集体文化心理结构的"蓝皮书",它承载了陈忠实对民族命运的深度思考,是一个作家的良知道白,正和曹雪芹创作《红楼梦》一样的苦心:"满纸荒唐言,一把辛酸泪。都云作者痴,谁解其中味?"

第四节 精品意识与创造精神

精品意识是作家对于文学及其创作活动虔诚态度的一种精神追求,它体现为作家的创作动机、审美情趣、价值指向和道德品质。陈忠实的精品意识既来自自己的做人原则,又来自自己对文学和作家使命的独特理解及表达。他理解,创作目的不应仅是获奖或成名,而是要致力于创作出一部真正让自己满意,读者满意,又能经得住历史检验的作品。陈忠实曾回忆20世纪80年代中期《人民文学》一位编辑从北京赶到西安又到他下乡的偏僻山村,要陈忠实写一篇小说,哪怕一篇散文在报刊上先亮一亮相,然而陈忠实拒绝了,他的回复是:"我现在不是亮不亮相的问题,趴不趴下也全在我自己。我不要亮相。我要以自己创作的进步告慰那些关心爱护着我的读者和编辑们。"[①] 作家要

[①] 陈忠实:《陈忠实文集》第五卷,人民文学出版社2015年版,第160页。

得起读者，不负自己，就应不断超越自我，坚守信念，创造出优秀作品来。他非常看重永无休止的求索，因为创作本身拒斥重复，最忌讳重复别人、重复自己，要想不重复就必须创新，创新就意味着必须不断地求索。陈忠实以为寻找"属于自己的句子"，应注意两点：一个是个人独特的体验和发现至关重要，因为这决定了作品要写什么，也是作家对生活独特发现而产生的欲展现而后快的创作要求。之所以强调独特性，是要求作家的体验和发现是别人未曾有或不曾发现的，也是自己未曾有或不曾发现的。另外一个就是艺术形式的创新。在他理解，艺术形式的创新或选择也必须独特，而且形式是由独特的体验内容所决定的，包括表达的语言。

陈忠实的创作道路可以说是精品意识永无止境的不断创新发展的实践过程。1994年9月他在陕西"炎黄文学奖"颁奖致辞中强调和鼓励"陕西作家不悔的操守和不懈的创造性劳动，构成了中国当代文学的一个重要的组成部分，倒是应该在较大的创作量的基础上，树立清醒的精品意识……"[①] 在他看来精品意识是作家艺术生命的组成部分，作家的创作实际上给自己作传，"作家生命的意义就是创作，作品就是作家的传记"[②]。这句话用朴素而简洁的语言概括了他对作家创作意义的根本理解。作家不认真去创作，无疑是在消耗自己的生命。"作家生命的意义在于艺术创造。而创作唯一所可依赖的只有作家自己的生活体验、生命体验和艺术体验。各个作家的那些体验的独特性，在胎衣里就注定了各自作品的基本形态。既如是，作家只能依赖自己的独特体验达到自己的文学的目的，以实现所憧憬着的艺术世界的崇高理想。企图以非文学的因素达到文学的目的，无论古今无论中外的文坛都没有永久得手的先例。"[③]

陈忠实认为作家要创作出优秀的作品，首先得注重学习，以汲取宝贵的养分。"物质的贫乏可怕，而精神的贫乏更可怕。人生的漫长

---

① 陈忠实：《陈忠实文集》第五卷，人民文学出版社2015年版，第422页。
② 陈忠实：《陈忠实文集》第十卷，人民文学出版社2015年版，第313页。
③ 陈忠实：《陈忠实文集》第六卷，人民文学出版社2015年版，第246页。

道路上，一个又一个岔路口的选择，一道又一道险关泥沼的跨越，是书籍这个忠诚的朋友，帮我辨别真伪，给我奋斗的力量，而终于使我没有沉溺苟活，而且继续开阔着我的视野，加深着我对世界的理解，同时也加深着我对自身的认识。"[1] 提升自己创作能力的最佳方法是读书，他读了一个冬天又一个春天，即便文坛新刊新人新作辈出，他依然在冷静地读书。对于陈忠实来说，靠频繁发表文学作品让读者记住自己并不明智，关键是能否能创作出优秀作品，而好的作品要能够经得起读者与时间的检验。同时，他还主张向生活学习，"新的生活，新的人物，常常使人有新鲜感，也有陌生感。我已切身感到需要进一步到生活中去学习，去感受，去结识新的人物，创造新的艺术形象，才不辜负时代对我们的期望。我以为，作家深入生活，认真地研究生活，在自己的生活领域里有了独自的发现，通过作品发出独特的声音，也许能逐渐根除文坛上频频而起的'一窝蜂''雷同化'的现象"[2]。在生活体验中他强调要全身心投入才可能有新的发现。"我们总是想不断地突破自己现有的创作水平，探索新的课题，而基本的一个功力，就是直接从生活中掘取素材的能力。直接掘取，意味着要直接进入生活，不仅是观察生活的旁观者，而且是要和人民一起进行新的生活的创造。"[3]

其次，陈忠实强调作家要有自己的文学追求。他认为一个作家的文学理想，应该是创造性的，要勇于创造出"思想内涵包括文学形式上的一种全新的形态"，否则，这个作家"是立不住的"。作家希望创造出属于自己独有的艺术世界、艺术形态，但作品发表出来的结果却是属于人民的、民族的，这就是作家价值的具体体现。陈忠实认为要实现自己的文学理想就必须有独特的体验，而且这种体验是个性化的，创作过程的艺术体验也是独特的、唯一的，"这才有可能形成作家独特的创作风格"。在他看来，最为关键的是作家本身不能削弱也不能

---

[1] 陈忠实：《陈忠实文集》第三卷，人民文学出版社2015年版，第477页。
[2] 陈忠实：《陈忠实文集》第一卷，人民文学出版社2015年版，第543页。
[3] 陈忠实：《陈忠实文集》第一卷，人民文学出版社2015年版，第539页。

淡忘自己对新的艺术形态的探索和追求，不能满足于已经取得的由相当成熟的艺术实践经验支撑的创作成就，这才有可能不重复自己也不重复他人。

最后，作家要拨开迷障确立自己的思想，要不断磨砺自己的思想。"世界上伟大的作家都是思想家。因此，如果没有形成独立的思想，不具备那种能够穿透历史和现实的独立精神力量的话，那天才也就起不了作用。"① 作家的思想形成与时代、个人思维、反省能力、环境有密切联系。他说："作家在认识世界揭示世界解剖世界，以求深刻地反映世界的时候，很需要思想做解剖刀；而这把解剖刀应该是双刃的，一面恰恰应该指向自己的内里；不断地审视、解剖自己的灵魂，才可能获得解剖世界解析历史解剖现实解剖别人的思想和力量，才是可靠的。"② 作家面对所感兴趣的生活，不论是现实的还是历史的，必须有能力穿透到一个新的层面上才会有新的发现。"作家探索的勇气和艺术创造的新鲜感所形成的文学信念是无法比拟的，我感觉好像要实现一个重要的创造理想，但是，也有达不到目的的担心存在。一个作家关键的东西是自我把握，自我把脉太重要了，不能简单地不加分析地听任社会上一些人对你的'褒'和'贬'。如果久久得意于自己的一时表扬，目光也会短浅起来，无法把才智发挥到极致。重要的是使自己不断跨越已有的成就，对自己不断提出更高的新目标和新要求。"③ 因此，在他看来，作家要自觉反省，勇于自我否定，努力排除非文学的意识以接近本真的文学，进行真正意义上的艺术创作。"中国文学总体也进行着剥离，从非文学进入文学。我也在努力促进自己完成新的剥离，达到新的从未有过的体验。"④ 即使是自己从模仿开始，即使有崇拜的对象，也必须保持头脑清醒，争取早日走出影子，保持自己的独立人格。"崇拜是一种学习，在获得了被崇拜者的精神和艺术精

---

① 陈忠实：《陈忠实文集》第七卷，人民文学出版社 2015 年版，第 433 页。
② 陈忠实：《陈忠实文集》第七卷，人民文学出版社 2015 年版，第 263 页。
③ 陈忠实：《陈忠实文集》第七卷，人民文学出版社 2015 年版，第 333 页。
④ 陈忠实：《陈忠实文集》第六卷，人民文学出版社 2015 年版，第 302 页。

髓以后，就要尽快走出被崇拜者的阴影，摆脱被崇拜者的巨大吸盘，去走自己的路，去开拓只能属于自己的艺术天地，去实现自己的艺术理想。如果不是这样，而是长期蜷伏在被崇拜者的巨大艺术阴影底下，你所能做的便是对被崇拜者的艺术重复，不仅对自己来说有渎于创造的神圣含义，对文学界来说只会造成艺术创造的萎缩。"①

陈忠实的精品意识还体现在他所坚守的"一本书主义"。他说："'一本书主义'确是丁玲说的话。其实，作为以写作为生命、视文学为神圣的一代又一代作家，谁都在追求着创作一部恒久不泯的小说，且不敢提高到太高的'经典'的档位；哪位作家也不想自己耗时熬夜精心写作的作品无人问津以致湮灭。丁玲不过是把别的作家不好意思出口的话直白地倡扬出来了。"并且强调"'一本书主义'是作家的创作理想。为了这个理想，作家一部接着一部进行创作探索和艺术实践，这是普遍现象，也更符合创作这项少数人从事的较为特殊劳动的性质，即把对生活的体验和生命的体验表述出来，所谓不吐不快。"②

陈忠实的精品意识还体现在他的文学观念和实践创造中。在他看来，作家创造着的生活是幸福的，"创造者是幸福的"③。这种幸福感还是作家的一种独特体验，"幸福是有别于欢乐的一种独特的创作心境"④。而且，它是作家生命意义的重要组成部分，"作家靠作品赢得读者，也体现自己的创造价值"⑤。为此，他将"寻找属于自己的句子"视为自己文学人生的终身追求，也就是李建军所说的经历蝶变：即从公式化创作到生活体验，从生活体验走向生命体验。第一个转变与时代有关，许多作家都做到了，后一个转变是陈忠实形成自身特色的关键，它显然受到时代的影响，却并非经历过这个时代的作家都能够顺应潮流而变。陈忠实作为陕西当代作家，他身上有着地域作家的共性——精品意识。陕西当代作家在创作时均有精品

---

① 陈忠实：《陈忠实文集》第五卷，人民文学出版社2015年版，第418—419页。
② 陈忠实：《陈忠实文集》第十卷，人民文学出版社2015年版，第387页。
③ 陈忠实：《陈忠实文集》第三卷，人民文学出版社2015年版，第493页。
④ 陈忠实：《陈忠实文集》第三卷，人民文学出版社2015年版，第491页。
⑤ 陈忠实：《陈忠实文集》第六卷，人民文学出版社2015年版，第322页。

意识，暗中较劲、良性互动，这种意识从杜鹏程开始，他根据自己随军收集的素材，几易其稿，终于改出被冯雪峰称为"英雄史诗"的《保卫延安》。杜鹏程的成功刺激了柳青，他将杜鹏程成功的原因归结为熟悉生活和反复修改，于是下定决心在皇甫村深入生活，经过不断修改，《创业史》在中国青年出版社出版之后获得了评论界的好评，被称为"十七年"时期的文学经典作品。精品意识在20世纪80年代的作家身上也有体现，路遥写出了《人生》引起广泛关注后，当不少人认为这是他难以逾越的高度时，不甘平庸的他又开始向文学的高峰攀登，他决定在四十岁之前写一本自己感到规模最大的书，终于创作出了《平凡的世界》。路遥《人生》的成功刺激了陈忠实，评论家李星对陈忠实说，如果写不出来就从楼上跳下去，以此激励他，生命跟创作成就相比似乎并不重要。为了创作《白鹿原》，陈忠实花了两年时间阅读各类书籍，阅读文学书籍是为了在艺术上打开自己，而非文学书籍则是在思想上打开自己。写完《白鹿原》，他意识到小说可能不被时代接受，他却并未妥协。陈忠实坦陈《白鹿原》的创作是难得的一次从生活体验上升到生命体验的艺术体验过程，当下一次生活体验的激情未引发新的生命体验时，并不能仓促动笔，否则，那是浪费作家的生命。人生回眸，陈忠实由衷地说："《白鹿原》凝结了很多我个人的生活经验，可以说，它是我生命的提炼。"①

  陈忠实还强调作家要把文学作为一生的追求，扎牢人格根基，坚守不成熟不动笔的原则。道德品质在作家的精神世界里是树根，是墙基，树能长多高不取决于树冠的大小和树干的粗细，而取决于树根的深度和面积；墙要垒得高而稳，必须把墙基打扎实。陈忠实说："人与文，道德评判与美学评价的关系也许比较复杂，但从根本上说，作品的境界，还是决定于作者的人格。人格是一个作家搞文学的立足点，是给作品提供灵魂的东西。写东西写到最后，拼的就是人格。人格糟

---

① 陈忠实：《陈忠实文集》第十卷，人民文学出版社2015年版，第311页。

糕的人，可能在技巧上、才情上显得与众不同，引起别人的注意，但是光靠这些，弄不出大作品。"① 就陈忠实的体会，作家要"把文学作为自己终生所要从事的事业，就应该是'六十年一个单元'"②。而作家的创作不能草率，也不能炒作，更不能商业化，要努力让每一部作品令自己满意，令读者满意，因为这已经不是单纯的写作了，而是作家在写自传。陈忠实由此道出了他的创作观念和原则，他本人也如此践行，即便是任何一个细节不满意，也不可仓促动笔。他曾一直在"三秦人物摹写"中要写短篇小说《王鼎尸谏》，实地考察、走访、查资料准备了十年多，就因为对王鼎上朝细节缺乏充分把握，一直到去世也未敢动笔。③

　　回顾陈忠实的写作姿态，简而言之就是一个迎合与反思的过程。早年越迎合，后来的反思就也越强烈。一个作家不管以怎样的方式与过去决裂，他身上总免不了留有过去的影子。陈忠实正因为有迎合与反思，他的创作才呈现出既疏离又契合，疏离中坚硬而粗犷、契合中柔软而细腻，从而促成了他艺术人生的独特魅力。

---

① 李建军：《一个朴实的作家及其真实的思想——陈忠实印象记》，《北京文学》2001年第12期。
② 陈忠实：《陈忠实文集》第一卷，人民文学出版社2015年版，第531—532页。
③ 陈忠实、冯希哲等：《陈忠实访谈录》，陕西人民出版社2016年版，第372页。

参考文献

卞寿堂：《〈白鹿原〉文学原型考释》，陕西师范大学出版社2012年版。
畅广元：《陈忠实论——从文化角度考察》，人民文学出版社2003年版。
畅广元：《陈忠实文学评传》，陕西师范大学出版社2020年版。
陈忠实、冯希哲等：《陈忠实访谈录》，陕西人民出版社2016年版。
陈忠实：《白鹿原》，人民文学出版社1993年版。
陈忠实：《陈忠实文集》，人民文学出版社2015年版。
陈忠实：《寻找属于自己的句子》，上海文艺出版社2009年版。
陈忠实：《原下的日子》，太白文艺出版社2004年版。
丁帆：《中国乡土小说史》，北京大学出版社2007年版。
段建军：《白鹿原的文化阐释》，西北大学出版社2001年版。
段建军：《陈忠实研究论集》，西北大学出版社2018年版。
费孝通：《乡土中国》，北京大学出版社1998年版。
冯望岳等：《陈忠实小说——在东西方文学坐标上》，中国社会科学出版社2009年版。
冯希哲、王鹏等：《说不尽的〈白鹿原（二）〉》，太白文艺出版社2017年版。
冯希哲、张琼等：《走近陈忠实（二）》，太白文艺出版社2017年版。
冯希哲、张志昌：《陈忠实研究论集》，西安出版社2020年版。
冯希哲、赵润民：《说不尽的〈白鹿原〉》，陕西人民出版社2006年版。
冯希哲、赵润民：《走近陈忠实》，陕西人民出版社2008年版。
冯希哲：《中国传统文化概要（第三版）》，中国人民大学出版社2016

年版。

公炎冰：《踏过泥泞五十秋——陈忠实论》，陕西人民出版社2002年版。

何启治：《文学编辑四十年》，人民文学出版社2001年版。

何启治：《永远的〈白鹿原〉》，人民文学出版社2003年版。

康正果：《女权主义与文学》，中国社会科学出版社1994年版。

李继凯：《秦地小说与"三秦文化"》，湖南教育出版社1997年版。

李建军：《陈忠实的蝶变》，二十一世纪出版社集团2017年版。

李建军：《宁静的丰收——陈忠实论》，华夏出版社2000年版。

李清霞：《陈忠实研究资料》，山东文艺出版社2006年版。

李扬：《中国当代文学思潮史》，上海社会科学院出版社2005年版。

李遇春：《西部作家精神档案》，商务印书馆2012年版。

梁颖：《三个人的文学风景：多维视野下的路遥、陈忠实、贾平凹比较论》，人民出版社2009年版。

刘宁：《当代陕西作家与秦地传统文化研究——以柳青、陈忠实和贾平凹为中心》，中国社会科学出版社2014年版。

柳九鸣编选：《新小说派研究》，中国社会科学出版社1986年版。

[美] 鲁思·本尼迪克特：《文化模式》，王炜译，浙江人民出版社1987年版。

鲁迅：《鲁迅全集》，人民文学出版社2005年版。

[德] 马克思、恩格斯：《马克思恩格斯选集》，人民出版社1995年版。

马立诚、凌志军：《交锋》，今日中国出版社1998年版。

[美] 马斯洛：《马斯洛人本哲学》，成明译，九州出版社2003年版。

孟远编：《新写实小说研究资料》，百花洲文艺出版社2018年版。

[捷] 米兰·昆德拉：《小说的艺术》，董强译，上海文艺出版社2011年版。

人民文学出版社编辑部：《〈白鹿原〉评论集》，人民文学出版社2003年版。

[瑞] 荣格：《心理学与文学》，冯川、苏克译，生活·读书·新知三联书店1987年版。

史凤仪：《中国古代的家族与身份》，社会科学文献出版社 1999 年版。

宋颖桃、王素：《生命体验与艺术表达：陈忠实方言写作叙论》，中国社会科学出版社 2017 年版。

孙桂荣：《中国当代文学思潮研究十六讲》，山东文艺出版社 2009 年版。

[英] 特雷·伊格尔顿：《二十世纪西方文学理论》，伍晓明译，陕西师范大学出版社 1987 年版。

童恩正：《文化人类学》，上海人民出版社 1989 年版。

王沪宁：《当代中国村落家族文化》，上海人民出版社 1991 年版。

王金胜：《陈忠实论》，作家出版社 2021 年版。

王素：《让文学语言重回生活大地：论方言写作——以陈忠实为中心》，中国社会科学出版社 2017 年版。

王仲生、王向力：《陈忠实评传》，陕西师范大学出版社 2018 年版。

王仲生：《陈忠实的文学人生》，陕西师范大学出版社 2012 年版。

[奥] 维特根斯坦：《文化与价值》，黄正东、唐少杰译，清华大学出版社 1987 年版。

魏英敏：《新伦理学教程》，北京大学出版社 1996 年版。

乌丙安：《中国民俗学》，辽宁大学出版社 1985 年版。

吴家荣：《文学思潮二十五年 1976—2005》，安徽文艺出版社 2013 年版。

邢小利、邢之美：《陈忠实年谱》，陕西人民出版社 2017 年版。

邢小利：《陈忠实传》，陕西人民出版社 2015 年版。

邢小利：《陈忠实画传》，陕西师范大学出版社 2012 年版。

徐其超等：《聚焦茅盾文学奖》，作家出版社 2005 年版。

阎嘉编：《文学理论基础》上海文艺出版社 1981 年版。

杨匡汉主编：《惊鸿一瞥——文学中国：1949—1999》，陕西人民教育出版社 1999 年版。

张法：《中国文化与悲剧意识》，中国人民大学出版社 1989 年版。

张志昌、冯希哲编选：《陈忠实纪念文选》，西安出版社 2020 年版。

张志昌：《文化传统与家国情怀的审视》，中国社会科学出版社 2019 年版。

赵录旺:《〈白鹿原〉写作中的文化叙事研究》,陕西人民出版社2009年版。

赵学勇、王贵禄:《守望·追寻·创生:中国西部小说的历史形态与精神重构》,北京大学出版社2012年版。

郑万鹏:《〈白鹿原〉研究》,时代文艺出版社1998年版。

钟敬文:《钟敬文文集》,安徽教育出版社2002年版。

朱光潜:《悲剧心理学》,人民文学出版社1983年版。

难以稀释的情思(代后记)

恩师陈忠实曾有言"了解一个作家的最可靠最直接的途径,就是阅读他的作品"。我姑且变通为"怀念一位作家最好的方式是阅读他的作品"。这样或许更切合我现时的心境。

一

清楚记得那是2005年的"五一"劳动节刚过,古都长安正一片怡人的景致,李国平兄介绍我与先生相识。此前,陕西师大求学时就看过他的《信任》等几个短篇小说,感觉生活气息很是浓郁而生动,或许也是生在关中农村长在关中农村的缘故,对土地有一种独特的情感;也或许有种麦收割扬场、种菜卖菜、翻地犁地浇地样样农活都体验过的原因,对他的小说尤感亲切。当时只是记住了有个大作家叫陈忠实。因此,《白鹿原》单行本一发行,我立时抢购了一本先睹为快。

那天蓝色书皮上,一位饱经沧桑的老汉正挂着拐杖在沉思在忧愁,留给我不灭的印象是,封皮上那位叫白嘉轩的老汉与祖父怎么那么像,神态、性格、处事、为人……而且叙述语言非常耐读,如同吃陕西的扯面,筋道绵长,回味无穷。我是用老家渭北的方言心里默诵的,尤见韵致,准确之余增添了不少普通话难以表达的神韵和服帖。至今我仍然认为,要读出《白鹿原》意蕴而外的神韵,非陕西方言莫属,一则陈忠实写作默念过程就是用方言思维和语气完成的;再则,方言既是一种语言,更是一种民俗,负载了太多的文化信息密码,其中的褒贬所指与格调音律,只可神会而难以言传,万分奇妙,若用官话去阐

240

难以稀释的情思（代后记）

释就糟践了言外之味。

小说中的人物也是活灵活现的，不一而足，即便死法也不尽相同，可以说，《白鹿原》的主要人物活得相异，死得迥然。鲁迅曾说，悲剧是把人世间最美好的东西撕碎了给人看。一个个活在被白鹿滋养过原上的生灵陆续死去，又何尝不是把美好的东西撕得粉碎拿到当面让你看，实实在在的悲剧。陈忠实写作的过程，就是在和身边的这些亡灵沟通交流——他倾听他们的苦诉，倾听他们的冤屈，而我在阅读情境里也产生了相似的感觉——他们并未死去，而是动辄浮现于身边。感受着阅读《白鹿原》所带来的心灵呼应，我心里不免揣摩，写这部小说的作家莫不是邻村的乡党，后来因公干去的省城。当时只知道陈忠实是西安人，再无更为细致的资料介绍，也无兴趣去查证，大致原因有二：一方面是出于"阅读作品是根本"的意识惯性。钱钟书不是说过，你看鸡蛋就可以了，何必非得去看下这个蛋的母鸡；另一方面当时正痴迷着"红学"，当代文学尚不在兴趣之列，但作为中文科班出身掌握一点文坛动态总是应该的。《白鹿原》留下来的深刻印象，久久萦绕心头无法抹去，真想当面去请教作者，问一问书中的故事是否确实？怎么写得那么揪人心肺？却一直无由相识，直到国平兄的引荐，才圆了我作为"超级粉丝"的一桩心愿。

先生的办公室在二楼，是作协后院的那栋，并非现在前院的办公楼。他的办公室在一上二楼斜对楼梯便是，门大开着，好像刚出差回来的样子，他正忙着拾掇桌子上的书。这是个套间，内外套间一满的书，办公在外间，我不免替他担心，身后已摞到天花板的书万一倒下来砸到人怎么办。这时他回过身，看我一脸的惊讶，忙解释说那是要给别人做序写文章的书，随时要用，就没有放进内屋。顿时，我对先生的敬意油然而生，心想，这么大的"腕"，又高居正厅作协主席位置，没有一点架子不说，还如此体贴一个素昧平生的"碎小伙"，善解人意的细心着实令人感动。

国平兄做完相互介绍就直奔主题。我转达了学校赛云秀书记和刘江南校长的诚意，又把自己对学校的具体想法和思路汇报给他听。待我话完，他才开口谈了自己的意思，大致有两点：一是感谢学校的盛情相邀。这个学校他熟悉，过去骑自行车进城就路过门口，后来还进去讲过课；另一个就是强调要做实事，他不挂名，"一女不二嫁"，否则就算了。"一女不二嫁"我记得很清楚，他连说了两遍。他建议学校成立一个当代文学研究中心，对学校的学科发展和学生都有好处，让搞理论的国平兄负责实干，他牵头吆喝。我满口答应，猛然感觉那天的天气怎么那么好，心里先前的担忧一扫而光。我心头突然冒出一个念想，莫非先生和朱先生一样，也有预知的禀赋和能耐，猜得了人心看得了天象，要不然我未开口的顾虑他何以知晓？

成立一个专门的研究机构是两个一把手的最高期望，只是担心先生繁务缠身，提出来怕让先生犯难，因此不让我首次见面就提，待另找机缘再说。就这样，聘请陈忠实先生到学校任职的事情算是板上的钉子——敲定了，大概用了不到半个小时，我的责任也算落了地。

出了作协大院，我仿佛还沉浸在梦里。这事怎么这么顺，莫非是假的？管他的，有国平兄作证，先回去交差就是了。事不假，同年的10月19日，学校举行了隆重的仪式，正式聘请先生担任学校的兼职教授（后为终身教授），同时宣布成立陈忠实当代文学研究中心，聘任陈忠实为主任，李国平为副主任。致辞时，先生深情地回顾了他和西安工业学院（当时校名）的缘分，然后对在场的媒体记者说："从今天起，我们西安工业学院将要向全国文坛发出自己的声音了！"

二

我和先生的缘分由此开篇。回想起来，如果没有当年两位一把手的雄心壮志和蓝图规划，如果没有他们对于育人理念的长远考虑，如果没有一番社会责任的初心，也许我们的情缘只能停留在那个天蓝色书皮上叫白嘉轩的老头的艺术世界里。当时学校准备大发展，要求时任人事处长的我，瞄一位德艺双馨的文化大家请进学校，目的很具体但很长远，就是尽快促进文科的崛起："发展工科是实，发展文科是名，相互作用，名实相符才是大学。"其时学校工强文弱，严重失衡，对大学文化精神的塑造和学生思维以及健全人格的培养极为不利，所以学校决策层才萌生了如此动念。

记得当时我推荐了四个人选。当我介绍完陈忠实，并表明我的看法和立场的时候，大家的意见出奇一致，普遍认为先生人品好，有大家风范，为人谦和低调，成就高，是名副其实的文化大家，适合作为大学精神育人和文化导引的担当。问题在于先生是否乐意，能否看得上这个名气不大的学校，于是就把这个艰巨的特殊任务交由我这个人事处长去落实，并交代："人事处长只有一个任务，就是在外瞄准人才然后想办法引进来，其他的事有制度保证，人家都知道怎么干，不用你替人家操心。"还说这个任务完成得好给记大功，不能如愿就另说了。实在没有想到，这个大功竟出乎意料得平顺，或许是冥冥之中的机缘吧！

世上总有些事说不清，当你一门心思往进钻的时候，碰到的常常是迎面紧闭的大门，即便硬挤开个缝，过了一道又一道的关，最后依然是一道冰冷紧闭的大门，怎么也打不开；当你不刻意追寻的时候，门却突然打开，迎面而来是"蓦然回首，那人却在灯火阑珊处"的欣喜和快感。或许前者更珍贵，后者太轻松，作为一个机缘的存在，珍惜每一个偶然，不让机会从身边悄无声息地溜走，或许人生的时光隧道里会更加精彩纷呈，景致叠现。

机缘来了，时光会让机缘更贴近你，而且不可逆转。随后不长的时间，从日本学习回来，我也回到了人文学院，直接和先生打起了交谊，用寨书记的话说，把我配给先生作私人秘书使唤。

记得当时先生并没有爽快答应，而是以自己没念过大学为由婉转谢绝了这一请求。从此，我便来回奔走于学校和先生之间。他并未吩咐我跑多少腿，倒是学校的事很泼烦，麻烦先生的事一个接一个，先生从来没有为这些大大小小的事生过气，推脱过，每一次都很耐心地处理，需要他出面的事他从不找借口婉拒，万一时间冲突了，即便拉下脸给别人下话也要优先考虑学校的需求。我好几次心里实在过意不去，向他致歉，他却说："一家人嫑说两家话。"

作为一个不称职的秘书，先生吩咐我最多的任务就是帮他找资料，这些资料有中条山抗战的、有王鼎的、有关"合二为一"的，更多的则是搜集关于他作品评价的资料。他说自己不会电脑，看到这些资料不方便，就交给我去办。

我一般隔上一两个月把有关的评论文章下载下来打印好，然后装订了送到他石油大学的工作室。送第二次时，他让我以后再别送肯定性的文章，多搜集些批评或反对的文章。我说那些文章都是大报刊上的，不光写得好而且在我看来很有价值。他说："光听好话人容易犯晕。"此后我就主挑纯粹的批评文章给他送去，他总是忙不迭拿过去当着我的面看。有一次，他在看的中间猛然抬头问我："你知道'鏊子'吗？"

我回答："当然知道，不就是烙饼的鏊么！我家就有一个大的，关中谁家没有这东西。"

"这人不知道用鏊烙馍（关中也把饼称呼为馍，但不同于馒头。一般指馍时在前边加'烙的'二字。）的技法，所以没看懂。"他边说边指着给我看。

我说："我看过了，不是光他看不懂，看不懂的人不少，基本是南方的。"我把讲"陈忠实专题研究"公选课时学生提出的问题讲给他听。

先生听完恍然大悟，如刀锋如剑锋般的目光取代了方才的柔和眼神，煞有介事地说："我还有意识地在小说里做了注释，没有想到有些民间性的东西娃们接触不上，也难怪。这还是个大麻烦。"用鏊烙饼的奥妙在于要把面饼翻来覆去烙，单面烙会糊还烙不熟，知道这个窍门对领悟朱先生的"鏊子说"隐喻至关要紧，可是很少吃面食的南方人不曾知晓其中的道理。这时，我从包里取出厚厚的一本装订好的材料递给他看，边说现在好多学生都不知道"文化大革命"咋回事，边把我为教学需要而做的注释本《白鹿原》递他过目。

先生接过打印的书稿急切地翻看起来，突然抬头问我："我记得你不是研究《红楼梦》吗？"

我回答说，回到人文学院时领导千叮咛万嘱咐，要我改道搞现当代，原因是出成果快些。此前，我已有母校回炉文艺学一年的经历，重拾当代文学障碍不算多难，花些时间补课便可以赶上了。先生听完，说道："这里边的问题还真不少，有些我也解释不清，需要回西蒋请教老人。但是有些注释不准确，那是你渭北韩城人的理解，和我灞桥的不一样。"他说抽空修改，随后为此专门回原下的老家好几次，直到患病断断续续修改了三稿。

三

过了一年多，先生举家搬到了学校的家属院——咸宁公寓。一则更为宽敞，环境也安静，再则于公于私都方便——往东直行5里路就是白鹿原，回西蒋村老家更方便了；向东2里地就是省作协。在咸宁公寓我们一个单元，我六楼东户，先生喜欢低楼层选的二层东户。从此我们抬头不见低头见，一直到谢世，先生都居住在这个距离白鹿原最近的地方。

先生的后十年，学校有劳先生的大小事务都交由我联络，这期间我对他有了更深层次的了解。就我的感觉，他是个矛盾体，外在的身份是大作家，内在的农民意识和情结却很重；骨子里刚强坚硬韧劲有余，心肠却万般柔软善良。有人说先生有一副菩萨心肠，我认为只说对了一半。记得有两次，是作协和小区的门卫，一个为孙子上学求人，一个是求人办事，希望能买上先生的字去送人，就托我给先生说个情，我让他们直接去找，何苦多此一举。他们说人家是大人物咱是平白老百姓，天上地下差距太大。我就让他们先去找，如果不行我再说。过了个把月，这事我已淡忘，他们碰见我一再感谢，这才想起来啥事。他们说，先生不仅把字写好装到信封送给他们，还说不够再给他说，可是要给润笔先生却死活不收，嘴里念叨："这不是打人脸么！"

我知道，先生对但凡求到门上的平白老百姓，只要自己能做到的，向来没有拒绝的先例；而对于有些人则未必如此。记得有一次在工作室，夏天的午后，他接了一个电话，对方是一个省上大领导的秘书，劳请先生写一幅字。只见先生对着手机生气地大声说"不是写过吗?!"未及对方说完,自己先挂了电话。先生的脑袋长在现代,精神却是纯粹的传统,且执拗;他做人原则性很强,平时话不多,不爱和老板官僚打交道,却经常为吃一碗面让我开十多公里的车;他常感叹西安发展还是慢了,却时常为宽阔的北辰大道要牺牲掉多少良田而絮絮叨叨;他常告诫人要厚道善良,却恨不得把贪官污吏全送进班房;他常叮咛我要对学生如何好,自己却恨不得在旷课的学生屁股上揣一脚……如此等等。

如梭的日子里我们相互了解着,也相互增进着情谊。2008年的中秋节聚会,赛云秀书记再次恳请先生收我为弟子,这一次先生不仅没有拒绝,反而答应得很爽快,说:"我没收过学生,希哲我收了,第一个,也是最后一个。"我受宠若惊,连忙起身给先生致拜师酒。

赛书记若有所思地问先生:"先生莫不是考察了他几年?"

先生回答:"希哲是个可以托付的人。"我注意到先生把原先称呼我的老师换成了名字。

赛书记恍然大悟,叮嘱我一定如对待父亲一般尊重和照料好先生,千万莫辜负先生的厚爱。为了报答先生的知遇之恩,在他七十寿辰日,我作诗两首,用毛笔写了交给先生,作为他六十以后坚辞不摆寿宴的一份不违反规矩的贺礼。记得其中一首是这样写的:

夏来寒去任古稀,字字呕血几人知?一片玉心叩苍穹,白鹿原头信马骑。

先生看完十分高兴,直夸我毛笔字写得好,诗也写得好,礼物他收下了。

每逢节庆我都要陪同两位一把手去看望先生,期间的一次却是例外,是学校次年开春要举办校庆典礼,领导出面去邀请先生届时出席。

依然是在作协他的办公室,彼此落座后,书记就介绍学校的办学历史,从"一五"讲起,到"文化大革命"后的复办,再到近些年的快速发展。先生若有所思，一副欲言又止的神情，书记便问："先生有话要说？"

先生抬起头，严肃地说道："本来不想说，堵到心口不说又难受。"

书记忙接过话说："先生直说无妨"

"那我说了?!"

"先生请讲!"

先生缓缓地说道："咱学校毕业了两万多名学生，那有多少人知道四个字，这四个字过去识字不识字的，无论是舞弄笔杆子的还是扛枪的都知道，就是'礼—义—廉—耻'！"顿时一片沉默。

此时我才意识到先生的忧思所在，也才明白那天蓝色书皮上的老汉在沉思什么。我顿时感觉先生此刻正操的是朱先生的苦心。在随后的日子里，我反复咀嚼又不断吟诵着他不时脱口而出的几句箴言——

"一个男人，知道啥话不能说，啥话能说，能说的话在啥场合说，这才算真男人。"

"沉默是金，不是把人当哑巴，是提醒人要说就说有用的话，没用的汤水子话就耍费口舌。"

"男人身上两样东西最金贵：一个是膝盖，一个是眼泪。"

"善良是人的天性，邪恶是贼的本性。"

"仁慈不是恩赐，不是施舍，耍把人的仁慈用脚踢。"

"诚恳是人的本分，虚伪是贼的天性。"

"有情有义才是人，无情无义是牲畜。"

……

四

时光如白驹过隙稍纵即逝，转眼间到了2015年的冬天，借陈忠实当代文学研究中心成立十周年之际，学校决定要举办"陈忠实文学创作研讨会"，让我和先生沟通。

在这期间，我们两家走动得也比较频繁，师母在咸宁公寓因为熟人不多，有时或买菜才出门，平时一个人待家里也烦闷，但她喜欢秦腔。我爱人原本是秦腔专业演员，于是就常陪师母唠家常，一起谈秦腔，有时也在家里一块吃饭不亦乐乎。姑娘周末或者放学了也在一起热闹，有一次孩子玩得起兴竟然在先生脸上连打几个耳光，气得我拉过来就要教训，结果先生一把把孩子夺过去抱在自己怀里，训斥我半天，好像我做了什么伤天害理的事。

春天，是白鹿原上的樱桃熟的时节，每每此时先生就会打电话说："下来，给娃拿几箱樱桃吃。"2016年春天未到樱桃熟，我要去国家教育行政学院学习三个月，临行去探望先生，特别叮嘱黎力（先生长女，和老两口同住）一定劝说先生去医院好好检查。因为先一年的冬天，先生的口腔溃疡吃药一直不见好，我劝说过几次去医院检查，刚说好他一转过身又食言了。去北京前我又叮嘱了一次。

"五一"的时候，我从北京回西安，在院子里刚好碰见师母，未等我开口，师母就告诉我已经确诊了，是舌癌，已经化疗了一段时间。我傻愣了半天才回过神，回到家便连忙查这个刚听说的病的资料。当天就没有敢下去看他，次日才去的。看上去先生的精神状况还好，只是更加消瘦，目光还是那么坚毅有神，只是说话困难，他用纸写了要说的给我看。记得当时我们交流的内容是，他问我学习回来工作上有啥想法没有，我回答只想一门心思做自己的学问，没有其他份外的想法。

他然后写道："学问是一世的，当官是一时的。"

我安慰他放宽心。他回复我医疗再发达也有治不了的病，生老病死不可逆转。我说要配合治疗，不要想太多。他点点头。

看到他的口涎不停滴流进腿旁的垃圾桶里，我于心不忍叮嘱了几句赶忙出门，只怕迟缓了自己不争气的眼泪会增添先生的心理负担。

2015年的11月22日，学校要举行"陈忠实文学创作研讨会"。先一天晚上我给先生打招呼，外地来了他几个评论界老朋友，到时候我领到家里来看望他，他同意了，让我代他向他们致歉。

谁知第二天一大早他执意要参加开幕式，我说他化疗这么长时间，身体虚弱何苦呢！他艰难地说，远方的客人来了，他过意不去，还说要在开幕式上说几句话。这就是陈忠实，一个顶天立地的犟老头，时

难以稀释的情思（代后记）

时刻刻总想着别人，病痛折磨近一年半，楼道却从未听到他的呻吟声，因为他总怕打扰到别人⋯⋯

往事如陈年老窖，瓶盖一开就香气醉人。转眼间姑娘长高了，偶尔翻看他的作文本，一篇题为《我的陈爷爷》的作文引起我的兴趣。开首第一句写道："每天清晨去上学，楼道里熟悉的雪茄香味再也没有了⋯⋯"我恍然大悟，先生谢世已经四年了，师母也在先生身后三年离开了人世，他们夫妻又团聚了。可是我的这部书稿历时七年尚未完成，实在是惭愧万分。这几年连二连三的疾病不断，以致去春突遭脑梗，起死回生之时，我决意把这份作业赶紧做完，时不我待呀！不管成色如何，契科夫不是说："大狗小狗都要叫，就按上帝给它的嗓子叫好了。"

康复期间，我开始着手这部书稿，右手的功能尚未恢复，只能用左手敲击键盘。写作过程中，与先生交往的点点滴滴时刻萦绕眼前，有时竟无法自抑。这八年多时日，世事变幻，我的情绪也不时陷入低谷。"过去的日子总是好日子"，过去的日子竟让我如此流连。虽自知过去已经过去，活好当下便是对过去最好的致敬，但很长的一段时间我难以走出这种心境。每每想起我们交流时的情景，想起生活中的点点滴滴，仿佛先生就在面前——他缓慢地拿起12块一盒的巴山雪茄，吸一口吐出来，烟雾浮升于额前；他刻满着横条纵横皱纹的额头下，眼睛时而刚毅时而柔和；他不再挺直有些驼的背肩上，搭着烂了皮的黑包一走一晃，嘴里长呼一口气，还伴随着"哦"的一生；他坐在绑着棉布的马扎上，带着花镜专注地看着报纸，白色背心上的两个窟窿那样刺眼⋯⋯这一切都让我倍感熟悉与宁静。

阅读他的作品，在我是一遍遍的与他交流，也是为了不断走近这个真诚又倔强的老汉。正如先生的蝶变一样，我们也需要破茧。斯人已去，我确信不断阅读陈忠实，会使自己的每一步走得更为踏实而坚定，也为了这难以稀释的情思赓续和未来。

本书撰写过程中，得到了亲人、同事、朋友的大力支持，感谢夫人王莉的照料，是她承担了所有家务和儿女的教养责任，我才能平顺展开这一体验。万分感谢同仁吴妍妍教授、王亚丽副教授以及研究生赖扬、韩潇、逯爽、罗建华、张力元的帮助和辛勤付出。最应该感谢的是中国社会科学出版社王莎莎女士，有她，这本书的出版才能如此顺利。

  学识浅陋，认识局限，难免有缺漏错讹之处，敬请方家批评指正为谢！

壬寅年夏月于秦风斋